Rebecca Netzel

Das Inselmädchen Gabriela

Band 1 bis 3

MIX
Papier aus verantwortungsvollen Quellen
Paper from responsible sources
FSC® C105338

Rebecca Netzel

Das Inselmädchen Gabriela

Band 1 bis 3

Bibliografische Information der Deutschen Nationalbibliothek
Die Deutsche Nationalbibliothek verzeichnet diese Publikation in der Deutschen Nationalbibliografie;
detaillierte bibliografische Daten sind im Internet über http://dnb.d-nb.de abrufbar.

1. Auflage 2024

Herstellung: TRIGA – Der Verlag UG (haftungsbeschränkt), GF: Christina Schmitt
Leipziger Straße 2, 63571 Gelnhausen-Roth
www.triga-der-verlag.de, E-Mail: triga@triga-der-verlag.de

Satz und Layout: Beate Hautsch

Zeichnung für das Cover: Johanna und Tabea Klute
Illustrationen: Rebecca Netzel

Druck: Libri Plureos GmbH, Friedensallee 273, 22763 Hamburg
Printed in Germany

ISBN 978-3-95828-347-3 (Print-Version)
ISBN 978-3-95828-348-0 (eBook)

Ebenfalls lieferbar zu Band 1:
»Gabriela, la niña de la isla« (spanische Fassung), ISBN 978-3-95828-124-0
»Gabriela, la niña de la isla« / »Das Inselmädchen Gabriela« (bilinguale Edition), ISBN 978-3-95828-125-7

Rebecca Netzel

Insel-Geschichten für Klein und Groß

Das Inselmädchen Gabriela · Band 1

»Ein kleines Mädchen sitzt auf der Treppe und schaut in die Welt hinaus. Wie groß sie wohl ist, und was mag es dahinter noch geben? Die Welt – das ist der Pflaumenbaum, an dem die Schaukel hängt, die Laube, (…), das Meer, auf dem die Schiffe fahren, und vieles, vieles andere.«

Gunborg Wildh, Babiellas kleine Inselwelt

»Sie hatten immer neue Spiele erfunden,
ein paar alte Kisten und Schachteln genügten ihnen,
um darin fabelhafte Weltreisen zu unternehmen
oder um daraus Burgen und Schlösser zu errichten.«

Michael Ende, MOMO

Ich möchte euch jetzt eine Geschichte über ein kleines Mädchen erzählen. Also gibt es dieses kleine Mädchen – zumindest in unserer Fantasie. Denn wenn ich euch jetzt diese Geschichte erzähle, dann ist sie ja auch eure Geschichte und in euren Köpfen drin.

Dieses kleine Mädchen lebt auf einer Insel, meinetwegen in Schweden. Ich war leider noch nie in Schweden, aber das macht ja nichts. Dann macht es noch mehr Spaß, in Gedanken einfach mal hinzufliegen. Das letzte Stück legen wir dann auf einem weißen Dampfer zurück, dem Dampfer, der auch die Sommergäste auf die Insel bringt.

Und weil mich ganz viele nette Menschen und Tiere und Pflanzen und auch gute Kinderbücher zu dieser Geschichte inspiriert haben, so ist sie auch ein ganz kleines bisschen wahr.

Inhalt

Ich zeig' euch meine Insel! 10

Bella ist verschwunden! 13

Das einhändige Männchen 18

Teddy in Seenot 21

Die verkaufte Sonnenblume 24

Lalás großer und mein kleiner Geburtstag 30

Der freche Junge von nebenan 33

Ein Wald am anderen Ende der Welt 37

Verschiedene Spiele 41

Was man auf einer kleinen Insel alles unternehmen kann 43

Der Drachen, der nicht flog 49

Der kleinkarierte Gärtner 52

Das Häuschen des Kapitäns 57

Die große weite Welt 61

Wie wir als Piraten auf Kaperfahrt gingen 66

Von Fischen und Seeungeheuern 73

Lalá ist groß genug! 77

Mittsommernacht 81

Ich zeig' euch meine Insel!

Hallo, mein Name ist Gabriela. Kommt doch einfach mit, dann zeige ich euch meine kleine Inselwelt. Wir gehen durch die grüne Gartenpforte, die so lustig knarrt, weil der Holzzaun schon etwas morsch ist und die Pforte schief in den Angeln hängt – aber das macht gar nichts. Unsere schwarze Katze Molly wischt gar unter einer abgebrochenen Zaunlatte durch.

Hier – das ist unser Garten, von den Stachelbeersträuchern am Zaun über die Blumenwiese bis hin zu dem lustigen roten Häuschen mit den weißen Fensterrahmen. Es ist eine richtige Stuga, ein typisches Schwedenhäuschen aus Holz, mit spitzem Ziegeldach. Da drüben, zwischen den Fliedersträuchern, hängt meine Schaukel am Apfelbaum. Papa hat sie selbst gebastelt.

Ich bin furchtbar stolz auf meinen Papa, und auf Mama auch, denn beide sind sehr nett. Mama kocht den weltbesten Kakao und Papa kann Segelboote basteln. Und beide sind total schlau – sogar vielleicht noch schlauer als unsere braune Spanielhündin Bella, und das ist die klügste Hündin, die ich kenne. Sie ist sogar so klug, dass sie sich mit Molly verträgt, und dabei heißt es doch immer, Hunde und Katzen würden sich nicht vertragen. Vielleicht liegt es daran, dass sie zusammen aufgewachsen sind und sich seit immer kennen. Wer als Kind schon Spielkamerad mit anderen war, der streitet sich eben später nicht. Oder nur ganz selten.

Mein Papa hat einen ganz witzigen Beruf, finde ich: Er schreibt nämlich all die Sachen, welche die Leute dann in der Zeitung oder im Internet lesen. »Redakteur« heißt das, was er ist, und es ist eine ganz tolle Sache, dass die Leute dann alles nachlesen können, was Papa geschrieben hat. Er ist ständig auf der Suche nach interessanten Nachrichten, und da gibt er dann seinen Senf dazu, also seinen Kommentar, so heißt das richtig.

Papa kommt aus einem Land, wo es leider lange Zeit verboten war, selber zu denken, und erst recht gefährlich, seine Gedanken auch noch laut auszusprechen. Oder in der Zeitung darüber zu schreiben. Das ferne Land, wo er herkommt, war damals eine Diktatur – so nennt man ein Land, in dem die Leute nicht frei sein dürfen und ihnen alles verboten wird, nur damit so ein paar mächtige Typen allein regieren können. Das fand Papa natürlich doof, und als es zu gefährlich für ihn wurde, so richtig brenzlig, da floh er und nahm das nächste Flugzeug und kam hierher, nach Schweden. Doch er trauerte immer seiner schönen Heimat und seinen Freunden und der Familie hinterher, und er beschloss, so bald wie möglich wieder dorthin zu ziehen. Und er erzählt uns ganz oft von seiner Heimat Chile, so dass ich es mir so gut vorstellen kann, als sei ich selbst dort gewesen. Irgendwann fahren wir auch mal hin, zumindest in den Ferien, denn jetzt kann man da ja wieder gut leben.

Dass Papa dann aber nicht gleich zurückgekehrt ist, als das Leben in Chile wieder gut war, das liegt an Mama. Denn hier in Schweden hat er nicht gleich Arbeit als Redakteur gefunden und hat stattdessen an der Volkshochschule Spanischkurse gegeben. Da traf er Mama. Denn Mama ist Spanisch-Lehrerin. Sie hat es sich in den Ferien selbst beigebracht, schon als Kind, wenn sie mit ihren Eltern in Spanien Urlaub machte, na, und dann hat sie es eben richtig gelernt und unterrichtet nun selber. Als Mama und Papa sich kennengelernt haben, da hat es gleich gefunkt zwischen den beiden. So richtig »klick!« hat es gemacht. Papa mag Mamas semmelblondes Haar und sie sein glänzend schwarzes, er ihre seeblauen Augen und sie seine kirschendunklen. Ich meine, wie diese schwarzen Kirschen, die Schattenmorellen. Also, Mama und Papa passen jedenfalls ganz toll zusammen. Sie gehen fast immer Arm in Arm, und sie streiten nur ganz, ganz selten. Na, und dann haben sie geheiratet und haben mich bekommen.

Ein kleines Schwesterchen habe ich auch. Eigentlich heißt sie Leandra, aber weil sie das noch nicht aussprechen kann, sagt sie immer »Lalá«, und so nennen wir sie alle einfach so. Ich aber bin ja schon groß, fast sechs Jahre, da komm' ich dann in die Schule. Und natürlich kann ich schon so einen schwierigen Namen aussprechen: Le-an-dra! Noch ist Lalá ein wenig zu klein, sie sitzt immer bei Mama auf dem Schoß oder wir schieben sie im Buggy, doch ich hoffe, dass wir bald zusammen spielen können.

Bald nachdem sie geheiratet hatten, hat Mama das kleine rote Haus hier auf der Insel geerbt, und da haben sie mit dem Spanisch-Unterricht aufgehört und sind hierher gezogen. Und nun haben sie hier eine kleine Ferien-Pension eröffnet, für Sommergäste, weil das Häuschen ein paar Mansardenzimmer im Giebeldach und einen kleinen weißen Anbau hat – die Laube – und daher groß genug ist für ein paar Gästezimmer zum hinteren Garten hin. Und von dort aus hat man auch einen tollen Blick über die Wiese und den angrenzenden kleinen Wald und bis hinunter zum großen, dem richtigen, blauen Meer, das so groß und weit ist wie das, was Papa aus Chile kennt und das ihn immer mit seinem Wellenschlag tröstet. Dann sagt er immer, das Rauschen der Wellen sei für ihn richtig feierlich und solange es noch Natur und Wasser und Wellen gibt, könne die Welt noch nicht ganz schlecht sein. Das glaube ich auch, und ich hoffe ganz fest, dass die Welt immer so herrlich bunt bleibt, so meerblau und grasgrün, sonnengelb und rosenrot. Denn ich möchte niemals traurig sein!

Bella ist verschwunden!

Am Anfang haben meine Freundinnen Anna-Kristina, Astrid und Gudrun ein wenig über meinen Nachnamen gelacht, weil es kein schwedischer ist und er so komisch in ihren Ohren klang: »Parra«, mit seinem rollenden spanischen »rr«. Aber inzwischen haben sie sich längst dran gewöhnt und »Gabriela Parra« klingt jetzt für sie auch nicht komischer als »Astrid Södergren« oder so.

Wenn morgens die weißen Möwen am Fenster vorbeisegeln und mich mit ihrem munteren Geschrei wecken, oder wenn mich die ersten Sonnenstrahlen durch den rot karierten Vorhang an der Nase kitzeln, so dass ich davon niesen muss und wach werde, dann stehe ich gleich auf und mach mich flink fertig für den Tag, denn der wird sicher wieder voller Überraschungen. Erst gestern habe ich am Haus unterm Dach ein paar Schwalbennester entdeckt, und vorgestern kroch ein prächtiger blau schillernder Käfer über unsere Kartoffelzeilen hinten im Gemüsegarten, und neulich fand ich am Strand ein paar rosa Muscheln, die glänzten so schön wie Mamas Porzellantassen ... natürlich hab' ich die bunten Muschelschalen mitgenommen. Ich sammle nämlich so was.

Wenn ich morgens beim Anziehen in den Spiegel schaue, dann seh' ich ein grünäugiges Mädchen mit braunem Haar, fast genauso hellbraun wie bei Bella. Das Mädchen bin ich, klar, aber ich wollte halt damit sagen, dass ich irgendwie genau in der Mitte zwischen Mama und Papa bin: Mein Haar ist heller als das von Papa und dunkler als das von Mama, und meine Augen konnten sich wohl nicht zwischen blau und schwarz entscheiden, und da sind sie eben grün geworden. Ich bin ganz zufrieden damit, weil ich denke, dass der liebe Gott jedem genau die Farben gegeben hat, die zu ihm passen. Dann hat er noch mit dem Daumen ein »Okay« draufgedrückt, ehe er die Kinder auf die Welt geschickt hat, und dieses »Okay« vom lieben Gott kann man ja heute noch als Bauchnabel erkennen. Papa hat gesagt, es gibt keinen Menschen ohne Bauchnabel, also sind sie auch alle zunächst okay.

Was die Menschen dann später im Leben machen, das müssen sie selbst entscheiden. Papa hat es ja selber mit ein paar ganz bösen Menschen zu tun gekriegt, damals, als er noch in Chile war. Die haben sogar andere Leute mit Gewehren bedroht, nur weil die frei sein wollten. Aber hier ist es sicher, sagt Papa, und drüben sei es auch inzwischen wieder gut geworden – weil nämlich so viele Menschen frei sein wollten, dass die Bösen es gar nicht mehr geschafft haben, sie alle zu unterdrücken. Einigkeit macht stark, so sagt Papa immer, und so haben sie es dann irgendwann geschafft, sich von den bösen Menschen zu befreien. Jetzt ist es dort wieder ein freies Land, sagt Papa, so wie hier. »Demokratie« nennen die Erwachsenen das. Die großen Leute müssen sich ja immer so umständlich ausdrücken. Dabei meinen sie ganz einfach, dass die Menschen selbst entscheiden dürfen, wie sie leben wollen und wer regieren soll, das hat Papa mir genau erklärt. Und darüber schreibt er ja auch in der Zeitung, damit möglichst viele Leute davon erfahren und darüber nachdenken sollen, wie gut sie es eigentlich haben.

Jeden Morgen erwache ich also mit so einem Kribbeln im Bauch, was dieser Tag so alles bringen mag – vielleicht wieder so etwas Lustiges wie neulich, als sich ein weißer Schmetterling genau auf Mamas Kopf gesetzt hat, als sie gerade mit Lalá draußen im Garten war. Vielleicht hielt der Schmetterling ihre bunte Haarspange ja für eine echte Blume ...

Doch dann passierte etwas viel Aufregenderes: Bella war verschwunden! –

Ganz traurig und verzweifelt ging ich, meine Hündin zu suchen. Sonst folgte sie mir doch auf Schritt und Tritt, oder sie tollte im Garten umher. Doch nun stöberte sie nicht durch die Beerensträucher, sie lag auch nicht auf der Terrasse und war auch nirgends sonst zu sehen.

Ich ging los und suchte meine treue Hündin. Leider vergaß ich, daheim Bescheid zu sagen, dass ich Bella finden wollte. Vielleicht war sie ja im Wald, wo wir immer Blaubeeren sammeln gehen? So groß war unsere Insel eigentlich nicht, dass darauf ein Hund verloren gehen konnte, und zudem konnte Bella ja gut schwimmen, falls sie ans Ufer kam. Aber ich konnte nicht begreifen, dass sie sich von alleine so weit entfernt haben sollte, dass sie nicht wieder zurückfand. Bella war sicher hinter einem Kaninchen her gerast und hatte sich im Wald verirrt ...

So lief ich barfuß über die Wiese und in den nahen Wald hinein. Hier auf der Insel kann man gut barfuß laufen, es gibt keinen Müll im Gras, auch keine Giftschlangen, und selbst die Glasscherben am Meeresstrand sind von den Wellen ganz rund geschliffen. Wie Edelsteine sehen sie aus, und es macht gar nichts, wenn man auf sie drauftritt – wie Murmeln fühlen sie sich an.

Auch hier im Wald war das Barfußgehen angenehm. Nur stach die Nadelstreu der Tannen und Kiefern ein wenig, aber das war ich schon gewohnt. Dafür war der sonnendurchwärmte Nadelteppich weich und federnd, und Moos gab es auch. Dort lief es sich besonders gut.

Angestrengt spähe ich also umher und blicke ins Waldesdämmer. Überall tanzen goldene Lichtpünktchen über den Boden, das sind die Sonnenstrahlen, die durch die dichten Äste finden. Der ganze Boden ist hell gefleckt. »Bella!«, rufe ich, so laut ich kann, »Beeeeeeeellaaaaaaaaa!« Doch keine Antwort.

Ihr könnt ja mal mithelfen, sie zu suchen. Schaut doch mal da unter die Farnstauden, oder dort hinter die Himbeerbüsche. Seht ihr sie schon? So ein rotbraunes Fell zwischen den grünen Blättern durchschimmern? Oder meint ihr gar, ihr hättet einen Fuchs entdeckt? Papa meint, hier auf der Insel gibt es gar keine Füchse, nur Eichhörnchen, und die sind ja nun wirklich zu klein, um sie mit Bella zu verwechseln!

Doch ich fand Bella nicht, so sehr ich auch suchte und mich überall umsah. Ich schaute unter jeden Busch, rief vergebens ihren Namen. Schon war das Wäldchen zu Ende, ich kam auf der anderen Seite wieder heraus und stand am Meer, das ich vorher schon durch die Zweige schimmern sah. Rasch lief ich zum Meer hinunter. Vielleicht war Bella ja dort irgendwo?

Da kam Tante Selma die Strandpromenade entlang, und was

lief da neben ihr, an einer nagelneuen Leine? Bella! Die vermisste Hündin sauste sofort schweifwedelnd los, als sie mich entdeckte, und kam kläffend auf mich zu. Tante Selma wurde davon richtig mitgerissen, sie musste an der Leine mitlaufen, ob sie nun wollte oder nicht. Das sah so lustig aus, dass ich laut lachen musste, und mit dem Lachen war auch auf einmal all meine Sorge wie weggeblasen.

»Hallo, Tante Selma! Ja, wo hast du denn die schöne neue Hundeleine her?«

»Die hab' ich aus der Stadt mitgebracht! Eure Mama meinte, Bella müsse sich endlich mal daran gewöhnen, wie ein gesitteter Hund an der Leine zu laufen, und ich finde, bisher hat sie das auch ganz gut gemacht!«

Tante Selma war noch ganz aus der Puste, und ich fragte mich, wer denn nun eigentlich mit wem spazieren ging: Selma mit Bella oder umgekehrt!

»Möchtest du ein Eis?«

Oh ja, bei dem warmen Wetter mochte ich immer ein Eis. Das brauchte man mich nicht zweimal zu fragen. Da Mama und Papa meistens mit irgendeiner Arbeit beschäftigt waren und auch nie so sehr viel Geld hatten, gingen wir nur selten zusammen über die Promenade, wo ich um ein Eis betteln konnte. Darum war das gelbe Wasser-Eis, das mir Tante Selma nun spendierte, auch wie ein richtiger Festtag.

»Du, Tante, nimmst du denn selber kein Eis?«

»Nein, lass nur, Kind – das zieht mir so in den Zähnen!«

»Warum denn?«

»Nun, wenn man etwas älter wird, dann wird man leicht etwas empfindlich«, meinte die Tante. Bedauernd sah ich sie an und beschloss, keinesfalls empfindlich zu werden, wenn ich selber mal etwas älter würde.

Aus Mitleid wollte ich sie trösten und sagte: »Du, schau mal – ich möchte dir etwas schenken!«

Und ich holte aus meiner Hosentasche ein Stück Muschelbruch hervor, dessen Perlmutt märchenhaft schillerte. »Da – das gebe ich dir, damit du nicht so traurig bist, weil du kein Eis essen kannst! Ich hab' die Muschel neulich am Strand gefunden. Leider ist sie nicht mehr ganz, aber sie glänzt trotzdem wie ein Regenbogen!«

»Oh – vielen Dank! Das ist aber eine schöne Muschel!«, sagte Tante Selma, und ich spürte, ich machte ihr wirklich damit eine Freude. Und ich spürte noch etwas: Tante Selma war einer von den Menschen, die nie wirklich alt werden. Denn innerlich blieb sie immer jung – hätte sie sich wohl sonst so über meine schöne Muschel freuen können?

Das einhändige Männchen

So kamen wir glücklich nach Hause. Doch dort herrschte helle Aufregung: Mama suchte mich, während ich nach Bella gesucht hatte! »Tausend Augen müsste man haben, um auf dich aufzupassen!«, schimpfte sie. »Warum bist du denn einfach weggerannt, ohne mir was zu sagen?!«

»Ich musste doch Bella suchen!«, verteidigte ich mich weinerlich. Meine ganze Freude darüber, dass wir die vermisste Hündin gesund und munter wiedergefunden hatten, verblasste, weil Mama so sauer war.

»Warum hast du mir denn nichts gesagt??«, fauchte Mama. In solchen Momenten ist mit ihr nicht gut Kirschen essen. Darum antwortete ich auch ganz leise: »Du hättest ja doch nur gesagt, du hast keine Zeit!«

Denn Mama war andauernd mit irgendwas beschäftigt.

»Wir hätten doch alle zusammen suchen können!«, sagte Mama vorwurfsvoll.

Ja, das hätten wir. Denn auch für Mama und Papa ist Bella wichtig. Aber in meiner Aufregung hatte ich nicht dran gedacht, etwas zu sagen. Ich war gleich losgerannt.

»Nun lass doch gut sein – die beiden sind ja wohlbehalten wieder hier«, tröstete Tante Selma. Und zu mir sagte sie: »Nicht wahr – du wirst künftig immer dran denken, deinen Eltern Bescheid zu sagen und nicht einfach fortlaufen?«

Das versprach ich hoch und heilig.

Bella aber umschwänzelte mich und leckte mir freudig die Hand.

Ich verdrückte mich rasch in mein Zimmer, um Mamas strengem Blick mit den hochgezogenen Augenbrauen zu entgehen. Da wartete der nächste Schreck – auf dem Teppich fand ich mein kleines Plastik-Männchen, aber ich fand es erst, nachdem ich bereits draufgetreten war und es »knack!« gemacht hatte. Da war dem armen Männchen die rechte Hand abgebrochen. Das war aber schon gewesen, bevor ich Bella suchen ging, und inzwischen hatte Mama das Zimmer saubergemacht – Staub gesaugt und so. Nun sah ich es da immer noch auf dem Teppich, aber mit allerlei Bauklötzen und Plastiktieren zusammengeschoben in einer Ecke. Da robbte ich verzweifelt auf dem bunten Teppich umher und suchte vergeblich nach einer kleinen, lila Hand.

Als mir klar wurde, dass die Plastikhand nicht mehr da war, schossen mir heiß die Tränen in die Augen. Sofort rannte ich zu Mama. Die saß mit Tante Selma in der Küche und trank Kaffee. Dass die Erwachsenen immer so viel Kaffee trinken müssen!

»He – du kannst doch hier nicht einfach so reinplatzen, während wir uns unterhalten!«, protestierte Mama.

»Lass sie doch!«, meinte Selma gutmütig.

»Die Hand is' weg!!«, schrie ich.

Da erst schauten sie so richtig von ihren Kaffeetassen auf und in mein aufgebrachtes Gesicht.

»Oh Gott – was ist mit deiner Hand?!«, stotterte Mama und blickte mich erschrocken an. Rasch warf sie einen prüfenden Blick auf meine beiden Hände.

»Doch nicht meine!«, rief ich. »Die von dem Männchen!«

»Was für ein Männchen?«, fragte Mama. Sie runzelte die Stirn.

»Na, das kleine, lila Männchen aus Plastik – dem ist die Hand abgebrochen! Und du hast sie weggesaugt!«

»Nun mal langsam! Irgendwann muss ich ja mal bei dir aufräumen und sauber machen – in dem Saustall!«

Ich war empört. »Saustall« nannte sie mein Zimmer! Hätte Mama die lila Hand beim Hausputz nicht so voreilig weggekehrt, so hätte ich dem Männlein die Hand sofort wieder mit Klebstoff angeklebt.

Wortlos drehte ich mich um und rannte hinaus. Ich fühlte mich unverstanden und hatte Mitleid mit dem Männchen, mit mir selber und überhaupt. Durchs Kinderzimmerfenster sah ich unsere schwedische Fahne am Mast im Garten flattern, blau mit gelbem Kreuz, doch so himmelblau und sonnengelb war mir jetzt gerade nicht zumute, in mir drin herrschte düsteres Regenwetter.

Weinend nahm ich mein kaputtes Männchen hoch. Wenn ich ganz ehrlich zu mir selbst war, dann war ich ja auch mit daran schuld – hatte ich doch das Männchen so lange achtlos am Boden herumliegen lassen. Nun musste das arme Männchen meine Unachtsamkeit ausbaden. Heiße Tränen tropften auf das Männchen. Ich bekam den salzigen Geschmack meiner Tränen in den Mund. Trotzig wischte ich sie mit dem Ärmel weg.

»Ich will das wieder gutmachen, Männchen ...«, flüsterte ich, »irgendwie – du sollst schon sehen!«

Da nahm ich meine Buntstifte und habe ihm eben eine Hand aus bunt bemalter Pappe gebastelt, so gut ich konnte, aber es ist nicht das gleiche. Seltsam – vorher war das Männchen immer unbeachtet im Kinderzimmer herumgelegen, bis ich sogar versehentlich darauf trat und ihm dabei dann die Hand abbrach. Doch seitdem die eine Hand verschwunden ist und mir das Männchen so leidtat, dass ich eine neue Hand für es gebastelt habe, da ist es mein Lieblings-Spielzeug geworden, und ich trage es immer mit mir herum und stelle es im Zimmer auf die Fensterbank und draußen auf einen sonnendurchwärmten Stein. Denn nun soll das Männchen es immer gut haben!

Seit mir das Männchen kaputtgegangen ist, gehe ich auch viel achtsamer mit ihm um. Sogar einen Namen hat es jetzt bekommen – vorher hatte es gar keinen, das arme Männchen. Jetzt heißt es Max. Es scheint ganz zufrieden mit seinem neuen Namen zu sein, denn es lächelt die ganze Zeit und sieht recht fröhlich aus. Da wurde auch mir wieder leichter zumute. Als ich zufällig aus dem Fenster schaute, sah ich die blaugelbe Fahne draußen lustig im Seewind flattern.

Teddy in Seenot

Ich habe aber nicht nur das lila Männchen. Da gibt es auch noch Knuddel. Dieser Knuddel ist ein Bär, aber natürlich einer aus Plüsch. Der dicke Teddy Knuddel muss überall mit – im Böllerwagen, auf dem Segelboot – einfach überall.

Doch dann kam der Tag, als er bei einem Segeltörn über Bord ging ...

Wir segelten gerade mit Herrn Persson, unserm netten Nachbarn, auf seiner kleinen Jolle kreuz und quer durch die Bucht, wie schon so oft bei gutem Segelwetter. Lalá blieb dann immer bei Tante Selma, obwohl sie sich auch bald schon mal ans Segeln gewöhnen sollte. Auch Bella segelte nicht so gern. Papa und Mama und ich waren an Bord, und natürlich Knuddel ... da, in einem scharfen Wende-Manöver, ging mein Teddy über Bord! Ich schrie auf vor Schreck und wäre fast hinterhergeplumpst. Der arme Teddy aber dümpelte hilflos in den Wellen – zu weit vom Boot entfernt, um ihn an Bord zu ziehen, und wenn man den Arm noch so lang nach ihm ausgestreckt hätte. Ich begann zu weinen.

Da machte es »Platsch!« und Papa sprang einfach über Bord ins Wasser, mitsamt T-Shirt und kurzer Hose, und schwamm dem Teddy hinterher, und auch Herr Persson machte rasch die Schotleinen zum Trimmen des Segels fest, riss sich das Hemd vom Leib und sprang in seinen kurzen Hosen ebenfalls ins Wasser, dem davontreibenden Teddy nach.

Es gab ein regelrechtes Wettschwimmen um Knuddel, und aufgeregt feuerte ich die beiden noch an. Natürlich wollte ich, dass Papa gewann, er war ja schließlich mein Papa, und ohne Zögern ins kalte Wasser gesprungen, um Knuddel zu retten. Doch ich fand es auch schrecklich nett von Herrn Persson, dass er sich extra wegen Knuddel nass machte. Weil Knuddel mit der Strömung genau auf ihn zutrieb, kam er als Erster beim Teddy an, obwohl doch Papa zuerst ins Wasser gesprungen war. Papa kraulte durch die Wellen, dass es platschte, aber da hatte Herr Persson Knuddel schon am Schlafittchen gepackt und ruderte mit langsamen Schwimmstößen auf uns zu. Wir halfen ihm an Bord. Papa kam prustend und triefend hinterher.

»Hier ist dein Teddy!«, sagte Herr Persson und drückte mir den tropfnassen Teddy in den Arm. Und was machte Papa? Er lachte! Lachte laut und lustig. Er war überhaupt nicht beleidigt, dass Herr Persson ihn überholt hatte. »Vielen Dank!«, rief er schließlich und lachte weiter. Herr Persson stimmte in sein schallendes Gelächter ein, so dass man es sicher bis ans Ufer hörte.

Ich war Herrn Persson schrecklich dankbar und sehr stolz auf meinen Papa, dass er es so sportlich nahm. Das war das Tolle an Papa: dass er nicht immer der Erste sein musste – außer wenn es darum ging, Spaß zu haben.

Wie froh war ich, meinen heiß geliebten Teddybären wieder zu haben!

Daheim föhnte Mama meinen Knuddel wieder trocken. Für den automatischen Trockner, so meinte sie, war er wohl doch nicht geeignet. Abends war ich noch so aufgeregt von dem ausgestandenen Schrecken, dass ich Knuddel erst recht überall mitschleppte, sogar ins Badezimmer, wo ich nach dem Gute-Nacht-Kakao Zähne putzen sollte.

Knuddel saß dann auch auf der Bettdecke, als ich einschlief ...

Doch was war das? Um Mitternacht erhob er sich, ich sah es ganz genau. Neugierig lief ich hinterher. Das fahle Mondlicht zeigte mir den Weg. Teddy knipste die Schreibtischlampe an, nahm meine Buntstifte und ein Stück Papier aus dem Zeichenblock und schrieb: »Fiehlen Dang, Herrr Person!«

Da wachte ich auf und dachte, das wäre eigentlich eine gute Idee. Natürlich war es Knuddels Idee. So stand ich nun wirklich auf, knipste die Schreibtischlampe an, nahm Buntstifte und Papier und schrieb: »Vielen Dank, Herr Persson!« Denn etwas schreiben konnte ich schon. Dann malte ich noch Knuddel dazu, und ein Segelboot, und Papa und Herrn Persson, wie sie um die Wette dem Bären hinterherschwammen. Das war noch am einfachsten zu zeichnen, denn ich malte ihre Köpfe von hinten, so wie ich sie gesehen hatte – da konnte ich dann die Gesichter weglassen, denn Menschengesichter sind verdammt schwer zu malen. Dennoch konnte man Herrn Persson gut erkennen, er hatte nämlich ziemliche Segelohren. So wusste man gleich, welcher von beiden er sein sollte.

Zufrieden legte ich mein Meisterwerk hin und beschloss, es ihm gleich morgen früh zu geben, als Dankeschön. Besonders Knuddel sah auf dem Bild sehr gut aus. Herr Persson hat sich denn auch sehr über das Bild gefreut. Vor allem hat er schrecklich gelacht. Vielleicht war sein Bild ihm doch etwas arg ähnlich geworden.

Die verkaufte Sonnenblume

Mama malt Bilder, sie macht sogar Ausstellungen, dann kommen die Leute in unser Haus, suchen sich die Bilder aus, die ihnen am meisten gefallen, und geben Mama Geld dafür. Ich war stolz auf Mama, dass die Leute extra von weither kamen, sogar mit dem Dampfer aus der großen, fernen Stadt, um Mamas Bilder zu kaufen. Wir konnten das Geld auch gut brauchen. Doch ich war richtig sauer, als eine ältere Dame mein Lieblingsbild kaufte, eine knallgelbe Sonnenblume – genau wie die, welche Mama in unserem Bauerngarten vorm Haus gezogen hatte.

»Diese alte Schachtel hat mein Lieblingsbild gekauft!«, beschwerte ich mich.

»Nanana – so was sagt man doch nicht!«

»Die Frau hört es doch nicht!«

»Trotzdem! Wie würdest du es denn finden, wenn hinter deinem Rücken so geredet wird ...?«

Ich schwieg. Meine Augen füllten sich mit Tränen.

»Ich mal' dir ein neues Bild – ganz genauso schön!«, tröstete Mama.

»Ja, kriegst du es denn überhaupt jemals wieder so hin?«, schniefte ich.

»Doch, bestimmt! Ich weiß doch, wie Sonnenblumen aussehen!«

»Ja, aber jedes Bild wird doch etwas anders!«

»Jede Blume ist ja auch anders!«

»Ich will aber ganz genau dasselbe Bild!«, trotzte ich.

»Es wird sicher sehr ähnlich!«, versprach Mama.

»Dann musst du aber genauso viele Blütenblätter drauf malen wie bei dem andern!«

»Ja, woher soll ich denn jetzt noch wissen, wie viele Blütenblätter es waren? Die Dame hat ja das Bild schon mitgenommen, ich kann jetzt nicht mehr nachsehen.«

»Aber ich weiß es, ganz genau. Ich hab' die Blätter gezählt.

Ich hab' dein schönes Bild so oft angeguckt, dass ich es jetzt ganz genau weiß!«

»Du gehst ja noch gar nicht zur Schule, du kannst doch noch gar nicht so weit zählen! Eine Sonnenblume hat sehr viele Blütenblätter!«

»Doch, ich hab' sie gezählt. Es sind genau zweimal so viele, wie ich Finger hab'!«

»Also zwanzig?«

»Ja, genau!«

»Dann werde ich eine Sonnenblume mit genau zwanzig Blütenblättern für dich malen!«

»Aber knallgelbe!«

»Ja – wie eine Strahlenkrone!«

Und Mama hielt Wort.

»Komm – wir gehen unter die Lichtdusche!«, rief sie eines Morgens durchs Haus, dass es schallte. »Lichtdusche« – so nannte sie es immer, wenn wir hinausgingen, ins Freie, an die frische Luft – »Schon mal Sonne auf Vorrat tanken«, erklärte mir Mama, »damit wir in der langen, dunklen Winterzeit davon zehren können!«

Das Wetter war toll, und daher wollte Mama die Gelegenheit nutzen, im Garten ein neues Sonnenblumen-Bild zu malen. Unternehmungslustig schwenkte sie die Pinsel. Ich durfte die Staffelei nach draußen tragen.

»Du, Mama – darf ich auch ein Bild malen?«, fragte ich. Das stellte ich mir lustig vor, mit all den bunten Farbtübchen, aus denen Mama auf die Palette kleckste, wo sie die Farben dann vermischte, so dass immer neue, aufregende Farbtöne entstanden.

»Hmmm – warum eigentlich nicht?«, überlegte Mama laut. »Irgendwann solltest du es wirklich mal ausprobieren!«

Da war ich ganz stolz, als sie eine kleine, quadratische Leinwand für mich holte – grad so groß wie mein Zeichenblock. Darauf wollte ich nun meine eigene Sonnenblume malen. Da Mama keine zweite Staffelei für mich hatte, holte ich kurzerhand einen Gartenstuhl und lehnte die Leinwand dagegen. »So – das geht!«, meinte ich. Es kippelte auch nicht mehr als bei Mamas Staffelei. So legten wir also los.

»Ich würde dir empfehlen, eine Ölskizze zu machen«, schlug Mama vor, »dann brauchst du nicht zu grundieren. Sonst wirst du heut nicht mehr fertig, und du willst doch gewiss gleich heute dein Resultat sehen?«

Und ob ich wollte!

»Du musst bloß aufpassen, dass die Farben dann nicht ineinander schmieren«, ermahnte mich Mama und zeigte mir auch gleich den kleinen Spachtel, mit dem man missratene Pinselstriche wieder wegkratzen konnte, solange sie noch frisch waren.

Ich wollte sofort drauflosmalen. Doch komischerweise sagte Mama, dass ich zunächst mal tief durchatmen sollte. »Sonst wird das nichts«, meinte Mama, »man muss erst mal innerlich zur Ruhe kommen.«

Dabei sah ich meine kleine süße Sonnenblume doch schon vor mir im Sommerwind nicken, und genauso wollte ich sie auch auf die Leinwand bekommen.

Doch Mama erklärte mir das Wort »entschleunigt« ... erst dann fing man nämlich an, wirklich die Welt rings um sich herum zu entdecken – nicht, wenn man daran vorbei hastete oder wild drauflos arbeitete. »Siehst du zum Beispiel das feine, karierte Muster im braunen Gesicht der Sonnenblume?«, fragte Mama. »Da werden mal die kleinen Kerne draus!« Stimmt! Komisch – darauf hatte ich früher nie geachtet. Ohne Mamas Atemübung wäre mir das wohl nie aufgefallen. Dabei waren es gerade solche Kleinigkeiten, die Mamas Sonnenblumen so irre echt aussehen ließen!

Mit geschärftem Blick fing ich also an. Meine Sonnenblume wurde ja auch ganz gut – vor allem wunderbar bunt: knallgelb der Kranz aus Blütenblättern und schokoladenbraun das Blütengesicht in der Mitte. Soweit so einfach. Doch dann wollte ich natürlich einen hellblauen Hintergrund drum herum malen und die restliche Leinwand nicht so weiß lassen. Also fing ich beherzt an und – klatsch! war die Blume an einem Rand mit einem blauen Fleck verschmiert. Als ich die Farbe vorsichtig mit dem Spachtel abtragen wollte, wurde es nur noch schlimmer. Weinerlich zupfte ich Mama am Ärmel, die gerade in ihr eigenes Werk vertieft war. »Du Mama – schau mal ...!«

»Ach, das macht doch nichts! So was nennt man Künstlerpech! Ist mir auch schon passiert. Weißt du was? Am besten übermalst du das, etwa mit einem Schmetterling – blau ist es da jetzt eh schon!«

Ja – die Idee war gut! Ich strahlte durch meine aufsteigenden Tränen hindurch. Wie gut es doch war, wenn man so eine schlaue Mama hatte!

Also übermalte ich den verschmierten Fleck als blauen Schmetterling – den einen Schmierstreifen vom Abspachteln konnte ich sogar gleich als Fühler stehen lassen – so dünn hätt' ich die feinen Antennen mit Absicht gar nicht hingekriegt! Und die verschmierten Farben ließen die Schmetterlingsflügel richtig lebendig wirken – so als würde sie der Bläuling gerade bewegen.

Da blieb eine ältere Dame draußen vor dem Gartenzaun stehen, denn von dort aus konnte man ja direkt zu den Sonnenblumen und unseren Kunstwerken hinüberblicken. Es war eine Dame mit glitzernder Perlenkette und oberfein – sicher eine Touristin aus der Stadt.

»Was Sie da malen, ist ja wirklich schön!«, rief sie anerkennend, »aber Ihre Kleine schmiert noch ziemlich herum! Sie sollte mal lieber ihre Pinsel richtig reinigen!«

»Das soll extra so!«, behauptete ich und kam mir ziemlich schlagfertig vor. Die fremde Dame beäugte mein Werk kritisch und nörgelte: »Wenn das Kind doch nur etwas sauberer malen würde! Also, wenn es meine Tochter wäre –«

»– ist es aber nicht!«, sagte Mama freundlich, aber bestimmt. Also durfte ich malen, wie ich wollte. »In der Natur treten die Farben auch gemischt auf, fast nie in Reinform«, setzte Mama noch hinzu. Da hob die fremde Dame kopfschüttelnd ihre Augenbrauen und stolzierte wortlos davon.

Unsere beiden Bilder aber wurden wunderbar!

Was Mama aber auch tat, und zwar im folgenden Frühjahr, das war, mir einen kleinen Sonnenblumenkern zu geben. Glücklich hielt ich den lustig schwarz und weiß gestreiften Kern in der Hand. Und daraus sollte eine solch große Sonnenblume werden, größer als ich? Das konnte ich kaum glauben. Und doch war es so. Mama ging mit mir in den Garten und wir pflanzten den Kern, und noch viele andere. »Aber immer fleißig gießen!«, sagte Mama.

Das versprach ich denn auch.

Jeden Tag ging ich nun nachgucken, was aus den gesäten Samen geworden war. Bald schon hatte die warme Frühjahrssonne kleine grüne Blättchen aus dem dunklen Boden gelockt – richtig hervorgezaubert. Und es dauerte auch gar nicht lange, da sahen die kleinen Pflänzchen schon richtig stramm und kräftig aus. Doch es dauerte noch sooooo lange, bis sie Knospen ansetzen und zu blühen anfangen würden ...

In Gedanken sah ich es schon vor mir: golden nickende Blüten-Sonnen, mit braunen Gesichtern und groß wie Suppenteller. Irgendwie erinnerten mich die nickenden Sonnenblumen immer an Brauseköpfe einer Dusche, besonders, wenn sie im Herbst reif waren und die Blütenblätter abfielen und lauter kleine Vögelchen kamen, um an den hängenden Blütenköpfen die Kerne herauszupicken. Die Sonnenblumen sind so großzügig – sie machen extra viele Kerne, damit die Vögel was zu fressen haben – und dennoch bleiben genug übrig, damit es im nächsten Jahr wieder neue Sonnenblumen gibt!

Dann kam der Tag, an dem ich ganz furchtbar sauer auf Bella wurde – leider! Denn Bella kam es in den Sinn, genau dort nach Mäusen oder was auch immer zu graben, wo Mama und ich unsere Sonnenblumenkerne gepflanzt hatten – genau vorm Küchenfenster, links und rechts neben der blau lackierten Gartenbank! Heulend stand ich vor der aufgewühlten Erde, aus der kaum noch ein Pflänzchen hervorguckte. Bella war eine ganze Weile nicht zu sehen, sie war ja so schlau, dass sie gleich merkte, dass sie da wohl irgendwas falsch gemacht hatte. So verdrückte sie sich lieber, solange sie sich unbeliebt machte. Als ich sie nach Stunden endlich wie einen Schatten durch die Stachelbeerbüsche streichen sah, schaute sie mich mit Armesünder-Miene an und kniff den Schwanz ein. Doch ich drehte mich bockig um und lief ins Haus. Meine schönen Sonnenblumen!

Weinend hatte ich versucht, zu retten, was zu retten war – die geknickten Blumenkinder, die sie aus der Erde herausgescharrt hatte, wieder einzupflanzen und mit Blumenbast hochzubinden. Mama hatte mir dazu ein paar lange Bambus-Stöcke gegeben, die sollten den armen geknickten Blumen Halt geben. »Manche werden wohl nicht mehr zu retten sein«, meinte Mama. Tröstend sagte sie: »Wir werden nächstes Jahr neue pflanzen – bis dahin ist Bella schlauer und buddelt nicht mehr hier 'rum – sie wird sich das merken!«

Am liebsten hätte ich Bella mit einer zusammengerollten Zeitung gehauen, aber Papa war dagegen. So band ich nur schniefend meine Blumenkinder hoch. Wenigstens hatte Mama ganz laut mit Bella geschimpft und auf die zerwühlte Stelle im Garten gedeutet – deshalb war sie ja fortgeschlichen und blieb so lange verschwunden ...! Wenn sie heute in den Wald gelaufen wäre, so wie damals – ich hätte sie nicht gesucht, so wütend war ich!

Dann vergingen die Wochen, und bange sah ich nach meinen Pflanzen-Zöglingen. Bella hatte schon längst wieder zaghafte Friedensangebote gemacht und war schweifwedelnd auf mich zugekommen – da konnte ich ihr nicht lange böse sein. Hunde sind nun mal so. Aber was sollte aus meinen Sonnenblumenkindern werden?

Und dann kam der Hochsommer, und in allen Gärten blühten die Sonnenblumen und ... in unserem auch! Wir hatten allerdings die merkwürdigsten Sonnenblumen von allen – mit geknickten Stängeln, die im Zickzack gewachsen waren ... doch allein schon, weil sie so tapfer weiter gewachsen waren und sogar blühten, knallgelb und munter, mochte ich sie am liebsten – mehr als alle die makellos geraden Sonnenblumen ringsum. Meine Blumen hatten es schließlich am schwersten gehabt und sich trotzdem nicht unterkriegen lassen!

Lalás großer und mein kleiner Geburtstag

Einmal damals – da lief Mama noch mit dem Ballonbauch 'rum, in dem Lalá drin war – da hatte ich zufällig ein Gespräch meiner Eltern mitgehört. »Hoffentlich fühlt sich Gabriela dann nicht als Nummer eins entthront ...«, meinte Papa nachdenklich. »Wir versuchen ja schon, sie darauf vorzubereiten, dass sie ein kleines Geschwisterchen bekommt – ich hoffe, dass sie es als künftigen Spielkameraden akzeptiert – und nicht als Konkurrenz empfindet ...«

Mamas Stimme drang beruhigend durch den Türspalt: »Das glaube ich nicht – ich hab' mir nämlich schon was ausgedacht: Jedes Mal, wenn ich das Baby wickel, dann darf Gabriela mitmachen und die Puderdose oder Creme bringen, und wenn ich das Baby dann stille, dann geb' ich Gabriela auch einen Früchtetee oder Kakao oder was ...«

»Und wenn sie grad gar keinen Durst hat?«

»Dann kriegt sie ihn trotzdem – einfach als Zeichen, dass sie jetzt nicht plötzlich weniger wichtig wäre ... wenn sie ihr Getränk nicht in dem Moment trinken mag, kann sie es ja solange in den Kühlschrank stellen. Und wenn das Baby dann größer ist, dann werde ich ihnen in jeder Hand ein Getränk hinhalten und es ihnen gleichzeitig geben – Gabriela in ihrer Blumentasse und dem Baby in seinem Schnullerfläschchen ... damit sie sehen, dass wir beide gleich lieb haben!«

Da hätte ich singen mögen vor Freude, wie gut sich meine Eltern alles überlegt hatten, und ich platzte zur Tür herein – obwohl sie ja damit wussten, dass ich zufällig gelauscht hatte – und rief: »Ihr braucht auch gar keine Angst zu haben, dass ich kein Geschwisterchen will – im Gegenteil: Ich freu' mich schon ganz doll drauf, dann bin ich nicht mehr allein!«

Da lachten Mama und Papa, und sie zogen mich zu sich heran und nahmen mich in die Arme – die Mama ganz vorsichtig, wegen ihrem Ballon da vorne, der ja nicht gedrückt werden durfte.

Mamas Idee hat denn auch ganz toll funktioniert. Als das Baby da war, bekam ich eine Babypuppe und einen Puppenbuggy, und dann durfte ich mit der Puppe all das machen, was Mama auch mit Lalá machte: anziehen und spazieren fahren ... richtig stolz war ich da! Und ich wartete sehnsüchtig, dass Lalá endlich groß genug zum Mitspielen sein würde. Ja, und so kam es, dass wir beide dann auch immer zusammen Geburtstag feierten: Diejenige von uns, die grad richtig dran war, feierte ihren »großen Geburtstag«, und die andere von uns Schwestern kriegte dann auch etwas, damit sie sich nicht zurückgesetzt fühlte, das nannten wir in der Familie dann unseren »kleinen Geburtstag«.

Als ich Geburtstag hatte, da merkte Lalá sowieso noch nicht viel davon, sie bekam einfach ihr Fläschchen und eine Gummi-Ente, die quaken konnte. Aber als Lalá dann ein Jahr alt wurde, da war's für mich fein: Denn dann hatte ich ja zugleich auch meinen »kleinen Geburtstag«, da bekam man dann zwar wirklich nur eine Kleinigkeit, aber grad so viel, dass nicht das Geburtstagskind der alleinige Star des Tages war und man spürte: »Wir freuen uns über deine Geburt genauso mit!«

Und als dann Tante Selma zum Geburtstagskaffee kam, streute ich grad zarte Rosenblüten aus dem Garten auf das weiße Tischtuch und Mama brachte eine selbst belegte Obsttorte, mit Erdbeeren aus unserem Garten. Dann sangen wir für Lalá das unvermeidliche »Happy Birthday« und auch das schöne Lied: »Wir freuen uns, dass du geboren bist, und hast Geburtstag heut ...!«

»Warum habt ihr denn Gabrielas Platz auch mit Girlanden geschmückt, und mit einem Lebenslicht?«, staunte Tante Selma, »die beiden haben doch nicht zusammen Geburtstag, so wie Zwillinge ...?«

Da erklärte Mama, dass Lalás Geburtstag ja zugleich mein kleiner Geburtstag wäre, mein Mitfeier-Tag.

»Also ein großer und ein kleiner Geburtstag!«, rief ich dazwischen, um's nach Kräften zu erklären.

»Aber du wurdest doch gar nicht heute vor einigen Jahren geboren ...« – Tante Selma kam immer noch nicht ganz mit.

»Aber ich bin halt geboren – klar, siehst du ja! – und ich bin Lalás Schwester – da muss ich doch auch heut ein bissel Geburtstag haben«, verteidigte ich unsere neue Sitte.

»Na ja, deine Eltern sind eben ein bisschen alternativ ...«, meinte Tante Selma und schüttelte lächelnd den Kopf. Ich wusste zwar nicht, was dieses komische Erwachsenenwort nun wieder bedeutet, aber irgendwie schien es ja zu passen, denn Selma lächelte ganz freundlich dabei. Und das war ja die Hauptsache.

»Na – dann muss ich ja mal nachschauen, ob ich nicht auch für das ›Kleine Geburtstagskind‹ was dabei habe ...«, meinte Selma bedeutungsvoll und kramte in ihrer unergründlichen Handtasche. Heraus zog sie eine Tüte zuckerfreier Fruchtbonbons und legte auch noch eine blanke Münze in meine Hand. Da war ich ganz stolz, dass ich eben an so einem Tag auch was kriegte, und freute mich für Lalás Ehrentag gleich doppelt mit.

Der freche Junge von nebenan

Auf unserer Insel gibt es noch viel mehr. Leute und Häuser und Blumen und Nachbarskinder. Die meisten sind sehr nett, aber einer war immer total frech, und das war schade. Wenn ich ihn auf der Straße sah, ging ich ihm meistens aus dem Weg.

Ole ist weißblond mit Sommersprossen, seine Augen sind so blau wie das Meer. Zuerst war Ole immer etwas nervig, wenn wir Mädchen vorbeikamen, er schoss mit Papierfliegern nach uns oder bespuckte uns mit Pflaumenkernen oder bewarf uns mit kleinen Steinchen oder Muscheln. Doch mit der Zeit wurden wir dann gute Freunde, und das kam so:

Wieder einmal kam Ole so ganz lässig dahergeschlendert und verhöhnte mich, wegen meinem Namen.

»Warum machst du dich über mich lustig?«, beschwerte ich mich. »Ich hab' dir doch nichts getan!«

»Weil du so 'nen komischen Namen hast!«

»Na und? Was ist daran komisch?«

»Gabriela Parrrrrrrrrrrra!!!«, rief er, so als würde er mich im Zirkus ankündigen.

»Verschluck dich bloß nicht an dem rrrr!«, sagte ich genervt. Dann fiel mir etwas ein: »Wenn du in Chile wohnen würdest, dann würdest du auch nicht wollen, dass dich alle wegen deinem Namen auslachen.«

»Der Name ›Gustavson‹ ist auch nicht komisch«, verteidigte sich Ole.

»Hier nicht – aber in Chile schon«, gab ich schlagfertig zur Antwort.

»Wir sind hier aber nicht in Chile!«

»Mein Papa hat aber gesagt, wir sind alle wie Nachbarn auf dieser Welt, und wir sollten gute Nachbarn sein, denn die Welt ist aus dem Weltall nur wie 'ne kleine blaue Murmel. Da sollen wir uns gut vertragen!«

»Dein Papa ist halt immer so oberschlau.«

»Besser oberschlau als dämlich.«

So ging es eine ganze Weile hin und her, total nervig. Und alles nur, weil Ole sich langweilte. Dann hatte er plötzlich eine Idee, die er offenbar witzig fand. Rasch riss er mein kleines lila Männchen an sich, das ich gerade so schön auf einen flachen Stein in die Sonne gestellt hatte, und rannte damit davon.

»He – gib mein Männchen wieder her!«, schrie ich ihm nach.

»Hol es dir doch!«, höhnte Ole und rannte nur noch schneller.

Ich versuchte, ihn einzuholen, doch Ole ist fast so schnell wie Bella. Schade, dass Bella sich gerade wer weiß wo im Garten rumtrieb, sonst wäre sie ihm sicher nachgelaufen. Doch womöglich hätte sie ihn in die Waden gezwickt. Bella hätte mein Männchen sicher für mich verteidigt.

Vom Laufen kriegte ich Seitenstiche und blieb stehen. Erschöpft keuchend schrie ich ihm nach: »Du bist gemein! Das sag' ich meinem Papa, und dann geht der zu deinem Papa und …«

»Alte Petze!«, hörte ich Ole rufen. Seine rechte Faust war fest um das geraubte Männchen geschlossen. Er hielt die Faust hoch und schwenkte sie über seinem Kopf hin und her.

»Wo rennst du hin?«, rief ich.

»Ich stell' dein blödes Männchen jetzt zwischen die Klippen am Strand – da kannst du es dir ja abholen!«, brüllte Ole. Schon war er am Strand – gleich würde er seine Drohung wahr machen. Trotz Seitenstichen eilte ich hinter ihm her.

Ole lief über den Sandstrand hinüber zu den Felsklippen. Er beeilte sich sehr, die Klippen zu erklimmen, und sprang von Stein zu Stein. Auf der äußersten Klippe wollte er das Männchen abstellen, und die war immerhin so hoch, dass man von dort aus ins Wasser springen könnte wie vom Dreimeterbrett, was man aber lieber nicht tun sollte, weil's unter Wasser auch Gesteinsbrocken gibt. Und wenn der Wind mein Männchen von dort hinunterwehen würde – gar nicht auszudenken!

Die Angst um mein Männchen gab mir Riesenkräfte. Ole sah über die Schulter hinweg, dass ich ihn einholte, das lenkte ihn einen Augenblick ab – da trat er daneben, rutschte aus und schlug hin – genau mit dem Knie über die Felsen schrammend. Wir schrieen beide auf, und natürlich verlor er dabei das Männchen – es rutschte zwischen die Felsen ...

Heulend hielt sich Ole sein rechtes Bein. Es blutete ziemlich arg. Ole sah jetzt gar nicht mehr frech aus, sondern jämmerlich. »Heulsuse!«, wollte ich zu ihm sagen, doch als ich herankam und sah, wie schlimm die Schrammen aussahen, so richtig blutig und mit kleinen Sandkörnchen, die in die Wunde gedrückt waren, da blieb mir das Wort im Hals stecken.

»Kannst du das Bein bewegen? Kannst du aufstehen?«, fragte ich stattdessen.

»Ich – ich weiß nicht ...!«, stöhnte Ole stockend. Hätten wir jetzt nur ein Handy gehabt, so wie Mama und Papa! Zitternd stand Ole auf – es ging, aber er konnte nur humpeln. Ich lief zu den Felsen, um mein Männchen zu suchen, aber auch, um dabei gleich mein Taschentuch nass zu machen und es Ole zu geben, damit er das herabrinnende Blut und den Sand abwischen konnte.

»Ich – ich wollte dein doofes Männchen gar nicht zwischen die Felsen fallen lassen«, beteuerte Ole. »Es ist mir nur aus der Hand gefallen, als ich hier hingekracht bin ...«

»Ja – aber jetzt ist es weg!«, schrie ich zornig und robbte verzweifelt zwischen den Felsen herum, um es zu suchen. Ole wischte sich derweil mit meinem Taschentuch den Sand vom Bein. Dann schaute er zu mir hinüber. »Es – es tut mir leid ...!«, sagte er. »Echt!«

»Ja, es tut dir leid – und dafür kann ich mir jetzt 'n Eis backen!«, schrie ich zornig. Was nutzten die schönsten Beteuerungen, wenn davon mein Männchen nicht wiederkam ...? Mein armes Männchen ... Doch auch Ole tat mir insgeheim leid, denn das aufgeschrammte Knie musste verdammt wehtun ...

»Da – da drüben ist es!«, rief Ole plötzlich ganz aufgeregt. »Da zwischen den Felsen!« Und er deutete auf eine Felsspalte, aus der es lila hervorschimmerte. Gott sei Dank – das Männchen war wenigstens nicht ins Wasser geplumpst!

Verzweifelt angelte ich mit ausgestrecktem Arm hinunter, doch ich kippelte unsicher da oben auf der Felskante und konnte es nicht erreichen – um eine Fingerlänge nicht ... Da kam Ole herbeigehumpelt, hielt mich an einem Arm fest, und mit dem anderen konnte ich mich nun noch weiter nach vorn bücken und nach dem Männchen angeln, denn Ole hielt mich ja nun fest. Ich war auch ganz sicher, dass er nicht plötzlich aus Gemeinheit loslassen würde. Und schon hatte ich mein Männchen in der Hand, und Ole zog mich hoch.

»Danke ...«, murmelte ich. Verlegen starrten wir uns an. Da kam Herr Persson in seinem Wagen vorbeigefahren. Er hielt an der Uferstraße an, als er sah, dass Ole am Knie blutete – das ganze Taschentuch hatte er schon durchgeblutet. Erschrocken stieg Herr Persson aus und fragte: »Ja, Kinder, was ist denn passiert?« Und noch während wir ihm berichteten, rief er: »Schnell – ins Auto! Ich bringe dich zum Arzt!« Weil wir auf dem Weg dahin aber zunächst an unserem Haus vorbeikamen, rief ich: »Wir können auch erst mal hier anhalten – Mama hat Verbandszeug da!«

»Gute Idee!«, brummte Herr Persson und fuhr uns zu mir nach Hause. Er hupte mehrmals ganz lang, um uns anzukündigen. Mama war auch da und konnte Oles Wunde säubern und ein paar große Pflaster kreuzweise draufkleben. Dann rief sie Oles Mama an. Als sie hörte, dass Ole gegen Wundstarrkrampf geimpft war, und sah, dass er mit seinem Bein auch wieder auftreten konnte, brauchten wir gar nicht mehr zum Arzt.

Ich habe niemandem gesagt, warum wir da in den Felsen herumgeturnt waren. Ole war echt dankbar dafür, dass ich ihn nicht verpfiffen habe. Er war auch so schon zerknirscht genug. Um mein Männchen oder meine anderen Spielsachen brauchte ich wegen Ole nie mehr bangen. Die Narbe auf dem Knie aber würde er behalten. Und seit dem Tag, als er mit dem dicken Pflasterverband herumlief, den Mama ihm gemacht hatte, und wir dann beide nebeneinander auf der Gartenbank saßen und von Mama Orangensaft spendiert bekamen, wurden wir Freunde.

Ein Wald am anderen Ende der Welt

Abends erzählte Papa Gute-Nacht-Geschichten. Fast immer erzählte er von Chile. »Mein geliebtes Chile«, nennt er es immer.

»Weißt du, Gabriela, dass du ein ganz kleines bisschen von Indianern abstammst?«

»Wirklich?«

»Ja – du hast ein paar Tropfen Indio-Blut, denn meine Mutter war eine Mapuche.«

»Großmama? Sie war – was?«

»Eine waschechte Mapuche-Indianerin!«

»So richtig mit Federn im Haar und so?« Meine Augen glänzten.

Papa lachte. »Nein – nicht so, wie du dir das vorstellst, mein Kind. Es gibt noch viele Hunderte, ja Tausende anderer Stämme, und sie alle leben ganz verschieden – im Urwald oder in der Wüste. Deine Vorfahren lebten im Süden Chiles, da wachsen große Buchenwälder, so wie hier, und dazu noch ganz seltsame Pflanzen, solche gibt's hier gar nicht – höchstens im Botanischen Garten.«

»Was denn zum Beispiel, Papa?«

»Da gibt es eine Art Tannenbäume, die haben statt Nadeln grüne Schuppen, fast wie Drachen. Die nennen wir ›Araukarien‹.«

»Dann sehen die Zweige also aus wie Drachenschwänze?«

»Ja, wie geschuppte Schwänze von Drachen oder wie schuppige Schlangen.«

»Das möchte ich gern einmal sehen!«

Und ich begann, von den geheimnisvollen Araukarien zu träumen – tagsüber in meinem Kopf – Papa nennt das »Fantasie« – und nachts richtig im Traum. Dann gehe ich durch seltsame Wälder voller merkwürdiger Pflanzen, und dort gibt es tolle bunte Vögel und Schmetterlinge ... – Und am nächsten Tag versuchte ich, sie aus der Erinnerung zu malen. Mama sah mir vergnügt dabei zu, wie ich mit Wachsmalkreiden ganze Bögen vollmalte, und sie sagte: »Wer weiß – vielleicht fängst du ja auch tatsächlich eines Tages an, richtige Ölbilder zu malen, so wie ich ...? Eine Sonnenblume hast du ja schon hingekriegt!«

Die Sonnenblume hing bei mir überm Bett.

Papa erzählte uns also von seiner Heimat. Er und Mama saßen gemütlich auf der Bettkante, und Mama hielt Lalá im Arm. Mit geheimnisvoller Stimme ließ er vor uns aus Worten den Ort entstehen, wo er geboren wurde: Pocuno, und er erzählte, wie er als Junge durch den Wald hinterm Haus streifte – »da war ich grad so alt wie du jetzt, Gabriela ...«

Ich dachte an den Zauberwald, von dem er berichtete, und war froh, selber auch einen Zauberwald zu kennen, hier auf der Insel, und das war mein Wald, mein kleines Reich. Doch der andere Wald musste auch sehr schön sein. Jeder Wald ist schön.

»Ganz große, bunte Blumen gibt es da ...«

Ich dachte an Papas Schlüsselanhänger. »Hast du deswegen solch eine schöne rote Blume als Anhänger, Papa?«

»Ja – das ist die Copihue, die Nationalblume von Chile.«

Ich bewunderte die große rote Lilie sehr. »Wenn wir mal rüberfliegen – krieg' ich dann auch so eine?«

»Ja, mein Schatz – dann bekommt ihr beide solch eine Blume, du und Lalá. Aber du hast jetzt schon was von Chile, was du ständig bei dir hast!«

»Was denn?«, fragte ich neugierig.

»Deinen Namen!« Ich staunte. »Wieso?« Ich mochte meinen Namen, konnte aber nichts Besonderes daran entdecken.

»Doch!« Du bist nämlich nach Gabriela Mistral benannt, einer berühmten Dichterin! Sie hat sich sehr für die Armen und die Indios eingesetzt und fast alle Indios sind ja arm ...« Er seufzte.

Ich fand es toll, dass sich jemand für die Armen stark machte. Und schöne Gedichte schrieb. Da beschloss ich, Dichterin zu werden, wenn ich einmal groß wäre. Und natürlich den Armen zu helfen.

Jetzt sagte Mama lachend: »Und wenn Lalá ein Brüderchen geworden wäre, dann hätte Papa darauf bestanden, es Pablo zu nennen – ebenfalls nach einem berühmten chilenischen Dichter, nämlich Pablo Neruda. Aber nun ist es ein Mädchen geworden, und ich fand halt den Namen ›Leandra‹ sehr schön ...«

»Vielleicht bekommen wir ja noch ein Brüderchen ...?«, fragte ich eifrig.

Mama lächelte müde. »Dazu müsste ich aber noch sehr viele Bilder verkaufen ...«

»Wieso denn? Warum musst du denn Bilder verkaufen, damit wir ein Brüderchen kriegen?« Dass wir das Brüderchen nicht kaufen würden, so viel wusste ich schon. Überhaupt war ich das, was Papa »frühreif« nennt. Warum also brauchten sie dann so viel Geld ...?

»Na ja, das Geschwisterchen soll es dann ja auch genauso gut haben wie ihr, und dazu müssen wir dann halt noch viele Dinge für ihn kaufen können ...«, sagte Mama. »Das kostet alles Geld ...«

Da zeigte ich Mama und Papa, wie lieb ich sie hatte. Sofort sprang ich aus dem Bett, lief zu meiner Spardose hin und schüttelte sie, dass die Münzen darin klimperten. »Da – das alles sollst du haben!«, rief ich und drückte Mama die Sparbüchse in die freie Hand. »Damit wir bald Geld genug haben, dass noch ein Brüderchen oder Schwesterchen es gut hat!«

Zunächst aber wurde das Thema »Brüderchen« vertagt, denn da spielt ja auch der liebe Gott noch eine wichtige Rolle, ob er nun eins schickt oder nicht. Manchmal ist das alles ein bissel schwer verständlich, denn einigen schickt er Kinder, die gar keine haben wollen, und die werden dann zur Adoption freigegeben – sozusagen verschenkt –, damit dann auch diejenigen eins haben, die selbst keins bekommen können ... manches ist schon sehr merkwürdig in der Welt.

Doch nicht nur Papa erzählte abends Gute-Nacht-Geschichten, sondern auch Mama. Das heißt, Mama las mir lieber was vor, aus spannenden Kinderbüchern. Sehr oft las sie mir aus »Pippi Langstrumpf« vor, und Pippi war ja auch eine richtige Piratin! Da beschloss ich, zuerst einmal selbst Piratin zu werden und sodann, meine eigene Tochter einmal »Astrid« zu nennen, nach der Autorin

Astrid Lindgren, die sich ja Pippi Langstrumpf ausgedacht hatte. »Astrid« deshalb, falls sie »Pippi« nicht durchgehen ließen. Das wäre mir natürlich noch lieber gewesen. Aber na ja, eine meiner Freundinnen hieß ja auch Astrid, also war das doch ganz okay so.

Ach ja, und natürlich hören wir zu Hause ganz viel Musik: Mamas CDs mit schwedischer Popmusik, von ABBA und so, und Papas geheimnisvolle Andenfolklore von Inti Illimani und anderen Protestsängern, und er sagt, dass sie dort über die Armut der Bauern und gegen die Ungerechtigkeit in der Welt singen. Die Musik klingt irgendwie traurig, aber schön. Also traurig-schön. Ich wünsche mir, dass eines Tages alle Ungerechtigkeit in der Welt aufhört, und dann wird auch diese Musik einfach nur noch schön klingen, mit ihren Flöten und Mandolinen: den *Kenas* und *Charangos*. Dann hätten auch Leute wie Victor Jara, Violeta Parra und die von den Gruppen Inti Illimani und Quilapayún ihre Lieder nicht umsonst gesungen.

Verschiedene Spiele

Papa trauert seinem Teddy in Chile nach, den er auf seiner Flucht zurücklassen musste. Sein Teddy war der dicke Freund seiner Kindertage. »Ich hatte den Teddy sogar noch in meiner Studentenbude«, erzählte er, »doch ich musste ja alles zurücklassen. Sei froh, dass du deinen schönen Teddy hast!«

Da fasste ich einen großherzigen Entschluss: »Du darfst meinen Teddy leihen, Papa!«

Da nahm mich Papa ganz gerührt in den Arm.

Papa erzählte abends als Gute-Nacht-Geschichten auch Kurioses: »Bei uns in Chile gibt es Schwäne, die sind zwar weiß wie die hierzulande, aber sie haben einen schwarzen Hals. Daher sieht man ihre Hälse und Köpfe in der Dämmerung gar nicht mehr – es sieht dann im Dunkeln aus, als würden kopflose Schwäne über den See schwimmen. Daher hat eine feine englische Lady diese Schwarzhals-Schwäne auch für kopflos gehalten – denk dir nur: die dachte doch tatsächlich, da schwimmen Schwäne ohne Kopf rum!«

»Muss die aber blöd gewesen sein!«, meinte ich. »Na ja – vielleicht hat die auch gedacht, die wär'n schon bratfertig ...«

Das mit den Schwänen brachte mich am nächsten Tag auf einen Gedanken: Ich konnte ja versuchen, mir zum Spaß auch die Dinge anders vorzustellen, als ich sie sah und hörte, oder vielmehr: die Sachen so zu sehen und zu hören, wie sie auf mich wirkten, selbst wenn ich es besser wusste. So liebte ich es, zwei Dinge gleichzeitig zu betrachten und dabei zum Spaß das, was ich sah und hörte, zu vertauschen. So hörte ich zum Flug der Schwalben das Motorgebrumm eines Flugzeugs, das gerade ebenfalls vorüberkam, und stellte mir vor, die Schwalben hätten einen Motor. Das war so komisch, dass ich lachen musste. Denn natürlich brauchen Schwalben gar keinen Motor – das ist ja gerade das Feine an ihnen. Oder ich hörte Molly miauen und sah die Nachbarin ihre Bettlaken am Fenster ausschütteln, und dabei miaute es jedes Mal, wenn sie die Laken schwenkte – das war auch drollig. Auch die fernen Segelboote, die in der Bucht kreuzten, ließ ich mit Hummelgesumm dahinfahren ...

Aus den großen Rhabarberblättern im Garten kann man tolle Sonnenschirme machen, und so pflückte ich mir oft ein Blatt und saß dann da drunter. Einmal saß ich grad da und sah den roten Hubschrauber von der Küstenwacht vorbeifliegen, und da ließ ich in Gedanken die vorübersegelnden Möwen zum typisch schrabbelnden Knattern des Hubschraubers fliegen ... einfach zu komisch!

Wenn Mama und Papa Hausputz machen, geh ich ihnen lieber aus dem Weg, denn das sieht nach Arbeit aus. Trotzdem ist es ganz lustig, denn ich liebe es, mich dann gegenüber von unserem Haus auf den Gehweg zu setzen, wenn er so richtig schön durchwärmt ist von der Sonne, und dann zur Tür hineinzuschauen und durchs ganze Haus durch und zur Hintertür wieder hinaus in den Garten sehen zu können. Dann sieht man nämlich im dunklen Flur ein kleines, grünes Rechteck, mit bunten Flecken, das ist der Garten hinterm Haus, und es sieht dann aus wie ein lustiges kleines Guckloch, durch das man in den Garten schauen kann, quer durch das ganze Haus hindurch.

Einmal ging ich hinterher hin und schnitt einen bunten Garten aus Mamas Frauenzeitschrift aus und klebte ihn auf ein schwarzes Stück Bastelpappe: Das sah ganz genauso aus. Nur Mama war etwas sauer, weil ich in ihrer Zeitschrift rumgeschnippelt hatte, in der sie noch lesen wollte. Doch als sie sah, was ich daraus gemacht hatte, da meinte sie nur: »Na ja – vielleicht wirst du ja doch einmal eine Künstlerin. Das, was du da aufgeklebt hast, ist jedenfalls schon eine richtige kleine Collage!« So nennt man nämlich ein Bild, wo man etwas ausschneidet und aufklebt und daraus was Eigenes macht. Da war ich mächtig stolz.

Was man auf einer kleinen Insel alles unternehmen kann

Jeden Tag lief ich zu Mama und fragte sie: »Ist denn Lalá heute schon groß genug, um mit mir zu spielen?«

Ich konnte es gar nicht erwarten, bis mein Schwesterchen endlich groß genug dazu sein würde, damit wir richtige Spielkameraden waren. Solange musste ich nämlich noch alleine spielen, jedenfalls wenn die Nachbarskinder keine Zeit hatten.

Heute ist mal wieder Tante Selma zu Besuch gekommen. Sie sah mich ganz allein im Garten spielen; Mama kümmerte sich um Lalá und Papa schrieb mal wieder auf seinem Laptop, dass die Tasten nur so klackerten. Schon den ganzen Morgen ging das so. Tante Selma bedauerte mich, dass ich so allein spielen musste, aber ich sah sie nur ganz erstaunt an: »Wieso – das ist doch nicht schlimm?!«

»Ja, wird es dir denn gar nicht langweilig, auf die Dauer, auf so einer kleinen Insel?«, staunte Tante Selma.

Überrascht sah ich sie an. »Nein – warum denn? Die Insel ist doch so schön!«

»Ja – die Insel ist sehr schön und grad groß genug, so wie sie ist!«, sagte auch Papa mit Nachdruck. Er schrieb gar nicht mehr auf dem Computer. Er kam vielmehr gerade von draußen herein und sein dunkelblauer Overall war ganz und gar mit blutroten Flecken bekleckert.

»Huch – hast du ein Schwein geschlachtet?!«, rief Tante Selma entsetzt.

»Ich schlachte keine Schweine«, sagte Papa und lachte, »ich streiche unser Haus! Das hier ist kein Blut, es ist Falun-Rot!«

»Was ist denn Falun-Rot, Papa?«, fragte ich interessiert. Wenn ich schon hier in Schweden geboren war, dann musste ich doch über meine Heimat mindestens genauso viel wissen wie über Papas fernes Heimatland, aus dem ich ja auch ein klein wenig stammte. Ich fand es total aufregend, mich dann über so viele verschiedene Gegenden der Welt auszukennen.

»Falun ist eine Stadt hier in Schweden«, erklärte Papa, »da wird die berühmte rote Farbe hergestellt, mit der hier so gern die Sommerhäuschen gestrichen werden.«

»Aha – und daher heißt es Falun-Rot«, rief ich, »weil dort in Falun die Fabrik steht, wo sie diese Farbe machen.«

»Aber nicht aus Blut, das kann ich euch versprechen«, lachte Papa.

Da lachten auch Tante Selma und ich mit.

Nein, Tante Selma musste sich gewiss keine Sorgen machen, dass es mir hier auf der kleinen Schäreninsel je langweilig würde! Ich dachte mir nämlich jeden Tag etwas Neues aus, so dass selbst der Gartenweg vor unserer Tür oder der Platz hinter dem Schuppen aufregend und neu waren.

Einmal rannte ich mit um mich schwingenden Armen im Kreis herum: Da war ich ein UFO, und ich war zugleich Raumschiff und Besatzung und sah unseren Garten zum ersten Mal: für Außerirdische natürlich ein ganz ungewohnter Anblick! Unser Gartenweg wurde zur Landebahn, doch dann fiel mir ein, dass ja nur Flugzeuge so landen, darum hielt ich an und drehte mich um mich selbst, bis mir schwindelig wurde, und dann landete ich als Fliegende Untertasse im Sinkflug. Lachend lag ich auf dem Weg und wälzte mich im Sand. Oder ich flog mit den Wildgänsen mit, wie der kleine Nils Holgersson – jedenfalls in Gedanken.

Ein anderes Mal pirschte ich mich mit angehaltenem Atem hinterm Schuppen an Piraten an, die ich ganz deutlich vor Augen sah und die gerade im Begriff waren, im Gestrüpp an unserer Schuppenwand einen waschechten Goldschatz zu vergraben. Ich schlich auf Zehenspitzen näher, merkte mir den Platz, an dem der Schatz vergraben war, und beschloss, ihn mir später zu holen, kaum dass die finsteren Seeräuber fort waren.

Dann musste ich ganz kurz die Seeräuberbande sein, sprang nach vorn und markierte die Stelle, an welcher der Schatz vergraben war, mit einem Holzkreuz, das nur dem Eingeweihten die Stelle verriet. Das Kreuz bastelte ich aus zwei kurzen Stöcken. Erst versuchte ich, das Kreuz richtig aufzustellen, doch da der

Boden zu hart war, um das Kreuz hineinzubohren, verzichtete ich darauf, es aufzupflanzen, und legte es stattdessen einfach auf den Boden – so war es auch viel unscheinbarer! Das Kreuz sollte ja schließlich nur ein Hinweis für Eingeweihte sein und nicht für jeden Dahergelaufenen. Doch nur Katze Molly kam vorbei, und die interessierte sich nur für Mäuse. Zufrieden betrachtete ich die gekreuzten Stöcke da am Boden, dann schlüpfte ich wieder zurück und in meine Rolle als Beobachter. Aus einiger Entfernung, halb verborgen hinter der Ecke des Schuppens, schaute ich zu dem Kreuz hinüber. »Ah – da haben die Schurken also ihren Schatz vergraben!«, knurrte ich mit Seebärenstimme. »Genau wie auf meiner Schatzkarte markiert!«

Ach ja – die Schatzkarte! Eine Karte malen musste ich ja auch noch! Sofort sprang ich auf und eilte in mein Zimmer. »Wohin denn so eilig?«, rief Mama hinter mir her, als ich die Holztreppe hinaufpolterte.

»Keine Zeit für Erklärungen«, johlte ich übermütig, »jeden Moment kann Kid Morgans Bande wiederkommen und ihren Schatz heben!«

Ohne Mamas Antwort abzuwarten, stürmte ich in meine Bastelecke, riss einen Bogen Papier aus meinem Zeichenblock, knüllte ihn zusammen, damit er schön alt aussah, faltete ihn wieder auseinander, riss sogar noch eine Ecke ab und malte ein paar braune Flecken drauf. Dann machte ich mich daran, dort einen geheimnisvollen Lageplan zu entwerfen. Als Erstes trug ich natürlich das Kreuz ein, das die Lage der Schatzkiste anzeigte, doch das war zu offensichtlich. Das würde ja jedem zu leicht gemacht, dem diese Karte zufällig in die Hände geraten sollte. Dann wäre es ja ein Kinderspiel, diesen Schatz zu heben! Sogleich malte ich noch hier und da weitere Kreuze hinzu, als falsche Spuren, die jeden in die Irre führen sollten, doch dann fand ich beinahe selbst das richtige Kreuz nicht mehr heraus, und so musste ich mir noch einen Hinweis einfallen lassen. Neben das richtige Kreuz malte ich eine Palme, denn immerhin lag der Schatz ja unterm Gebüsch am Schuppen vergraben, und aus dem Schuppen wurde die Ruine eines verlassenen Forts, und rasch fiel mir immer mehr ein, was man auf der Karte eintragen konnte, um Uneingeweihte zu verwirren. Richtig prächtig sah es schließlich aus!

Ein Rätsel musste auch noch dazu, fand ich, um den Eingeweihten auf die richtige Spur zu führen, und so schrieb ich noch in der schönsten Seeräuber-Krakelschrift dazu (das Schreiben hatte ich mir ja mit Papas Hilfe schon vor meiner Einschulung selbst beigebracht): »*Ihr Seeräuber mit Augenbinde! Jeder andere verschwinde! Auf der Insel ist ein Schatz verscharrt, die Karte zeigt, wo er verwahrt. Wer kann die Karte richtig lesen, wird finden, wo der Platz gewesen!*«

Hochzufrieden zog ich mit meiner Schatzkarte ab. Nun konnte ich den Platz ja suchen – ein aufregendes Abenteuer stand bevor!

Molly wurde zum schwarzen Panther, der Holunderbusch zum Dschungel, undurchdringlich und geheimnisvoll, und wacker schlug ich mich durchs Gebüsch, zerkratzte mir Arme und Beine an den Himbeerranken und war restlos glücklich. Endlich hatte ich den Platz gefunden, genau nach Karte, und langte nach vielen Entbehrungen und Strapazen bei dem Holzkreuz an. Dieses war inzwischen schon von den Tropenpflanzen überwuchert, vor allem von Südsee-Brennnesseln, doch ich fand es trotzdem.

Sogleich begann ich angestrengt zu graben. Während ich mit einem alten, kaputten Spaten aus Papas Geräteschuppen grub, überlegte ich fieberhaft, was denn als Piratenschatz da im Boden drin sein sollte. Erstens hatte ich kein Gold, um es da hineinzutun und hinterher großartig zu finden. Zweitens war der Boden zu hart, um überhaupt ein nennenswertes Loch zu graben – ich hatte es ja nicht einmal geschafft, den Stock von dem Kreuz in die Erde zu stecken. Also musste etwas anderes als Schatz her. Ein rostiger Nagel? Neee, das war nun wirklich nicht kostbar genug. Oder das Goldpapier von meiner Schokoladen-Packung? Dazu ein paar Murmeln aus meiner Sammlung, als Perlen und Edelsteine? Hm, das ging schon eher. Gerade beschloss ich, meine schönsten grünen Murmeln zu holen – die mit dem Schraubenmuster innen –, da fiel mir noch was viel Besseres ein: Ich besaß eine blanke Münze, das war dann sogar richtiges Geld, das ich finden konnte! So stand ich auf, verschwitzt und staubig, und ging, meine blanke Münze aus der Spardose zu holen. Das war ein leeres Marmeladenglas, in dem zuvor Moltebeeren drin gewesen waren und das ich aufgehoben hatte, weil es mir so gut gefiel und ich auch Moltebeeren so gerne aß. Die waren auf dem Etikett nämlich abgebildet.

Da fiel mir ein, dass ich ja neulich mit Mama die Münze in unser Sparschwein gesteckt hatte, und da es noch ein richtiges, altmodisches Porzellanschwein war, müsste ich das arme Schwein ja erst mit einem Hämmerchen schlachten, ehe ich an die Münze herankäme. Mama hatte zwar gesagt, das schöne Schweinchen mit den aufgemalten rosa Rosen hätte unten ein Türchen, wo man das Geld rausholen konnte, doch den Schlüssel dazu hatte leider Mama in Verwahrung. Krampfhaft überlegte ich hin und her, was ich denn nun als Schatz vergraben und anschließend finden könnte.

Da fiel mein Blick auf ein wunderschönes gelbes Schneckenhaus mit schwarzen Ringeln, und das glänzte so schön in der Sonne. Ich beschloss, das Schneckenhäuschen zu nehmen. Es sollte den Schatz darstellen. Leider erschien es mir ziemlich zerbrechlich, das konnte ich nicht einfach in die Mulde quetschen, die ich da mühsam ausgehoben hatte.

Also nahm ich nochmals den Spaten und grub unter großer Anstrengung doch noch weiter, so dass die Grube schließlich tatsächlich eine ganze Handbreit tief war. Wer meint, das sei nicht tief, der soll ruhig mal selbst probieren, wie es ist, in hartem Erdboden zu graben! Jedenfalls war das Loch nun tief genug, um das Schneckenhäuschen hineinzulegen, das natürlich ganz und gar aus purem Gold war, da entdeckte ich etwas in der Grube: Es lag tatsächlich schon ein Schatz da drin! Und Gott sei Dank war er heil geblieben, denn der Schatz da in der Grube war ein ganzes Schneckennest, das ich da zufällig mit einem Spatenstich ausgegraben hatte! Da lagen doch tatsächlich Hunderte kleiner Eier, milchig weiß und durchsichtig wie Glasperlen, und innen drin konnte man schon die winzigen Schneckchen erkennen! Einige waren auch bereits ausgekrochen, und das waren die winzigsten Schnecken, die ich je gesehen hatte, weiß wie kleine Geistchen und schon richtig mit winzigen, feinen Häuschen und fadendünnen Fühlerchen!

Andächtig kniete ich vor dem Schnecken-Kindergarten. Staunend betrachtete ich die Eierchen und Schneckchen, sie waren so lustig anzuschauen. Dann beschloss ich, ganz behutsam das Nest wieder mit Zweigen und lockeren Erdklumpen abzudecken, damit sie da drinnen wieder geschützt lagen, im Bauch der Erde, bis sie von alleine herauskommen wollten und in die Welt hinausziehen. Nun hatte ich doch noch einen richtigen, kostbaren Schatz gefunden! Denn konnte es da im Boden unter dem Gebüsch vorm Schuppen einen größeren Schatz geben als richtige, echte, lebendige Schneckenkinder?

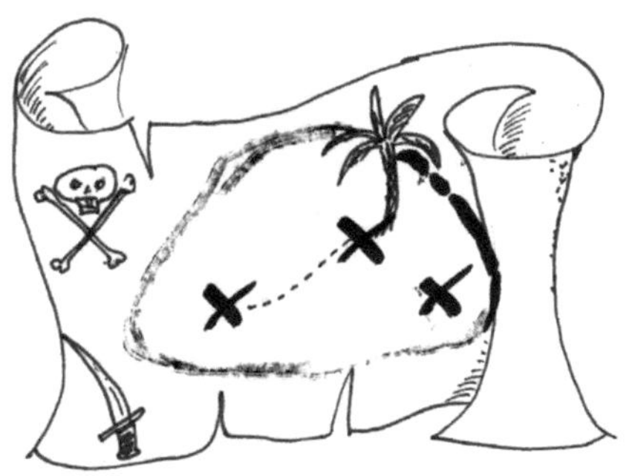

Der Drachen, der nicht flog

Bei uns auf der Insel herrscht oft Wind. Der kommt vom großen, wilden Meer. Ich mag den Wind gern. Wenn er aber zu schlechtes Wetter mitbringt, so richtige Herden schwarzer Wolken, aus denen es stürmt, dann bleibt man lieber drinnen und liest oder bastelt bei dem schlechten Wetter, oder man hört Musik. (Zu viel Fernsehen ist eh doof.)

Tante Selma schenkte mir ein hübsches, rotes Holzpferdchen, ein richtiges Dalarna-Pferd, wie sie auch die Touristen gerne kaufen. Das Pferdchen war weiß bemalt, mit Augen, Zaumzeug, Mähne und Schweif. Ich mochte das Holzpferdchen gut leiden und beschloss sogleich, es mit in meinen Birkenwald zu nehmen. Das lila Männchen konnte ja auf dem Pferdchen reiten.

Einmal bei Regenwetter kam ich auf die Idee, aus meinem Pferdchen einen Elch zu machen. Hier auf der Insel hatte ich zwar noch nie einen Elch gesehen, doch im Fernsehen. Der Elch sah aus wie ein schwarzes Pferd mit einem Schaufelgeweih. Ein Pferd hatte ich ja schon. So nahm ich Schere und Klebstoff, bastelte aus Pappe ein Geweih und klebte es auf eine Art Mütze, die ich dem Pferdchen aufsetzte. So – nun hatte ich auch einen Elch! Nahm ich ihm die Geweihkappe ab, so hatte ich wieder ein Pferd! Lange Zeit konnte ich mich so mit meinem Pferde-Elch vergnügen, bis der Regen aufhörte und die Sonne hervorkam und ich wieder in den Garten konnte.

Dann wurde das Wetter besser, und wie auf Verabredung trafen wir uns draußen, meine Freunde und ich. Wir spielten alle zusammen Ball, Ole und Anna-Kristina, Astrid und ich. Der rote Ball flog hoch und immer höher – auf einmal hoch bis zu den Wolken. Da schaute ich ihm hinterher und sah am blauen Sommerhimmel eine Wolke, die sah wirklich und wahrhaftig aus wie ein wolliges Schäfchen, und daneben gleich noch eins, und drüben hopste ein weißes Wolkenkaninchen – »He!!! Pass doch auf! Du fängst ja den Ball überhaupt nicht!«, riefen Ole, Anna-Kristina und Astrid durcheinander.

Beschämt sah ich dem Ball hinterher. Ich hatte eine gute Chance verpasst, ihn zu fangen. Doch ich zeigte nach oben, um meine Zerstreutheit zu erklären: »Schaut doch nur! Die Wolken sehen aus wie eine weiße Lämmerherde, und da ist ein weißes Kaninchen, so richtig mit langen Ohren ...«

»Du spinnst ja!«, lachte Ole.

»Nein – echt!«, rief Anna-Kristina aufgeregt, »da – es sieht wirklich aus wie ein Kaninchen!«

»Und das da drüben ist ein Segelschiff!« Jetzt sah auch Ole etwas, das ihm gefiel. Immer mehr Wolkenfiguren entdeckten wir: Sahne-Eis, Eisbären, weiße Seehunde, Fische ... Es dauerte eine ganze Weile, bis wir nach dem Ball suchten, der friedlich im Gras lag. Dann ging das Ballspiel weiter – aber immer wieder schielten wir nach neuen Wolkenfiguren, die der Wind lustig über den Himmel blies.

Dann kam die Idee, bei dem Wind Drachen steigen zu lassen! Doch nur Ole hatte einen Drachen: Die Silhouette eines braunen Bussards, fast wie echt anzuschauen. Doch wir Mädchen wollten auch Drachen basteln, und zwar ganz bunte. Anna-Kristina wollte einen rechteckigen Drachen, mit Fransen an den Ecken und langem Fransenschweif, so richtig typisch, und ich auch, während Astrid versuchen wollte, ihren Drachen wie einen Schmetterling zu bemalen. Also besorgten wir erst mal das Bastel-Material.

Anna-Kristina bekam von ihrem großen Bruder sogar buntes Nylon, es stammte von einem alten, kaputten Camping-Zelt, das ohnehin schon eingerissen war. Also durften wir die Zeltbahnen zerschneiden. Papa steuerte Holzstangen und Draht bei, und Ole die Drachenschnur, die er vom laufenden Meter hatte. Das große Basteln konnte beginnen!

Papa gab uns auch ein paar gute Tipps und half auch nur so ein ganz wenig, gerade genug, dass die Drachen auch flugtauglich waren.

Doch dann kam ich auf die Idee, noch einen Papierdrachen zu basteln, aus starkem Bastelbogen, denn ich wollte ihn ja bunt bemalen, ganz bunt, und das ging auf dem Nylon nun mal nicht ...

Der Zeltstoff war zwar auch bunt, aber ich wollte doch ein lachendes Gesicht draufmalen, und zwei Schwalben, und eine Sonne und eine Wolke und vielleicht noch ...

Also bastelte ich noch einen kleinen Drachen aus Papier, und der wurde auch wunderschön. Alle Gemälde hatten darauf Platz: das lachende Gesicht und die gelbe Sonne und die Vögel ... Nur hatte die ganze Sache einen Haken: Es war ein Drachen, der nicht flog ... Als wir unsere selbst gebastelten Schätze steigen ließen, da wollte und wollte er einfach nicht. Während die Nylondrachen schon munter am Himmel schwänzelten, stürzte meiner immer wieder ab ...

Wir liefen den Wiesenhang hinauf, bis an den Rand des kleinen Birkenwäldchens. Dort pustete der Wind besonders gut unter die ausgespannten Drachenflügel. Ich war schon wieder mal abgelenkt, weil das Birkenwäldchen so schön war ... Ich mochte das flimmernde Birkenlaub und die leuchtend-weißen Stämmchen, die so lustig schwarz geringelt sind wie ein Katzenschwanz – von einer Wildkatze natürlich! Oder wie ein Zebra ... Und in Gedanken bevölkerte ich den Wald natürlich gleich mit Elchen und Rentieren, Wölfen und Bären ...

Und schon hatte ich nicht aufgepasst: Kaum hatte sich mein schlapper Drachen einmal aufgemacht, auch ein wenig zu fliegen, da verfing sich die Schnur an den Birkenzweigen und mein schöner Drachen stürzte ab! Patsch! Der Drachen hing im Baum. Papa kam mit der Leiter und hat ihn von da oben gerettet.

Der arme Drachen – das Papier eingerissen, ganz zerfetzt! Doch sein Grinsegesicht lächelt tapfer weiter. Jetzt hängt er über meinem Schreibtisch. Das Loch habe ich geklebt, aber fliegen kann er nie wieder. Er konnte es ja vorher schon nicht richtig. Aber das macht nichts – für mich ist er dennoch der schönste Drachen der Welt!

Der kleinkarierte Gärtner

Wenn man die lange Straße entlang läuft, an den vielen kleinen Villen und Sommerhäuschen vorbei, bis hinunter ans Ende der Straße, dann kommt man zum Haus des Kapitäns, und kurz davor gibt es ein Häuschen mit Garten, das irgendwie anders aussieht als alle ringsum. Ich hab lange gebraucht, um zu kapieren, wieso, denn an dem roten Holzhäuschen selbst ist nichts anders als bei allen anderen auch. Doch der Garten ... während alle anderen Gärten auf der Insel lustig bunt sind und die nickenden Blumen und Himbeerranken schon durch den Zaun wachsen, ist bei jenem Besitzer alles kurzgeschoren und gestutzt, so dass einem schon beim bloßen Anschauen die Bäume und Sträucher leid tun. Auch der Rasen sieht gar nicht aus wie eine Blumenwiese, sondern wie ein Stück grüner Teppich. Vermutlich schneidet er die Ränder mit der Nagelschere.

Papa sagt immer, es sei ein Wunder, dass Herr Langström nicht gleich noch Kunstrasen verlegt habe, denn dann bräuchte er nicht mehr ständig Rasen mähen. Da begriff ich, dass jenem Garten genau das fehlte, was wir alle an den anderen Gärten so schön fanden, und was Papa immer als »romantisches Wuchern« bezeichnet: der Wildwuchs. Auch alle Vögel und Schmetterlinge schienen jenen Garten zu meiden, denn da gab es für sie keinen Unterschlupf, keinen Nektar, gar nichts. Nur die Sträucher am Wegesrand standen Spalier, militärisch stramm!

Einmal kam ich grad vorbei, als Herr Langström wieder ächzend und fluchend Pflanzen ausriss – »Unkraut jäten« nannte er das. Mir taten all die armen Blumen leid, die jedes Mal dran glauben mussten. Ich blieb stehen und sah über den Zaun.

Herr Langström bemerkte mich. »Na du«, knurrte er und richtete sich stöhnend auf, eine Hand im Rücken und mit der anderen die Harke schwingend, »macht's Spaß, andern Leuten bei der Arbeit zuzuschauen?«

»Ja«, sagte ich arglos.

»Dacht' ich mir«, knurrte er. »Na ja, so'n Gör wie du hat ja auch nix Besseres zu tun! Freu dich, dass du noch so klein bist und spielen kannst!«

»Warum machen Sie's denn dann, wenn's Ihnen doch keinen Spaß macht?«, erkundigte ich mich.

»Na hör mal – muss ja wohl gemacht werden!«, empörte er sich. »Sieh doch nur, das ganze Unkraut ringsum!«

»Ich find's schön ...«, sagte ich achselzuckend.

Herr Langström schnaufte missbilligend durch die Nase. »Na aber«, regte er sich auf, »wie sieht denn das aus ...???«

»Gut ...«, sagte ich.

Herr Langström musterte mich mit zusammengekniffenen Augen. »Du bist schon ein ganz schön freches Ding!«, meinte er.

Papa sagt das auch immer, aber bei ihm klingt das irgendwie anders. Wenn er das sagt, dann lacht er dabei und zwinkert mit einem Auge. Doch Herr Langström schaute mich böse an, so als sollte ich mich gleich entschuldigen. Da ich nicht wusste, wieso, sagte ich nichts. Da zuckte er die Achseln und bückte sich wieder ächzend, um auf die armen Kräuter einzuhacken.

»Nicht doch – die gelbe Blume da war doch so schön!«, rufe ich entsetzt.

»Die? Das ist doch bloß Löwenzahn!«, meint er grimmig.

Ich fange fast an zu weinen. »Aber sehen Sie doch nur: diese schönen gelben Blüten! Wie Sternchen!«

Herr Langström schaut die ausgerupfte Blume kritisch an. Offenbar kann er nichts Besonderes daran entdecken. »Die? So was gibt's überall! Mehr als genug! Aber nicht auf meinem Gartenweg!«

Und wieder bückt er sich und schlägt mit der Harke zu.

»Oh nein – gerade die war besonders hübsch!!« Was er da macht, regt mich total auf.

»Na – nun stell dich mal nicht so an!«, knurrt Herr Langström ungehalten.

»Aber warum nur reißen Sie die schönen gelben Blumen aus? Schauen Sie sich die doch mal genau an, wie hübsch die sind! Können Sie denn neue machen?«

»Nee – wieso denn das? Von denen gibt's doch nur wirklich genug – die vermehren sich über diese verdammten Flugsamen wie die Pest! Wieso sollte ich da noch neue machen?« Er meinte die herrlichen Pusteblumen, die aus den gelben Blütensternen wurden – wenn man sie denn ließ.

Ich wusste nicht, wie ich es ihm erklären sollte. Er riss in einer Sekunde aus, was in vielen Wochen so wunderbar herangewachsen war! Ich hatte mal an einem Regentag mit Mama Seidenblumen gebastelt, für die große Vase im Korridor, wo's zu dunkel ist, um echte Topfblumen hinzustellen, und Schnittblumen mögen wir alle nicht, die welken nur so schnell, die Armen. Da hatten Mama und ich aus rosa und gelbem Seidenpapier wunderschöne Blüten gebastelt und an echte Zweige gebunden, so dass es aussah, als würden diese blühen: Mandelblüten und Forsythien. Es war irre schwer gewesen, die künstlichen Blüten auch nur halbwegs so schön hinzukriegen wie die echten. Und dann wuchsen diese künstlichen Blumen ja noch nicht einmal! Und hier, wo alles so herrlich von alleine wuchs, da wurde es einfach ausgerissen – es war zum Haareraufen!

Herr Langström betrachtete nachdenklich mein erhitztes Gesicht. »Wie würdest *du* das denn finden, wenn hier der ganze Gartenweg zugewuchert wär?«, fragte er herausfordernd. »Schön grün«, antwortete ich wie aus der Pistole geschossen. »Dann bleibt immer noch ein Trampelpfad, von ganz alleine, so wie auf der großen Wiese, wo der Feldweg zum Strand runter führt ... und Sie hätten nicht so viel Arbeit!«

Damit ließ ich ihn stehen und rannte davon. Mir war das ganze Gespräch nämlich unbehaglich. Im Augenwinkel kriegte ich grad noch mit, wie Herr Langström kopfschüttelnd die welkenden Blumen an den Zinken seiner Harke betrachtete.

Am nächsten Tag klingelte es bei uns. Papa machte auf. »Aaah – Herr Langström!«, rief er erstaunt, denn wir kriegten sonst von ihm nie Besuch. Aber ich bekam auf einmal ein rabenschwarzes Gewissen – frech hatte er mich genannt ... womöglich würde er sich jetzt bei meinen Eltern über mich beschweren ...! Mein einziger Trost war, dass Papa und Mama mich nie vor andern Leuten bloßstellten, wir machten das alles unter uns aus.

In der Tat wurde ich gerufen. Irgendwie lustlos ging ich hin: »Tag, Herr Langström!«, sagte ich ungewohnt brav.

Doch dann staunte ich. In den Händen hielt Herr Langström eine große Kiste – und in der Kiste standen, dicht bei dicht, mehrere alte Blumentöpfe, alle noch gut erhalten und wirklich nur hier und da mit einem ganz kleinen Sprung. Und in den Töpfen wuchsen ... lauter Löwenzahn und andere »Unkräuter«!

»Die hab ich alle für dich umgetopft ...«, brummte Herr Langström, halb belustigt, halb verlegen, »die kannste dann bei dir in den Garten stellen – im Topf lassen oder wieder einpflanzen, grad wie du willst ...!«

Mit einem überraschten Jubelschrei nahm ich die Pflanzen in Empfang. Herr Langström stellte die Kiste vor mir auf den Boden und kratzte sich hinterm Ohr.

»Wollen Sie nicht einen Augenblick reinkommen?«, bot Mama an, die gerade herzukam. Sie wies mit einladender Geste zum Wohnzimmer hinüber. Papa aber wunderte sich, wie wir zu der Ehre kamen, stolze Besitzer von so viel blühendem Löwenzahn zu sein. Ihm war die ganze Vorgeschichte ja unbekannt.

»... ja nun, ich will hier ja niemanden aufhalten«, meinte Herr Langström, »wollt' eigentlich bloß die paar Pflanzen hier vorbeibringen ...«

»Aber Sie halten ja niemanden auf«, sagte Mama freundlich, »ich wollte eh grad einen Kaffee aufbrühen ...«

»Na ja, vielen Dank, wenn Sie meinen ...«, sagte Herr Langström. Auf einmal kam er mir viel netter vor. »... danke!«, stotterte ich. Und während Mama die leckeren, selbst gebackenen Butterplätzchen in einer Schale auf den Kaffeetisch stellte, schlug Herr Langström vor: »Wenn ich wieder mal was zu jäten hab, dann ruf' ich bei euch an und dann kommst du halt grad mit deiner kleinen Spielzeug-Schaufel vorbei und buddelst die Pflanzen aus und nimmst sie mit!«

Meine Eltern lachten.

»Dann werden wir ja noch zum Löwenzahn-Asyl!«, rief Papa. »Typisch Gabriela!!« Und er wuschelte mir kameradschaftlich übers Haar.

Von dem Tag an aber sprach Herr Langström nicht mehr von »Unkraut«, sondern nur noch von Löwenzahn, Storchschnabel und wie sie sonst alle hießen.

Das Häuschen des Kapitäns

Am Ende unserer Straße, da wo die Welt zu Ende ist, wie Mama immer augenzwinkernd sagt, steht ein kleines weißes Häuschen, das hat sogar einen Turm. Mir gefällt das hölzerne Häuschen mit dem runden Turm und dem spitzen Kegeldach sehr gut, wie ein kleines Schlösschen sieht es aus. Es heißt »Solitüde« und gehört einem pensionierten Kapitän. Der alte Käpt'n trägt immer noch seine blaue Schirmmütze und zwinkert uns Kindern immer lustig zu, wenn wir über den Gartenzaun gucken. Wenn in seinem Garten die Erdbeeren reif sind, oder die Pflaumen, dürfen wir uns welche mopsen.

»Ich allein ess' die sowieso nicht mehr alle auf«, brummt er dann, »und meine Tochter wohnt ja mit ihrer Familie in der großen Stadt ...«

Manchmal erzählt er uns Kindern von seinen Reisen in ferne Länder, ein richtiger Weltumsegler war er!

Dann winkte er uns zu sich auf die Veranda, und Ole, Anna-Kristina, Astrid und Gudrun und natürlich ich auch setzten uns gemütlich auf seine Hollywood-Schaukel, die so herrlich knarzte, während wir übermütig wie auf 'ner Schiffsschaukel darin herumschwangen. Und er setzte sich auf einen Flechtstuhl dazu, der aus Palmrohr geflochten war und ein echter Schaukelstuhl war, auf den er ein Kissen gelegt hatte, das mit roten Hibiskus-Blüten bedruckt war. Auch auf unserer Schaukel lagen solche bunten Kissen. »Die hat meine Tochter mir selbst genäht ...«, brummte er, und dann kriegte er jedes Mal so feuchte Augen. Ich glaube, er vermisste sie sehr, da in ihrer fernen, großen Stadt.

Der alte Kapitän vergaß auch nie, uns Kindern was zu Trinken anzubieten: »Na, wie wär's denn mit 'nem steifen Grog? Oder 'nem Kümmelschnaps? Ach neee, is ja nix für Kinner, das vergess' ich immer – bin halt schon 'n büschn tüdelig!« Und dabei zwinkerte er uns so vergnügt zu, dass wir wussten: Er war ja überhaupt nicht tüdelig – er tat nur so.

Dann brachte er uns 'ne Flasche Limo – er hatte immer unsere Lieblings-Limonade da: Zitrone und zuckerfrei, und dann hockten wir uns gemütlich hin, saugten geräuschvoll durch unsere bunten Strohhalme, und dann begann der alte Kapitän, uns von seinen abenteuerlichen Weltumrundungen zu erzählen.

Man konnte sich das alles auch ganz genau vorstellen, denn seine ganze Wohnung und auch seine Veranda und sein Garten waren mit Seemanns-Dingen dekoriert: Bilder von Segelschiffen hingen an der Wand, auf dem Kamin standen Buddelschiffe und im Garten war ein rostiger Anker als Dekoration auf dem Rasen ausgelegt – ja, sogar aus einem alten, kaputten Rettungsboot hatte er ein Blumenboot gemacht, indem er es mit Fleißigen Lieschen und bunten Astern bepflanzt hatte.

»Bei so 'nem Seemann muss man aufpassen!«, brummte er, »denn wir Seeleute erzählen gern Seemannsgarn ... und da weiß so 'ne Landratte manchmal nicht, was wahr ist und was nicht – aber das ist ja gerade spannend! Mal sehn, ob ihr rauskriegt, ab wann's nicht mehr wahr ist ...!« Er lachte, und wir hockten da mit blanken Augen und waren ganz Ohr.

»Nun denn ...«, brummte er, »als wir mal um Kap Hoorn rum sind, da kam der Sturm gleichzeitig von vorn und von achtern, und unser Schiff drehte sich wie'n Karussell, und plötzlich hob es ab und flog auf 'ner Windhose los – da ging's aber schnell, hui – und schon war'n wir in Neuseeland!«

Gnadenlos lachten wir ihn aus.

»Waaas? Glaubt ihr das nicht?«, fragte der Kapitän und machte ein ganz unschuldiges Gesicht. »Na, dann vielleicht das hier: »In den Tropen, da gibt's Fische, die können richtig fliegen! Ssssst – schnellen sie aus dem Wasser und schwirren davon, Hunderte von Metern, sag' ich euch – denn die haben Flossen wie Flügel!«

Ole kicherte probehalber.

»Neee du, wirklich! So wahr ich hier sitze! Ganze Schwärme von denen gibt's und wenn die nich aufpassen, dann klatschen sie dir aufs Deck – da brauchste nicht mal mehr angeln!«

Da lachten auch Astrid und die anderen Mädchen, nur ich

nicht. Fliegende Fische konnte ich mir gut vorstellen. Astrid, Gudrun und Anna-Kristina aber lachten laut und lustig, Ole johlte sogar schon übermütig.

»So, wenn ihr nun alle fertig mit Lachen seid, dann wartet mal – gleich werd' ich euch beweisen, dass ich recht hab! Hier – es stimmt wirklich!« Und er brachte uns ein großes, dickes Buch, das er »Wissens-Lexikon« nannte. Und da stand es drin – tatsächlich!

Zwar konnten wir mehrheitlich noch nicht lesen – außer mir ein wenig, doch wir glaubten dem Kapitän, der uns den Artikel vorlas, und zudem war auch gleich noch ein Bild von einem fliegenden Fisch drin. Da staunten wir sehr, was es in der Natur so alles gibt.

Der alte Käpt'n erklärte uns auch, dass Seejungfrauen in Wirklichkeit Seehunde oder Seekühe seien, doch heimlich wünschte ich mir, es würde doch noch irgendwo richtige Nixen geben – wie die kleine Meerjungfrau aus dem Märchen. Oder irgendetwas anderes, in den Tiefen des Ozeans, das noch nicht entdeckt war und über das wir staunen konnten. Doch eigentlich war schon jede Makrele staunenswert, mit ihren Silberschuppen und ihrem Tigermuster auf dem Rücken. Über das, was wir täglich sehen, haben wir bloß das Staunen verlernt ..., sagt Papa immer.

Uns gefielen die Geschichten des Kapitäns natürlich sehr. Da versuchte auch ich, eine Seemannsgeschichte zu erzählen – und da merkte ich erst, wie schwer das ist: eine Geschichte zu erfinden, die so spannend wirkte, dass sie nicht bloß ein Lügenmärchen war, sondern dass man auch Lust hatte, zuzuhören und sich das alles vorzustellen!

»Wir sind mal mit Bella aufs Meer hinausgefahren«, erzählte ich, »wir haben versucht, sie doch mal zum Segeln mitzunehmen. Das mag sie nämlich gar nicht. Aber einmal haben wir's doch probiert. Erst war sie noch ganz ruhig, als unser Boot im Hafen lag. Doch als Papa die Taue löste und wir aus der Bucht segelten, dann ging's los: Bella heulte und jaulte, sie hörte gar nicht wieder auf! Ich versuchte, Bella zu beruhigen und streichelte sie, doch Bella jaulte immer weiter. Mama hielt sich schon die Ohren zu und Papa beschloss gerade, umzukehren und Bella wieder am Ufer abzusetzen, da geschah es –!«

Ich genoss die dramatische Pause, und zugleich überlegte ich mir krampfhaft, was denn eigentlich geschehen sollte? Ach, klar: »Also, auf einmal sprang Bella über Bord und begann, zum Strand hinüber zu paddeln. Sie kann ja nämlich gut schwimmen! Doch je länger sie im Wasser war, desto mehr sah sie auf einmal aus wie ein Seehund, und als sie endlich am Ufer ankam, da robbte sie den Strand hinauf und war ein Seehund geworden! Wir mussten erst bis Mitternacht und Vollmond warten, ehe aus Bella wieder ein richtiger Hund wurde!«

Alle hatten mir gespannt zugehört, und zum Schluss reagierte jeder anders. »Märchentante!«, rief Ole lachend, »Toll erzählt!«, sagte Astrid, und auch der Kapitän lachte beifällig. »Das ist ja schon ein hübsches Garn«, meinte er, »aber den Schluss der Geschichte glaub' ich dir denn doch nicht!«

»Was – dass Bella zum Seehund wurde?«, fragte ich nach. Klar, dass er mir das nicht abnahm!

»Neee – dass sie bei Vollmond wieder zu 'nem richtigen Hund wurde!«, lachte der Kapitän. »So was geht nämlich immer nur bei Neumond! Schau lieber mal richtig nach – vielleicht ist sie ja doch immer noch ein Seehund!«

Da lachten wir alle und warfen mit unseren Blumenkissen nach ihm.

Die große weite Welt

Der alte Kapitän erzählte uns also von der »großen weiten Welt«. Das musste daher irgendwo anders sein ... vielleicht so weit weg wie Chile.

»Wo ist denn die große Welt?«, fragte ich daheim Papa.

»Überall!«, sagte er mir.

»Auch hier? Nicht nur woanders?«

»Die große Welt ist überall, in allen Weltgegenden, auch hier! Und jede Gegend ist schön – solange wir Menschen sie nicht kaputtmachen! Und wenn man in der Welt umherreist, dann gefällt es einem hier und dort und daheim, und man kann vergleichen und alles lieben! Die fremden Länder ebenso wie die Heimat – denn alles zusammen macht diesen Erdball bunt!«

Ich dachte über Papas Worte nach. Ich fand, er hatte sehr recht. Um mir das in Ruhe durch den Kopf gehen zu lassen, rannte ich in den Garten, zu unserer Schaukel da im Apfelbaum. Nebenan, auf dem Pflaumenbaum, saß eine Amsel und sang ihr Lied. Sie ließ sich durch mich nicht stören, denn wir kannten uns ja.

Trotzdem beschloss ich, gleich loszulaufen und nachzusehen, ob denn wirklich auch hier bei uns die große weite Welt sei? Hier war doch jeder Winkel so vertraut – es war komisch, sich vorzustellen, das sei nun schon die große weite Welt – unser kleiner Garten etwa. Ich nahm mir vor, unsere Sommergäste zu fragen – die kamen ja schließlich extra zu uns her, aus der fernen großen Stadt, mit dem Dampfer. Die mussten es doch schließlich wissen, oder?

Ich traf auch in der Tat Herrn Olaffson, der erst neulich mit dem Dampfer angekommen war und nun in einem der kleinen Gästezimmerchen wohnte. Er ging gerade spazieren, sicher wollte er zur Strandpromenade. »Hallo, Herr Olaffson – darf ich Sie was fragen?«

»Ja, was denn?«

»Wie kommt es, dass die große weite Welt hier bei uns ist, wo ich doch gar nicht verreisen muss, um dahin zu kommen?«

Herr Olaffson lachte. Ich lachte mit, weil es so komisch klang, wie er lachte, so richtig tief wie aus einem Fass – doch als Herr Olaffson mit Lachen fertig war, fiel ihm leider keine gescheite Antwort ein. »Tja, weißt du – man fährt eben dahin, wo's schön ist«, meinte er nachdenklich, »das kann weit sein oder auch ganz nah ... du hast eben das Glück, dass du auf so einer schönen Insel wohnst – da brauchst du gar nicht erst zu verreisen ...!«

»Okay, danke«, sagte ich brav und lief weiter. Nun war ich so schlau wie zuvor. Wie ich so in Gedanken dahinlief, kam ich ganz von alleine wieder mal bei Haus Solitüde an. Der alte Kapitän saß gerade auf der Veranda und trank seinen Nachmittagskaffee.

»Na, du kleine Krabbe – bist du wieder da?«

Klar, sah er doch. Aber ich wusste, er meinte es nett.

Geradeheraus fragte ich: »Und du kennst also die ganze weite Welt ... das muss toll sein!«

»Ja, bis ans Ende der Welt bin ich gefahren!«, sagte der Käpt'n stolz.

Ich staunte. Dann runzelte ich die Stirn und sagte: »Mein Papa hat aber gesagt, es gibt gar kein Ende der Welt – denn die Erde ist rund wie 'ne Murmel!«

Da lachte der alte Kapitän. »Dein Papa hat ja recht: Wie eine blaue Murmel sieht die Erde vom Weltraum aus! Aber man sagt halt so, wenn man eine ganz entlegene Weltgegend meint.«

»Also ist die große weite Welt überall und nirgends«, erklärte ich. Doch ich zerbrach mir den Kopf darüber, wieso einem daheim so vertraut sein und doch zugleich ein Stück der großen weiten Welt sein konnte – war die denn nicht immer woanders? Ich hatte eine Idee. Irgendwie musste ich das mal ausprobieren ... »Kannst du mir ein großes Schild malen?«, fragte ich. Zwar konnte ich ja selbst schon einigermaßen schreiben, doch hatte ich manchmal den Verdacht, dass alle anderen Leute außer mir zuweilen Mühe hatten, es richtig zu lesen. Und es sollten doch alle lesen können!

Der Kapitän nickte. »Ja – was soll ich denn malen?«

»Du sollst einfach draufschreiben: GROSSE WEITE WELT!«

Der Kapitän lachte. »Na schön – wenn's dir so eine Freude is' – dann schreib' ich dir eben ein Schild, wo das draufsteht!«

Und er holte gleich ein großes Stück Pappe, das von einer Kuchenverpackung stammte, und schrieb in großen Blockbuchstaben drauf: »GROSSE WEITE WELT!!« Das unterstrich er dann gleich noch und gab mir das Schild.

»Danke!«, sagte ich. »Jetzt kann ich das Schild von Papa an einen Stock nageln lassen und aufstellen. Papa hat einen Werkzeugkasten im Schuppen.«

»Wo willst du denn das Schild aufstellen?«, fragte der alte Kapitän neugierig.

»Das wird mir schon noch einfallen«, sagte ich geheimnisvoll. »Vielleicht stelle ich es auch an mehreren Orten auf, mal sehen ...«

»Dann kannst du ja gleich in meinem Garten damit anfangen!«, lachte der Kapitän.

Ich nickte. Keine schlechte Idee. »Ich komme nachher mit dem Schild noch mal wieder«, sagte ich, nahm mein Schild und rannte davon. Daheim nagelte Papa mir das Schild in der Tat an einen alten Stecken, und nun war es fertig. Glücklich nahm ich es und schwenkte es in der Luft, wie ein Plakat, und überlegte, wo ich es am besten aufstellen konnte ... Dann würde ich mich daneben setzen und einfach mal in mich hineinhorchen, wie sich das anfühlte ... zugleich hier und da draußen, in der Ferne ...

Während ich noch einfach draufloslief, immer meiner Nase nach (denn die Welt war ja überall), fiel mir auch ein, wo ich das Schild aufstellen wollte. Mitten im kleinen Birkenwäldchen oben auf dem Hügel würde ich es hinpflanzen, da droben auf dem Felsbuckel, von wo aus man einen so guten Überblick über die ganze Insel hat, über die kleinen Birkenbäumchen hinweg bis hinaus weit übers Meer ... Denn mir fiel kein entlegenerer Ort ein auf dieser kleinen Insel, der zugleich das Ende der Welt sein konnte und doch mittendrin ... Drunten am Schiffsanleger hätte es keinen Sinn, da sah man schon von alleine, wie wichtig dieser Punkt war, wenn dort sogar die großen Dampfer aus der fernen Stadt anlegen. Zudem hatte man von dort zwar einen schönen Blick über die Bucht, aber nur vom Birkenbuckel aus hatte man das, was Mama immer »Rundum-Panorama« nannte und was sie so oft auf ihren Ölbildern malte (manche Touristen meinten, etwas zu bunt, aber die haben nie richtig hingeguckt, wie blau das Meer an einem Sommertag sein kann!)

Also rannte ich den Birkenbuckel hinauf. Ganz erhitzt kam ich droben an. Dort pflanzte ich mein Schild auf und setzte mich daneben ins Moos. So – geschafft! Der Stecken passte gerade gut in eine Felsspalte, da hatte ich den Stiel hineingeklemmt. Jetzt prangte da das Plakat. Nun stellte ich mir vor, dass dies hier zugleich die große weite Welt sei und doch auch das Ende der Welt, völlig entlegen ... ganz schön verwirrend und aufregend!

Auf einmal kam mir dieser unscheinbare Ort ganz wichtig vor. Für Papa war das »Ende der Welt« drunten bei den Pinguinen, dicht am Südpol – für mich war es hier oben im Birkenwald, wo kaum ein Tourist hinkam, weil sie alle drunten auf der Strandpromenade blieben und fast nie den schmalen Trampelpfad durchs Gras hierher fanden ...

Ganz stolz saß ich da und schaute den goldenen Mücken zu ... Hier war es also, das Ende der Welt, zugleich die Mitte der Welt, überall und nirgends – denn, wie Mama sagt, überall sind wir dem lieben Gott gleich nah.

Doch so fern ich mir auf einmal von zu Hause vorkam – einer fand mich doch! Wer kam da hechelnd und schweifwedelnd aus dem Gebüsch hervor, so dass ich mich im ersten Moment richtig erschrak und doch glaubte, hier auf der Insel gebe es Füchse? Bella war's und sprang fröhlich auf mich zu und leckte mir übers Gesicht! Da zauste ich ihr lachend das Fell, und sie drehte sich um, lief mir voraus, wandte sich wieder zu mir, als wolle sie mir sagen: »Komm – gehen wir heim!« Und das taten wir dann auch. Das Schild aber ließ ich oben stehen – in der großen weiten Welt!

Während ich hinter Bella herlief, dachte ich noch über unsere Erde nach, und über meine kleine Insel, die ein Teil davon war. Einerseits fühlte ich mich hier zu Hause, ganz und gar, denn ich bin ja von hier, bin hier geboren. Andererseits, wenn Papa immer so herrlich und bunt von Chile erzählte, von den endlosen Küsten und den weiten Wäldern und schneebedeckten Vulkanen, den Walen und Pinguinen, dann fühlte ich mich auch damit verbunden und spürte eine Sehnsucht in mir, das alles persönlich kennenzulernen. Irgendwie stand ich lange Zeit richtig Spagat zwischen diesen beiden Welten, bis ich begriff, dass man in beiden zu Hause sein kann. Die große weite Welt, das war hier und dort und noch viel mehr, und dies alles hatte darin Platz. Und ich kannte und wusste schon so viel davon! Da fühlte ich mich innerlich reich.

Wie wir als Piraten auf Kaperfahrt gingen

Gern spielte ich mit den anderen Inselkindern »Piraten«. Anna-Kristina, Astrid und Gudrun, und neuerdings auch Ole waren immer mit von der Partie, wenn wir uns was Neues, Spannendes ausdachten. Nun wollten wir also eine Mannschaft von Piraten gründen!

»Wir brauchen ein Schiff!«, rief Ole unternehmungslustig. »Aber ein richtiges – kein Spielzeugboot!«

Das sahen wir ein. Doch woher nehmen? Ratlos schauten wir uns an. Da hatte ich die zündende Idee: »Ich weiß, wo's ein Boot gibt! Ein echtes Ruderboot – das können wir nehmen!«

»Wem gehört's denn? Müssen wir es uns stehlen, so richtig zünftig nach Piraten-Art?« Oles Augen glänzten unternehmungslustig.

»Nee, du, wenn wir' s stehlen, kriegen wir Ärger mit unseren Eltern! Das Boot gehört niemand, es ist schon alt. Das können wir einfach so nehmen, ohne zu fragen!«

»Dann isses langweilig!«, meinte Ole.

Wir Mädchen fanden das nicht. »Besser ein langweiliges Boot als gar keins«, meinte Anna-Kristina schlagfertig.

»Na gut«, lenkte Ole ein, »wir können ja so tun, als ob wir's erst kapern müssten Spielen kann man ja alles!«

Damit waren wir alle einverstanden.

Wir schlichen also runter zum Strand. Der Strand – das ist eine Welt für sich. Ganz toll ist es da, weil der Sand so weich und weiß ist und die Felsen so wild und die Strandrosen so kratzig, und weil die rosa Wildrosen so gut duften, und später, aus den Hagebutten, kann man Juckpulver machen und die Kerne jemand in den Nacken streuen. Das Strandgras sieht auch ganz anders aus als normales Gras, es ist hellblau und schneidet, also ist der Strand regelrecht gefährlich, wir nennen es Schneidegras, und es ist eine Mutprobe, da durchzulaufen, womöglich in Flipflops oder gar barfuß. Hat man das aber erst mal geschafft, so ist der sonnenwarme Seesand dann ganz weich unter den Zehen, und viele bunte Muscheln und lustige Schneckenhäuschen gibt's da auch, und man kann sich die Füße mit Sand bekleben und dann durch die sanften Wellen laufen und sich von ihnen die Zehen wieder sauberlecken lassen, und dann das Ganze wieder von vorn. Wenn man Geduld hat und ganz genau hinschaut, dann sieht man in Ufernähe sogar schon kleine Fischchen schwimmen, die munter hin und her flitzen, und natürlich sind auch die Möwen wunderschön, die wie kleine weiße Papierflieger schwungvoll über die Bucht segeln. Und der Wind zaust einem freundlich in den Haaren, und der Sonnenschein spiegelt auf dem Meer, so dass es mit seinen Wellen so richtig lebendig aussieht, und überhaupt ist es am Meer wunderschön!

Wir schlichen uns also, geduckt zwischen den Felsbrocken und raschelnden Schilfstauden, an das herrenlose Boot an. Es war ein weißes Ruderboot, unten am Schiffsrumpf grün gestrichen, und lag auf den Strand gezogen da. Wir pirschten uns an – ob wohl mit Kanonen auf uns geschossen würde? Doch alles blieb ruhig – keine Gegenwehr von der Besatzung. Wir verjagten nur eine Möwe, die es sich gerade an der Bordkante am Heck gemütlich gemacht hatte. Mit schrillem Protestgeschrei flog sie davon. Dann enterten wir das Schiff mit Mordsgebrüll. Doch was nun?

»Das Schiff hat ja gar keinen Mast!«, meuterte Ole. »Das ist ja gar kein richtiges Seeräuberschiff!«

»Dass Jungs immer was zu meckern haben«, sagte Gudrun. »Wir können uns doch ganz leicht einen Mast bauen.«

»Wie denn?«, fragte Ole, scheinbar gleichgültig, doch man merkte, dass ihn die Antwort interessierte.

»Mit einem langen Stock! Wer hat was Geeignetes?«

»Hey – die Idee ist gut!«, rief Astrid. »Wir haben zu Haus vielleicht was Passendes: 'nen alten Besenstiel!«

»Haha! Ein alter Besenstiel!!«, johlte Ole höhnisch. »So was kann auch nur einem Mädchen einfallen!«

»Und? Hast du was Besseres?«, fragte Astrid. Ole gab sich geschlagen.

So holten wir den alten Besenstiel. Als Ole den Holzstiel erst mal sah, war auch er begeistert: »Der passt ja genau in das Loch unten im Bootsrumpf!« Denn das Boot war kaputt, das Holz morsch, die Spanten verzogen und verwittert – sonst hätte es da wohl auch nicht einfach am Strand herumgelegen! Und da im Loch am Boden, ziemlich genau in der Mitte, wurde der Besenstiel auch aufgestellt. Er klemmte so fest in dem Loch, dass er ohne weitere Stütze stehen blieb. Doch als wir uns dann stolz in unser Segelschiff hineinsetzten und beratschlagten, wie wir den Mast betakeln sollten und was sonst noch so alles fehlte, da fing Ole wieder an zu murren: »Das Schiff gehört erst mal richtig ins Wasser!«

Also schoben und bugsierten wir das alte Boot erst mal tiefer den Strand hinab, bis hinein ins seichte Wasser, und da waren wir froh, dass wir einen so starken Jungen wie Ole dabei hatten, doch Gudrun und Astrid sind auch nicht grad von Pappe.

Nun saßen wir wieder in dem Boot, und diesmal fühlte es sich schon richtiger an, wie die flachen Wellen um den Bug leckten, grad so, als würde unser Schiff gleich losfahren. Umso wichtiger war nun das Segel. Doch wir waren zuversichtlich, auch dieses Problem zu lösen.

»Wo kriegen wir bloß ein Segel her? Hm – mal scharf nachdenken«, meinte Anna-Kristina und kniff ihre Augen zu so schmalen Schlitzen zusammen, wie es unsere Katze Molly immer tut, wenn sie sich überlegt, ob sie auf den Pflaumenbaum klettern soll oder ob sie dazu zu faul ist.

»Hey – ich hab's!«, rief ich. »Wer hat ein altes Bettlaken? Hm – vielleicht kann ich sogar daheim eins loseisen ...?!«

»Ja, das wäre gut!«, riefen die andern durcheinander. Astrids Augen blitzten, als sie die andern überschrie: »Und ich kann ein altes, schwarzes T-Shirt von mir bringen!«

»Was sollen wir denn damit?«, höhnte Ole wieder mal vorlaut. »Dein lumpiges T-Shirt kannst du behalten!«

»Ein richtig schön löchriges T-Shirt ist gerade gut!«, protestierte Astrid. »Ich will's doch gar nicht als Segel bringen, du Depp!«

Da ging Ole ein Licht auf und er rief grinsend: »Ach – jetzt hab' ich's! Das gibt 'ne Piratenflagge! Deshalb muss es schwarz und löchrig sein! Au ja – so ausgefranst wie 'ne echte Flagge ... aber wir müssen ein Piraten-Motiv draufmalen!« Ole geriet richtig in Fahrt: »Ich weiß was – mein Papa hat daheim noch 'nen Topf mit 'nem Rest weißer Farbe – womit er letztens die Fensterrahmen neu gestrichen hat. Die bring' ich mit, und 'nen Pinsel, und dann malen wir da 'nen richtigen Totenschädel drauf, mit gekreuzten Knochen! Wer kann am besten malen?«

Das konnte ich. Feierlich versprach ich, einen grausigen Schädel auf das schwarze T-Shirt zu malen. Gesagt, getan – und die herrliche Piraten-Flagge wurde einfach an den Ärmeln des T-Shirts oben an den Mast gebunden, wo sie sogleich verwegen im Wind flatterte.

Inzwischen hatte ich auch ein weißes Bettlaken von daheim gemopst – ich fand, es sei eh schon etwas alt, denn ich hatte das komische Gefühl, es sei besser, Mama nicht zu fragen, weil sie vielleicht nicht mit sich verhandeln ließe, ob Bettlaken geeignete Segel für Piratenschiffe abgeben würden. Auch das Laken wurde mit Schnur am Mastbaum festgebunden, nur leider kriegten wir keine richtige schöne Rahstange her, es wurde etwas provisorisch, aber das machte nichts. Das Segel flatterte etwas komisch da am Besenstiel, doch in unserer Fantasie blähte es sich stolz im Wind, und zumindest hing da nun etwas, das ein Segel sein konnte, und so hatten wir gleich auch noch was, das wir bei unserem nächsten Treffen noch verbessern könnten. Denn so machte das Ganze gleich doppelt Spaß: Es blieb auch noch etwas zu überlegen, zu besorgen und basteln fürs nächste Mal.

So stachen wir also, fürs Erste ganz zufrieden, mit unserem Piratenschiff in See. Auf dem Bug war mit abblätternder Farbe der Name »Möwe« aufgemalt, doch wir nannten unser Boot »Sturmschwalbe«, das klang doch gleich besser – vor allem wilder. Wir nahmen auf den Ruderbänken Platz und blickten kühn über die Bucht hinaus. In echt konnte der löchrige Kahn ja nicht fahren – wir wären gleich abgesoffen.

Nun wurden die Rollen an Deck verteilt. Ole wollte der Kapitän sein – natürlich! Doch uns Mädchen fiel es gar nicht ein, dass er uns als Mannschaft herumkommandieren sollte – fast kam es zur Meuterei, noch ehe das Schiff richtig auf hoher See war. Wir sprangen von unseren Bänken auf und schrieen und fuchtelten wild mit den Armen – ganz wie es sich für richtige Seeräuber gehört, die so wütend sind, dass sie sich kaum untereinander einigen können. Als wir uns heiser gebrüllt hatten, ohne dass wir uns irgendwie geeinigt hätten, wurden wir ruhiger und begannen, über die Verteilung der Aufgaben nachzudenken. »Ich finde, jeder von uns soll mal Kapitän sein«, meinte Gudrun. »Warum immer nur einer?«

»Ich hab' noch nie gehört, dass alle mal drankommen, Kapitän zu sein«, widersprach Ole. »Das kann nur einer sein, basta!«

»Okay – aber dann noch lange nicht du!«, rief Gudrun. Da war Ole plötzlich bereit, reihum jeden von uns Kapitän sein zu lassen. Überhaupt lenkte Ole oft ein, obwohl er immer zunächst alles für sich haben wollte, so dass es gar nicht so schlimm war, wenn wir uns stritten. Die Kapitänsfrage war also geklärt, und großzügig ließen wir Ole sogar als Ersten dran, damit er nicht die ganze Zeit ungeduldig nervte.

Danach kam Gudrun an die Reihe, dann Astrid und schließlich ich, jeder so für eine gefühlte Viertelstunde. Als Kapitänsmütze steuerte Ole seine jeansblaue Baseball-Kappe bei, die konnten wir dann reihum aufsetzen. Die Idee war nicht schlecht.

Nun musste der Kurs festgelegt werden. »Wohin wollen wir überhaupt fahren?«, rief Ole unternehmungslustig und rückte sich die Schirmmütze gerade. »Nach Afrika? Amerika?«

»Als Kapitän darfst du den Kurs bestimmen«, beschlossen wir Mädchen. Wir wussten ja: Sobald wir am Ruder waren, könnten wir die Route jederzeit ändern. Außerdem konnten wir ja erst mal schnell mit Ole nach Afrika fahren, und dann woandershin – wie wir gerade Lust hätten.

»Am liebsten würd' ich 'ne echte Schatzinsel ansteuern und 'nen richtigen Schatz heben!«, meinte Ole nachdenklich und blickte mit sehnsüchtigem Fernblick zum Horizont, da wo Meer und Himmel aneinanderstoßen – die Linie, die Papa immer »Kimmung« nennt.

Da sah ich meine große Stunde gekommen! Ich hatte ja nämlich meine tolle Schatzkarte, die ich letztens gemalt hatte, und natürlich hatte ich die jetzt, zusammen mit dem Bettlakensegel, mitgebracht. So unterbreitete ich unserem Käpt'n meinen Plan: »Sir! Wenn ich etwas sagen darf, Käpt'n, hier hab' ich was ganz besonders Tolles: eine Schatzkarte! Die hab ich neulich erst auf dem Speicher einer alten Hafen-Spelunke entdeckt!«

»Arrrr! Die kommt uns wie gerufen!«, knurrte Ole. »Her damit!«

»Ja, Sir!«, Stolz schwenkte ich meine Schatzkarte. Ole krümmte seinen rechten Zeigefinger zu einem Haken und riss mir die Karte aus der Hand.

»Au – doch nicht so grob!«, schimpfte ich.

»Arrrr! Siehst du denn nicht, dass das mein Enterhaken ist?«, knurrte Ole. Dann studierte er die Karte. Inzwischen überlegte ich, ob ich nicht noch ein altes Faschings-Kostüm als Pirat daheim hätte, in unserer Kleidertruhe, so richtig mit schwarzer Augenbinde und weiten Pluderhosen und Holzsäbel und so ...

»Ja – Jungs! Da fahr'n wir hin!«, brüllte unser Kapitän, und seine Augen blitzten verwegen. »Alle Segel hissen! Volle Kraft voraus!!«

»Volle Kraft – aber das ist doch bei Dampfschiffen?«, wunderte sich Astrid.

»Ach, ist doch egal! Los, an die Segel, in die Wanten – dalli dalli!«

Sofort sprang die gesamte Mannschaft, um das Schiff auf Kurs zu bringen, und wir waren mindestens dreißig Mann – zumindest in unserer Fantasie!

Wir durchsegelten ferne Weltgegenden und gerieten in schwere Stürme, doch unerschrocken, wie wir waren, meisterten wir sogar Taifune im Chinesischen Meer. Doch auf einmal kriegten wir alle nasse Füße. Und als wir erst mal merkten, dass unsere Füße nass waren, da bekamen wir auch schon einen nassen Po – das alte Schiff, das wir da so tollkühn zu Wasser gelassen hatten, war jetzt endgültig leck geschlagen und lief allmählich voll.

»Ihhh!«, kreischte Astrid und sprang auf, »meine Jeans wird total nass!« Und auch Gudrun und Anna-Kristina sprangen auf und retteten sich oben auf die Ruderbänke. Doch dabei stieß Gudrun versehentlich Ole an, und unser Kapitän fiel mit einem Platscher ins Wasser.

»Mann über Bord!«, schrieen wir.

»Achtung – Haie!«, setzte ich noch einen drauf.

Ole aber rappelte sich triefnass auf. Nun sah er aus wie Knuddel, mein Teddybär, als der unfreiwillig baden ging. Wir lachten alle laut und lustig, nur Ole nicht. Er kam durchs flache Wasser wieder zu unserem Boot zurückgewatet und schwang sich an Bord. Sogar seine Kapitänsmütze hatte er geistesgegenwärtig aus dem Wasser gefischt.

Doch von seiner Kapitänswürde hatte er für heute genug. »Ich geh' mich erst mal umziehen«, knurrte er. »Muss heim, trockene Klamotten holen!« Er versuchte, sich die triefenden Hosenbeine und das Hemd auszuwringen, doch solange er die Sachen anhatte, ging das nicht so gut. Da riss er sich kurzerhand das Hemd vom Leibe und wrang es aus, dass es nur so tropfte. Dann zog er bibbernd sein gelbes Hemd wieder an und lief nach Hause, so schnell er konnte.

»Das Laufen wird ihn warm halten!«, tröstete sich Gudrun. Wir waren uns einig: Ein so aufregendes Abenteuer hatten wir schon lange nicht mehr erlebt!

Von Fischen und Seeungeheuern

Daheim gab es oft Fisch, klar, denn wir wohnen ja am Meer. Bei uns ist er fangfrisch, und das macht echt was aus. Frischer Fisch riecht nämlich nicht, und Mama kann ihn auch ganz toll zubereiten. »Schau«, erklärte sie mir, »ganz frischer Fisch hat noch rote Kiemen!« Dann schwenkte sie die Bratpfanne und fragte mich, ob ich ihr helfen wollte, den Fisch zu schuppen und zu panieren. Nur das Ausnehmen überließ ich ihr immer gerne ...

Mir taten die armen Fische leid, aber wir mussten ja etwas essen, und nur jeden Tag immer Brot und Äpfel, das war doch irgendwie etwas einseitig. Ich sagte mir, wenn der liebe Gott es so eingerichtet hat, dass sogar Katze Molly Fisch essen darf, dann dürfen wir das sicher auch. Aber ich beschloss, von nun an immer ganz dankbar für alles Essen zu sein, was uns der Herrgott aus Garten und Bauernhof, Wald und Meer bescherte. Und was für leckere Sachen es da gab!

Gerade waren Mama und ich so schön bei der Arbeit, da kam Papa herein und beschloss, uns zu helfen. Aber er hatte nichts als Blödsinn im Kopf. »Guckt mal – die Fische sind wirklich noch ganz frisch!«, rief er und ließ einen Hering ein bissel in seiner Hand wackeln, so dass es aussah, als ob er noch zappelte. Doch da flutschte ihm der grüne Hering davon und flog in hohem Bogen durch die Küche. »Klatsch!«, machte es auf den Fußbodenkacheln, und da lag der Fisch. Doch »husch!«, machte es unter der Holzbank hervor, und hast-du-nicht-gesehen!, hatte sich Molly den Fisch geschnappt und raste mit ihrem Fang aus der Küche wie ein geölter Blitz. Papa lachte sich beinahe kaputt, aber Mama schimpfte wie ein Rohrspatz. Doch Papa hielt sich bloß die Seiten vor Lachen. Mama sagte entnervt, er solle machen, dass er wieder in sein Büro käme, und uns nicht weiter von der Arbeit abhalten. Da versprach Papa reumütig, nachher den gesamten Abwasch alleine zu machen. So war Mama wieder einigermaßen besänftigt.

Das Fischessen erfordert große Andacht, wie Papa immer sagt, damit man auch ja jede Gräte findet und sich nicht dran verschluckt. Wenn man den Fisch richtig filetiert, dann findet man aber alle Gräten ganz einfach. Nur die Touristen aus der Stadt machen aus gebratenen Heringen das reinste Hühnerfutter, weil sie ratlos mit der Gabel drin rumstochern. Dabei brät Mama den feinsten Fisch weit und breit.

Was ich auch gern mag und was für mich daher gar keine »Arbeit« ist, das ist es, Krabben zu pulen – ich bin sehr geschickt darin, sie aus den dünnen, harten Schalen zu pellen. Mama macht dann aus dem Krabbenfleisch den leckersten Salat der Welt, der wird dann auf rundem Knäckebrot gegessen. Dazu holen wir dann immer frischen Dill aus dem Garten, da darf ich zum Pflücken mitkommen. Der Dill riecht immer so gut, und auch die Finger duften dann danach.

Das Krabbenpulen ist immer sehr spannend, denn oft sind nicht nur Krabben mit dabei, sondern auch andere kleine Tiere. Oft entdeckte ich zwischen den rosagrauen Krabben ein paar kleine Seesterne oder sogar braune, stachlige Fischchen. Die taten mir leid, denn sie waren ja nur Beifang und daher umsonst gefischt worden. Wenn sie noch lebendig gewesen wären, hätte ich sie sofort ins Wasser zurück gesetzt, klar. Ich trug die Seesterne und Fischchen dann immer hinaus auf die Terrasse und ließ sie draußen in der Sonne trocknen. Wenn sie richtig trocken waren, dann rochen sie auch nicht mehr nach See und Salz. Manchmal fand ich sie hinterher nicht wieder, dann hatte Molly sie gemopst. Aber meist waren ihr die Fischchen zu stachlig.

Bald hatte ich eine richtige kleine Sammlung aus Seesternen, Fischen, Schneckenhäusern und Muschelschalen, die ich alle sorgsam in einer Pralinenschachtel aufbewahrte, auf hellblaue Watte gebettet. Das Ganze dekorierte ich mit blauen Glasperlen – die sollten die Wassertropfen am Strand darstellen. Die goldbunte Schachtel hob ich unter meinem Bett versteckt auf und nannte sie stolz meinen »Piratenschatz«. Denn was konnte es für einen größeren Schatz geben als all die bunten und merkwürdigen Wesen, die das Meer uns schenkt? Wenn ich einmal groß bin, dann will ich doch vielleicht eher Meeres-Forscherin werden und alle Seetiere schützen. Gedichte schreiben kann ich dann ja immer noch. Vielleicht kann ich dann sogar auf Delfinen reiten ...?

Auch stellte ich mir vor, dass in den unerforschten Tiefen noch grausige Seeungeheuer hausten ... irgendwelche Meeres-Saurier, die nicht ausgestorben waren und sich als Seeschlangen in die heutige Zeit hinübergerettet hatten ... Vielleicht war ja gar nicht alles Seemannsgarn, was die Matrosen berichteten ...?

Doch die Fische in der Küche sorgten auch für manche Überraschungen. Einmal fanden wir einen Fischkopf im Garten – nur Katze Molly wusste, wie der dahin gekommen war!

Ein anderes Mal wurde ein harmloses Stück Fisch sogar richtig gefährlich! Wenn man beim Essen nämlich nicht aufpasst, so wie es viele Stadtleute oft versäumen, weil sie es immer so schrecklich eilig haben, sogar in ihrer Freizeit. Einer unserer Sommergäste, die Lehrerin Frau Lund, verschluckte sich an einer Gräte und begann, erbärmlich zu husten. Sofort eilte Mama herbei und klopfte ihr auf den Rücken. Doch Frau Lund hörte nicht auf zu husten und kriegte ganz große, glasige Augen, fast so wie bei einem Fischkopf. Da brachte Mama ihr ein Glas lauwarmes Wasser, das trank sie hustend und spotzend, und dann musste sie mehrere Löffel Quittengelee essen und danach noch etliche Gabeln voll Sauerkraut. Dann war die Gräte endlich runtergerutscht, und Frau Lund lehnte sich erschöpft auf ihrem Stuhl zurück. »Soll ich Ihnen eine Tasse Kaffee kochen?«, fragte Mama besorgt.

»Ja, bitte – aber mit ganz viel Milch drin«, krächzte Frau Lund. Ihre Stimme klang so, als würde ihr die Gräte immer noch quer im Hals stecken. »Nie wieder esse ich Fisch!«, schwor sie sich.

»Oh«, sagte Mama, »von mir aus! Aber wir haben zu Mittag nichts anderes da – nur Brot.«

Da schaute Frau Lund drein, als habe sie in die Zitronenscheibe gebissen, mit der ihr Filet garniert war. »Ja, gibt es hier denn gar nichts anderes? Keine Bratwürste, kein Schnitzel, kein Huhn?«

»Nur Fisch ...«, meinte Mama bedauernd. »Wir leben hier schließlich auf einer kleinen Insel ...«

»Na ja ...«, sagte Frau Lund, »na ja ... hmmmm«.

»Ich bereite ihn ja auch jeden Tag anders zu, damit's mehr Abwechslung gibt«, sagte Mama. »Gekocht, gebraten, eingelegt ...«

Und als es am nächsten Tag mittags wieder so lecker aus der Küche duftete, was Mama da in der Pfanne brutzelte, da fragte Frau Lund: »Was gibt's denn da heute Gutes?«

»Fisch«, sagte Mama freundlich. »Aber Sie können gerne auch ein paar Scheiben Brot mit Wurst und Käse haben!«

»Dann will ich's doch noch mal mit dem Fisch probieren ...«, sagte Frau Lund. »Ich werd' halt aufpassen. Aber der duftet auch gar zu lecker ...!«

Lalá ist groß genug!

Katze Molly räkelt sich auf der Schaukel, die Papa an den dicksten Ast vom Apfelbaum gehängt hat, und ich sehe es vom Küchenfenster aus, als ich Mama helfe, den Picknick-Korb zu packen. Denn es ist Wochenende, und da haben beide Eltern einmal Zeit; wir wollen an den Strand gehen. Hurra! Picknick machen, im warmen Sand sitzen, durch den Spülsaum des Meeres laufen und sich die nackten Knöchel von dem kühlen Meerschaum umspülen lassen!

Wenn ich sehe, wie wir es so gut haben hier auf unserer Insel, dann finde ich es gemein, dass nicht alle Menschen auf der Welt so in Frieden leben können wie wir. Mama und Papa finden das auch, und darum schreibt Papa das auch in seiner Zeitung. Er sagt immer, es ist gar nicht so selbstverständlich, dass wir so frei leben können und wir müssen immer gut aufpassen auf das, was die großen Leute »Demokratie« nennen. Also habe ich mir vorgenommen, ganz gut aufzupassen, wenn ich einmal groß bin und auch wählen gehen darf.

Aber heute nun hat er frei, und Mama auch, und das Schönste ist: Sie haben mir gesagt, Lalá sei nun endlich groß genug, dass ich auch mal mit ihr zusammen spielen kann! Sie ist wirklich sehr schnell gewachsen, schon kann sie mit Schaufel und Eimerchen im Sand spielen. Da soll ich ihr ein wenig helfen und ihr zeigen, wie man schöne Sandburgen baut. Ganz stolz nicke ich und nehme mir vor, mit Lalá zusammen tolle Türme und Burgen zu bauen, vielleicht auch einen Tunnel zu graben – obwohl ich mir für so was natürlich fast schon zu groß vorkomme. Doch einen kleinen Kanal mit echtem Meerwasser drin zu graben, das macht auch jetzt noch Spaß, und natürlich: das alles dem Schwesterchen zu zeigen! Ich weiß, wie man mit dem etwas tieferen, feuchten Sand die besten Burgen baut; nicht den lockeren Sand an der Oberfläche muss man nehmen, der rutscht zu leicht weg – außer, wenn man ihn nass macht. Und ich werde Lalá zeigen, wie man die Burgmauern mit Muschelschalen verziert und ...

Doch zunächst einmal wird Klein-Leandra in einen Leiterwagen gesetzt, den Papa ziehen will. Mama und ich sollen nebenher laufen, Mama trägt den großen Picknick-Korb und ich einen kleinen Flechtkorb, beide mit leckeren Sachen gefüllt, mit belegten Brötchen, gekochten Eiern, Äpfeln und Bananen, Getränken und vielen anderen Leckereien. Über die Körbe sind rot karierte Küchentücher gebreitet, damit die Wespen nicht so schnell drangehen, denn auch Wespen kommen gerne zum Picknick, leider.

Stolz schwenke ich meinen Korb – so sehr, dass beinahe alles 'rausrutscht. »Hey – pass doch auf – was machst du da?!« Dass Mütter immer gleich alles sehen müssen ...

Fast habe ich schon genug davon, den schweren Korb zu tragen. Ich möchte lieber den Leiterwagen mit Lalá darin ziehen. Dann könnte ich gleich spielen, ich sei ein Pferdchen und der Wagen die Kutsche. Papa sagt »Leiterwagen« dazu, doch ich nenne ihn immer »Böllerwagen«, weil er beim Ziehen über die holprigen Straßen und Kieswege so schön rumpelt. Lalá findet das alles herrlich. Vergnügt sitzt sie im hölzernen Wägelchen, schwenkt ihre rote Schaufel und schlägt damit auf das blaue Eimerchen mit den aufgedruckten, gelben Seesternen, so als sei der Eimer eine Trommel. Dazu kräht sie übermütig. Ich laufe neben Papa her.

»Du, Papa – darf ich mal den Böllerwagen ziehen?«

»Das ist nett von dir, aber der ist doch für dich viel zu schwer!«

»Ist er gar nicht – lass mich mal probieren!«

Papa will gerade »ja« sagen, da runzelt Mama besorgt die Stirn: »Du kannst den Wagen ziehen, wenn Knuddel drinsitzt, aber lieber nicht, solange Lalá drinhockt!«

»Ach was – ich pass' schon auf!«

Papa sagt was zu Mama von wegen »nicht immer gleich überängstlich« und »Kindern Verantwortung übertragen«, und da gibt Mama nach, und ich darf den Wagen ziehen. Stolz packe ich die Zugstange und lege mich ins Zeug. Ich ziehe auch ganz vorsichtig. Es geht erstaunlich gut.

So gehen wir weiter, Papa trägt nun meinen Flechtkorb, er hat ihn ganz lässig an der Hand schlenkern. Wenn er ihn trägt, sieht der Korb nur halb so schwer aus. Lalá ist ganz begeistert davon, dass sie nun von ihrer großen Schwester gezogen wird, und kräht nur noch lauter. Sie quiekt richtig vor Freude, wie ein kleines Schweinchen. Da ziehe ich mit noch mehr Kraft.

Jetzt geht es bergab, da geht's gleich schneller. Ich brauch' mich überhaupt nicht mehr anzustrengen. Immer rascher geht die Fahrt, fast schiebt mich der Wagen schon vor sich her ... »Pass auf – renn nicht so!« War das Mamas Stimme oder nur mein Gewissen? Doch sie muss gar nicht so besorgt sein, ich pass' schon gut auf, denn ich bin ja schon groß und – – –

Pardauz! Da kippt der Wagen auf die Seite, ich purzle gleich daneben ins Gras. Oh Schreck! Mit dem umstürzenden Wagen ist auch Lalá herausgekippt. Nun schreit sie wie am Spieß. Gottlob sind wir nicht tief gefallen, sondern in weichen Dünensand. Nicht eine Schramme haben wir daher abbekommen. Trotzdem – Mama ist gleich über uns, wie ein Ungewitter. Sie reißt die weinende Lalá hoch und tröstet und schimpft gleichzeitig: »Ruhig, Lalá – ist ja nichts passiert – siehst du, Gabriela, was du angerichtet hast? – Pssssсht, Lalá, ist ja gut – alles ist gut – – – hab' ich dir nicht gleich gesagt, du sollst aufpassen?«

Und auch Papa kriegt seinen Teil ab, weil er mir zu viel zugetraut hätte. Da sagt Papa betont ruhig und langsam: »Und? Ist denn was passiert? Ich kenne doch den Weg zum Strand ganz genau und kann das Risiko abschätzen! Was ist denn dabei, wenn die beiden in den Sand purzeln? Der ist weich, und auch der Böllerwagen ist ja nicht schwer ... Nur so können die Mädels doch was lernen – ich hätte ihnen schon nichts Gefährliches zugemutet, mein Goldfasan!«

Wenn Papa »Goldfasan« zu Mama sagt, dann kann sie nie lange böse sein. Denn wenn man so was Schönes gesagt kriegt, auch wenn's für andere kitschig klingt, und wenn das so richtig von Herzen kommt, dann stimmt einen das doch rasch wieder versöhnlich ... Inzwischen richte ich den Wagen wieder auf, gemeinsam mit Papa. Ich bin noch genauso aufgeregt wie Mama. Diese wiegt Lalá in ihren Armen. Doch es ist ja gottlob wirklich nichts passiert – nicht einen blauen Fleck hat das Schwesterchen abgekriegt ... Dennoch sitzt mir der Schreck noch in allen Gliedern, denn mir wird klar, was bei so einem Unfall alles hätte geschehen können ...

Bange gebe ich die Deichsel des Böllerwagens wieder an Papa zurück. Mir zittern, ehrlich gesagt, noch ein wenig die Finger, nach dem ausgestandenen Schrecken. So sollte nun die erste Fahrt von Lalá ausgegangen sein ... wo sie doch nun endlich groß genug war, um auf einen Ausflug mitzukommen ... und nun hatte ich gezeigt, dass ich nicht mal groß genug war, um meine kleine Schwester anständig zu ziehen ... Meine Augen füllten sich mit Tränen. Hingegen hatte sich Lalá da auf Mamas Arm erstaunlich schnell wieder beruhigt.

Da sagt Mama etwas Überraschendes. Sie sagt: »Ab hier wird der Weg ja wieder flach – wir sind ja jetzt schon fast unten am Strand angekommen. Gabriela – wenn du versprichst, nicht so zu rennen, dann darfst du Lalá wieder ziehen!« Probehalber setzt sie die Kleine wieder in den Wagen, ob sie jetzt überhaupt noch fahren mag, oder ob ihr der Böllerwagen durch den kleinen Unfall verleidet ist. Lalá weiß es selber scheinbar auch nicht so recht, doch als Papa sagt: »Komm, Gabriela – wir ziehen ihn beide!«, da jauchzt die Kleine schon wieder, und als Papa dann den Zuggriff loslässt und ich alleine weiter ziehen darf, da bin ich wieder ganz stolz, und meine Tränen trocknen im Seewind.

Mittsommernacht

Papa behauptet, ich hätte schon immer das Mittsommerfest mitgefeiert. Doch ich konnte mich kaum daran erinnern, nur ganz verschwommen – damals war ich nämlich noch so klein wie Lalá heute, die von Mama und Papa noch so oft auf dem Arm getragen wird. Das heißt, der Papa nimmt sie oft huckepack. ... ich soll also damals schon mitgefeiert haben ...? So dachte ich heftig darüber nach und zerrte ein Stückchen Erinnerung an das letzte Fest aus meinem Hirn, und zwar wusste ich noch, dass ich ungewöhnlich lange aufbleiben durfte.

Inzwischen unterhielten sich Mama und Papa über das bevorstehende diesjährige Fest. Aufmerksam hörte ich zu, denn ich freute mich darauf. Ein Fest zu feiern ist doch immer spannend!

Papa sagte: »Der Seebär kommt heute auch!«

»Wer?«, fragte ich.

»Der Seebär. Mit seinem Schifferklavier.«

Ich erfuhr, dass »der Seebär« Herr Larsson war, der auf der anderen Seite der Insel wohnt – also ganz weit weg, und dass er jedes Jahr zum Tanz um die Mittsommerstange kommt, um Musik zu machen, denn er kann ganz toll Ziehharmonika spielen. Natürlich war er kein echter Bär, doch ich stellte ihn mir so vor: groß und zottig, und so war er ja auch, denn er hatte einen dichten, struppigen, dunkelblonden Bart. Und seine Stimme, wenn er sang, die klang ganz genauso rau und gemütlich, wie man sich einen richtigen Seebären vorstellt. Bloß dass dieser Bär eine dunkelblaue Fischermütze trug.

Papa stritt sich mit Astrids Vater, Herrn Södergren, ob es nun »Akkordeon« oder »Quetschkommode« heißen müsse (mein Papa war augenzwinkernd für »Quetschkommode«), und da wurde ich ganz verwirrt und sagte, es sei doch ein Schifferklavier? Da lachten beide Männer so laut, dass es wie ein Sturm brüllte, und meinten, ich sei eine ganz Schlaue, und das sei doch alles dasselbe. »Warum streitet ihr euch dann?«, fragte ich verblüfft, und dann streckte ich ihnen die Zunge raus und rannte davon. Erwachsene sind selber immer so oberschlau!!

Dann gingen wir hin, auf die Festwiese – die ganze Insel war auf den Beinen! Alle Leute hatten gute Laune, denn es blieb abends hell, und ein seltsames Kribbeln lag über der Insel, wenn ihr versteht, was ich meine.

Da war dann auch der Seebär – von Weitem schon hörten wir, wie er lustig aufspielte, und rasch reihten wir uns in den Reigen ein, rund um die Mittsommerstange, die lustig bunt geringelt war und deren Bänder an der Spitze fröhlich im leichten Seewind flatterten. Beim Rundtanz wurde mir richtig schwindelig, aber das war gerade das Schöne: Alle Farben ringsumher flossen zu bunten Streifen zusammen, und dazwischen wogte die Musik, und in der Ferne rauschte feierlich das Meer, und wir alle jubelten und lachten, dass es als Echo vom Ufer widerschallte!

Als wir dann alle erhitzt und erschöpft mit dem Tanzen aufhörten, ging's zum Kaffeetrinken, hinüber zu den Holzbänken hinter der Fliederhecke, wo's windgeschützt war und man trotzdem eine prächtige Aussicht über die Bucht hatte. Die Erwachsenen tranken Unmengen Kaffee, wir Kinder kriegten Kakao oder Limonade, und was für leckere Sachen gab's zu essen: Kuchen und Kekse und belegte Brötchen und roten Heringssalat und kalten Braten und hinterher Pudding mit Vanillesauce – ich versuchte, mich durch alles durchzuprobieren, doch obwohl ich von allem nur ganz kleine Mengen nahm, schaffte ich es nicht.

Als ich mich vom Tanzen und Essen etwas ausgeruht hatte, winkte ich meinen Freunden, Anna-Kristina, Gudrun, Astrid und Ole zu, und wir spielten zwischen den Strandrosen und den Fliederhecken Fangen, bis wir wieder ganz erschöpft waren und uns lachend ins Gras kollern ließen.

Irgendwann dann gingen wir heim. Es war immer noch Mittsommerabend. Ein ganzer Abend ohne Nacht, der gleich wieder in den nächsten Morgen übergeht. Wir alle saßen auf einer Klippe am Meer, die ganze Familie. Das Meer war spiegelblank und ganz ruhig. Himmel und Wasser hatten dieselbe Farbe, am Horizont gelborange und darüber war's türkisgrün und darüber hellblau, bloß im Wasser war das alles umgekehrt zu sehen, so als wäre die Welt einmal richtig und einmal spiegelverkehrt herum.

Der Rundtanz um die Mittsommerstange war schon lange vorüber, und wir waren etwas müde, aber in einer so hellen Nacht, in der alle feierten, wollte natürlich keiner schlafen gehen. Wir sahen die Sonne tief über dem Horizont entlangkullern und dann wieder aufsteigen. In der Mittsommernacht geht die Sonne ja nicht unter. Darum sind alle Menschen in jener Nacht besonders fröhlich, und manchmal auch ein ganz klein bisschen übermütig.

Doch diesmal hatte Papa weder eine Heringstorte gebacken noch heimlich die Zahnpasta mit der Mayonnaisetube vertauscht. Wir saßen nur ganz still da und schauten der Sonne zu, wie sie da dicht überm Wasser schwebte. Es sah aus, als ob sie ihr rotgoldenes Licht über dem Meer ausgoss.

»Ist es nicht fast, als würde sie uns eine Straße aus Licht bis hierher bauen ...?«, fragte Papa leise und legte den Arm um uns, so weit er reichen konnte.

Ich aber sagte gar nichts und blickte aufs Meer hinaus.

Rebecca Netzel

Auf in die weite Welt

Das Inselmädchen Gabriela · Band 2

Wenn man einiges von der Welt gesehen hat, dann hat man den Kopf voller bunter Bilder. Denn überall gibt es faszinierende Dinge zu entdecken.

Nun hat man leider nicht immer die Gelegenheit, die ganze Welt nach Lust und Laune zu bereisen. Daher war ich zwar leider noch nie in Chile, Argentinien oder Schweden, aber man kann sich leicht helfen. Es braucht bloß ein paar Bilder oder Worte, um es sich vorzustellen und in Gedanken ganz schnell hinzufliegen. Wenn man einmal genug Geld hat, kann man dann immer noch hinreisen (natürlich mit CO_2-Abgabe, für die Umwelt). Doch bis dahin kann man ja schon mal auf den Flügeln der Fantasie dorthin fliegen und dann die unendlichen Strände entlang wandern … der kleinen Gabriela und ihrem Schwesterchen auf der Spur – und immer neugierig auf die große, weite Welt!

***

»Donde haya un árbol que plantar, plántalo tú.«
»Wo es einen Baum zu pflanzen gibt, da pflanze ihn.«

»El futuro de los niños es siempre hoy. Mañana será tarde.«
»Die Zukunft der Kinder ist immer heute. Morgen ist es zu spät.«

Gabriela Mistral

*

»La naturaleza allí me daba una especie de embriaguez.
Me atraían los pájaros, los escarabajos, los huevos de perdiz.«
»Die Natur dort hat mich geradezu berauscht.
Mich faszinierten die Vögel, die Käfer, die Rebhuhn-Eier.«

»Podrán cortar todas las flores, pero no podrán detener la primavera.«
»Sie können alle Blumen abschneiden, aber nie werden sie den Frühling aufhalten können.«

Pablo Neruda

(zitiert nach Wikiquote/Confieso que he vivido, plus deutsche Version der Zitate in eigener Übersetzung)

Inhalt

Die große Reise 88
Der lustige Onkel in Argentinien 93
Geheimnisvolles Patagonien 102
In Feuerland 110
Wale beobachten ist toll! 122
Am Strand der Pinguine 129
Der Flug des Kondors 133
Kuriositäten aus Stein und Ausflug in die Wildnis 138
Der chilenische Teddy 146
Knuddeltiere und Kreuzworträtsel 155
Wir helfen beim Kochen – die Sittiche beim Essen 160
Tannen mit grünen Drachenschuppen 164
Eine mysteriöse Spur 170
Verloren in der Großstadt 173
Paradiesisches Tal und leuchtender Turm 182
Badespaß mit Pannen 187
Segelboot basteln mit Papa 191
Heimkehr 194
Nachwort der Autorin 204

Die große Reise

Hurra! Heut war es endlich so weit! Wir würden alle »ans Ende der Welt« fliegen, in Papas Heimat, von der er uns schon so oft und voller Sehnsucht erzählt hatte! »Wir« – das sind: Papa, Mama, meine kleine Schwester Lalá (eigentlich heißt sie Leandra) und ich, also Gabriela. Und »das Ende der Welt«, wie Papa es scherzhaft nennt, das ist der Süden von Chile, da kommt er nämlich her.

Damals, vor vielen Jahren, musste Papa aus seinem Heimatland fliehen, denn er ist Journalist, das heißt, er schreibt Zeitungsartikel. Das ist an sich ja nicht schlimm, sondern sehr schön und wichtig, von aller Welt zu berichten. Doch zu der Zeit war es gefährlich, denn seine Heimat wurde eine Diktatur, das ist ein Land, in dem nur einige wenige, fiese Typen regieren und alle Leute unterdrücken, die frei sein wollen. Und weil Papa so oft über Freiheit und Menschenrechte in der Zeitung schrieb, musste er ganz schnell seinen Schreibstift und Laptop weglegen und ins nächste Flugzeug steigen, ehe er geschnappt wurde. Sogar seinen Lieblingsteddy musste er in der Eile zurücklassen, der noch seit seinen Kindertagen und seiner Studentenzeit immer auf bei ihm auf der Couch saß. Wer weiß, wo der arme Teddy wohl geblieben ist…!

Als Papa in Schweden ankam, wo man noch frei seine Meinung sagen durfte, da hat er sich gleich einen neuen Laptop gekauft, um wieder Artikel zu schreiben, und er hat Mama kennengelernt – und so sind wir alle eine Familie geworden. Und weil Chile inzwischen auch wieder ein freies Land ist, wollen wir es nun einmal besuchen. Jetzt behauptet dort keiner mehr, dass alles, was den Mächtigen nicht gefällt, nur erlogen wäre. Jetzt kann man auch dort wieder offen seine Meinung sagen, ohne gleich eingesperrt zu werden. Weil Papa nun inzwischen Mama geheiratet hat und mit ihr gemeinsam eine Ferien-Pension auf unserer kleinen, schwedischen Insel betreibt, fahren wir jedoch nicht für immer in sein Heimatland zurück, sondern nur in seinem Urlaub. Denn Mama ist ja Schwedin, und Papa hat sich dort in Schweden auch sehr gut eingelebt. Das ist ja jetzt seine neue Heimat. Doch logisch, dass er ab und zu mal wieder in seine alte Heimat zurückkehren möchte! Und vielleicht gehen wir ja doch eines Tages mal für immer dahin, wer weiß?

Nun flogen wir also alle gemeinsam nach Chile – für Papa war es dorthin zurück und für uns andere zum ersten Mal –, um seine Familie dort zu besuchen, und weil er uns die Schönheit seines Landes zeigen wollte, das genauso herrlich ist wie Schweden, nur eben chilenisch. Wir waren schon ganz neugierig. Papa hatte uns ja auch schon oft in seinen Gute-Nacht-Geschichten von seiner Heimat vorgeschwärmt.

Meine Eltern hatten sogar freiwillig mehr fürs Flugticket bezahlt, als sie eigentlich mussten. Sie hatten einen Klimaschutz-Zuschlag gezahlt, damit die Abgase, die so ein Flugzeug nun mal auspustet, anderswo wieder von Bäumen aufgefangen werden können, die man von diesem Extrageld anpflanzt. Denn Bäume reinigen ja die Luft, und das ist fein und für uns Menschen und Tiere auf der Erde sehr wichtig, damit wir atmen können. (Vielleicht gibt's ja eines Tages auch endlich sauberen Treibstoff, es wird doch alles Mögliche erfunden …!)

Auf ging's nach Südamerika! Wir alle kamen mit, denn auch die kleine Lalá war inzwischen groß genug, sie ging sogar schon in den Kindergarten, und ich, na, ich kam ja schon bald in die Schule. Nur unsere Spanielhündin Bella und Katze Molly blieben daheim, für sie wäre ein so langer Flug nichts und es wäre auch schwierig gewesen, sie mitzunehmen – sie wurden solange von Tante Selma versorgt, die einfach mit dem Dampfer vom Festland zu uns auf die Insel herüberkam und für die Zeit unserer Reise in unser Häuschen einzog, um dort nach dem Rechten zu sehen. »So hab' ich auch gleich etwas Urlaub!«, freute sie sich.

Wir alle waren also schon ganz gespannt, wie es in Chile so aussieht. Zwar hatten wir schon Fotos gesehen und Dokus im Fernsehen angeschaut, doch das war natürlich nicht dasselbe. So richtig chilenisch ist es eben nur in Chile! So wie es ja auch nur bei uns in Schweden echt schwedisch ist, klar!

Wir würden übrigens zuerst nach Argentinien fliegen, weil Papa dort in Buenos Aires einen Onkel und in Ushuaia, ganz im Süden, gute Freunde hat, die er besuchen wollte, dann würden wir weiter nach Chile reisen, gefühlt so einmal im Kreis um die halbe Welt herum! Papa freute sich schon sehr, wieder heimzukehren, zu Familie und Freunden, wenigstens für eine gewisse Zeit, und natürlich darauf, uns allen dort vorzustellen! Er bekam bereits vorab ganz feuchte Augen vor Rührung, fast so, als ob er vor Vorfreude weinen wollte.

Schon am Vorabend des Fluges war ich ganz hibbelig vor Aufregung. Die Koffer waren gepackt, wir waren startklar. Doch ein weiter, weiter Weg lag vor uns! Zunächst mal mussten wir mit dem Postdampfer von unserer kleinen Schären-Insel aufs Festland übersetzen, von da aus mit dem Zug zur Hauptstadt fahren und von dort aus zum Flughafen. Oh, das war eine Welt für sich! Frühmorgens kamen wir da an, und Lalá war jetzt schon müde und etwas quengelig. Doch sie bekam einen Reiseteddy geschenkt, und den presste sie an sich und war wieder ganz zufrieden. Ich hatte erst meinen Teddy Knuddel mitnehmen wollen, doch dann bekam ich viel zu viel Angst, ihn unterwegs zu verlieren. Dann hätte er als Globetrotter allein durch die Welt reisen müssen, ohne mich…! Stattdessen hoffte ich heimlich, Papas alten Teddy in Chile wiederzufinden…

Am Flughafen erwartete uns eine Überraschung. »Oh je, das kann ja heiter werden – das wird echt eine Abenteuer-Reise!«, stöhnte Papa, als ihm die nette Dame am Ticketschalter erklärte, das Flugzeug wäre »überbucht«.

Ich überlegee mir, was da los sein könnte – die Erwachsenen hatten grad' überhaupt keine Zeit, mir etwas zu erklären. Irgendetwas schien mit Papas Ticket-Nummer nicht zu stimmen, oder es gab einfach nicht genug Plätze im Flieger, weil so viele Leute mitreisen wollten… wir standen ja auch in einer beeindruckend langen Schlange! Die freundliche Angestellte meinte gelassen, sie würde das schon irgendwie regeln – für sie war das offenbar Alltag, für uns jedoch nicht. Lalá fing an zu weinen, Mama nahm sie rasch auf den Arm, obwohl sie dazu schon fast zu groß war. Ich selber versuchte, cool zu bleiben – doch das war ganz schön schwer!

Endlos lange schienen wir zu warten, auch ich wurde langsam unruhig. Mama war eh schon total nervös und strich sich alle paar Sekunden ihre langen, blonden Haare aus dem Gesicht.

»Wir müssen unbedingt mit demselben Flugzeug mitkommen!«, erklärte sie der Angestellten in entschiedenem Ton, »Sie können uns unmöglich auf verschiedene Flüge aufteilen!«

Da bekam auch ich einen großen Schreck, bei dem bloßen Gedanken, wir müssten in verschiedenen Flugzeugen getrennt reisen, und fast hätte ich nun ebenfalls angefangen zu heulen, so wie Lalá.

Die Dame am Check-in tippte hektisch auf ihrer Tastatur herum. »Klar, das kann ich verstehen! Mal sehen …«, murmelte sie und starrte konzentriert auf den Bildschirm.

Papas dunkle Augen leuchteten auf, als die Dame am Schalter uns nun ein »*Standby Ticket*« zusagte, doch es blieb spannend! Ob wir auch alle zusammen eins erhalten würden?

»Ihr könnt alle mal ganz fest die Daumen drücken!«, raunte Papa uns zu, und wir Mädchen nickten heftig. Und wie wir die Daumen drücken würden! Schließlich wollten wir alle zusammen im selben Flugzeug mitkommen, und nicht Mama mit Lalá allein und Papa mit mir im nächsten Flieger, na – und wir Mädchen allein, das ging ja schon gar nicht! Nun hatten wir wenigstens etwas zu tun und drückten ganz fest die Daumen. Meine waren schon ganz weiß, so sehr presste ich. Auch Mama sah blass aus, als sie die Dame sagen hörte: »Der Countdown läuft, binnen 60 Minuten kann ich Ihnen Bescheid geben, ob ich Ihnen vier Plätze zusagen kann!« Sechzig Minuten – das war ja eine ganze, endlose Stunde …!!!

Mir war klar, dass es einfacher gewesen wäre, nur für einen Passagier noch ein Plätzchen zu finden als für eine ganze Familie – sicherheitshalber hielt ich Lalá und Mama schon mal je mit einer Hand fest – doch wie sollte ich da jetzt noch die Daumen drücken?

Dann endlich – die Stunde ist fast herum! –, kam die erlösende Nachricht! Die nette Dame sagte: »Okay, hier haben wir noch eine Möglichkeit: »Nicht *Business Class* oder *Economy*, sondern auf Reservesitzen!«

Die Eltern sahen erleichtert aus.

»Allerdings –«, die Dame räusperte sich, »bedeutet das auch: … und kein Essen!«

Sollte das ein Scherz sein …? Doch Papa nickte heftig, uns war schon alles egal, wenn wir nur alle zusammen rüberkämen! Verpflegung hin oder her …!

Mama meinte, die Stewardessen an Bord würden uns schon nicht verhungern lassen, und wenn wir nur Mineralwasser und ein paar Päckchen Erdnüsse bekämen. Doch jetzt hieß es endlich: Wir dürfen an Bord gehen! Südamerika – wir kommen!

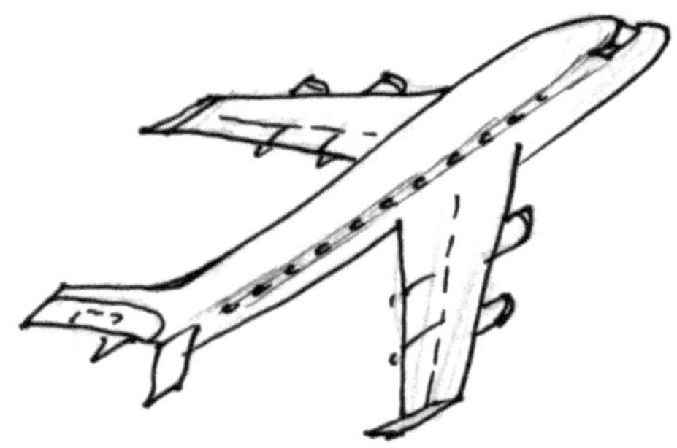

Der lustige Onkel in Argentinien

Es waren immerhin über gut 17 Stunden Flug von Stockholm bis nach Buenos Aires, mit einer Zwischenlandung in Brasilien, denn wir mussten ja um den halben Erdball rum. Papa sagte, es wären über 12.500 Kilometer! (Wenn ich mich recht erinnere.) Das konnte ich mir gar nicht vorstellen, wie weit das ist…! Schon hieß es: »Bitte Anschnallen!« Beim Abflug war es uns doch etwas mulmig – denn Luft hat ja nun mal keine Balken! Doch tapfer dachte ich mir: Na ja, die Vögel fliegen doch auch, da wird das Flugzeug es mit einem erfahrenen Flug-Kapitän und einem Co-Piloten auch schaffen!

Erst rollte der Riesen-Silbervogel ganz normal über die Rollbahn, fast wie ein riesiger Bus… aber dann heulten die Turbinen, und ich musste doch schlucken und klammerte mich an Mamas Arm neben mir, und Lalá hat sich bei Papa ganz eng angekuschelt. Das Flugzeug bekam *»Ready for takeoff«*, und Papa erklärte, das wär' das Signal zum Start. Und schon raste es über die Rollbahn, dass einem ganz schwindelig wurde, so schnell sauste draußen vor den Bullaugen-Fenstern alles vorbei – und plötzlich hob es ab, bäumte sich auf und stieg den Wolken entgegen…!

Als wir aber oben waren und die Welt ganz spielzeugklein unter uns lag, und als sich das Flugzeug dann noch höher kurvte und wir sogar die Wolken unter uns sahen, wie lustige Haufen Schlagsahne, da war es mit meiner Mulmigkeit vorbei, und neugierig schaute ich nach unten. So sieht die Welt also für Vögel aus!

Nachdem es dann aber viele Stunden lang fast nur Wolken und blaues Meer unter uns zu sehen gab und ich gerade anfing, mich doch beinahe zu langweilen, obwohl draußen alles doch so großartig aussah, wurde der Landeanflug angekündigt (den Zwischenstopp muss ich verpennt haben). Lalá hatte ohnehin die meiste Zeit geschlafen – ich war dazu längere Zeit zu aufgeregt gewesen.

»Willkommen in Baires!«, rief Papa begeistert, und seine Augen blitzten.

»Ich denke, es heißt ›Buenos Aires‹?«, murmelte ich, nun doch etwas übermüdet.

»Ja, stimmt – doch viele Leute hier nennen es einfach kurz ›Baires‹.«

Aha. Ich nickte nur als Antwort. Überhaupt machte mir auch die Zeitumstellung nach dem langen Flug jetzt doch zu schaffen, auch wenn es nur ein paar Stunden waren, ich glaube minus vier. Morgens los – abends da – viel würden wir am ersten Tag ohnehin nicht mehr unternehmen! Ich kam nicht nur wegen der Zeit ganz durcheinander.

Mama hatte uns noch erklärt, dass wir nun auf der Südhalbkugel der Erde waren, und dass hier auf dieser Seite der Welt alles anders herum ist: Während wir beim Abflug in Schweden gerade Herbst hatten, mit Schneeregen und erstem Frost, kamen wir hier in den angenehmsten Frühling. Und hier feiert man Weihnachten mitten im Sommer, und alles steht auf dem Kopf. Dass wir uns dabei nicht gegenseitig an den Füßen kitzeln, liegt einzig daran, dass Schweden und Argentinien, oder Chile, auf der Weltkugel so weit entfernt sind, weil die Welt eben so groß ist.

»Doch Polarlichter wie bei uns in Schweden gibt's hier auch!«, versicherte sie uns. Also gab's doch etwas, das nicht so ganz anders war!

Onkel Elias wollte uns mit seinem Wagen am Flughafen abholen. Es dauerte zuvor aber noch unendlich lange, bis wir unsere Koffer und Taschen vom Förderband runterholen konnten, und Lalá brauchte wieder ganz dringend Trost von ihrem flauschigen Teddy, um nicht wieder loszuplärren. »Du – wie heißt dein Teddy denn?«, fragte ich rasch, um sie abzulenken. »Hast du ihm überhaupt schon einen Namen gegeben?«

Leandra schaute mich groß an. »Hm…«, überlegte sie, »ich glaub, er heißt –«, sie guckte ihn an, als ob sie erforschen wollte, nach welchem Namen er aussah –, »ich glaub', er heißt Flauschi, weil er so flauschig ist!«

Ich wollte einen etwas fantasievolleren Namen vorschlagen und machte schon den Mund auf, doch als ich sah, wie zufrieden mein Schwesterchen mit ihrer Namenswahl war, klappte ich meinen Mund wieder zu und schluckte den Kommentar runter. Eigentlich war »Knuddel der Zweite« ja auch nicht besser als »Flauschi« …

Und dann sahen wir am Ausgang einen lustigen Mann heftig mit beiden Armen winken. Er schien ganz närrisch vor Freude, doch das fiel nicht weiter auf, weil ringsum viele Menschen ihre Familien und Freunde begrüßten. »Das ist euer Onkel Elias«, sagte Papa und winkte genauso närrisch zurück. Beide umarmten sich, und auch wir bekamen unseren Teil ab, dass uns schier die Luft ausging. Dann wirbelte er uns nacheinander im Kreis herum, bis wir kichernd und etwas schwindelig dastanden. Es war wirklich ein sehr lustiger Onkel! Da kam er uns gleich gar nicht mehr fremd vor!

Onkel Elias wohnte mit seiner Familie am Stadtrand, dort war es ruhiger und mitten im Grünen. Die Familie hatte ein rotes Backsteinhaus mit weißen Fensterrahmen – das erinnerte mich ein wenig an unsere schwedischen *Stuga*-Häuser, nur dass hier eben aus Stein und nicht aus Holz gebaut wurde. Das Häuschen hatte ein geräumiges Erdgeschoss und einen ersten Stock, wo die Gästezimmer sind. Sogar einen Swimmingpool hatten sie – den müssten Lalá und ich unbedingt so bald wie möglich »einweihen«! Ob Mama auch dran gedacht hatte, unser Badezeug mitzunehmen …?

»Wir wohnen etwas außerhalb, denn hier ist die Luft besser als im Stadtzentrum«, sagte Tante Maria, die genauso nett ist wie daheim Tante Selma und hier der »neue« Onkel Elias. Sie hatte schon einen großen Kuchen gebacken und im Salon hingestellt, während der Onkel uns abgeholt hatte. Ihr Schoko-Kuchen mit Banane war so lecker, dass wir auch die Tante gleich gern hatten. Liebe geht nun mal durch den Magen!

Schon hatten wir die beiden unbekannten Verwandten in unser Herz geschlossen und sie uns. Zudem können wir Mädels und auch Mama ja ebenso Spanisch reden wie Papa. Lalá und ich wachsen nämlich zweisprachig auf, mit Spanisch und Schwedisch. Hier in Argentinien klingt das Spanisch etwas anders, so singend und voller lustig klingender Wörter, die ich nicht kannte – auch darum fanden wir es drollig, wenn Onkel und Tante erzählten. Gemütlich saßen wir im Salon und verputzten den großen Kuchen. Und leckeres Essen schmeckt immer gut – das kann man in jeder Sprache loben! Dafür langte einfach ein genüssliches »mmmmm!« und den Teller leerputzen! Die Erwachsenen tranken dazu grünen Matetee aus einer richtigen Kalebasse, wir Kinder wollten lieber Kakao. Zwar probierten wir beide mal, aus den merkwürdigen Strohhalmen aus Metall zu trinken, die aus den runden Kalebassenschalen ragten, doch der Tee war uns zu herb. Also wendeten wir uns lieber wieder Kakao und Kuchen zu.

Elias und Maria erzählten uns dabei etwas über ihre Heimatstadt. »Eigentlich bedeutet ›Buenos Aires‹ ja ›Gute Luft‹«, erklärte der Onkel, »aber in so einer Riesenstadt sorgt der Autoverkehr eher für schlechte Luft – wird Zeit, dass es mehr Elektro-Autos gibt …«

»Ja, alles nur eine Frage der Zeit«, meinte Papa.

»Und des Geldes …«, sagte Onkel Elias, »Geld haben wir alle nicht viel, aber dennoch lassen wir uns die gute Laune nicht vermiesen …! Der Kuchen hier war eine kleine Vorspeise, damit ihr nicht verhungert. Kommt, wir gehen nachher noch in ein Grillrestaurant essen!«

»Dazu laden wir euch dann aber ein«, sagte Papa, »als kleines Dankeschön, dass wir für ein paar Tage bei euch wohnen dürfen!«

Erst mal ruhten wir uns ein wenig aus, total erschöpft von der anstrengenden Reise, doch bald erwachte in uns wieder der Entdeckerdrang. Noch vor den Erwachsenen erkundeten Leandra und ich Haus und Garten.

Onkel und Tante hatten auch zwei Kinder, doch die waren schon groß und nicht da. Beide Jungs arbeiteten in einem Hotel, der eine als Koch, der andere am Empfang. Wie doof, wenn man mit ihnen eh nicht spielen konnte! Doch auch so gab es viel Abwechslung und manches zu entdecken. Im Grillrestaurant, zum Beispiel. Da war es fast etwas gruselig. Lalá und ich machten ganz große Augen, als wir dort statt Lammkoteletts ganze, aufgeklappte Tier-Rümpfe im Grillrost stecken sahen…! »Tja, so grillt man hier eben!«, lachte Onkel Elias. »Argentinien ist das Land der Grillweltmeister!« Er sagte es voller Stolz. Doch Lalá und ich beschlossen, lieber Pommes frites aus Süßkartoffeln und einen bunten Salat zu nehmen. Onkel und Tante hingegen langten herzhaft vom Gegrillten zu. Mama sagte zu Papa, sie würde Fleisch nur von Tieren aus artgerechter Haltung essen, und Papa sagte, die Schafe würden hier ohnehin frei herumlaufen. Schließlich aß dann jeder, was er mochte, ob Fleisch oder vegetarisch. Alle waren wir ganz entspannt. Aus dem Radio im Restaurant klang Tango-Musik.

Während des Essens erzählten uns Onkel und Tante Spannendes zur Geschichte dieser Stadt.

»Wusstet ihr Mädchen, dass Baires eigentlich von Piraten und Schmugglern gegründet wurde…?«, fragte Elias grinsend. Wir staunten und schüttelten die Köpfe.

»Ja, vor mehreren Hundert Jahren, als die ersten spanischen Segelschiffe hier ankamen…«, berichtete der Onkel. »Und weil die Luft hier damals gut war, also nicht so voller Moskitos wie weiter oben im Dschungel von Brasilien – und natürlich auch noch nicht voll Smog –, hat man halt hier am Ufer gesiedelt. Wir werden später eine Hafenbesichtigung machen – dann könnt ihr euch das alles angucken! Früher standen hier natürlich nur ein paar Hütten, im 16. Jahrhundert…«

Oh ja, hier Piraten zu spielen – dass müssten Lalá und ich gleich morgen mal am Swimmingpool ausprobieren!

Das taten wir dann auch. Nachdem wir am nächsten Tag die knallbunten Häuser in der Altstadt und auch die Hochhäuser an den Ufern besichtigt hatten, die eigentlich aussehen wie überall auf der Welt, kehrten wir erschöpft zum Haus von Onkel und Tante zurück. Gottlob hatte Mama unsere bunten Badeanzüge nicht vergessen, und so machten Lalá und ich uns daran, selber ein Piraten-Nest zu gründen! Der Swimmingpool wurde zur Bucht, und hier wollten wir einen Hafen anlegen und es uns so richtig schön einrichten.

Onkel Elias kam lachend in den Garten, wo wir beide schon wie die Nixen im Wasser plätscherten, und brachte uns zwei große, alte Hüte. Der eine war ein Lederhut, wie ihn Cowboys tragen (die man hier Gauchos nennt), der andere ein Strohhut von Tante Maria. »Hier habt ihr ein paar Hüte – leider hab ich keine passenden für Piraten, aber ihr könnt euch ja vorne irgendwas anpinnen – ich schau mal nach, ob ich schöne Anstecker finde!«

Wir waren Feuer und Flamme für die großen Schlapphüte mit ihren breiten Krempen. Ich wollte natürlich den Lederhut, ohnehin wäre er für meine kleine Schwester zu groß gewesen – ihr reichte der Strohhut ja schon bis über die Ohren! Verwegen setzte ich den Cowboyhut auf. Dass ich dazu einen Bikini trug, war doch egal! Elias fing aber so an zu lachen, dass er sein Handy zückte und unsere neue Bademode fotografierte. Als Tante Maria hinaus in den Garten kam, schaute sie allerdings ganz entsetzt und fing gleich an zu zetern, ihr schöner Strohhut könne nass werden! Doch dann musste auch sie lachen und meinte: »Na, egal! Wollt ihr Piraten eine Zitronenlimonade?«

Und ob wir wollten! Doch die Limonadenflaschen mussten von ihr im Garten versteckt werden (wir guckten so lange nicht hin, sondern spritzten uns im Pool gegenseitig total nass, also noch nasser, als wir ohnehin schon da im Wasser waren). Die Flaschen sollten deshalb versteckt werden, damit wir die Limo dann als Strandbeute von feindlichen Banden erobern konnten. »Seht nur zu, dass die Flaschen nicht kaputt gehen …!«, meinte die Tante besorgt. Doch ich schaute Tante Maria nur an. Wir waren doch nicht doof! –

Als wir lange genug Piratinnen gewesen waren, aalten wir uns in den Liegestühlen. Tante Maria verwöhnte uns mit selbst gemachten *Empanadas*, das sind pikant gefüllte Teigtaschen. Elias erzählte uns weiter Spannendes von der Geschichte Argentiniens, auch von den Ureinwohnern und von goldgierigen Eroberern. Von Papa erfuhr ich noch, dass es auch in Argentinien eine Diktatur gegeben hatte. So langsam bekam ich das Gefühl, auf der ganzen Welt sollte man besser gut auf die Demokratie aufpassen, wenn die Freiheit den Menschen so schnell genommen werden kann! »Demokratie« heißt ja, dass die Menschen wählen dürfen, wie sie leben wollen. Und dass sie frei ihre Meinung sagen dürfen, ohne gleich als Lügner bezeichnet zu werden (während die Mächtigen oft ihre eigenen Lügen verbreiten und behaupten, das sei die einzige Wahrheit...) Und vor lauter Lügen und *Fake News* ist es dann manchmal schwer, die echte Wahrheit noch rauszufinden, so dass sich manche Leute ganz verwirren lassen... Die Freiheit ist scheinbar schnell mal bedroht, also: Holzauge, sei wachsam!

Papa hatte uns in der Stadt ein Denkmal gezeigt, auf einem schön begrünten Platz, der wie ein Park aussah und wo auch große, lila blühende *Jacaranda*-Bäume standen. Dort sah man eine Darstellung von einem weißen Kopftuch auf einem Gedenkstein. »Solche Kopftücher haben die Frauen zur Zeit der Diktatur getragen, in den 1970er und frühen 1980er Jahren. Daran haben sich die Mütter und Großmütter erkannt, wenn sie heimlich nach ihren verschwundenen Angehörigen suchten... Damals wurden ja viele Leute einfach so verhaftet und verschleppt«, sagte er nachdenklich und machte mit dem Handy ein Foto. »Später haben diese Frauen auch offen auf der Straße gegen das Unrecht demonstriert. Heute haben sie eine Menschenrechts-Organisation gegründet, damit solche schrecklichen Dinge nie wieder vorkommen sollen...!«

Bange nickte ich und klammerte mich an ihn und an Mama. Gar nicht auszudenken, wenn wir von bösen Menschen voneinander getrennt würden – das wäre ja noch viel schlimmer, als in getrennten Flugzeugen zu reisen!

Doch wir waren viel zu sehr in Ferienstimmung, um uns lange über die düstere Vergangenheit zu unterhalten. Ich beschloss aber, das bestimmt nachzuholen, denn man sollte immer Bescheid wissen, wie die Mächtigen es anstellen, ganze Völker zu unterdrücken und sogar Leute spurlos verschwinden zu lassen! –

Am Tag darauf waren wir von all den neuen Eindrücken so müde, dass wir nur eine kleine Besichtigungstour im Auto machten und dann einen ganz entspannten Nachmittag am Swimmingpool verbrachten. Hier tobten Lalá und ich uns aus oder faulenzten am Rand des Beckens, ganz wie wir wollten. Elias hatte uns einen großen, geblümten Sonnenschirm aufgestellt und Maria brachte uns Vanille-Eis. Der Onkel gab uns zwei Smiley-Aufkleber, die wir vorne an unseren Hüten befestigten. Man konnte sich im Spiel vorstellen, es seien Totenschädel, wie sie Piraten als Erkennungszeichen haben, und dennoch waren es ja beruhigenderweise nette Smileys … Dann aßen wir erst mal das Eis, ehe es schmolz.

Gemeinsam mit Lalá heckte ich einen Plan aus, wie wir unser Piraten-Nest bauen wollten. Gestern hatten wir ja gerade erst damit angefangen! So holten wir uns rasch wieder die großen Schlapphüte und begannen, großartige Pläne zu schmieden. Als Erstes eroberten wir die Liegestühle. Sodann bauten wir sie mit Wolldecken und einem Poncho zu einem Fort aus, das wir gut gegen Angriffe feindlicher Piratenbanden verteidigen konnten. Als Munition dienten uns schokolierte Mandeln und Kokos-Kugeln, die jedoch in unserem Mund statt in einem Kanonenrohr landeten. Dort hätte man sie ja eh nicht brauchen können! Papa und Elias machten zahlreiche Fotos, wie wir beiden Mädels Pool und Garten unsicher machten.

Abends im Bett wirbelten all die bunten Eindrücke in meinem Kopf durcheinander. Lalá schlief schon, den Teddy Flauschi an ihrer Wange. Im Halbschlaf fiel mir nur noch eine riesige Blüte aus Metall ein, die wir irgendwo als Kunstobjekt gesehen hatten, und die ihre Blätter wie eine echte Blüte auf- und zuklappen konnte. Dann fielen auch mir die Augen zu.

Wie viel es hier alles zu bestaunen gab! So war es fast schade, dass wir schon nach drei Tagen wieder »Tschüs – *hasta la vista!*« zum lustigen Onkel Elias und der netten Tante Maria sagen mussten. Reisen heißt eben auch immer wieder Abschied nehmen. Doch es wartete ja noch so viel auf uns …!

Geheimnisvolles Patagonien

Mit einem Inlandsflug gelangten wir zur südlichsten Stadt der Welt, mit dem lustigen Namen »Ushuaia«! Elias hatte uns erzählt, dass sie anfangs eine Sträflingskolonie war, und das war ja auch nicht gerade lustig. Doch heutzutage zieht sie viele Touristen an, denn südlich von Ushuaia gibt es nur noch das Meer, kalt und rau, und danach … kommt die Antarktis, eisig wie in einem Kühlschrank! Die Heimat der Pinguine!

Im Stillen hoffte ich, das Ufer gleich mit Pinguinen bevölkert zu sehen, doch leider sah ich keine. Es war so ganz anders, als ich es mir ausgemalt hatte, aber trotzdem spannend und schön. Hier wohnten wir zunächst in einer Pension am Hafen, und von dort aus wollten wir Exkursionen machen und zelten gehen!

Trotz der schneebedeckten Berge ringsum herrschten angenehme 20 Grad. Nach einem Spaziergang durch die Stadt, auch hier zum Teil mit rot bemalten Häusern, gingen wir in ein Fischerlokal, um etwas Zünftiges zu essen. Im Lokal waren lauter Modelle von Segelschiffen ausgestellt, auch alte Steuerräder und andere alte Gegenstände von den Seefahrern. Es war fast wie in einem Museum. Wir blickten uns um, weil alles so hübsch eingerichtet war, mit rustikaler Holztäfelung und all den Verzierungen.

»Iiiiiih!«, schrie Lalá plötzlich los und krallte sich an meinem linken Arm fest.

»Was ist los? Was hast du denn?«, fragte ich verblüfft.

Statt zu antworten, deutete sie stumm vor Entsetzen mit dem Finger auf etwas, das über dem Eingang von der Decke herabhing. Ich hatte es zuvor nur für irgendein Deko-Stück gehalten und gar nicht genau hingeguckt.

Das grausliche Etwas war so groß, wie ich mit ausgebreiteten Armen umspannen konnte, war rötlichbraun gepanzert und über und über mit Stacheln bedeckt. Es hatte sechs riesige, recht dünne Beine und reckte uns zu allem Überfluss zwei lange Arme mit spitzen Scheren entgegen, so als wolle es uns damit zwicken …

Auch ich wich zurück, bis ich merkte, dass das Seeungeheuer dort oben gar nicht lebte und wirklich nur noch als Dekor dort angebracht war.

»Was… was is'n das…?«, stotterte ich. Und dabei war ich es doch sonst immer, die von allen möglichen Seeungeheuern schwärmte! Aber wenn man mal eines in echt sieht, so ist das dann doch noch was anderes! Solch ein grusliges, dreieckiges Stachelviech, mit acht langen Stelzen und dazu noch zwei Scheren – wie ein Wesen von einem anderen Stern…!

Papa lachte mal wieder und schien sich köstlich zu amüsieren. »Eine Seespinne!«, erklärte er. »Das ist eine Art Riesenkrebs mit spinnenartigen, langen Beinen. Man nennt sie hier ›*centolla*‹. Sie schmecken übrigens sehr gut… Wenn man sie nur nicht überfischt, sind sie ein sehr leckeres und gutes Essen…!«

»So 'ne Monsterkrabbe ess' ich nicht!«, protestierte ich. Und auch Lalá piepste ganz verschüchtert: »… die wär' mir auch viel zu stachelig!«

»Die Stacheln isst man ja auch nicht mit, Herzchen!«, lachte Mama.

»Trotzdem! Ich mag die nicht essen! Ihr könnt euch alleine dran pieksen!«

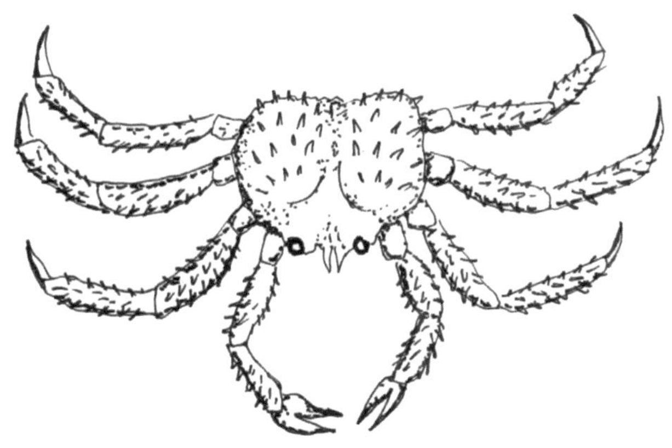

Wir setzten uns an einen schönen Platz am Fenster, von wo wir einen guten Ausblick über den Ort hatten. »Malerisch!«, schwärmte Mama, und das meinte sie wörtlich. Denn sie malt ja tatsächlich Bilder. Hier machte sie erst mal Fotos (fast keine Selfies), nach denen wollte sie dann daheim in der Tat die schöne Landschaft in aller Ruhe malen. Denn hier, auf der Reise, hatten wir ja nun wirklich keine Zeit dazu. Mama machte aber ein paar Bleistift-Skizzen, erst auf Bierdeckeln, dann in einem kleinen Block für Bestellungen, den ihr der nette Kellner schenkte, als er sah, was sie da alles Hübsches zeichnete: die Segelboote und Möwen und Berge am Meer. Da malte Mama auch für ihn ein Bild, von der Bucht, als kleines Dankeschön. »Das Bild ist so gut, das werden wir hier hinter Glas an die Wand hängen!«, schwärmte der Kellner.

»Aber das ist doch nur auf einem Bestellzettel gemalt…«, wehrte Mama ab.

»Macht nichts – das gibt dem Bild einen ganz besonderen Reiz!«, meinte der Kellner galant.

Ich war furchtbar stolz auf meine Mama, weil sie anderen Leuten mit ihren Bildern solche Freude bereiten konnte.

Lalá musterte unterdessen kritisch die Fischernetze, mit denen unsere Sitz-Ecke dekoriert war, ob da auch keine weiteren Seespinnen drin wären. Und dann bestellten wir unser Menü: Fisch, wie wir ihn ja von Schweden kennen, und doch waren hier alle Sorten anders. Auch Lalá aß jetzt mit gutem Appetit – solange es nur keine Seespinnen waren!

Als wir nach dem Essen gut gesättigt nach draußen gingen, um noch ein wenig umherzuspazieren, schauten wir über den Hafen und das blaue Meer. Wir Mädchen entdeckten am Ortsrand ein gelbes Verkehrsschild mit einem schwarzen Bild von einem merkwürdigen Tier drauf. »Was is'n das?«, wollten wir wissen.

»Das ist ein Warnschild, dass hier Guanacos über die Fahrbahn laufen könnten, so wie bei uns in Schweden Hirsche oder Elche!«

»Was ist denn ein Guanaco, Papa?«, fragten wir beide wie aus einem Munde.

»Das ist ein südamerikanisches Kamel ohne Höcker –«

»Wieso is' es dann überhaupt ein Kamel, wenn es doch keine Höcker hat?«, wunderte sich Lalá.

»Na ja, sie sind eben verwandt. Hier ist ja auch keine Sandwüste, wo sie einen Fetthöcker als Nahrungsvorrat bräuchten – quasi als eingebauten Rucksack. Die Tiere hier finden ja genug Gras. Droben im Hochland nagen sie sogar an den Kakteen.«

Aus der schwarzen Silhouette da auf dem Schild wurde ich nicht ganz schlau, wie dieses Tier wohl aussah – man konnte ja nur die Figur mit dem schlanken Hals und den langen Beinen erkennen. Papa versuchte zu beschreiben, dass es ein wenig wie eine Kreuzung aus einem Schaf und einem Rothirsch aussah. »Sie haben ein dichtes, wolliges Fell, das sie vor der Kälte schützt«, sagte er. »Aus dieser Wildform haben die Inkas ja dann auch das Lama gezüchtet, das habt ihr doch schon mal in einem Tierpark gesehen!«

Ja, ich erinnerte mich an die Lamas daheim in einem Streichelzoo. Und hier liefen also deren wilde Verwandte durch die Pampa! Ich betrachtete das viereckige, gelbe Schild und stellte mir vor, das Guanaco darauf würde lebendig und aus dem hochkant stehenden gelben Viereck heraushüpfen, um hier zu grasen.

Wir gingen immer an der weiten Bucht entlang. Da kam ein seltsamer Vogel vorbeigeflogen. Er sah aus wie ein fliegendes Staubtuch, so grau, und hatte einen langen, spitzen Schnabel. Langsam flog er über dem Meer dahin, ziemlich dicht am Ufer. Dabei schrie er mehrmals laut. Es war ein etwas unheimlicher Ruf, ein heiseres »Quak! Quak!«, als ob ein Rabe versuchen würde, sich mit einer Ente zu unterhalten.

»Ein Nachtreiher!«, sagte mein Vater. Er kannte sich ja mit Tieren und Pflanzen seiner Heimat gut aus. Der nebelgraue Vogel war ziemlich groß, etwa wie eine Wildente, doch viel schlanker und mit einem längeren Hals. Papa wusste natürlich gleich wieder eine Geschichte über diesen merkwürdigen Vogel zu erzählen:

»Eigentlich sieht man diesen Reiher eher nachts, wo er dann kleinere Fische jagt. Es gibt ihn auf fast allen Kontinenten, doch überall wird sein Lebensraum zunehmend zerstört, wie auch der anderer Tiere. Bei uns in Chile gibt es ein Märchen über den Nachtreiher. Ihr wisst ja: Eure eine Oma, nämlich meine Mutter, war eine waschechte Mapuche, also eine Indianerin, eine Indigene hier aus der Region. Sie hat mir damals auch Gute-Nacht-Geschichten erzählt, so wie wir euch heute auch. Sie erzählte immer, mit ganz gedämpfter Stimme, lauter geheimnisvolle Sachen über die Tierwelt am Meer und in den Wäldern …«

»Erzählen! Erzählen!«, bettelte Lalá stürmisch.

»Schhht – tut er ja!«, bremste ich sie. »Quatsch doch nicht dazwischen!«

Papa lachte nur und fuhr fort: »Also, der Nachtreiher heißt hier ›Hexen-Reiher‹, *garza bruja,* denn man glaubt, er sei eine Frau mit magischen Kräften, die sich in einen Reiher verwandeln kann! Sie fliegt dann zu den Hexenmeistern auf der Insel Chiloé, und dort beratschlagen sie, welche Medizinkräuter sie sammeln wollen …«

Toll! Wie gern würde ich mich auch einfach in einen Vogel verwandeln können! Dann bräuchte man gar kein Flugzeug mehr, um rund um die Welt zu reisen …

Mama hörte ebenfalls ganz gebannt zu. »Das ist ja seltsam!«, meinte sie nachdenklich. »Ich war mal in einem Museum für das alte Ägypten. Und in der ägyptischen Kunst gibt's auch Darstellungen von Nachtreihern und anderen Wasservögeln, ganz lebensecht auf Papyrus gemalt – gerade so, als würden sie gleich fortfliegen. Und das Ungewöhnlichste daran ist, dass auch die alten Ägypter glaubten, die Menschen könnten sich in diese Nachtreiher verwandeln, oder auch in eine Wildgans, einen Falken oder Kranich – jedenfalls ihre Seelen könnten das, oder gewisse Teile davon. Diesen Seelenvogel nannten sie Ba.«

Mir wurde das ein bissel unbehaglich – wenn ich mich in einen Vogel verwandeln wollte, dann bitteschön zu Lebzeiten!

Papa wusste noch mehr Seltsames über den Hexenreiher zu berichten: »Diese Vögel sind sehr schlau, wie überhaupt viele Tiere! Sie fischen sogar, indem sie extra kleine Brotstückchen oder so was ins Wasser legen und dann warten, bis Fische von ihrem Köder angelockt werden …!«

Wir konnten nur über diese pfiffigen Vögel staunen. Ja, nicht nur wir Menschen waren schlau. Was die Natur so alles zu bieten hatte… auch die tolle Landschaft! Neugierig sahen wir uns um. So ein wenig war es schon wie in Schweden, aber irgendwie doch ganz anders… ich kam nicht gleich dahinter, woran das lag. Berge und Meer, hier wie dort – doch die Einzelheiten, die waren eben alle anders.

Am Ufer fanden wir hübsch gelb blühende Polsterpflanzen, die aussahen wie kleine grüne Bällchen mit Blütenmotiv. Selbst Papa wusste nicht, wie die hießen! Darüber staunten wir fast noch mehr als über die lustigen Pflanzen, die kissenförmig zwischen den Felsen wuchsen und so gut vor dem rauen Seewind geschützt waren.

Der Himmel war knallblau, doch vom Meer her trieben immer wieder mal graue Dunstschleier herüber, und das Wetter hier konnte auch rasch umschlagen. Doch wir hatten Glück. In den Talmulden und an geschützten Hängen wuchsen zerzauste Bäume, doch die weiten Flächen, über die der Wind ungehindert wehte, waren nur mit struppigem Gras und Kraut bedeckt, wie mit einem zottligen Fell. Einige Stellen waren sogar sumpfig, da musste man aufpassen, wo man hintrat. Dort im Moor wuchsen rote und schwarze Beeren.

»Was sind das denn für Beeren?«, fragte Lalá. »Kann man die essen?«

Verlegen kratzte sich Papa hinterm Ohr. Ausnahmsweise wusste er mal etwas nicht so genau.

Dann grinste er schief und meinte: »*Essen* kann man die bestimmt – aber wie manche Giftpilze dann eben nur einmal…!«

»Aber, aber – was erzählst du da den Kindern!!«, rief Mama entsetzt. Entrüstet schaute sie ihren Mann an.

»Na ja, mein Goldfasan!«, schmunzelte dieser. »Ich hab ja eben davor gewarnt! Was man nicht kennt, das sollte man auch nicht essen! Ich vermute zwar, dass es sich um eine Art Johannisbeeren und da drüben um Preiselbeeren handelt, aber ganz sicher bin ich mir da eben nicht…«

Er versprach, sobald er wieder Empfang mit seinem Handy hätte, mal in einer Suchmaschine nachzuschauen – und in der Tat waren es dann wilde Johannisbeeren. Doch diese anderen, roten Moosbeeren fand er dort nicht. Also beäugten wir die weiterhin mit Vorsicht. Wir würden nicht um jeden Preis an unbekannten Beeren naschen! (Erst später fanden wir heraus, dass es Rote Krähenbeeren sind – also doch eher nur was für Krähen!)

Plötzlich rannte Papa los, im Zickzack hinter irgendetwas her, das wir nicht sehen konnten. Aufgeregt winkte er uns, ihm zu folgen.

»Das raue Seeklima ist nichts für Schmetterlinge«, sagte er. »Doch sogar hier gibt es noch eine Art Distelfalter!«

Überrascht betrachteten wir den rostroten, schwarz gemusterten Schmetterling, der da am Waldrand niedrig über dem Boden dahin gaukelte, damit er nicht vom Wind verweht wurde.

Wir gingen dichter an den Strand heran. Immerzu hörten wir das Rollen der Brandung und das Dröhnen der Wellen, die sich weiß schäumend am Ufer brachen. Das Meer hier war doch wilder als bei uns daheim in Schweden! Am Strand aus Fels und rundgeschliffenem Kies stolzierte ein großer, weißer Vogel herum. Jetzt watschelte er den Strand hinauf und zupfte genießerisch an den gelben Löwenzahn-Blumen, die es auch hier gab.

»Da – schaut mal: eine Schneegans!«, rief ich begeistert. Solche Vögel kannte ich ja aus Schweden.

»Fast richtig geraten!«, freute sich Papa. »Das ist eine Magellangans.«

»Und wo ist da der Unterschied?«, maulte ich.

»Schau mal genau hin – diese Gans ist zwar weiß, aber sie hat ganz feine, dunkle Streifen …«

Ah ja, jetzt, wo er das sagte, sah ich es auch. Komisch, dass man manche Dinge erst bemerkt, wenn man drauf aufmerksam gemacht wird. (Das wusste ich ja eigentlich schon von Mamas Malerei, aber man vergisst es leider immer wieder. Dann sieht man alles nur noch so ungefähr, und manches Interessante übersieht man glatt. Und diese Gans hier hatte an den Seiten genauso ein lustiges Muster wie meine schwarz-weißen Ringelsocken.)

»Ah – und da hinten ist noch mal so eine, aber die ist braun!«, rief Lalá und deutete ein Stück uferaufwärts, stolz darauf, dass sie auch etwas entdeckt hatte.

»Ja – das ist ein Weibchen«, erklärte uns Papa. »Die sind so erdbraun, damit sie beim Brüten nicht auffallen und keine Füchse oder Schakale ans Nest locken.«

Aha. Wieder was gelernt. Na, hoffentlich hielt dann wenigstens der Gänsepapa in der Nähe Wache und konnte Nesträuber ablenken, dachte ich.

Als Lalá von der frischen Seeluft etwas müde wurde, kehrten wir gerade noch rechtzeitig den weiten Weg am Strand entlang zurück. Denn sonst hätten wir mein Schwesterchen sicher heimtragen müssen, und wir hatten ja keinen Bollerwagen dabei, so wie sonst, bei unseren Ausflügen daheim in Schweden!

In Feuerland

Und dann sahen wir, ganz im Süden, die chilenische Fahne im rauen Seewind wehen! Auf einem Felsenhügel flatterte sie am Mast, und die stürmische Brise zerrte so sehr an ihren bunten Teilen, dass ihr schier die Nähte platzten. Bisher hatten wir die hellblau-weiße argentinische Flagge gesehen, nun also erblickten wir den weißen Stern auf blauem Grund und daneben ein weißes Feld und darunter einen roten Streifen, die zusammen für Chile stehen. Papa musste natürlich sofort hochkraxeln und den weißen Fahnenmast umarmen. Ich glaube, es lag daran, weil er so lange und unfreiwillig von daheim fort gewesen war. »Chile, wir kommen!«, rief er ganz übermütig.

Ich blickte mich um. Das hier sollte also die Landesgrenze sein? Eigentlich fand ich Grenzen überflüssig. Hier gab es ringsum dasselbe, blaugraue Meer, denselben dunkelgrünen Wald. Natürlich müssen die Menschen ja irgendwo wohnen und zeigen: das ist ihre Heimat, und manchmal sind Bergrücken oder Flussläufe ja auch ganz praktisch, um Gebiete abzustecken. Doch die schlimmsten Grenzen sind immer in den Köpfen, denn über Berggipfel kommt man ja immer irgendwie hinweg, durch irgendeinen Gebirgspass, und auch Flüsse kann man ja überqueren. Die Menschen sollten sich immer frei besuchen dürfen, fand ich, ohne irgendwelche Schlagbäume oder gar Stacheldrahtzäune und Mauern, wie man sie manchmal im Fernsehen sah. Denn wie soll man sich sonst austauschen? Insofern fand ich diese Grenze hier noch ganz vernünftig, denn es wehte da nur die Fahne, die anzeigte, dass der Hügel schon zu Chile gehörte, weiter nichts. Ich hoffte, dass die Menschen irgendwann mal die ganze Erde gemeinsam verwalten würden, und alle Vorräte gerecht miteinander teilen, dann bräuchte man all diese Grenzen überhaupt nicht mehr, und es blieben nur die lustigen, bunten Fahnen.

In Puerto Williams hatte Papa Bekannte, bei denen wir wohnen würden. Dieser kleine chilenische Ort machte dem viel größeren

Ushuaia in Argentinien Konkurrenz als »südlichste Stadt der Welt«. Ich würde sagen, südlichstes Dorf der Welt, aber ich mag ja auch gemütliche kleine Dörfer. Jedenfalls lag es da am Beagle-Kanal nahe Kap Hoorn als »Vorposten der Zivilisation«, wie Mama sagte. »Wie weit ist es denn von hier nach Kap Hoorn?«, wollte sie wissen.

Papas Bekannter Mario sagte wie aus der Pistole geschossen: »Von hier sind's etwa 100 Kilometer bis Kap Hoorn und knapp 1000 Kilometer bis zur Antarktis!«

»Die liegt also doch noch so weit südlich …?«, staunte Mama. Es war hier ja schon ziemlich rau und kalt, hier in Feuerland, obwohl der Name doch so nach Hitze klingt.

»Wieso heißt dieser ganze Südzipfel eigentlich Feuerland?«, erkundigte sie sich bei Mario. Der wusste doch so ziemlich alles, genau wie Papa. Also sagte er:

»Nun, ein früher Seefahrer und Entdecker namens Magellan war der erste Europäer, der diese Gegend erkundete. Er war ein Portugiese, der für die Spanische Krone auf Entdeckungsreise fuhr – letztlich, um irgendwo Gold zu finden und Land einfach für die europäischen Könige zu besetzen – egal, was die Ureinwohner vor Ort dazu sagen würden. Nun, dieser Magellan fand hier an der Meerenge, die Feuerland vom Festland trennt, zwar keine Siedlungen, aber nachts sahen sie rote Lagerfeuer vom Ufer herüberglühen. Also war die Gegend doch bewohnt! Wegen dieser Feuer nannte Magellan die Insel dann kurzerhand ›Feuerland‹!«

Er lachte leise und fügte hinzu: »Das wird für ihn und seine Mannschaft sicher eine Enttäuschung gewesen sein, und sicher war ihnen auch ein wenig mulmig. Denn immerhin gab es ja auch Indianerstämme, die ihr Land mit Lanzen oder Giftpfeilen verteidigten … Magellan wurde später dann ja auch auf seiner ersten Weltumseglung getötet … « Er überlegte: »Ich glaube, das war auf einer Insel der Philippinen, die er gewaltsam für Spanien erobern wollte.«

Ich nickte finster. Was musste man denn auch andere Länder gewaltsam erobern? Wo man doch auch friedlich Handel treiben konnte …? Trotzdem taten mir diese alten Seefahrer und Eroberer ein bissel leid. Wie konnte man nur so verblendet sein …?

Dann dachte ich an etwas anderes, nämlich dass es fein war, dass unsere Eltern so viel wussten, genau wie dieser Herr, der Mario, der natürlich die Geschichte seines Landes gut kannte. Besonders Papa liebte es, sein Wissen an uns weiterzugeben. Er nannte es, »seinen Wissens-Schatz mit uns zu teilen«. Es gab also auch noch andere Schätze als nur welche aus Gold und Juwelen, so wie die spanischen Eroberer und Piraten sie gehortet hatten – und ich fand, solche Schätze waren eigentlich auch viel mehr wert! Denn davon hatten alle was, von dem ganzen goldenen Plunder aber nur wenige Reiche. Gold gehört ins Museum, dachte ich.

Abends wollten wir mit Papas Bekannten zusammen essen, bis dahin gingen wir noch ein wenig im Ort und in der Umgebung spazieren. Auf einem Baum in Ufernähe saß wieder einer von diesen Hexenreihern – doch er war braun gestreift, wie ein Stück Baumrinde sah er aus.

»Da – schau – ist es überhaupt dieselbe Sorte Vogel? So ein Hexenreiher?«, wollte ich wissen.

»Ja, Gabriela. Auch das ist ein Hexenreiher, oder besser Nachtreiher. Die Jungvögel tragen noch eine Tarnfärbung, bis sie ausgewachsen sind und erfahren genug, auch im schönen, silbergrauen Brutkleid daherzukommen!«

Ja, Papa war geradezu unser wandelndes Lexikon! Das war praktisch, dass er alles Mögliche wusste, denn sein Wissen funktionierte sogar, wenn man mit dem Handy keinen Internet-Empfang hatte oder grad' der Akku alle war. Mama weiß natürlich genauso viel wie Papa, nur sagt sie nicht so viel – sie malt lieber. Und das ist ja auch schön. –

Wir blieben nur kurz bei diesen netten Leuten, denn wir wollten ja weiter. Unsere Eltern überreichten noch ein schönes Schoko-Präsent an unsere Gastgeber, Mario und seine Frau Matilda, dann ging es mit der Fähre wieder zurück, aufs Festland. Hier im Süden bewegt man sich vor allem mit großen Fähren fort. Drüben auf dem Festland wohnten wir dann bei Freunden von Papas Freunden, und einen davon kannte Papa auch persönlich von früher her. (So ist das in Südamerika: Man kennt einen, der einen kennt, der wiederum einen kennt… Das ist eigentlich ganz praktisch, denn dann ist man nie ganz allein.) Er hieß Horacio und hatte ein ziemlich einsames Gehöft, einen Bauernhof etwas außerhalb des kleinen Ortes, ich weiß nicht mehr, wie der hieß. Wir wohnten also bei diesem Freund von Papa, der hier 'ne Farm hatte, auch einige Pferde. Von dort aus wollten wir Exkursionen unternehmen, zelten und wandern. Jeder von uns hatte einen nagelneuen bunten Rucksack, den hatten wir schon vor der Reise ausprobiert, um uns daran zu gewöhnen. Meiner war orange, der von Lalá gelb. Mama und Papa hatten blaue Rucksäcke.

Papas Freund Horacio hatte mehrere Reitpferde sowie zwei massige Belgische Kaltblutpferde, die früher als Brauereigäule gedient hatten und jetzt einen kleinen Pflug zogen – »denn«, wie er grinsend sagte, »sie brauchen kein Benzin, und Gras als Futter finden sie hier genug!«

Neugierig gingen wir zum *Corral*, wo die kleine Gruppe Pferde stand. Die vier Reitpferde waren etwas struppig, drei kastanienbraune mit schwarzer Mähne und ein Apfelschimmel mit schiefergrauer Mähne. Wir Mädchen waren natürlich gleich Feuer und Flamme.

»Wir möchten reiten lernen – noch heute!«, bettelten wir.

»Ja, in ein paar Tagen lernt man natürlich nicht gleich reiten«, lachte Horacio, »doch man muss ja auch erst mal anfangen!«

Horacio erzählte von seinen Pferden, als ob sie zur Familie gehörten: »Früher wurden hier die Pferde ziemlich brutal zugeritten – aber ich bin da eher ein Pferdeflüsterer! Wenn man sich mit den Tieren gut versteht, kann man sie auch viel leichter zähmen!«

Ich fand das sonnenklar und wunderte mich, wieso ganze Generationen von Gauchos daran geglaubt hatten, nur mit Lasso und Peitsche voranzukommen. Das fragte ich ihn auch.

»Na ja, immerhin muss man bedenken, dass die meisten Pferde hier halbwild leben, bis sie irgendwann eingefangen und zugeritten werden«, sagte Horacio. »Und diese verwilderten Pferde sind anfangs oft nicht ganz einfach …« Er grinste und betrachtete zufrieden seine kleine Herde.

»Übrigens heißen die Gauchos bei uns in Chile gar nicht Gauchos, sondern Huasos!«, lachte Horacio.

»Warum denn das?«

»Na, weil wir eben in Chile sind und nicht in Argentinien!«

Wir verbrachten herrliche Stunden da draußen mit den Pferden, auch wenn das Wetter etwas trübe war und es schließlich sogar anfing zu nieseln. Aber die samtweichen Nüstern der Tiere zu streicheln und ihnen ein Stück Karotte oder Apfel zu reichen, das war einfach super!

»Wenn ihr nur länger hier bleiben könntet, würd' ich euch auch gern Reitunterricht geben. Die Tiere hier sind auch sanft, gar nicht bockig. Mein Bruder Nelson hat weiter oben, in Mittelchile, auch eine Farm, doch dort züchtet er Rinder. Die meisten sind schwarzbunte Milchkühe, die damals von den deutschen Einwanderern mitgebracht wurden, doch er hält als Kuriosum sogar eine der letzten Herden Langhorn-Rinder, die noch aus den Anfangszeiten der spanischen Kolonie stammten. So was gibt's sonst nur noch in Texas oder so!« Er lachte.

Da ich mich brennend für alle Tiere interessiere, die da kreuchen und fleuchen, hörte ich ihm gebannt zu. Lalá war unterdessen von den Pferden gar nicht mehr wegzubekommen, nachdem sie erst einmal die Scheu vor diesen großen Tieren abgelegt hatte.

So toll es bei den Pferden war, wir konnten uns irgendwann auch wieder von ihnen losreißen, wenn auch schweren Herzens. Doch gab's ja noch jede Menge zu entdecken. Also gingen wir ins Haus. An einer Wand in der Wohnstube hing ein Foto, das merkwürdige Laufvögel zeigte. Ich hielt sie erst für Strauße, wie es sie in Afrika gibt, doch Horacio sagte mir, das seien Nandus. »Wir haben hier unsere eigenen Strauße!«, lachte er. Wir machten auch mit Horacio eine Exkursion in die Umgebung, eine zünftige Wanderung mit unseren Rucksäcken, mit Proviant, Wetterjacke und einem Kompass. Papa wollte am liebsten draußen zelten, doch Horacio lachte nur und meinte, der heftige Seewind würde uns sicher schon bald das Zelt wegwehen!

»Dann eben in einer geschützten Bucht«, beharrte Papa. Wenn er sich einmal was in den Kopf gesetzt hatte, dann machte er das in der Regel auch, und er wusste, dass Horacio ein Campingzelt auf dem Dachboden aufbewahrte.

»Eine geschützte Bucht ist auch nicht gut«, antwortete Horacio und bewegte rasch den Zeigefinger hin und her: »Nein, nein, nein – denn da holt euch nachts der Puma!«

»Was?«, rief Mama entsetzt. »Wir sind doch kein Puma-Futter! Ja, können wir denn hier überhaupt in Sicherheit mit den Kindern spazieren gehen?!«

»Tagsüber gar kein Problem«, beruhigte uns Horacio. »Nur über Nacht würd' ich nicht in einem kleinen Zelt draußen bleiben. Schon gar nicht, wenn da auch noch Proviant duftet, womöglich Wurstbrot oder Corned beef…«

Aber Mama war jetzt alarmiert. »Pumas? Silberlöwen?« Sie konnte sich gar nicht wieder so schnell beruhigen.

Doch auch Papa machte sich, so wie Horacio, jetzt am hellen Tage keine großen Sorgen. Beruhigend legte er einen Arm um Mama und sagte: »Nur die Ruhe, mein Goldfasan! Pumas sind nachtaktiv und scheu, dem Menschen gehen sie aus dem Wege!

Ich bin sogar überzeugt, wenn wir nachts ein Lagerfeuer vorm Zelt brennen lassen würden, dann könnten wir's wagen!«

Doch Mama wollte nichts riskieren, auch nicht mit Lagerfeuer.

»Das würde uns aber auch warmhalten und Pumas abschrecken!«, meinte Papa.

»Nein, der Wind würde die Funken von dem Feuer auf unser Zelt wehen, und ohne Feuer wär's andererseits nachts viel zu kalt, selbst wenn da keine Pumas irgendwo in der Dunkelheit umherschleichen…« Mama wollte nichts von einem Lagerfeuer wissen, das womöglich unser Zelt ansengte. Und von eisigen Nächten ohne Feuer auch nicht.

Auch uns wurde es etwas unheimlich bei der Vorstellung von umherschleichenden Pumas und kalten, klammen Nächten in einem leichten Campingzelt, das wegwehen konnte oder auf das Funken vom Lagerfeuer fallen könnten…

Papa nahm sich vor, in den nächsten Jahren einmal wiederzukommen, mit einem robusten Outdoor-Zelt, und dann eine richtige Wandertour hier zu machen! Horacio nickte. »Ja, das können wir gern einmal zusammen unternehmen!« Wir anderen verzichteten gern auf das Vergnügen.

Wir sahen aber keine Spur von einem Puma. Insgeheim hätte ich es doch aufregend gefunden, etwa einen Prankenabdruck im Sand zu finden – dann hätte ich mich nämlich im Stillen etwas gruseln können. Es ist doch ganz angenehm, an Pumas zu denken, solange sie weit weg oder im Zoo sind! Ansonsten finde ich unsere Katze Molly daheim doch handlicher im Format!

So marschierten wir tapfer weiter, weil ja tagsüber nichts von den Raubkatzen zu befürchten war. »Das weite Grasland hier nennt man Pampa«, erklärte Horacio. In dem saftig grünen Gras wuchsen nicht nur bunte Blumen. Zu meiner Bestürzung fand ich einen Pferdeschädel im Gras, und ein paar umherliegende Knochen.

»Hier dürfen die Tiere wenigstens so alt werden, wie es ihnen die Natur gibt…«, sagte Mama leise. Ich fand, das hatte sie schön gesagt, und wurde ganz andächtig.

»Ja, es kann schon mal vorkommen, dass hier Überreste von einem Pferd oder einer freilaufenden Kuh in der Gegend rumliegen«, meinte Papa. »So ist halt die Natur.«

Wir gingen über eine Holzbrücke, die über einen schäumenden, gurgelnden Bach führte. Diese Brücke verband die Ranch mit dem großen, dunklen Buchenwald dahinter, der bis an die schneeglitzernden Berge reichte. Als wir die Brücke überquert hatten, verließen wir auch das Gelände der Ranch und gelangten an den Waldrand, der gleich hinter dem Weideland begann.

Das war also der geheimnisvolle Wald, von dem uns Papa immer vorgeschwärmt hatte – der Wald meiner Träume – und er war wirklich traumhaft schön! Noch dazu: ein Wald direkt am Meer ...!

Die Buchten sahen herrlich aus: vor uns das tiefblaue Meer, umrahmt von windzerzausten Bäumen, und im Hintergrund majestätische Berge mit glitzerndem Schnee auf den Gipfeln. Die dunklen, hohen Buchenbäume hatten kleinere Blättchen als bei uns in Schweden, denn sonst hätte sie der Sturm aus der Antarktis schon längst abgerissen. Manche der älteren Bäume waren auch schon halb abgestorben, nach schweren eisigen Stürmen, und ihre kahlen Äste waren vom Seewind gebleicht und poliert, so dass sie aussahen wie riesige Skelette. Weitere, umgestürzte Baumstämme lagen zwischen den dunklen Felsen am Ufer und wirkten, groß und bleich, wie riesige Knochen, etwa von Walen oder gar Dinosauriern.

Ich riss die Augen ganz weit auf, um möglichst viel von dieser tollen Landschaft in mich hinein zu tanken. »Spektakulär ...!«, sagte auch Mama andächtig. Zwar wusste ich mal wieder nicht, was dieses umständliche Wort von den Erwachsenen nun genau bedeuten sollte, doch es klang so, wie die Landschaft aussah: einfach großartig! Sicher würde sie die später wieder malen.

»Kommt – wir machen einen Spaziergang durch diese alten Wälder!«, schlug Papa vor. »Es ist ein Glück, dass sie nicht alle der Holzindustrie zum Opfer gefallen sind – viele prächtige, Jahrhunderte alte Bäume sind ja schon rücksichtslos abgesägt worden ...!«

»Umso wichtiger ist es, dass einige Naturschutzgebiete als ›grüne Inseln‹ stehen bleiben...!«, ergänzte Mama nachdenklich. – »Und was ist mit den Pumas...?«, erkundigte sich Lalá etwas kläglich. – »Du hast doch gehört – die verstecken sich am Tage!«, flüsterte ich ihr beruhigend zu. Zu neugierig war ich auf diesen Wald, um mich von einem Spaziergang abhalten zu lassen. Ich war voller Entdeckergeist.

Wir schlugen einen Weg ein, der mitten hinein in den Wunderwald führte. Die Bäume weiter weg von der Küste waren hoch und knorrig, die am Ufer eher windschief und zerzaust – doch alle waren herrlich! Farne und Flechten wuchsen in dieser feuchten Gegend und gaben dem Wald ein geheimnisvolles Aussehen, wie im Märchen. Staunend sahen wir uns um. Ich glaube, Lalá hätte es nicht gewundert, wenn plötzlich ein Zwerg oder eine Fee aufgetaucht wäre... meinetwegen auch ein indianischer Kobold mit einem Poncho...

»Oh – guckt mal, da!«, rief Lalá plötzlich und zeigte etwas ratlos auf einen Baumstamm, der besonders merkwürdig war. Mitten an dem armdicken, grauen Ast hatte sich eine Art Knoten gebildet, aus dem heraus lauter lustig anzuschauende, orangefarbene Bällchen wuchsen.

»Sind das Früchte?«, fragte sie. »Kann man sie essen?«

Papa trat dichter an den Ast mit der komischen Verdickung heran. »Immer Vorsicht, wenn ihr etwas nicht kennt!«, mahnte er. »Es könnte ja giftig sein! Doch dies hier kann man in der Tat essen. Es sind allerdings keine Früchte, sondern Pilze...«

»Pilze, die wie Früchte am Baum wachsen...?«, meinte auch ich zweifelnd.

»Ja, es gibt ja auch Baumpilze. Diese hier nennt man *llao llao* in der Sprache der Mapuche-Indianer. Ihr wisst ja: Eure eigene chilenische Großmutter war eine Mapuche – wir werden ihre Familie noch besuchen. Sie selber lebt ja leider nicht mehr...«

»Was bedeutet denn *lla – lla – wie-hieß-es-noch-mal?«*, fragte ich. Dies witzige Wort hatte ich mir nicht gleich merken können.

»*Llao llao*«, wiederholte Papa. Er sprach es ganz langsam und natürlich richtig aus: »Ljao ljao«. Und er erklärte uns sogleich dazu: »Das bedeutet so viel wie ›lecker lecker‹, denn es war und ist eine beliebte Speise bei den Mapuche. Darum nennen die Leute es hier auch ›Indianerbrot‹, ›*pan de indio*‹. Wir können es heute Abend mit Horacio im Restaurant bestellen. Mal seh'n, ob es euch schmeckt!«

»Und der arme Baum? Tut dem das denn nicht weh, wenn da aus seinen Ästen so komische Pilze rauswachsen?«

»Na ja, begeistert wird er gerade nicht davon sein – aber du siehst: Der Baum lebt und ist ansonsten stark und gesund … die beiden, Baum und Pilz, haben scheinbar gelernt, miteinander auszukommen …!«

»Davon könnten wir Menschen manchmal lernen«, sagte Mama weise und betrachtete neugierig die Pilzkolonie da an dem Ast.

Und es gab ja noch so viel mehr! Wohin man auch schaute! Da waren knallrote, schmale Blüten, die aussahen wir losgehende Feuerwerkskracher – »Chilenischer Feuerbusch«, erklärte uns Papa. Und:

»Oooh – guckt mal, da!«, rief Lalá aus und zeigte mit ausgestrecktem Arm nach oben. An einem dicken, grauen Baumstamm empor hüpfte in kleinen Sprüngen ein merkwürdiger Vogel, der etwas wie eine schwarzweiße Krähe aussah und einen lustigen roten Schopf auf dem Kopf hatte. Erst als ich seinen langen, spitzen Schnabel sah, wurde mir klar, dass es ein Specht war. Natürlich – welch anderer Vogel kann auch schon so akrobatisch die Bäume emporklettern! Höchstens Papageien natürlich, die sollte es hier in Chile sogar auch geben, doch leider entdeckte ich keine. Dabei guckte ich ganz aufmerksam umher und spähte hinter jeden Busch, jedes Blatt.

Der Specht war beeindruckend groß und eilte – hopp, hopp! – in ruckartigen Sprüngen die Baumkrone aufwärts. Manchmal schwirrte er auch kurz auf und ließ sich waghalsig an einem nach unten durchhängenden, anderen Ast nieder. Er kam uns vor wie ein gefiederter Artist, so ein Zirkuskünstler am Trapez.

»Magellanspecht!«, sagte Papa nur.

»Eh – warum heißt denn hier alles mit Magellan?«, fragte Lalá. »Erst die Gans und dann der Specht?« Stirnrunzelnd erkundigte sie sich nach diesem Namen, der hier immer wieder auftauchte.

»Ja, genau«, ergänzte ich, »und auf der Landkarte hast du auch was mit diesem Magellan gefunden – die Magellanstraße, wo die Schiffe zwischen den Inseln und dem Festland durchfahren …?!«

»Ach ja, das solltet ihr auch wissen: Wie gesagt, dieser Magellan war ein Seefahrer, ein Abenteurer, der um 1520 mit einem jener altmodischen Segelschiffe diese Weltgegend erkundete, die den Europäern damals noch neu und unbekannt war. Vieles wurde nach europäischen Entdeckern benannt. Vergesst nicht: Amerika wurde ja offiziell erst 1492 von Kolumbus entdeckt, und der wusste bis zu seinem Lebensende noch nicht einmal, wo genau er da eigentlich gelandet war! Er hatte geglaubt, er hätte den Seeweg nach Indien entdeckt, und darum nannte er die Ureinwohner hier auch ›Indianer‹.« Papa schüttelte den Kopf über das damalige Halbwissen. »Dabei war er in Wirklichkeit auf einem neuen Kontinent gelandet – und das noch nicht einmal als Erster – fünfhundert Jahre zuvor waren schon die Wikinger in Nordamerika gewesen, doch das war wieder fast in Vergessenheit geraten. Und davor natürlich die Ureinwohner selber, die vor Jahrtausenden kamen, mit Kanus oder auch Schlitten …«

»Dann hat ja eigentlich gar nicht Kolumbus dieses Land entdeckt, sondern es waren die Menschen, die schon lange vor ihm diesen Kontinent besiedelt haben!«, gab Mama zu bedenken. »Sie sollen ja in der letzten Eiszeit aus Sibirien hier in Amerika eingewandert sein. Die Indianer, oder besser Natives, sind ja auch bereits so lange hier, dass sie glauben, schon immer in diesem Land gelebt zu haben, und sie haben ja auch recht, denn sie waren ja die allerersten Menschen hier.«

Papa nickte und fuhr fort, jetzt ganz ernst: »Tja, aber den europäischen Entdeckern war das ganz egal! Die Europäer griffen damals ja nach der ganzen Welt, so als ob sie einfach ein Recht dazu hätten, überallhin zu marschieren und sich alles zu nehmen, was sie wollten! Damals entstanden zwar schöne neue Landkarten und auch Globen, doch trug man da dann einfach seinen Namen ein, wo vorher noch weiße Flecken auf der Karte gewesen waren. Die eroberten Gebiete wurden einfach ausgeplündert. Einige dieser Auswirkungen spüren wir heute noch, weil es weltweit leider immer noch nicht gerecht zugeht zwischen allen Ländern …«

Da nahm ich mir vor, erst recht immer möglichst nett zu allen zu sein, damit es auch ein bissel freundlicher zuginge auf der Welt. Denn wenn ich nicht selbst damit anfangen würde, worauf sollte ich dann warten …?

Wale beobachten ist toll!

Mit Gustavo, einem anderen Freund von Papa, wollten wir auch Bootstouren machen. Gustavo war ein Mexikaner, der in Wale vernarrt war. Er wohnte schon lange hier und hatte sich mit einem Einheimischen zusammengetan, der einen Küstenkutter besaß, und die beiden boten nun gemeinsam Fahrten an, um Wale zu beobachten. Wale, liebe Leute! Die größten Tiere der Welt! Ich war schon ganz gespannt. Meiner kleinen Schwester erklärte ich, dass Wale zwar aussehen wie riesige Fische, aber genauso atmen wie wir und deshalb immer zum Luftholen an die Wasseroberfläche kommen müssen. Dabei spucken sie lustige Springbrunnen. Wenn sie sich die Lungen so richtig vollgepumpt haben, können sie dann aber gleich wieder locker 'ne ganze Stunde tauchen, hat Papa uns erzählt. Man kann die einzelnen Walarten sogar an der Form ihrer Sprühfontänen unterscheiden.

Gustavo hatte zwar eine kleine, wellblechgedeckte Hütte am Strand, doch eigentlich wohnte er fast nur noch auf seinem Hausboot. In seinem Vorgarten lag ein riesiger, rostiger Anker als Dekoration – das erinnerte mich gleich an die Villa des Kapitäns daheim, Haus Solitüde. Auch der hatte Seefahrer-Dekostücke, zum Beispiel ein Blumenboot. Auch hier bei Gustavo gab es Zierpflanzen. Staunend entdeckte ich lauter seltsame Blumen, darunter rote Fuchsien, wie sie bei uns nur im Blumentopf wachsen. Draußen über der Bucht sah ich kreisende Möwen und sogar einen Falken. Die Möwen sahen ein wenig aus wie Schneegestöber, wenn sie in weißen Wolken den Booten folgten. »Die hoffen immer auf ein paar Fischabfälle!«, lachte Gustavo, der meine Blicke nach oben bemerkt hatte. Sogar Flamingos, Sittiche und Kolibris sollte es hier in Chile geben, doch leider sah ich bisher keine. Vorerst jedenfalls. Gustavo erzählte uns auch von Seelöwen, die sich hier an den Ufern und auf den Inseln tummeln sollten!

»Früher wurden die Mähnenrobben wegen ihres Pelzes gejagt, das war natürlich schade!«, erklärte er. »Inzwischen haben die

Leute begriffen, dass es viel besser ist, wenn sich Touristen lebende Seelöwen anschauen kommen, als dass man deren Felle als Mantel spazierenträgt. Die Touristen zahlen dann für Bootsausflüge und wohnen auch oft hier in Hotels und Pensionen. Das bringt mehr Geld und ist viel besser für die Natur!«

»Ja, die armen Robben!«, ereiferte sich Lalá. »Die sollen nicht gejagt werden, von so blöden Leuten, die nur ihr Fell wollen! Die Tiere brauchen ihr Fell doch selber!«

Wir nickten. Ja, eine friedliche Fotosafari ist viel besser, als auf die armen Tiere zu schießen! Und wer eine warme Windjacke hat, der braucht auch keinen Pelzmantel! Ich schaute vom Ufer aus angestrengt in die Wellen, ob da nicht zufällig schon irgendwo ein Seelöwe herumschwamm.

Plötzlich kam etwas aus dem Gebüsch herausgestürmt. Leandra kreischte los, blieb aber zum Glück still stehen. (Sie war vor Schreck wie eingefroren.) Das große, schwarze Etwas umkreiste uns hechelnd.

»Ach, das ist nur mein Hund Freddy!«, beruhigte uns Gustavo. »Der tut nix – der will bloß spielen!«

Wie sich herausstellte, war Freddy ganz nett, nur manchmal ein bisschen frech. So stibitzte er uns eine Wurst aus der Proviant-Tasche. Aber eigentlich waren wir ja auch selber schuld, wenn wir die Tasche mit der duftenden Wurst einfach so offen herumstehen ließen… Freddy war eben einfach schneller gewesen!

Erleichtert lachten wir auf. Ich dachte an unsere braune Spanielhündin Bella, daheim in Schweden, die jetzt von Tante Selma mit versorgt wurde. Bella war doch viel braver als dieser wilde Freddy!

Papas mexikanischer Freund Gustavo war also ein Tierschützer, der für den Schutz der Wale arbeitete. Das wär' doch auch was für mich, wenn ich einmal groß wäre! Wale beobachten ist viel besser als Wale jagen – und auch mit der Beobachtung lässt sich ja Geld verdienen, denn die Leute hier müssen ja schließlich von irgendwas leben.

Gustavo erzählte uns mit glänzenden Augen und weit ausholenden Armen, wiiiiieeeee groß die Wale waren, die er schon in seiner Heimat Niederkalifornien als Kind gesehen hatte, und wiiiiieeeee hoch dort die Kakteen wären, ganze Wälder von Kakteen, groß und dick wie ein Mann, und die auch ihre Kakteen-Arme wie Menschen zur Sonne emporreckten. »Die sehen wirklich aus wie große, stehende Leute – nur eben grün und stachlig!«, so berichtete er. Prompt stellte ich mir die mexikanischen Kakteenwälder wie eine Ansammlung grüner Marsmännchen vor, die in der Wüste herumstanden.

»Ja, die Wale haben mich so fasziniert, dass ich meinen Job draus gemacht habe!«, erzählte Gustavo begeistert. »Und weil es bei uns daheim schon mehrere Unternehmen gab, wo die Touristen mit Fischerbooten zum Walbeobachten hinausgefahren wurden, und weil ich auch das Leben der Wale an der Uni studiert hab, mit internationalen Exkursionen, da hat es mich eben hierher nach Kap Hoorn verschlagen, denn da kommen oft ganze Schulen von Walen vorbei!«

Er erzählte uns gerade, wie berüchtigt das sturmumtoste Kap Hoorn damals bei den Seefahrern war, ehe der Panama-Kanal gebaut wurde, welcher den Seeweg in den Pazifik abkürzte. Über der Bucht kam derweil ein großer, brauner Greifvogel herangesegelt. Erst dachte ich, oh, das muss sicher ein Kondor sein, aber er war kleiner. Zwar hatte auch er ein rötliches Gesicht, aber sein Gefieder war eher bräunlich, bis auf einen hellen Fleck an jedem Flügel, da wo beim Menschen die Hand ist.

»Ein *Caracara*«, sagte Papa, der ja praktisch alles über Tiere und Pflanzen wusste. Gustavo nickte anerkennend. »Es gibt nicht viele Leute, die sich so gut mit Tieren auskennen!«, sagte er. Dann gingen wir zum Hafen hinunter. An der Mole schaukelte sein kleines, weißes Ausflugsboot.

»Der Seegang ist heut noch ziemlich heftig, weil's neulich in der Antarktis etwas stürmisch war«, erzählte Gustavo, während er das Boot startklar machte, »doch der Wind hat gottlob etwas abgeflaut.« Es wehte aber dennoch ziemlich frisch, uns klatschen die Haare um die Ohren. Ich hätte mir meine grüne Wollmütze gewünscht, doch die lag natürlich in Gustavos Hütte. Lalá setzte sich kurzerhand ihre Kapuze auf und sah nun aus wie ein Inuitmädchen. Ach ja – eine Kapuze hatte ich ja auch, für den Notfall, falls es mir doch zu kalt an den Ohren werden sollte.

Wir gingen über die Laufplanke an Bord, und sogleich stach der Kutter in See. Brausend durchpflügte der Bug des kleinen Schiffes das dunkelblaue Wasser der Bucht und wühlte eine weiß schäumende Bugwelle auf, die hinter dem Schiffsrumpf auseinanderlief. Da wir ja schon vom Segeln in den schwedischen Schären her an Seegang gewöhnt waren, wurden wir auch nicht seekrank.

»Hier gibt es vor allem Buckelwale, Südkaper Wale und selbst Schwertwale!«, rief Gustavo gegen den Fahrtwind an. »Die Südkaper und Buckelwale haben Fransen statt Zähne im Maul, damit fischen sie Krillkrebschen oder auch kleine Fische aus dem Wasser. Diese Fransen nennt man Barten. Früher wurden die armen Wale sogar deswegen gejagt, weil man aus den Hornfransen verschiedene Gegenstände gemacht hat. Und auch wegen ihrem Speck, den man zu Tran verarbeitet hat. Und viel Speck haben ja auch die Zahnwale, solche wie Moby Dick einer war. Die mussten auch dran glauben. Man hat sie so lange gejagt, bis es kaum noch Wale gab. Erst seit wenigen Jahrzehnten setzen sich Tierschützer für sie ein!«

Gustavo wusste noch viel mehr Interessantes über die Wale zu berichten. Auch, dass die Buckelwale singen – die Männchen haben sogar ihre eigene Hitparade, die man unter Wasser kilometerweit hören kann!

»Solche Walgesänge gibt's inzwischen auch auf CD!«, schwärmte er.

»Wie singen sie denn …?«, wollte Lalá wissen.

»Na ja, nicht so wie wir«, lächelte Gustavo. »Sie können aber sehr rhythmisch und melodisch gluckern, quietschen und grunzen. Das klingt dann schon zuweilen wie Musik, auch für menschliche Ohren …« Er blickte übers Meer hinaus, um nach Anzeichen auftauchender Wale zu suchen.

»Nun passt mal auf, ihr Wasserratten«, forderte er uns auf. »Mal sehen, ob ihr einen Wal entdeckt! Er verrät sich ja schon von Weitem durch seinen Blas. Die Blaslöcher oben auf dem Kopf des Wales sind seine Nase! Manche Walarten haben nur noch ein einziges Blasloch«, so erklärte er uns.

Er hielt selber wachsam Ausschau und fuhr fort: »Wie gesagt, einige Arten haben Zähne, andere Barten. Seinen Rachen kann ein Bartenwal wegen der Kehlfurchen weit ausdehnen, wie einen riesigen Sack, damit schluckt er ganze Schwärme von Krill in sich hinein. Der hat zwar ein Maul wie 'ne Scheune, ist aber für Menschen ungefährlich, uns frisst er nicht! Man sollte ihn natürlich trotzdem in Ruhe lassen, klar. Die Brustflossen beim Wal nennt man Flipper, die Schwanzflosse Fluke und die Rückenflosse, wenn er eine hat, Finne. Könnt ihr euch das alles merken?«

Mama beschloss, uns ein Buch über Wale zu kaufen, damit wir uns das später alles in Ruhe ansehen und durchlesen konnten. Jetzt sollten wir die Wale erst mal in echt beobachten! Gespannt fuhren wir mit dem kleinen Küstenkutter hinaus. Zunächst war von Walen nichts zu sehen, obwohl manche Wellen so verräterisch zu schwappen schienen und einige dunkle Felsen aus dem Wasser aufragten wie graue Walrücken. Doch dann …

Vor uns begann das Wasser zu brodeln. Es schien zu kochen, obwohl es so kalt war. Die Wellen waberten, als würde gleich ein Unterwasser-Vulkan ausbrechen. Es bildeten sich Blasen, weiße Schaumkringel – und dann brach die Wasseroberfläche auf, und aus dem schwappenden Reich der Wellen tauchte ein gewaltiger Körper empor, so riesig wie ein U-Boot, und schoss wie ein Torpedo aus dem Wasser. Ein Buckelwal!

Freundlich winkte er mit seinen langen, flügelartig flatternden Flippern, und schlug mitten in der Luft einen Salto, dass die Tropfen nur so spritzen. Dann fiel der Koloss krachend ins hoch aufschäumende Wasser zurück, und donnernd schlugen die Wellen über ihm zusammen.

»Der ist garantiert 15 Meter lang!«, sagte Gustavo stolz. Wir hielten die Luft an vor Staunen. … und so dicht dran …!

Der Wal tauchte noch ein paarmal auf und ab und rollte träge in den Wellen. Dabei fauchte sein Sprühstrahl hin und wieder, der Dampf stieg flimmernd und glitzernd über den Wellen auf. Dann machte der Wal im Wasser Kopfstand und tauchte unter – riesig ragte noch sein Schwanz empor wie eine gewaltige Boje, seine breite, waagerechte Schwanzflosse winkte nochmals kurz zu uns herüber – dann war er verschwunden.

»Jeder Wal hat sein eigenes Muster auf der Unterseite der Fluke«, erzählte Gustavo. »Daran kann man ihn individuell erkennen! Wir haben alle Wale hier in der Bucht fotografiert, so dass wir immer wissen, wen wir da gerade vor uns haben!« Er klappte seinen Laptop auf und klickte die Fotos an. Da waren lauter verschiedenfarbige Schwanzflossen zu sehen. »Aha – es ist *Old Hump*, der mit den schwarzen Flecken an den Flossenspitzen! Seht ihr?«

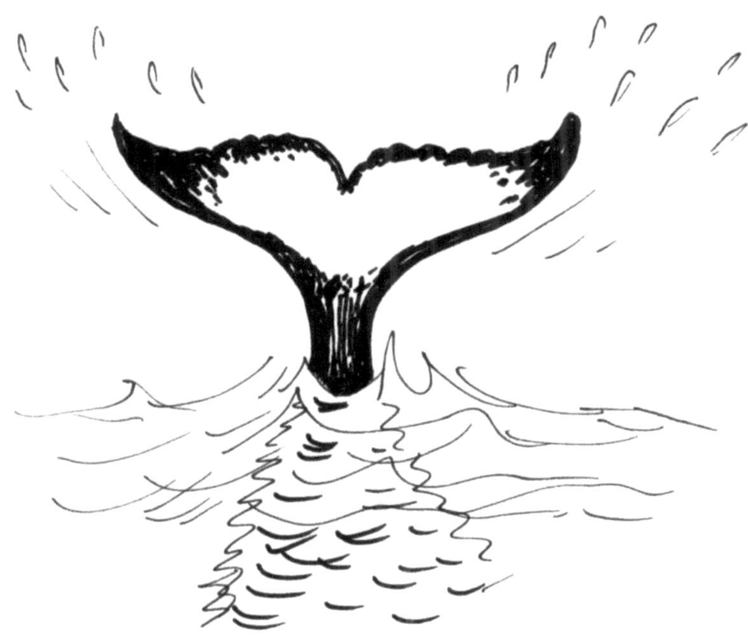

Wir schauten das Bild an und nickten. Mir wurde irgendwie feierlich zumute, als ich mir vorstellte, dass es ja nicht irgendein Wal war, der da schwamm, sondern ein ganz bestimmter Wal mit einem Namen, so wie wir, und so wie unsere Hündin Bella und Katze Molly. Manche Forscher vermuten sogar, dass sich manche Tiere wie Wale und Delfine selber gegenseitig mit Namen rufen – eine aufregende Vorstellung! Ich träumte davon, solch aufregende Sachen über Tiere herauszufinden – mit einem Unterwasser-Mikrofon den Walen zu lauschen und eines Tages ihre Sprache zu verstehen …

Sturmvögel kreisten wie kräftige Möwen über dem Boot. Sogar ein riesiger Albatros tauchte auf – »Mensch, der ist ja so groß wie'n Segelflugzeug!«, jubelte ich, als er wie eine gigantische Möwe ohne einen Flügelschlag über den Wellen dahergesegelt kam.

»Ja, der hat bestimmt die gleiche Spannweite wie ein Kondor«, meinte Mama, »aber seine Flügel sind viel schmaler. Genial, was die Natur alles erfindet: Schaut nur, der segelt so mühelos, als ob er einen Motor hätte!« Da fiel mir mein Spiel von damals wieder ein, und ich stellte mir den Riesenvogel mit einem Motor vor, doch ohne Motorenantrieb war er einfach noch viel feiner! Gustavo wusste sogar zu berichten, dass Albatrosse eine eingebaute Sperre aus Knochen haben, die beim Ausbreiten der ultralangen Flügel einrastet, so dass diese beim Fliegen nicht lahm werden und der Vogel unermüdlich segeln kann. »So kann er tage- und wochenlang in der Luft bleiben«, glaubte er, »und vielleicht kann er sogar beim Dahinsegeln schlafen, oder wenigstens dösen!«

Lalá gefiel der große Vogel mit seinen riesigen, geraden Schwingen so gut, dass sie später, als wir wieder von Bord gingen, die Arme ausbreitete und so den ganzen Strand entlang lief, so als würde sie selber schweben. Und als ihr solch ein Riesenvogel entgegengeflogen kam und neugierig zu ihr hinunteräugte, da jubelte sie, denn sie war sicher, der Albatros hätte ihr freundlich zugezwinkert.

Am Strand der Pinguine

Später haben wir an einem anderen Platz dann doch noch Pinguine gesehen, und auch ein paar Robben, die draußen vor der Küste eine Art Wellenreiten veranstalteten, sodann durch die Brandung schwammen und sich danach faul am Ufer räkelten. Das Lustigste war, dass diese Robben gegen den Lärm der Brandung anröhren konnten und sie mit ihrem Geschrei noch übertönten. Sie konnten brüllen wie Stiere.

Wir konnten die Robben und Pinguine zuerst von Gustavos Boot aus beobachten, dann durften wir sogar in einiger Entfernung an Land gehen, aber wir durften die Tiere natürlich nicht stören. Wir Menschen würden ja auch nicht wollen, dass uns da andauernd irgendwelche neugierige Touristen durchs Wohnzimmer trampeln.

Die Pinguine gefielen mir ganz besonders, mit ihrem aufrechten Watschelgang, wie sie da wie kleine Männchen im Frack umherliefen. Sobald sie sich aber ins Wasser stürzten, sahen sie auf einmal ganz elegant aus und konnten genauso gut schwimmen wie die Robben. Geschickt flitzten sie durch die Wellen. Sie konnten auch gut tauchen, um Fische zu fangen.

Zwar konnten sie mit ihren Flossenflügeln nicht mehr fliegen, so wie Möwen, Pelikane und die meisten Kormorane, doch unter Wasser schwebten sie dann genauso leicht dahin, als ob sie fliegen könnten. Manchmal machten sie sogar kleine Sprünge über die Wellen, wie Delfine.

»Übrigens sind diese Pinguine hier auch wieder nach dem Herrn Magellan benannt…«, sagte Papa schmunzelnd. »Man nennt sie auch Brillenpinguine, weil sie so ein lustiges, brillenartiges Muster um die Augen haben!« In der Tat hatten die schwarzweißen Pinguine weiße Kringel um die Augen.

Wieder hatte Lalá eine witzige Idee. Sie watschelte umher wie ein Pinguin und streckte auch ihre Ärmchen abgewinkelt aus, so wie sie sich Pinguinflügel vorstellte. Und dann sagte sie: »Warum feiern wir hier nicht so eine Art Karneval und verkleiden uns als Pinguine?«

»Euch fällt auch immer wieder was anderes ein!«, seufzte Mama, aber es klang belustigt.

Papa war natürlich gleich für jeden Spaß zu haben, wie immer, und schlug vor, wenn es hier schon keine Pinguin-Kostüme gab, so könnten wir uns ja doch wenigstens mit schwarz-weißen Klamotten verkleiden?

Das hätte er besser nicht laut sagen sollen, denn zurück in unserer Ferienunterkunft da bei Gustavo, sausten wir sofort zu den Koffern und Taschen, die so schön sorgfältig aufgeräumt waren (es lohnte sich ja kaum, für ein paar Tage immer gleich alles auszupacken – Zahnbürste und so, was man jeden Tag brauchte, hatte Mama immer extra in einer kleineren Reisetasche, die sie »Kulturtasche« nannte, obwohl ich dort gar nix mit Kultur erkennen konnte, keine Gemälde und so. Die hätten da ja auch gar nicht reingepasst.)

Unbekümmert rissen wir nun all die sorgsam zusammengelegten Kleidungsstücke heraus und wühlten, ob wir nicht was in Schwarz und Weiß finden würden? Mama war entsetzt, als sie ins Zimmer kam und die Klamotten umherfliegen sah, die wir fröhlich aus dem Koffer zerrten und umherschleuderten.

»Hier is was!«, jubelte Lalá und zog eine schwarze lange Hose heraus. Und ich hielt triumphierend ein weißes T-Shirt hoch.

»Papa – Antonio! – jetzt kommst du aber her und hilfst aufräumen!«, schimpfte Mama lauthals. Es war sehr selten, dass sie ihn beim Namen nannte!

»Ja – ich komme ja schon, mein Goldfasan!«, beruhigte sie Papa. »Liebste Margit, das ist doch alles kein Problem!« Ja, auch Mama wurde sehr selten bei ihrem Namen genannt, das fiel uns jetzt erst auf. Warum eigentlich? Sie haben jeder sogar noch einen weiteren Vornamen im Pass stehen, doch für uns sind sie einfach Mama und Papa!

Doch viel wichtiger als die Frage nach den Namen war uns nun, die schwarz-weißen Kleidungsstücke zu richtigen Pinguin-Verkleidungen zusammenzustellen. Und kaum zu glauben – es ging! Was wir an Hemden und Hosen fanden, langte, um uns beide als richtige Pinguine auszustaffieren – vor allem, als Mama nochmals seufzend ihre schwarze Jersey-Jacke beisteuerte, die sich Lalá gleich begeistert überzog. Ihr war sie natürlich viel zu groß, doch das war ja gerade das Kostümartige: So lief Lalá wie im Frack, und Pinguine haben ja einen Frack aus Federn!

Zum Schluss machten unsere Eltern noch Fotos von uns, mit ihrem Smartphone, und darauf waren wir so angezogen: beide in weißen T-Shirts, Leandra darüber Mamas schwarze Jacke und ich Papas schwarzes Hemd (dass es feine weiße Pünktchen hatte, machte gar nichts, ich hab genau gesehen, dass auch die Pinguine ein paar weiße Flecken hatten), dazu trugen wir schwarze Hosen (Lalá eine Leggings, die auch als Unterhose gedacht war, ich eine ganz dunkle Jeans). Lalá hatte gelbe Strümpfe gefunden und ich rote, das ging ja auch als Pinguinfüße. Und als Köpfe mit Schnäbeln hatten wir sogar auch noch was Passendes: Lalá hatte nämlich eine Baseball-Kappe, deren orangefarbener Schirm der Schnabel einer Comic-Ente war (die Augen der Ente waren auf der Kappe aufgestickt) und ich hatte mir Papas roten Schlips ausgeliehen und vor meinem Gesicht zu einem Schnabel gebunden – irgendwie!

Zum Schluss halfen wir beiden Pinguine, Mama den Koffer wieder schön ordentlich zu packen. Wir reichten ihr die Sachen hin; zusammenfalten und einpacken wollte sie die lieber selber, denn, wie sie augenzwinkernd meinte: »Pinguine können das vielleicht doch nicht so gut …«

Der Flug des Kondors

Und dann, bei einem unserer Ausflüge am Meer, da sahen wir ihn!

Mein Herz schlug höher, schlug mir bis zum Halse – staunend starrte ich nach oben. Da flog er – der König der Lüfte! Der größte Vogel der Welt, der mächtige Kondor! Majestätisch segelte er dahin, ohne einen Flügelschlag. Wie ein kleines Flugzeug sah er aus. Auch Leandra schaute gebannt und ehrfürchtig nach oben, wie der Kondor da über den Felsklippen und Gletschern am Meeresufer seine Kreise zog. Kondore kommen nämlich nicht nur hoch droben in den Anden vor, sondern auch hier unten an der Küste, am Meer.

Mir war sofort klar: So was musste ich basteln – in Lebensgröße! Sogar hier auf Reisen holte mich mein Bastelfieber ein. Papa nannte das »kreativ sein« (wieder so ein ulkiges Wort der Erwachsenen). Damals hatte ich mit Papa zusammen schon mal

einen Drachen gebastelt, na ja, der flog aber nicht richtig. Das lag nicht an Papas Hilfe, sondern am Material. Aber diesmal wollte ich ein Modell dieses Riesenvogels bauen. Egal, ob er dann flog oder nicht – nur in Lebensgröße musste er sein! So beeindruckt war ich von dem königlichen Vogel.

Eifrig erzählte ich Leandra von meinem Plan, als der Kondor langsam in der Ferne im Himmelsblau verschwand. Mir tränten schon fast die Augen, so lange habe ich ihm nachgeschaut, auch als er nur noch ein ganz kleines Pünktchen am Horizont war. Lalá nickte. Ja, fürs Basteln war sie zu haben!

Als Papa davon hörte, lachte er, aber es war ein freundliches Lachen, kein Auslachen. Mama meinte jedoch lächelnd: »Wie wollt ihr *den* denn nachher in den Koffer reinkriegen? So ein Riesenvieh passt doch da gar nicht rein!«

Das war derzeit meine geringste Sorge. Erst mal wollten wir ihn basteln, dann konnte man immer noch darüber nachdenken, wie man ihn irgendwie zerlegen und für den Koffer zusammenfalten konnte. Denn bis zu unserer Rückkehr nach Schweden zu warten, das dauerte mir viel zu lange. Ich wollte gleich anfangen!

Schwarz war der Kondor, mit rotem Kopf und weißem Federkragen. Die Flügel waren schwarzweiß gemustert – irgendwie erinnerte mich das Muster an die Tastatur von einem Klavier. Genauso wollte ich es hinbekommen, haargenau, oder besser: federgenau!

So schön und groß war er – das war für mich Ansporn genug, das Projekt »Kondor basteln« in Angriff zu nehmen. Vielleicht würde ich sogar mal ein Museum mit Tiermodellen eröffnen …? Dann bräuchten keine echten Tiere mehr dafür ausgestopft zu werden. Man könnte Schulklassen hindurchführen, dazu Dias und Videos zeigen, das Leben der Tiere erklären …

Also hieß es zunächst: Material zusammentragen, viel Material, denn der Kondor ist gewaltig groß. Allein seine Flügel haben drei Meter Spannweite! Lalá half mir mit Feuereifer, Federn zu sammeln, und weil die nicht langten, fügten wir einfach selbst gebastelte Federn hinzu, aus bemaltem Papier, das wir am Rand schön fedrig mit der Schere ausfransten. Richtig gut sah es aus, wenn man erst mal so richtig den Dreh raus hatte!

So, auf Pappe geklebt und diese dann auf große, lange Bretter genagelt. Die Flügel wurden gewaltig! Ja, auf solchen breiten Schwingen konnte er dahingleiten!

»Wollt ihr ein Flugzeug bauen?«, staunte Papa, als er uns mit Gustavo im alten Geräteschuppen hämmern und klopfen hörte und neugierig näher kam.

»Nein – den Kondor!«, erklärte ich wichtig. Das fand Papa so prima, dass er gleich mitmachte. Er wusste ja schon von unserem Projekt, hatte es aber bisher wohl noch nicht ganz ernst genommen. Nun aber brachte er sogar einen Streifen weißen Plüsch von der Kapuze eines ausrangierten Anoraks von Gustavo (mit dessen Erlaubnis, klar), der den Federkragen darstellen sollte. Der Riesenvogel sollte natürlich ausgebreitete Schwingen haben, damit man die so richtig toll sah – und damit klärte sich dann auch, wo er bleiben würde. Der passte ja wirklich nicht in den größten Koffer, nicht mal zerlegt!

»Dann behalt' ich den gern hier, als Erinnerungsstück an euren Besuch!«, sagte Gustavo. Das tröstete mich ein bisschen, und außerdem würden wir ja auch mal wiederkommen – irgendwann! Auf Gustavos Kaminsims kam er jedenfalls so richtig gut zur Geltung, mit seinen entfalteten Schwingen!

Papa erklärte mir dann, dass der Kondor sogar statt eines Adlers im chilenischen Wappen auftaucht, zusammen mit einem kleinen Andenhirsch. Ich dachte mir, wenn die Leute Tiere und Pflanzen in ihre Wappen malen, vielleicht denken sie dann auch eher an die Natur – wenigstens hoffte ich das. Gustavo wusste auch noch was zum Thema: »Der Kondor kommt hier sogar in Comics vor!« Das fanden wir natürlich lustig. Papa versprach, am nächsten Kiosk nach einem solchen Comics-Heftchen zu suchen.

Nachts sah ich meinen herrlichen Kondor im Traum. Er war lebendig, richtig echt, und sagte zu mir: »Komm – soll ich dich mal auf einem Rundflug mitnehmen?«

Er landete vor mir, ganz zahm, und ich entdeckte, dass er

so was wie einen Sattel trug, aus weichem, roten Leder. Rasch kletterte ich auf den gepolsterten Sattel und klammerte mich daran fest – und schon ging's los! Der Kondor nahm mit ein paar schwerfälligen Schritten Anlauf und hob dann ab – hui, ging's in die Lüfte, noch viel schöner als mit dem Flugzeug, denn man spürte direkt den frischen Wind um die Nase wehen! Meine Haare flatterten im Wind, und ich hatte gar keine Angst, als der Kondor jetzt höher und höher hinaufflog, mit mächtigem Flügelschlag. Ganz oben, dicht unter den Wolken, begann er dann zu kreisen und mir sein Land zu zeigen.

»Schau her, Gabriela – siehst du die Städte dort unten? Wenn sie zu viele und zu groß werden, dann wissen wir Tiere gar nicht mehr, wo wir leben sollen!«

Ich nickte. Wir flogen weiter.

»Und dort drüben, Gabriela – siehst du die Wälder? Wenn die Wälder alle gerodet werden, dann wissen wir Tiere gar nicht mehr, wo wir bleiben sollen!«

Wieder nickte ich und versprach, den Tieren zu helfen, wenn ich einmal groß wäre.

Und weiter ging der sausende Flug. Die Brise umspielte rauschend seine mächtigen Flügel.

»Und da, sieh her, die Pampa! Wenn das ganze weite Grasland zugebaut wird – wo sollen wir Tiere dann noch bleiben?!«

Ich hatte Mitleid mit dem Kondor, der sich solche Sorgen um die Natur machte, und beugte mich vorsichtig vornüber, um seine weiche Federkrause am Hals zu streicheln. Dabei entdeckte ich seinen höckerartigen Kamm, da überm Schnabel. Denn er hatte auf dem Kopf so etwas wie einen Kamm, eine Art Krönchen.

Als könne er Gedanken lesen, erklärte der Kondor mir: »Ja, ich bin der König der Vögel, und darum habe ich dieses Krönchen. Meine Frau, die Kondorin, ist die Königin, sie trägt ein kleines Krönchen. Und meine Kinder, die jungen Kondore, sind die Prinzen und Prinzessinnen der Lüfte, sie haben noch ganz winzige Krönchen. Sobald sie ausgewachsen sind und richtig gut fliegen können, wachsen auch ihre Kronen.«

Ich war beeindruckt. Doch der Kondor sprach noch weiter: »Früher, da haben die Menschen uns Tiere noch verehrt – und die Indianer tun das heute noch! Die Mapuche und Inkas, die hier in den Bergen der Anden leben, die haben immer noch Respekt vor uns, vor der ganzen Natur! Wenn ihr von ihnen lernt, dann können Menschen und Tiere hier gut zusammen auf der Welt leben!«

Ich nickte. Das wollte ich mir merken. Damit hatte der Kondor seinen Rundflug offenbar beendet und ging in schwindelerregenden Sinkflug über. Gerade dachte ich, gleich würde ich aus dem Sattel purzeln, da wachte ich auf. Dabei stellte ich fest, dass ich selber mit ausgebreiteten Armen im Bett lag – ganz so, als wären es Kondorschwingen, mit denen ich abheben wollte! Die Worte des Traum-Kondors aber bewahrte ich gut in meinem Herzen.

Kuriositäten aus Stein und Ausflug in die Wildnis

Dann setzten wir mit einer Fähre nach Punta Arenas über – und waren mitten im menschenleeren Patagonien auf einmal in einer Großstadt. Sie liegt gegenüber der Insel Feuerland auf dem chilenischen Festland, an der Magellanstraße, die ja gar keine richtige Straße ist, sondern ein Seeweg für Schiffe.

Natürlich fand Papa auch hier wieder etwas, das mit Tieren und Pflanzen zu tun hatte – und sogar mitten in der Stadt! Es gab nämlich ein Museum, in dem es Merkwürdiges zu bestaunen gab: Da waren doch tatsächlich große Steine, auf denen Farnblätter zu sehen waren, nur dass sie nicht mehr grün waren, sondern schwarz. Und andere Steine sahen aus wie riesige Schneckenhäuser, aber groß wie Fußbälle!

»Du, Papa – hat da jemand die Blätter auf die Steine gemalt …?«, fragte Lalá.

Bevor Papa den Mund auf machen konnte, antwortete ich laut: »Aber Lalá, dann wären die Steine doch im Kunstmuseum und nicht hier als Naturkunde, wenn sie einer gemalt hätte!«

Papa lachte schallend, mitten im Museum. »Mal wieder typisch Gabriela«, amüsierte er sich, »mit ihren altklugen Kommentaren!«

»Ja, stimmt es denn nicht?«, fragte ich, nun doch ein wenig verunsichert.

Frühreif und so weiter, das hat Papa ja schon letztes Jahr gesagt. Manchmal finden die Erwachsen das drollig, manchmal aber auch schrecklich. Ich zucke dann nur die Achseln, denn schließlich kann ich ja nichts dafür, dass ich »frühreif« bin, oder?! Vielleicht so wie ein reifer Apfel …? Und bei einem Papa, der als Journalist nur so mit interessanten Wörtern um sich wirft, bleibt einem ja gar nichts anderes übrig, als so manches davon aufzuschnappen und sich eigene Gedanken darüber zu machen …

»Doch, doch«, beeilte Papa sich zu sagen, »du hast schon recht! Aber was sind das dann, deiner Meinung nach?« Nun war auch Papa neugierig.

Ich runzelte die Stirn und kniff die Augen zu ganz schmalen Schlitzen zusammen, als ich diese merkwürdigen Pflanzensteine nochmals genauer ansah. Fast kam ich mir vor wie ein Detektiv. »Hmmm… die sehen schon irgendwie echt aus, nicht bloß draufgemalt… und die Steine und Felsbrocken sind ja in jedem Fall echt… vielleicht ist es etwas von ganz, ganz früher? So zur Zeit der Saurier?«

»Schlaumeierchen! Bingo!«, rief Papa fröhlich. Auch Mama nickte stolz, dass ich es richtig erraten hatte.

»Fossilien nennt man so was, solche Überbleibsel von Pflanzen und Tieren, die schon viele Jahrmillionen alt sind!«, erklärte nun Mama.

»Und sind das dann auch Fossilien?«, fragte Lalá und deutete auf die fußballgroßen Schneckenhäuser, oder was es nun waren.

»Genau!«, sagte Mama, und Papa fügte hinzu: »Nur sind das hier keine Schnecken, sondern deren Verwandte, und zwar Tintenfische mit Gehäusen. Man nennt sie Ammoniten… von denen gab's früher ganz viele, heute sind sie selten geworden, und längst nicht mehr so groß!«

Schade, fand ich, doch ich war froh, dass es überhaupt noch ein paar solch kurioser Tintenfische mit Schneckenhäusern gab.

Dann standen da noch ausgestopft ganz merkwürdige braune Vögel mit langem, sichelförmig gekrümmtem Schnabel, an deren Schild stand »Ibis« drauf. Die Kormorane und Wildgänse daneben kannte ich ja schon als lebendige Vögel von der Meeresküste.

Im Museum gab es auch einen ausgestopften Biber: »Die sind hier von Pelztierzüchtern ausgesetzt worden oder aus solchen Pelztierfarmen entwichen und richten hier nun leider großen Schaden an, denn sie nagen ja Bäume um. Aber die Bäume hier sind das noch nicht gewohnt – sie schlagen nicht gleich wieder aus und sterben dann meist ab. Da, wo die Biber herkommen, hat sich die Natur schon angepasst und die abgenagten Bäume bilden oft neue Triebe. Dort können die Biber dann ruhig ihre Stauseen bauen, das freut dann die Frösche!«

Die von Bibern umgelegten Bäume sehen wie riesige, angespitzte Bleistifte aus, und die Biber bauen aus den gefällten Stämmen ja ihre Burgen, in denen sie wohnen. Blieb zu hoffen, dass sich die Bäume hier möglichst bald an die neuen Mitbewohner dieser Landschaft anpassen würden. Auf einmal kam mir der Gedanke, wir Menschen seien gar nicht so sehr verschieden von den Bibern, die neue Gegenden besiedelten. Mensch und Natur müssen ja auch erst wieder lernen, besser miteinander umzugehen. Doch während die Biber von Natur aus halt Nagetiere sind, so sind wir Menschen doch wohl nicht von Natur aus Umweltzerstörer, oder ...?!

Übrigens: Erst hier in Chile merkten wir, wie viele Freunde und Verwandte Papa damals hatte zurücklassen müssen. Denn auch hier kannte er wieder Leute, mit denen wir auch zusammen etwas unternahmen. Mit der Fähre fuhren wir weiter nach Puerto Natales, und dort erwarteten uns bereits sein Freund Ernesto und dessen Frau am Hafen, die er bereits vorab telefonisch verständigt hatte. Mit ihnen gemeinsam wollten wir einen Abstecher zum Nationalpark Torres del Paine machen, jenen drei schneebedeckten Felsentürmen, die dieses Gebirge berühmt gemacht haben. Wie riesige Felsnadeln sehen sie aus. Ernesto und seine Frau kannten die Gegend natürlich wie aus der Westentasche. Die beiden arbeiteten als Tourenführer im Nationalpark und hatten daher auch praktischerweise gleich Zelte und Ausrüstung dabei.

Beide waren sehr nett, wir mochten sie gleich, genauso, wie wir alle anderen Freunde und Verwandten von Papa mochten. Es gibt ja so 'nen Spruch: »Sag mir, wer deine Freunde sind, und ich sage dir, wer du bist!« Und klar, wenn Papa schon so nett ist, dann werden auch seine Freunde nett sein, oder?

»Mari mari!«, sagte Ernestos Frau. Wir dachten erst, sie heiße »Marie«, doch dann erfuhren wir, dass sie uns auf Mapuche begrüßt hatte. Sie hieß jedoch Alma.

Ernesto hatte einen langen, dichten, Bart, über den er sich immer wieder strich, wenn er grad' nachdachte. Papa sagte uns im Scherz, er hätte einen so langen Bart wie ein gewisser Herr Hemingway, aber da ich den nicht kannte, fand ich eher, er hätte einen Bart wie der Weihnachtsmann. Seine Frau Alma hatte ihr langes, schwarzes Haar zurückgekämmt und zu einem Pferdeschwanz gebunden. Sie war eine Mapuchefrau, und als Lalá und ich das erfuhren, waren wir ganz aufgeregt, denn nun konnten wir vielleicht Dinge von ihr erfahren, die uns auch unsere chilenische Großmama erzählt hätte!

In der Tat erzählte sie uns bereitwillig einige Mythen und Märchen, und ihre Augen glänzten dabei. Sie erzählte uns von Mutter Erde, die bei ihnen Ñuke Mápu heißt – »ich dachte, *Pachamama*«, fragte Mama sie, und: »Nein, das ist ihr Name bei den Inkas«, erklärte Alma – und auch von den Ngen, den Naturgeistern, die man respektieren muss. Ich dachte mir, es ist ja eigentlich logisch, dass man die Natur respektieren soll, ob man sie sich nun voller Geister vorstellt oder nicht. Obwohl, wenn so traumhaft die Nebelschwaden aus den Tälern aufsteigen, da kann man schon an Naturgeister denken! Und dass Sonne und Mond ein bissel wie Lebewesen wirken, so wie sie da am Himmel wandern, das stimmt ja auch, da konnte man sich die Geschichten von Herrn Sonne und Frau Mond, von denen Alma uns da erzählte, irgendwie ganz gut vorstellen.

Die Landschaft war wunderschön und selbst im Sommer bibberkalt, denn da gab es einen Gletscher, der uns die Zunge rausstreckte – Gletscherzunge nennt man das. Er war aus rissigem, weißem Eis mit blauen Spalten, und es brachen auch immer wieder polternd große Eisbrocken ab und trieben im See davor als Eisberge davon! Der ganze See war wohl aus getautem Eis entstanden, und es kamen auch rauschende Schmelzwasserbäche aus dem Gebirge und schlängelten sich durch die dichten, dunkelgrünen Wälder aus Buchen und Zypressen. Hier war ja noch mehr Eis zu sehen als weiter südlich, noch näher der Antarktis! Das lag daran, dass es im Hochgebirge war.

Doch auch hier neben dem Gletscher wuchsen bunte Blumen: diese rotblühenden Feuerbüsche, dazu Wilderbsen mit rosa Blüten, die wie kleine Schmetterlinge aussahen, und orangegelbe Blümchen, die nicht mal Papa kannte! Lalá fand merkwürdige weiße

Pilze, die ein wenig wie kopfstehende Birnen mit rauer Schale aussahen und immer zu zweit wuchsen. »Boviste« nannte Ernesto die, und er musste es ja wissen (Papa wusste das auch nicht!).

»Wie heißen eigentlich diese roten Blumen bei euch?«, fragte ich Alma und wies auf die knallroten, feuerwerksartigen Blüten an jenen Sträuchern und Bäumchen, die ich schon die ganze Zeit bewundert hatte.

Alma freute sich über unser Interesse an der Natur. »Die nennen wir Notro«, sagte sie.

»Und auf Spanisch?«, wollte ich wissen.

»Ja, auch Notro-Baum, *árbol Notro;* da hat man das einheimische Wort übernommen, wie für viele der hiesigen Pflanzen und Tiere. Denn es sind ja Arten, welche die Spanier nicht aus ihrer Heimat kannten, sie kommen nur hier vor.« Sie lächelte. »Daher haben sie die Namen aus unseren Sprachen, von uns Mapuche und Tehuelche und anderen, oft einfach ebenfalls verwendet. So wird wenigstens ein kleiner Teil unserer Sprache und Kultur bewahrt – und wer sich dafür interessiert, ist herzlich eingeladen, mehr darüber zu erfahren!«

»Hier gibt's auch Nandus, diese großen Laufvögel!«, sagte Ernesto ein wenig später, doch die Nandus hielten sich derzeit vornehm zurück. Wir sahen keine, schade.

Dafür schwammen im See braunrote Gänse und zimtbraune Wildenten mit weißen Bäckchen und hellen Tupfen an den Seiten, also wieder anders, als ich sie von Schweden kannte. »Sogar in den reißenden Sturzbächen schwimmen hier Enten«, erzählte der Ranger, »richtige Akrobaten!« Weil wir bald vom Wandern über dunkles Geröll und an den Hängen müde waren (besonders Lalá!), schlugen wir unsere beiden bunten Campingzelte auf, die innen speziell gegen Kälte doppelte Zeltbahnen hatten. Lalá warf sich sofort hinein, um auszuruhen, doch auf unser Rufen hin kam sie bald wieder herausgekrabbelt. Denn es gab wieder etwas Besonderes zu sehen.

Da es kurz zuvor geregnet hatte und nun die Sonne hervorkam, gab es einen wunderschönen Regenbogen! Rot-gelb-grün-blau-lila, so schwebte er über dem bewaldeten Tal, vor den glitzernden Schneebergen. Er sah irgendwie ganz unwirklich aus: reine Farben, die da in der Luft schillerten. Ganz andächtig staunten wir ihn an, und sogar Lalás Plappermäulchen stand mal still.

Doch unsere Zelte sollten nicht lange aufgeschlagen bleiben. Denn am Abhang gegenüber bewegte sich was durchs gelbgrüne, lange Gras, etwas Graubraunes, Großes… »Schaut nur!«, flüsterte Alma plötzlich und deutete hinüber.

Dort sahen wir ganz unverhofft – einen Puma! Drüben am Berghang stand er im Gras über etwas gebeugt, mit nervös zuckendem Schwanz. Der Puma hatte, sicher erst vor Kurzem, ein Guanaco gerissen und ging nun widerwillig wegen der Störung durch uns Menschen erst mal von seiner Beute weg. Vom Guanaco sah man nur sein hellbraunes und am Bauch weißes Fransenfell im Winde flattern.

Papa machte geistesgegenwärtig ein Foto mit seinem Handy, Ernesto und Alma blieben ganz ruhig, sie kannten solch riesige Wildkatzen ja, Lalá blieb die Spucke weg und Mama war nervös. Eine Raubkatze am helllichten Tage! Mama meinte, er sei gewiss so groß wie ein Löwe! Da waren wir aber alle froh, dass er schon was zu fressen hatte…!

»Also doch!«, murrte Mama. »Pumas streifen eben nicht nur nachts herum …!«

»Das liegt daran, dass sie hier im Nationalpark nicht gejagt werden dürfen«, vermutete Papa.

»Trotzdem – mir langt's!«

»Aber der Puma ist doch weit weg – am Hang gegenüber – und zu fressen hat er doch auch schon was …!«, versuchte Ernesto sie zu beruhigen.

Mama war aber wieder mal durch nichts mehr zu bewegen, hier draußen in der Wildnis in einem Zelt zu übernachten, obwohl ihr Ernesto versicherte, dass Pumas solchen Gruppen von Menschen, wie wir es waren, aus dem Wege gehen. »Sie sind ansonsten recht scheu«, sagte Ernesto beruhigend. »Es ist ein großes Glück, mal einen wie heute zu sehen!«

Doch schon Horacio hatte sie ja zuvor nicht überzeugen können.

Also bauten wir die Zelte wieder ab, sobald Lalá und wir übrigen uns dort ein wenig ausgeruht hatten, und fuhren mit einem Shuttle-Bus wieder zurück zum Hafen. (Es waren immerhin gut 100 Kilometer. Lalá schlief auf der ganzen Rückfahrt.) Wir alle fanden, es war auch so schon schön und aufregend genug gewesen, ohne Übernachtung in der Wildnis. Da uns ja nichts passiert war, war es nachträglich eigentlich ganz toll, auch mal so ein beeindruckendes, wildes Tier zu sehen! Mochte es jetzt in Ruhe seine Mahlzeit halten.

Wir übernachteten noch bei den netten Leuten. Dann, am nächsten Morgen, hieß es ja schon wieder: weiter! Der Abschied von den beiden fiel uns schwer. Ernesto tat ganz geheimnisvoll und hielt etwas hinter seinem Rücken versteckt. Wir Mädels waren gespannt.

»Schaut mal!«, grinste er und holte es hervor.

»Oh – super!«, riefen wir beide gleichzeitig. Als Abschiedsgeschenk erhielten wir von Ernesto und Alma je einen dicken Frosch aus Holz. Wenn man mit einem Stäbchen über deren rubbeligen Buckel strich, klang es genauso, als ob sie quakten.

»Selbst geschnitzt!«, sagte er stolz. »Jeder von uns hat einen davon gemacht!«

Lange umarmten uns die beiden, und wir versprachen, bestimmt irgendwann einmal zurückzukommen, um sie zu besuchen. Ihre eigenen Kinder waren ja schon groß und wohnten in einem anderen Ort, wie bei Onkel Elias und Tante Maria. Bis zu unserem Wiedersehen – wo wir sicher auch deren erwachsene Kinder Víctor und Violeta kennenlernen würden – tröstete uns nun das nett klingende Quaken der Frösche.

Der chilenische Teddy

Mit dem Zug fuhren wir dann nach Norden. Von Puerto Montt nach Temuco. »Die verrückte Geografie« nennen die Chilenen ihr Land humorvoll. Denn schließlich besteht es praktisch nur aus 4000 Kilometer Küste – vom Vorhof zur Antarktis, wo wir gerade herkamen, über Tausende Kilometer hinweg bis hinein in die heiße Wüste im Norden… Ganz bis hinauf in den Norden würden wir aber nicht fahren (»So lange hab ich ja gar keinen Urlaub!«, klagte Papa augenzwinkernd. Doch selbst von Santiago aus, in Mittelchile, von wo wir wieder zurückfliegen würden, wäre es fast noch mal so weit wie die Strecke, die wir bis da zurückgelegt hätten! Außerdem kämen wir dann in die heiße Atacama-Wüste, und da ist uns doch der kühle Süden und angenehm warme Mittelteil von Chile lieber!)

Mit dem Zug erreichten wir Temuco. Hier hatten alle Orte so klangvolle Namen: Osorno, Valdivia und so. Ich meine, wir brauchten etwa vier Stunden, aber ich kann mich auch irren (es sind ja so viele Erinnerungen, manche nur wie kleine Fetzen, und alle bunt durcheinander, wie in einem Kaleidoskop). Papa und Mama nahmen sich später, ich glaube es war ab Temuco, einen Mietwagen, und von da an fuhren wir damit weiter. Ja genau, auf der Panamericana. Jetzt fällt es mir wieder ein. (Man könnte auch ganz gemütlich mit dem Zug oder Fernbus von Temuco nach Santiago weiterfahren, aber das dauert, glaub ich, fast 12 Stunden, und mit dem Auto waren wir etwas unabhängiger. Mama hatte aber trotzdem zuerst ein bissel schlechtes Gewissen, ob man nicht doch lieber die ganze Zeit »öffentliche Verkehrsmittel« nehmen sollte. Erst als Papa ihr sagte, dass wir unsere Verwandten dort, etwas abseits jeder Bus- und Bahnstrecke, gar nicht erreichen würden, war sie beruhigt.)

Wir waren noch 670 Kilometer von Santiago entfernt, im »Kleinen Süden« (gekommen waren wir aus dem »Großen Süden«, dem Land der Pinguine). Hier in Temuco hatte der große Dichter Pablo

Neruda einst gelebt, als er noch ein kleiner Junge war – vielleicht etwa in unserem Alter jetzt. Temuco – das klang schon so dunkel-geheimnisvoll! »Temuco« bedeutet »Land der Myrten« in der Sprache der Mapuche, und diese »Temu«, Myrten, das sind Bäume und Sträucher mit Heilkraft, aus denen man Medizin machen kann. Sogleich stellte ich mir meine Oma als weise Medizinfrau vor, wie sie Kräuter sammelt und geheimnisvolle Heiltees brüht, gegen Erkältung und Ohrensausen, was man hier in dem feuchtkalten Klima ja schnell kriegen kann.

Temuco war viel größer, als ich gedacht hatte, eine richtige Großstadt, immer mit den hohen Bergen im Hintergrund, die ich ja nun schon kannte. Die Berge begleiteten uns sozusagen die ganze Zeit, nur dass es natürlich immer andere Berge waren, doch das Gebirge insgesamt war riesig lang, nämlich die ganze Andenkette! Papa sagte irgendwas, von hier aus wäre der Pazifik etwa achtzig Kilometer weit weg oder so, dort weiter westlich, und das sei hier in Chile schon ein ganzes Stück vom Meer entfernt. Trotzdem blies der Wind vom Ozean her bis an die hohen Berge drüben im Osten, unter denen auch einige aktive Vulkane waren, wie wir erfuhren. Na, hoffentlich blieben die derzeit ruhig …!

Ich weiß nicht mehr genau – irgendwo in dieser Gegend muss es gewesen sein, ungefähr noch 600 Kilometer von der Hauptstadt Santiago entfernt, wo unsere Verwandten wohnten. Die nächste Großstadt auf unserem Weg wäre dann Concepción, etwa 500 Kilometer vor Santiago und gefühlt so ziemlich in der Mitte des Landes. Hier war es schon entschieden milder als tief im Süden, wo wir herkamen, doch leider auch ziemlich verregnet. »Später in Santiago haben wir dann garantiert schönes, sonniges Wetter!«, versprach uns Papa, der sich ja auskannte. »Je weiter wir nach Norden kommen, desto mediterraner wird es!« Das sollte wohl heißen, so urlaubsmäßig schön wie in Spanien oder Italien. Doch noch waren wir ja nicht dort, im sonnigen Teil Chiles.

Wir waren im Tal des Pocuno-Flusses angekommen, in der Provinz Arauco (wie Papa sagte). Leider regnete es in Strömen. Doch Papa meinte, das sei hier normal, man gewöhne sich daran. Die vielen Regenwolken kommen halt vom Meer herübergezogen. Die Orte hier trugen alle geheimnisvolle oder auch lustige Namen, wie Biobío, das ist die ganze Region hier. »Warum heißt die Gegend hier denn Biobio?«, fragte ich neugierig. »Das klingt ja fast, als ob ein Vogel piepst!«

Papa begann schallend zu lachen, aber vor Überraschung, es war kein Auslachen. »Da hast du aber einen Volltreffer gelandet!«, japste er. »In der Tat heißt die Gegend hier nach einem kleinen Singvogel, der nach seinem typischen Gesang ›Fiofio‹ genannt wird!« Dann wurde er ernst. »Der Name weist aber auf die Grenze hin, an der lange Zeit noch die Mapuche sich gegen die Besetzung ihres Landes durch die Spanier gewehrt haben…«, sagte Papa und seufzte. »›Arauco‹ bezieht sich nämlich auf die Araukaner, und das bedeutet so viel wie die hiesigen Mapuche, also die Indigenen hier, die hauptsächlich im Land der Araukarien leben, also der Andentannen, von deren Nüssen sie sich früher auch ernährten. Heute sind viele Indios arm… erst jetzt versucht man allmählich, altes Unrecht an ihnen wieder gut zu machen…«

Jetzt wollte auch Lalá etwas Kluges sagen und meinte: »Vielleicht heißt die Gegend aber auch deshalb Biobío, weil hier alles Bio angebaut wird, also ganz gesund!«

Papa nickte schmunzelnd. »Auch damit hast du gar nicht Unrecht«, meinte er anerkennend. »Denn die Indigenen haben ja wirklich immer alles ganz gesund angebaut: Für sie gab es gar kein Unkraut, und deshalb verwendeten sie auch keine giftigen Unkrautvernichtungsmittel!«

Da war Lalá stolz, dass sie auch schon etwas zu unserem Gespräch beitragen konnte. Ich wollte noch wissen, wie die früher denn gelebt hätten. »Wohnten die Mapuche auch in Zelten?«, erkundigte ich mich neugierig. Ich stellte mir eine Wild-West-Indianersiedlung vor.

»Neee«, gab Papa zur Antwort. »Nur die nomadischen Stämme lebten in Zelten, die sie rasch auf- und wieder abbauen konnten, wenn sie den großen Tierherden folgten, die sie jagten, um zu überleben. Die Mapuche dagegen waren halb sesshaft, weil es genug Pflanzen als Nahrung gab, und bauten sich sogenannte *Rucas*, das waren rundliche Lehmhütten mit Strohdächern, innen mit ein paar Holzbalken als Stütze. Die hatten nur eine Tür nach Osten, zum Sonnenaufgang, und anfangs verzichtete man sogar auf Fenster, damit das Herdfeuer drinnen auch genug wärmte, nur ein Rauchabzug führte oben durchs Dach. Es gab ja damals noch keine Glasscheiben für Fenster.« Hm, da fand ich es heutzutage aber doch gemütlicher! –

Dann lernten wir in dieser Gegend weitere Verwandte kennen: Auch hier hatten wir also Onkel und Tante, alle sind sie schön gleichmäßig über den Globus verstreut, dachte ich. Diese hier wohnten ebenfalls in einem eigenen Haus in einem Dorf, nur hatten sie keinen so großen Bauernhof wie Horacios Farm in Südchile, sondern nur einen kleinen und dazu eine Schreinerei. Auch das große, alte Haus mit einem Obergeschoss und Balkon war aus Holz gebaut. Hier wohnte also ein weiterer Teil unserer weit verstreuten Familie! Sie waren genauso herzlich wie Elias und Maria in Buenos Aires oder Papas Freunde in Patagonien. Sie sahen sogar ein wenig ähnlich aus wie unsere Verwandten in Argentinien. Nur dass sie Pedro und Marcela hießen. Und sie hatten zwei Kinder, nur wenig älter als wir beide Mädels. Beide waren brünett und hatten schwarzes Haar. Ansonsten sahen sie genauso aus wie alle anderen Kinder auf der Welt – nämlich nett und neugierig, alle beide.

Die beiden chilenischen Kinder – unser Cousin und die Cousine –, und wir beide Mädels starrten uns kurz prüfend an – dann begannen wir zu grinsen. Kinder schließen schneller Freundschaft als Erwachsene. Warum soll man auch alles so kompliziert machen? Die Erwachsenen sind da manchmal komisch. Was ich dagegen komisch fand, war Folgendes: Wir besuchten in Südamerika Verwandte, die wir noch gar nicht kannten … doch das Kennenlernen würden wir auch jetzt wieder rasch nachholen!

»Wie heißt ihr denn?«, fragte der Größere der beiden, ein Junge von vielleicht zehn Jahren, beherzt.

Wir stellten uns vor und erfuhren, dass der Junge Juan hieß

und seine zwei Jahre jüngere Schwester Cristina. Ich dachte sofort, prima, dann können wir ja alle eine Piratenbande gründen. Aber wir wären nicht so dumm, nach solchem Glitzerzeug wie Gold zu suchen – vielmehr lockte uns der Dachboden, von dem die beiden uns tuschelnd erzählten, und wo es mehrere alte Truhen mit verschiedenen, altmodischen Sachen geben sollte, die vielleicht ganz interessant sein mochten. Da wollten wir ein wenig herumstöbern und uns dabei vorstellen, die Truhen seien Schatzkisten aus längst vergangener Zeit. Das war sicher spannend!

Bevor wir ins obere Stockwerk hinaufgingen, schaute ich mich noch ein wenig im Wohnzimmer um. Es war geräumig und sah aus wie ein Museum – als ob hier die Zeit stehen geblieben wäre! An der Wand hinterm altmodischen Sofa hing ein vergilbter Zeitungsartikel in einem alten Silberrahmen. Es war die Seite, die berichtete, die chilenische Dichterin Gabriela Mistral habe den Nobelpreis erhalten. Die Zeitung war von 1945. Daneben hing ein ebenfalls vergilbtes Schwarzweiß-Foto unserer chilenischen Großeltern: unsere Mapuche-Oma Angelita und ihr Mann Arturo, die hier zusammen eine kleine Farm mit hölzernen Schuppen und kleinen Äckern betrieben hatten. Das also waren sie, unsere chilenischen Großeltern … schade, dass wir sie nicht mehr persönlich kennenlernen konnten. Doch aus ihrem Bilderrahmen heraus schienen sie uns freundlich zuzuzwinkern.

»Unser chilenischer Protestsänger Víctor Jara hat, genauso wie seine Kollegin Violeta Parra, über die Kultur der Mapuche gesungen, über die mythische Mapuche-Frau Angelita Huenuman, welche die Verehrung von Mutter Erde lehrte …«, sagte Papa nachdenklich. »Dieser Sänger wurde wegen seiner friedvollen Überzeugungen ein Opfer der Diktatur – beim Militärputsch von 1973 kam er ums Leben …«

Wir schauten alle ganz traurig. In diese Stille hinein flüsterte Papa: »… aber seine Musik lebt bis heute fort – sie ist unsterblich!«

Das klang so tröstlich, nach all dem Düsteren, was damals so vielen Menschen passiert ist. Ich konnte gar nicht begreifen, wieso irgendwelche böse Menschen überhaupt andere einfach so erschossen oder sonstwie umbrachten. Aber dass sie selbst durch Mord niemanden ganz auslöschen konnten, und dass vom Guten immer etwas bleibt, das spürte ich in jenem Moment ganz deutlich. Und es machte mir Mut.

Rasch liefen wir nun mit unseren Cousins nach oben – das heißt, wir trampelten die knarrende Holztreppe hoch. Nach all dem Traurigen brauchten wir wieder etwas Lustiges, wir wollten einfach unbekümmert spielen! Los ging's also mit der Schatzsuche!

Der Dachboden war eine Welt für sich. Alte Korbstühle und Lampen, Schränke und Küchengeräte – ein buntes Durcheinander. An einer Wand hing sogar eine Trommel. Auf ihrem pergamentfarbenen Leder war ein großes Kreuz aufgemalt, aus zwei Linien, die sich genau in der Mitte der runden Trommel überschnitten. Dazwischen waren noch einige Sterne gemalt, oder vielleicht sollte es auch die Sonne auf ihrer Wanderung über den Himmel darstellen. Auf einmal fiel mir ein, dass ich eine ganz ähnliche Trommel daheim in einem Museum gesehen hatte, die war aber von den Sámi in Nordschweden – es musste also eine uralte Tradition sein, solche Rundtrommeln zu bauen und mit diesen Kreuzen zu bemalen! Sicher gab's die schon bei den Schamanen in der Steinzeit – ein aufregender Gedanke …!

»Die Trommel gehörte einst unserer Oma«, sagte Cristina andächtig. »Sie hat dazu alte Lieder gesungen, bevor sie ihre Kräutertees aus Heilkräutern gebraut hat. Sie war nämlich eine Medizinfrau. In unserer Sprache heißt diese Trommel *Kultrung*.«

»Und was bedeutet dieses Kreuz da drauf?«, fragte ich neugierig. Cristina zuckte die Achseln.

»Ich weiß es noch«, erinnerte sich Juan. »Oma hat uns mal erzählt, das Kreuz steht für die vier Himmelsrichtungen. Es ist also eine Art Windrose! Für Oma war die Trommel irgendwie heilig!«

Wir trauten uns nicht, die altehrwürdige Trommel ohne Erlaubnis herabzunehmen, also suchten wir weiter, was es noch so alles gab. Wir wollten ja auch die Truhen untersuchen! Juan und

Cristina machten die erste Truhe auf. Ihr Scharnier quietschte. »Gehört mal wieder geölt!«, kicherte Cristina. Dann wühlten sie eifrig in der großen Holztruhe herum. Heraus kamen alte Kleider mit lauter Rüschen, die mit viel Gekicher angeschaut wurden. Zum Anprobieren waren sie leider zu groß. Auch uralte Pelzkragen und Hüte kamen hervor, sogar eine goldene Anhänger-Uhr.

Ich öffnete ebenfalls eine der Truhen – und erstarrte. Mein Herz klopfte mir auf einmal bis zum Halse. Da drin lag – ja, wahrhaftig …! – ein alter, verstaubter Teddy und breitete hilfesuchend seine Arme nach mir aus. Spontan kam mir eine Idee … das könnte – sollte das tatsächlich …? Es wäre ja kaum zu glauben – !!!

»Ey, woher habt ihr den alten Teddy?«, fragte ich aufgeregt.

Juan lachte nur gutmütig. »Warum? Spielst du etwa noch mit so was?«

Cristina aber meinte heftig, mit Teddys könne man doch immer spielen, egal in welchem Alter.

Rasch erzählte ich den beiden die Geschichte von dem verlorenen Teddy meines Vaters. Er empfand diesen Verlust immer als tragisch. Vielleicht, weil er zusammen mit seinem Teddy irgendwie auch seine Kindheit zurücklassen musste.

Die beiden sahen sich an. »Hmm …«, meinte Juan, »das könnte passen!« Und er erzählte: »Diese Sachen wurden hier auf den Dachboden gebracht, nachdem euer Vater fluchtartig das Land verließ. Seine Studentenbude war bald leer, alles musste da rasch raus, es sollte ja gleich wieder neu vermietet werden. Die Vermieterin hatte das, was er noch dagelassen hatte, in einen großen Karton gestellt, und Großmutter hatte diesen Karton abgeholt und die Sachen hier oben verwahrt. Seht mal: ein alter Pullover … ein paar Bücher … das ist alles noch von eurem Vater!«

Wir sahen uns verblüfft an. Dann sagte ich feierlich: »Dann haben wir also tatsächlich Papas so lang vermissten Teddy gefunden!«

Und Lalá rief aus: »Oh, wie er sich da freuen wird!!« Sie tanzte gleich auf dem staubigen Dachboden herum, so als sei es ihr eigener Teddy, der da nach langer Suche wieder aufgetaucht wäre.

»Du – aber nix verraten! Es soll eine Überraschung sein! Kommt!«

Ich bekam vor Aufregung ganz heiße Wangen, nahm den alten Teddy vorsichtig aus der Truhe, und dann gingen wir alle in einer Prozession die Dachboden-Treppe wieder hinunter, die lange Holztreppe, die so schön knarrte.

Und dann kam die große Überraschung. Stolz und ohne ein Wort zu sagen brachte ich den alten Teddy vom Dachboden herunter und drückte ihn Papa in den Arm. Papa war überwältigt. Er war nicht nur sprachlos, er weinte wie ein kleiner Junge. Und es war ihm überhaupt nicht peinlich. Er hatte seinen lang vermissten Teddy wieder! Den Teddy, den er bei seiner überstürzten Flucht vor der Diktatur – Hals über Kopf ab ins nächste Flugzeug und nix wie weg – ja zurücklassen musste ... Nie hätte er gedacht, dass er ihn jemals wieder zurückbekommen würde ... Innig drückte er den staubigen, heiß vermissten Teddy an sich.

Der alte Teddy hatte etwas Rührendes. Er war krumm und schief, als hätte man ihn ganz arg geknutscht, und war sehr knuffig. Der Teddy hatte Charakter! Obwohl sein beigefarbener Plüschpelz schon etwas verblichen und am linken Ohr sogar schon abgewetzt war, erschien er mir schöner als mancher nagelneu gekaufte Teddy. Der chilenische Teddy bekam einen Ehrenplatz auf Papas Bett. »Der kommt jetzt aber mit nach Schweden!«, rief Papa fröhlich. »Dann kann er gleich mal sehen, wohin ich mich damals habe retten können!«

»Und dann kann er sich gleich mit meinem Teddy Knuddel anfreunden, und mit meinem lila Männchen Max ...!«, rief ich übermütig. »Wie heißt denn deiner überhaupt?«

»Pepito Lindo«, sagte Papa leise. Er hatte immer noch einen Kloß im Hals vor lauter Rührung.

Lalá aber sauste los und holte ihren eigenen Teddy Flauschi und ließ beide Bären sich umarmen. Was war das für ein schönes Fest, für Menschen und Teddybären!

Knuddeltiere und Kreuzworträtsel

Am nächsten Tag hatte es endlich aufgehört zu regnen. Sofort beschlossen unsere Cousins und wir, über das Farmgelände zu stromern.

»Aber zieht euch Gummistiefel an!«, rief Tante Marcela hinter uns her. »Das ganze Gras ist ja noch total nass, und die Wege sind voller Schlamm!«

Folgsam gingen wir in den größten hölzernen Schuppen, wo ein paar alte Gummistiefel bereit standen. Wir schlüpften hinein und zogen auch unsere Anoraks mit Kapuzen an, denn das Wetter sah nicht sehr zuverlässig aus.

»Wollt ihr mitkommen an den See? Hier hinterm Haus gibt es einen kleinen See, am Waldrand – da kann man öfters Tiere beobachten!«, schlug Juan vor.

»Ja, schillernde Käfer und kleine, bunte Vögel!«, ergänzte Cristina.

Wir nickten, und so schlugen wir den Weg zwischen den Weiden und Äckern ein, hin zum See. Dort sahen wir aber keine Kleinvögel, sondern –

»Hey, das sind ja die Schwarzhals-Schwäne, von denen uns Papa immer erzählt hat!«, rief ich erstaunt.

»Ja, genau, von denen er mal gesagt hat, im Dunkeln sähen die kopflos aus!«, erinnerte sich auch Lalá.

Ja, da schwammen sie – ein Pärchen Schwarzhals-Schwäne! Sie waren etwas kleiner als unsere Schwäne daheim in Schweden und eigentlich auch genauso weiß – nur an Kopf und Hals sahen sie so aus, als hätten sie die in ein Tintenfass getaucht!

»Lustig! Als ob die sich nicht den Hals waschen mögen!«, kicherte Lalá.

»Ja, oder als ob die aus zwei verschiedenen Vögeln zusammengesetzt wären: einem schwarzen und einem weißen!«

Wir bestaunten, was die Natur so alles an Launen zu bieten hatte. Nach einer Weile schlugen die Schwäne kräftig mit ihren Flügeln, rasten platschend über das Wasser, um Anlauf zu nehmen, und flogen davon. »Haben wir sie jetzt erschreckt?«, fragte Lalá.

»Nö, wir waren ja ganz leise. Die fliegen jetzt einfach woanders hin«, sagte Juan.

Als es bald darauf wieder anfing zu nieseln, kehrten wir zurück und gingen zu unseren Cousins in ihr Kinderzimmer, wo ein Hochbett stand. »Ich schlaf oben!«, prahlte Juan.

Cristina antwortete nicht, sondern schaltete das Fernsehen ein. Da aber nur doofe Sendungen kamen, machten sie ihren PC an, und wir spielten ein paar Computerspiele. Bei so miesem Wetter konnte man das ruhig auch mal machen, und es gab ja auch noch andere Sachen als nur irgendwelche blöden Ego-Shooter!

Lalá und ich schliefen gemeinsam mit Mama und Papa im Gästezimmer – es war zwar nicht sehr groß, aber wir Schwestern durften in den beiden Gästebetten schlafen, Mama auf dem ausklappbaren Sofa und Papa auf einem Feldbett, das extra dazugestellt wurde. Damit wir es weich und bequem hatten, brachte uns die Tante ganze Armvoll Kissen und Decken. Wir schliefen wie die Murmeltiere!

Doch es gab noch eine Überraschung. Am nächsten Morgen

klopfte Cristina recht früh, steckte den Kopf ins Zimmer und fragte uns, ob wir schon angezogen wären?

»Warum …?«, erkundigte ich mich schläfrig.

»Weil wir euch noch was zeigen wollen …!«, sagte sie geheimnisvoll zu uns. Da war ich schlagartig wach. Und auch Lalá fragte bereits ganz munter: »Was denn?«

»Verrat' ich nicht – aber wenn ihr euch beeilt, dürft ihr mit rauskommen, sie füttern!«

Füttern? Das klingt nach Tieren, schoss es mir durch den Kopf, und sofort dachte ich wieder an Pferde, so wie wir sie bereits auf der Farm an der Südspitze Chiles gefüttert hatten.

Im Flur trafen wir Juan, der gerade mit einem Eimer voll Äpfel und Karotten aus der Küche kam. Das Obst und Gemüse war bereits in ziemlich kleine Stücke geschnitten. Für welche Tiere mochte das sein …?

Wieder gingen wir in Richtung Schuppen, doch heute zu einem überdachten, hölzernen Verschlag auf der anderen Seite. Ich vermutete, dort wären Kaninchenställe. Doch was da drin herumwuselte … sah aus wie kugelrunde, silbrig-graue Eichhörnchen! Verblüfft schauten wir die kuscheligen Pelzkugeln an.

»Was sind denn das …?«, fragte Lalá ratlos. »Sind die aber süüüüß!!!«

»Das sind Chinchillas!«, lachte Cristina, vergnügt über unsere Stielaugen. Besonders Lalá bekam ganz große, glänzende Augen, als sie die Tierchen betrachtete – wie ich in dem Moment aussah, weiß ich nicht, denn im Stall hing ja kein Spiegel.

»Tschin-, tschin- was??«, stammelte Lalá.

»Chinchillas!«, wiederholte Cristina lachend.

»Und was sind diese – Chin-chillas?«

Juan zuckte die Achseln. »Chinchillas eben …!«, brummte er. Seine Schwester gab sich mehr Mühe mit einer Erklärung: »Die haben wir hier als Haustiere – aber eigentlich stammen sie von ganz oben aus den Anden, also aus dem Hochgebirge. Darum haben sie auch so ein weiches, dichtes Fell. Wollt ihr sie mal streicheln?«

Und ob wir wollten!

Flink öffnete Juan das Gatter, schüttete das Futter in ein Näpfchen und füllte auch die Wasserflasche für die Tierchen auf. Währenddessen fing Cristina eins der possierlichen Nagetiere ein und drückte es Lalá in den Arm. »Da – nimm mal – und gib Mucki dann nachher an Gabriela weiter! Sie ist ganz zahm!«

Glücklich hielt Lalá das Chinchilla im Arm und streichelte es vorsichtig mit der freien Hand. Und auch ich konnte sein seidiges Fell kraulen. Staunend betrachtete ich die Chinchillas, es waren drei Tiere: Mucki, José und Ana. Eigentlich sahen sie wirklich wie besonders dickpelzige, ballonartig runde Eichhörnchen aus … nun ja, die Ohren waren etwas länger und der buschige Schweif etwas kürzer als beim Eichhörnchen, aber ansonsten waren sie genauso niedlich. Und sooo wuschelig …!!! Wenn man in ihr seidenweiches Fell pustete, bildete sich dort sofort ein Wirbel, so weich und flockig war ihr Pelz.

»Gell, so lebendig sind sie doch viel netter, als wenn sie zu Pelzmänteln verarbeitet sind?«, grinste Juan.

Pelzmäntel? Wir waren entsetzt. Ich konnte mir gar nicht vorstellen, dass man so flauschige Tierchen zu Pelzen verarbeiten könnte – vielleicht außer, wenn man in der Antarktis wohnt und sonst zu erfrieren droht. Aber doch nicht einfach so, aus purer Angeberei! Da war mir jeder plüschige Webpelz lieber – für den mussten jedenfalls keine Tiere sterben, weder Chinchillas noch Ozelots oder Nerze. Wenn man wenigstens nur die Felle von Tieren nehmen würde, die man ohnehin aufisst, dachte ich, oder sie überhaupt nur scheren würde, so wie bei Schafen – ach, kleine Lämmer waren ja so niedlich … Nein, da blieb ich doch lieber beim Webpelz auf dem Anorak!

Als wir das Kuscheltier wieder in seinen geräumigen Käfig setzen wollten, wäre es Lalá fast aus dem Arm gehopst und entwischt. Doch Juan fing es sehr geschickt ein und brachte es in seinen Käfig zurück. »Die sind doch so zahm – warum lasst ihr die denn hier nicht einfach frei herumlaufen?«, wollte Lalá wissen.

»Weil sie sonst von den Graufüchsen gefressen werden würden«, gab Juan zur Antwort. »Füchse sind nun mal so – und sie müssen ja auch irgendwas essen. Aber nicht gerade unsere Chinchillas!«

Einer der Tage, die wir in Pocuno waren, war so komplett verregnet, dass wir alle nicht raus mochten. Nur die Chinchillas wurden gefüttert, klar, aber ihr Gehege war ja auch überdacht, sodass man von dort aus behaglich den Regen draußen niederrauschen hören und sehen konnte, dicht am Fenster wie ein wehender, silbriger Vorhang. Wir halfen, den Käfig sauber zu machen, denn das gehört ja auch dazu. Doch mehr Abwechslung gab's an dem Tag auch nicht.

Da ein Regentag auf die Dauer langweilig ist und man dann nichts als Blödsinn im Kopf hat, kam ich auf die Idee, Mamas Kreuzworträtsel ein bissel zu – na ja, die Erwachsenen nennen das »manipulieren«. Ich fügte also heimlich hier und da ein paar Buchstaben hinzu, wie es mir gerade einfiel, und da ich die Blockbuchstaben genauso hinkriegte, wie Mama schreibt, fiel ihr das auch gar nicht auf. Sie wunderte sich nur, warum das Kreuzworträtsel auf einmal nicht mehr aufging. Sie hatte es sich für den langen Hinflug gekauft, es aber dann noch nicht zu Ende geraten – der heutige Regentag erschien ihr dann ideal dazu. Sie kam überhaupt nicht darauf, dass ich die ganze Verwirrung angestellt hatte, warum »Christliches Frühjahrsfest mit sechs Buchstaben« nicht mehr aufging und plötzlich »Oktson« herauskam…!

Wir helfen beim Kochen – die Sittiche beim Essen

Gegen Mittag gab's dann aber doch noch was für uns zu tun. Tante Marcela hatte nämlich spitzgekriegt, dass wir nur so herumhingen (selbst ich fand hier nicht genug zum Basteln oder so) und rief uns zu sich in die Küche. »Wollt ihr mir beim Kochen zugucken?«

Cristina schlug vor, dass wir gleich alle helfen wollten! »Na schön«, lachte die Tante, »da werd' ich ja viele Hände zum Helfen haben!«

Mein Schwesterchen, quirlig wie sie war, musste erst mal alle Schubladen und Regale untersuchen. Hier durfte man das ja, denn schließlich waren wir bei Verwandten. Dann halfen wir fleißig beim Kochen. Es sollte Rinderschmorbraten, gedünsteten Staudensellerie und Kartoffeln geben, dazu Tomatensalat und als Nachtisch eine Obsttorte und einen Korb voll komischer Früchte, die aussahen wie pelzige, eiförmige Pfirsiche. »Wollmispeln«, erklärte uns Marcela. »Probiert mal, die sind echt lecker! Die pelzige Schale lässt sich ganz leicht abziehen.«

Cristina und ich putzen den Sellerie, Lalá wusch die erdigen Kartoffeln und Juan fing an zu heulen, denn er schnitt tapfer Zwiebeln für den Braten. Währenddessen beaufsichtigte Marcela den Braten, der in seinem Schmortopf brodelte. Ich durfte ein paar Lorbeerblätter und Peruanischen Pfeffer dazu tun. Es waren lustige rote Kügelchen, die ich in den Bratensud rieseln ließ, damit daraus leckere Soße werden sollte. Pedro hingegen versprach, hinterher alles abzuwaschen, und ging schon mal den Tisch decken.

Stolz präsentierten wir Meisterköche dann unsere Kochkunst. Marcela trug die Bratenschüssel aber lieber selber ins Esszimmer, wir durften Kartoffeln und Gemüse hereinbringen. Dann wurde das Ergebnis unseres gemeinsamen Kochens von allen auch gut gewürdigt, man glaubt gar nicht, wie schnell alles aufgegessen war! (Da der Braten auch nicht so gruselig aussah wie das Grillfleisch in dem Restaurant in Buenos Aires, konnte ich dem leckeren Duft nicht widerstehen und aß auch davon, nicht nur Kartoffeln und Gemüse. Immerhin wusste ich, dass hier die Tiere gut gehalten wurden, mit viel Auslauf auf der Weide – es gab im Dorf keine Massentierhaltung, wo einem schon schlecht wird, wenn man nur die fabrikartigen Ställe im Fernsehen sieht.)

Inzwischen hatte es auch aufgehört zu regnen, und Tante Marcela schlug vor, den Nachtisch im Garten zu essen. Wir stellten die bunte Obsttorte für den Nachtisch draußen auf die Terrasse, auf den großen, ausklappbaren Tisch, und gingen noch weitere Stühle zu den Gartenmöbeln holen, damit alle gemütlich draußen Kaffee trinken und Kuchen essen konnten. Doch als wir mit leichten Klappstühlen und Campinghockern zurückkamen, waren schon die ersten Besucher da!

Eine Schar munter tschilpender, grasgrüner Sittiche hatte mit scharfen Augen unsere Obsttorte entdeckt und landete nun fröhlich lärmend mitten auf dem Tisch. Doch ehe sie sich die Erdbeeren und Kirschen vom Kuchen picken konnten, rannten wir schreiend und armewedelnd auf die Terrasse hinaus, um sie zu vertreiben. Sofort flog die ganze Bande kreischend auf und ließ sich in der Nähe in den Bäumen nieder. Die Sittiche lebten hier wild, von Natur aus, und sie fraßen sehr gerne Früchte.

»Na ja, dann werd' ich denen nachher mal auch noch ein bissel Obst rausbringen …«, meinte Marcela versöhnlich. »Die Sittiche naschen eben auch gern mal was Süßes!«

Die kleinen Papageien waren mit ihrem grünen Gefieder im Laub kaum zu erkennen, machten jedoch so viel Lärm und akrobatische Kunststücke im Gezweig, dass sie trotzdem auffielen.»Jaja, die *Choroy*-Sittiche, das sind richtige kleine Clowns!«, sagte Pedro. »Sie können ja ein paar von den Mispeln haben, hier ist eine, die ist eh schon ein wenig angedrückt …«

Pedro sortierte also etwas Obst aus und Marcela holte einen kleinen Teller, darauf stellten sie den Sittichen ihre Gabe hin, mitten auf den Rasen. Zunächst flatterte die ganze Schar nochmals auf und versteckte sich wieder in den Bäumen, von wo aus sie uns aber neugierig beäugten. Dann wurden sie erneut zutraulich und versammelten sich um den Teller, um die Obststückchen und Beeren aufzupicken.

Ich stellte fest, dass sie ziemlich lange, schmale Schnäbel hatten, mit denen sie sich geschickt ihr Futter holten, und um die Augen sah man einen kleinen, roten Fleck. Auch ihre langen, spitzen Schwanzfedern waren rötlichbraun. Für Sittiche waren sie recht groß und kräftig. Anders als die kleinen Wellensittiche hatten sie kein Wellenmuster. Gern hätte ich eine der grünen Federn gehabt – vielleicht verlor einer ja beim Auffliegen eine …! (Mama meinte, wenn ja, müsste ich sie aber vorsichtig waschen, und meine Hände auch, was Papa totalen Quatsch fand. Daraufhin stritten sie sich eine ganze Weile über etwas, das sie »Hygiene« nannten, und über mikroskopisch kleine Viecher namens »Bakterien«.)

Begeistert beobachteten wir die muntere Schar der Mini-Papageien, bis sie plötzlich alle davonschwirrten. Ohne verlorene Feder – doch das machte nichts, ich behalte sie eh gut in Erinnerung.

Weil es uns so viel Spaß gemacht hatte, zu kochen und zu würzen, gingen wir Kids nach dem leckeren Festessen alle nochmal in die Küche zurück, um dort noch ein wenig »Koch« zu spielen. Da es nichts Richtiges mehr zu tun gab (den Abwasch überließen wir gern Pedro), überlegten wir, was wir noch tun könnten. Lalá interessierte sich sehr für das Holzregal mit den duftenden Gewürzen. Lalá konnte ja noch nicht lesen, und ich, na ja schon, aber nicht unbedingt auf Spanisch. So nahmen wir einfach die Gewürzstreuer aus dem Regal, schraubten sie auf und rochen daran.

»Hm – was is'n das für'n komisches, braunes Pulver?«, fragte Lalá mich. Ich als ihre große Schwester musste es doch wissen! Da ich nicht zugeben mochte, dass ich eben auch nicht alles wusste (ich wollte ja mein Schwesterchen nicht enttäuschen! Das war also keine Angeberei, oder jedenfalls fast keine …), schnupperte ich ausgiebig an dem Gewürz und verkündete dann beherzt: »Also – das muss wohl Zimt sein!«

Da ich wusste, dass Mama gerne Zimt mochte, schüttete ich ihr großzügig welchen in den Mate-Tee. Der war doch ohnehin so herb – ein wenig lieblicher Zimt konnte da sicher nicht schaden!

Doch als Mama von dem Tee probierte, verzog sie das Gesicht, als ob ich ihr Pfeffer hineingestreut hätte. »Puh – was habt ihr denn da reingetan?«, fragte sie und hustete heftig.

»Ähm – Zimt, glaube ich …«, sagte ich, nun doch leicht verunsichert.

Mama ließ sich den in Verdacht geratenen Gewürzstreuer bringen. Sie kniff die Augen zu schmalen Schlitzen zusammen wie daheim Katze Molly, wenn sie sich überlegt, ob sie sich ein Mäuschen fangen soll. Mit gerunzelter Stirn hielt sie sich den Gewürzstreuer vor die Nase.

»Muskatnuss!«, verkündete sie.

Wir mussten alle lachen.

Tannen mit grünen Drachenschuppen

Viele, viele Städte durchfuhren wir auf unserer großen Reise – und wochenlang schon waren wir unterwegs, mir erschien es eine halbe Ewigkeit! Per Schiff und Bahn, mit dem Auto… immer weiter nach Norden. Puerto Montt – Osorno – Valdivia – Temuco – Concepción – Santiago … schon bald klangen mir all diese aufregenden, unbekannten Namen ganz vertraut.

Es gab große, schneebedeckte Vulkane, die aussahen wie Zuckerhüte. Doch Lalá und ich schielten stets etwas unbehaglich zu ihnen empor, schließlich hatte Papa erzählt, dass sie auch mal ausbrechen könnten, und dass er selber schon mal ein Erdbeben erlebt hatte. Man konnte ja schließlich nie wissen, was so einem Vulkan einfiel.

Auf der Fahrt sahen wir prächtige Araukarienwälder – das waren diese bizarren Andentannen, von denen Papa bei uns daheim in Schweden immer erzählt hatte, und die durch seine Gute-Nacht-Geschichten für mich zu »Drachenschwanz-Bäumen« geworden waren, mit ihren riesigen, schuppenförmigen und spit-

zen Nadeln. »Eure Vorfahren, die Mapuche, haben sogar von den Zapfenfrüchten dieser Bäume gelebt«, erklärte uns Papa, als wir mal auf einem Waldparkplatz Rast machten und diese uralten Bäume bestaunten. »Denn in den Zapfen sind essbare Samen drin, Hunderte großer Pinienkerne. Mit diesen Vorräten an Kernen, die man kochte, haben sie früher sogar die strengen Winter überleben können, auch ganz ohne Supermarkt! Darum war der Baum ihnen auch heilig und ist es auch heute noch. Das heißt, man darf nie einfach so Bäume fällen, um damit Geld zu verdienen, sondern immer nur gerade so viele, wie man zum Leben braucht, etwa als Bauholz oder zum Heizen, und man muss sogleich wieder junge Bäume nachpflanzen!«

»Und man muss auch mit verschiedenen Baumarten aufforsten«, ergänzte Mama, »nicht einfach tausendmal dieselbe Sorte pflanzen – von solchen Monokulturen wird die Landschaft arm und krank, denn sie sind anfällig für Heuschrecken oder Raupenbefall. Nur die Vielfalt erhält einen Wald gesund!« Das leuchtete uns Mädchen ein. So ein abwechslungsreicher Wald war ja auch viel schöner.

Solche Araukarien gab's schon zur Zeit der Dinosaurier, erfuhren wir von Papa. »Die Andentannen heißen auf Mapudungun übrigens *Pehuén*«, fügte Papa noch hinzu. Er wollte gerne, dass wir ein wenig von der Sprache und Kultur unserer Mapuche-Vorfahren bewahren würden, denn auch Menschen haben ja wie Bäume so ihre Wurzeln, nur sieht man die nicht. »Kulturelle Wurzeln« nennt das Papa. Und wenn man von denen abgeschnitten ist, dann kennt man sich selber und seine Herkunft nicht so gut. Doch nur, wenn man sich selber gut kennt, kann man ja auch groß und stark werden und wachsen wie die Bäume. Eigentlich sind Bäume große, grüne Leute. Stehende Leute, die ihre Arme aus Holz zur Sonne empor heben, um sie zu begrüßen, weil sie auf alles Leben herabscheint und es wärmt und ihm Kraft gibt. Ja, wenn man indianische Vorfahren hat, dann lernt man die Welt anders zu sehen, und man geht mit noch mehr Respekt mit der Natur um!

»Wie werden die Früchte denn eigentlich geerntet?«, fragte ich und blickte etwas skeptisch die stachligen Baumkronen hoch.

»Mit dem Lasso!«, sagte Papa. Wir lachten laut und lustig. Doch er meinte es ernst. »Das ist kein Scherz!«, sagte er. »Wie soll man denn sonst da rankommen?«

Da fiel mir der alte Seekapitän wieder ein, der im Haus Solitüde auf unserer Schären-Insel daheim in Schweden lebt. Bei seinen Erzählungen musste man ja auch immer aufpassen, ob etwas Seemannsgarn war oder nicht – aber gerade das machte es ja so spannend, ihm zuzuhören!

»Und wie schmecken die?«, erkundigte sich Lalá.

»Hmm – schwer zu sagen – etwa so wie eine Mischung aus Mandeln, Erdnüssen und Kartoffeln«, meinte er. »Vielleicht können wir unterwegs ja mal irgendwo welche kaufen.«

Das taten wir dann auch, an einem Kiosk, der von Einheimischen betrieben wurde. Mit dem Mietwagen konnten wir ja überall Station machen, wo es uns gerade gefiel, und irgendwo einkehren, in einem Gasthof etwas essen (etwa altdeutschen »Kuchen« von deutschen Einwanderern, von denen es hier in der Gegend viele gab), und dann wieder weiterfahren.

Auch hier gab es unendlich viel Neues zu entdecken, fremde Blumen und Vögel, darunter den *Loica*-Star mit seiner orangefarbenen Brust, der ebenso wie der Singspatz *Chincol*, sehr schön zwitschern konnte. Morgens hörten wir auch etwas wie eine Blockflöte aus dem Wald schallen – das waren hier die Wildtauben. »*Cuculí*«, nannte sie Papa. Er erklärte uns alle Arten, die wir sahen oder hörten. Wie groß und bunt doch die Welt war, schon im Kleinen! Und mir dämmerte, wie groß auch die Aufgabe der Menschheit war, dies alles zu schützen und für die Zukunft zu bewahren – wenn es überall auf der Welt schon so besondere Pflanzen und Tiere gab …!

Auch sahen wir am Waldrand nochmals einen Schwarm grasgrüner Sittiche vorbeifliegen! »Da, *Choroys!*«, rief auch Papa begeistert. »Diese Art gibt's nur hier!« Und dann, als Sahnehäubchen, sogar noch dies …:

»Seht mal – diese roten Blüten hier, da gehen gern Kolibris heran und naschen den Nektar! Oh, kommt schnell, da ist ja einer! Hier! Ein Riesenkolibri!« Begeistert winkte uns Papa herbei. Ich stellte mir einen ganz schönen Brummer vor, war dann aber überrascht, wie klein der Riese unter den Kolibris immer noch war! Ein fingerlanges, olivgrünes Kerlchen, das da vor der Blüte schwebte und so rasch mit den Flügeln schlug, dass man sie gar nicht mehr sehen konnte – wie ein schwirrendes Insekt, er konnte sogar in der Luft stehen bleiben! Unglaublich, aber wahr!

Es war, als ob all die Tiere aus meinem Bilderbuch lebendig geworden und aus dem Buch herausgesprungen wären – und hier nun plötzlich in echt herumliefen oder schwirrten! Na ja, fast alle – die rosigen Flamingos gab's nur an einigen Salzseen im Andenhochland, stand in dem Buch, und da würden wir nicht hinfahren (vielleicht dann nächstes Mal?), und die anderen schillernden Kolibri-Arten waren wohl so klein, dass ich keinen davon entdecken konnte (vielleicht ja auch nächstes Mal). Es blieb also immer spannend.

Dann kamen wir nach Parral. »Jetzt ist's nicht mehr so weit bis Santiago!«, rief Papa mit einem Blick auf die Landkarte (das Navi funktionierte nicht, aber wir fuhren ja eh fast die ganze Zeit nach Norden. In Chile kann man sich nicht so arg verfahren, wegen seiner Spaghetti-artigen Geografie).

Hier in Parral erzählte uns Papa viel von dem Schriftsteller Pablo Neruda, der hier geboren war und viel über die Natur und die Menschen geschrieben hatte. Neruda fand, dass alle Menschen solidarisch sein sollten, das heißt, alles brüderlich miteinander teilen und füreinander einstehen. Dafür hat er sogar den Nobelpreis bekommen, die höchste Auszeichnung für Literatur (auch wenn Papa sagte, dass er einigen Leuten schon zu brüderlich war, denn er war Kommunist, so nennt man Leute, die in einer Partei sind, die sich auf ihre roten Fahnen geschrieben hat, dass wirklich alle das Gleiche bekommen sollen, und das funktioniert in der Praxis oft leider nicht so gut. Dennoch hat er 1971 diesen Preis bekommen, und Papa meint, zu Recht. Denn er schrieb sehr schöne Gedichte und auch Reiseberichte.)

Wir fuhren die Panamericana weiter hoch, noch 340 Kilometer bis zur Hauptstadt Santiago, von wo aus wir die Rückreise nach Schweden antreten würden. (Hoffentlich bringe ich jetzt nicht all die bunten Fetzen von Erinnerungen durcheinander, die mir immer noch wie bunte Filmstreifen durch den Kopf schwirren. Orte wie Linares oder Talca müsste ich auch erst wieder auf der Landkarte suchen …)

Ich weiß gar nicht mehr, wie viele Tage oder Wochen wir so unterwegs waren, ich hatte keinen Kalender und wollte es auch gar nicht wissen. Es war eine gefühlte Ewigkeit, und ich wollte auch, unser Urlaub würde unendlich lang dauern! So schön es daheim auch war – hier lockte das Neue, Unbekannte!

Doch mitten während der Fahrt rief Lalá einmal plötzlich: »Halt! Halt! Wir müssen sofort umkehren!« Sie war ganz aufgeregt. Mama und Papa, die sich beim Fahren abwechselten (gerade war Mama am Steuer) warfen sich beunruhigte Blicke zu.

»Was ist denn los, mein Schatz?«, fragte Mama nervös.

»Lenk sie nicht ab – sie muss sich aufs Fahren konzentrieren!«, zischte ich meiner Schwester zu. Doch Lalá war der ganze Autoverkehr egal. Sie begann jetzt, zu schluchzen. »Schnell umkehren – mein Flauschi ist weg! Ich hab' ihn garantiert auf dem letzten Rastplatz vergessen …!«

»Aber wir sind jetzt schon viele Kilometer weiter«, sagte Mama, »was sollen wir nur machen – wer weiß denn, ob du ihn nicht schon vorher woanders verloren hast?!«

»Nein, nein, ich weiß es ganz genau – zuvor hatte ich ihn noch!«, heulte Lalá. Mir tat mein Schwesterchen leid, doch ich war total ratlos.

Da tauschte Papa mit Mama einen merkwürdigen Blick, und Mama starrte wieder nach vorn auf die Fahrbahn. Papa aber wandte sich zu uns nach hinten um (wir saßen ja beide gut angeschnallt auf dem Rücksitz.) »Soso – du bist also sicher, dass du ihn an der Raststätte vergessen hast?«

»Ja – vorher war er ja noch da …!«, schniefte Lalá. Sie tat mir wirklich sehr leid – fast hätte ich aus Mitleid mitgeheult.

Da ertönte plötzlich eine brummende Stimme. Papa schien es nicht zu sein, er lächelte nur so merkwürdig. »Sag mal, Leandra – wirst du mich auch nie wieder vergessen?«

Sofort hörte Lalá zu weinen auf, so erstaunt war sie. Wer sprach denn da?

»Sag, würdest du dich freuen, wenn ich wieder zu dir zurückkomme? Und wirst du dann auch stets besser auf mich aufpassen?«

Leandra war sprachlos. Sie hatte den Mund offen wie ein Goldfischmäulchen. Zwar war sie inzwischen auch schon alt genug, um nicht mehr zu glauben, der Teddy selbst würde sprechen – doch woher kam diese Stimme? Papa lächelte nur, ohne die Lippen zu bewegen.

»Ja – klar würd' ich das – ich – ich ...!«

Da schaute auf einmal der Teddy über die Rückenlehne des Fahrersitzes und wackelte mit dem Kopf wie beim Kasperletheater. »Ich bin ganz alleine ins Auto gestiegen!«, verkündete er. »Sonst säße ich jetzt immer noch da auf dem Parkplatz ...!«

Jubelnd streckte Leandra ihre Arme nach ihrem Flauschi aus. Vor lauter Freude bekam sie einen Schluckauf, der sich erst nach einer Weile wieder legte. Ich aber grübelte über die Stimme nach.

Da sagte Papa grinsend: »Ich hab' eben erst herausgefunden, dass ich auch bauchreden kann!«

Eine mysteriöse Spur

Wieder einmal gingen wir im Wald spazieren, damit sich unsere Eltern vom Autofahren ausruhen konnten, und natürlich, um die herrliche Landschaft zu genießen. Wir waren ja immer noch in Chile, aber hier sah der Wald schon ganz anders aus als in Patagonien. In der Ferne ragten schneebedeckte Vulkane auf, und hier, davor, ein ganzer Wald aus diesen bizarren Andentannen, den Araukarien. Es war ein richtiger Märchenwald, genauso, wie Papa uns immer erzählt hatte, und ... ziemlich einsam. In Europa gibt's gar nicht mehr so einsame Wälder, wohl nicht mal bei uns in Schweden, oder wenn, dann höchstens ganz oben im Norden. So allmählich wurde uns allen fast etwas unheimlich, weil wir nach einer Viertelstunde gar niemand mehr begegneten, keinen Wanderern, keinen Joggern – niemand. Hätten wir nur wieder Ernesto und Alma dabei!

Am Parkplatz am Rande des Waldes, wo wir losgegangen waren, gab es ein kleines Holzhäuschen mit einem Giebeldach und einer Veranda, dort wurden bunte Postkarten und abgepackte, haltbare Kuchen verkauft. Da hing an einer Wand hinterm Tresen ein Pumafell. Es war als Dekoration an die Wand genagelt, gleich neben einem Gemälde, das den grünen Wald zeigte. Ich fand es sehr traurig und sehr aufregend, das riesige Fell zu sehen. Es war graubraun, mit Kopf und Schwanz und Pfoten und allem, und da sah man erst, wie groß so ein Puma werden konnte! Ich durfte sogar hingehen und es streicheln – einem lebendigen Puma hätte ich mich gewiss nicht so genähert, nicht mal im Zoo! Doch zugleich fand ich es eben auch traurig, dass diese große Katze nicht mehr munter im Wald umhersprang, so wie wir es ja sogar schon im Nationalpark gesehen hatten: elegant wie Katze Molly. Sondern dass sie hier steif und leblos ausgestreckt an der Wand hing, wie ein riesiges Tuch oder eine Decke, und mit der Zeit sicher von den Motten gefressen würde. Ich stellte mir vor, wenn man das der armen Molly antun würde – ihr Fell einfach so in einen Wandbehang oder einen Bettvorleger verwandeln! Da schüttelte mich der bloße Gedanke.

Auf unserer Wanderung im Wald beschäftigte mich das riesige Pumafell immer noch. Andauernd spukte es mir im Kopf herum, vor allem die Vorstellung, wie groß dieses Tier gewesen sein musste, wenn schon sein Fell so riesig war. Als wir den echten Puma gesehen hatten, da war der ja gottlob etwas weiter weg gewesen, am Berghang, da hatte ich noch nicht so richtig die Vorstellung von seiner Größe. Mama hatte recht: So ein Puma ist ja in der Tat so groß wie ein Löwe!

Und dann, mitten auf dem Waldweg, geschah es! Nein, es sprang kein Puma über den Weg, jetzt mitten am Tag, wo das selbst im Naturschutzgebiet selten ist; wir wurden gottlob nicht angegriffen, aber wir fanden einen Beweis, dass auch hier tatsächlich ein Puma vorbeigekommen war, genau da, wo wir jetzt gingen – vielleicht sogar letzte Nacht! Denn die Spuren wirkten noch ganz frisch, deutlich eingedrückt in den lehmigen Sandboden. Wenn ich meine Hand zur Faust ballte, dann war sie immer noch nicht so groß, wie diese Pfoten sein mussten. Die Puma-Pranken waren eher schon so groß wie Papas Fäuste. Oder war es daher womöglich gar ein …

»… Jaguar?«, fragte ich ängstlich.

Papa schüttelte stumm den Kopf. »Den gibt's hier nicht! Jaguare kommen nur jenseits der Anden vor, in Brasilien und so … eher im Dschungel. Dieser Abdruck hier stammt von einem Puma!«

Im Vergleich zu den zierlichen Fußabdrücken von Katze Molly sahen diese Prankenabdrücke groß wie Saurierspuren aus! Wir

bekamen doch einen ziemlichen Schreck. Beklommen starrten wir auf die Spuren im Lehm. Lalá sah schon wieder mal ganz weinerlich aus. Mit erschrocken aufgerissenen Augen sah sie sich ängstlich um. Mir war auch unbehaglich: Ich musste an das Guanaco denken, das der andere Puma im Nationalpark von Torres gerissen hatte… als mögliches Pumafutter fühlte ich mich doch entschieden ungeeignet!! Nein, diese Riesenkatze sollte keinem von uns etwas tun… Raschelte da nicht was im Unterholz …? Ach nein, es war nur ein Vogel. Doch ein Puma konnte ja genauso lautlos schleichen wie eine Katze… hm – zu sehen oder hören war zwar nichts Ungewöhnliches, doch… Ich räusperte mich. »Ähm! Meint ihr nicht, wir sollten lieber umkehren…?«

Die anderen nickten stumm. Das taten wir dann auch. Recht zügig gingen wir zum Parkplatz zurück, wo unser Auto auf uns wartete. Der ruhig und gemütlich dastehende Mietwagen erschien uns wie die Rettung – obwohl doch gar kein Puma uns verfolgte. Aber man kann ja nie wissen… vielleicht beäugte er uns heimlich, im Gebüsch versteckt. Erleichtert stiegen wir ein und fuhren los. Sicher ist sicher! So, dachte ich, lieber Puma, jetzt hast du den Wald wieder für dich und wir unsere Ruhe!

Verloren in der Großstadt

Dann droschen wir die zentrale Autobahn in Richtung Hauptstadt entlang. Schließlich überquerten wir den Maipo-Fluss und erreichten Santiago de Chile. Als Kulisse hat Santiago die schneeglitzernde Andenkette, das gibt natürlich ein tolles Panorama. Ansonsten ist es eine lebhafte Großstadt, mit ihren über 6 Millionen Einwohnern, was ich eigentlich nicht so mochte wie die kleinen, beschaulichen Dörfer, durch die wir zuvor gekommen waren. Zwar gab's auch hier die unvermeidlichen Hochhäuser, doch auch sehr hübsche, alte Gebäude mit Säulen, Türmchen und schmiedeeisernen Balkons, dazu Springbrunnen und schöne Parks mit einer subtropischen Vegetation, fast wie in Spanien, wo wir schon mal Urlaub gemacht hatten. Da wuchsen stattliche Palmen, rosa Oleander und knallrot blühende Korallenbäume. (Die erinnerten mich an die Feuerbüsche, waren aber viel größer.) Wir fuhren durch die Prachtstraße La Alameda, und ich fragte mich, warum die Menschen eigentlich immer so viele Hochhäuser bauen müssen: Wie Termitenhaufen. Na ja, dachte ich mir, wenigstens spart das Platz, und manche sind ja auch ganz hübsch… Doch eingezwängt in diese Großstadt floss der Mapocho-Fluss, der sicher um jeden Baum an seinem Ufer froh war.

Papa machte sich andere Gedanken über diese Stadt. Er erzählte uns ganz traurig, dass hier im Jahre 1973 der Präsident des Landes, den die Menschen doch gewählt hatten, von finsteren Männern in Militäruniformen aus dem Amt gejagt wurde, weil ihnen seine Art, das Land zu regieren, nicht passte (ihm waren die Armen wichtiger als reiche Leute, und die Reichen hätten seiner Meinung nach den Armen mehr abgeben müssen, doch viele waren dazu einfach zu geizig). So griff das Militär den Palast des Präsidenten an, und dieser kam dabei ums Leben – es heißt, er hätte sich umgebracht, weil er nicht gefangen genommen werden wollte. Andere sagen aber auch, er sei erschossen worden. So ganz genau wird man das wohl nie herausbekommen, doch *eins* kann man ganz genau wissen, nämlich dass es nie gut ist, jemand mit Gewalt zu verjagen. Gewalt ist einfach nur gemein!

Der Palast ist heute wieder renoviert worden, doch vom damaligen Präsidenten Allende ist nur noch eine Statue da, und die Erinnerung in den Geschichtsbüchern. Vielleicht standen hinter ihm ja auch andere Mächtige, die ihn nur für ihre eigenen Zwecke benutzen wollten. Er selbst meinte es jedenfalls ganz gewiss gut mit den einfachen Menschen, wie man so hört. Vielleicht sollte man Geschichtsbücher ab und zu doch mal gründlich lesen, wie Papa sagt. In der Schule werden wir später auch das Fach »Geschichte« kriegen, und Papa meint, daraus kann man viel lernen. Vor allem, dass wir Menschen friedlich zusammenleben sollten.

Jedenfalls war das alles damals auch der Grund gewesen, warum Papa als Student so Hals über Kopf das Land verlassen musste, weil da jeder bedroht wurde, der Präsident Allende gut fand. Diese Leute galten nach dem Putsch der Militärs nur noch als Verräter, obwohl ja eigentlich die Männer mit den Gewehren die Verräter waren. Denn sie hatten ja die Demokratie kaputt gemacht. Gott sei Dank ist sie heute wieder da, die Demokratie

im Land, und die Leute sind darüber auch sehr froh! Denn jeder kann nun wieder frei seine Meinung sagen, ohne Angst haben zu müssen, deswegen verfolgt zu werden.

Inzwischen war sogar schon mal eine Frau Präsidentin geworden, namens Michelle B-Bach-... (äh, da müsste ich noch mal Papa fragen, PS: Bachelet, hat er dazu notiert), eine Ärztin, da kannte sie sich ja gut mit den alltäglichen Problemen der Menschen aus. Die Politiker, Männer und Frauen, werden vom Volk gewählt, hat Papa mir erklärt, und sie regieren dann für ein paar Jahre, bis jemand anders gewählt wird, damit andere Leute auch mal drankommen. Solange alle friedlich mitmachen und die Leute auch wählen gehen, läuft alles in einem Land zumindest so gut, dass alle da einigermaßen zufrieden sein können.

Papa traf sich in Santiago mit ein paar Kollegen von einer hiesigen Zeitung, Mama blieb mit uns Kindern in einem Stadtpark, wo wir uns auf einem Spielplatz unter Palmen austoben konnten. Danach gingen wir über einen herrlichen Obst- und Gemüsemarkt, wo es die buntesten Sorten von allem gab, was man sich nur denken konnte. Mama nahm eine Ananas, je ein Bündel roter und grüner Trauben, ein paar Orangen und Bananen für uns mit. »Daraus können wir heut' Abend einen Obstsalat machen!«, schlug sie uns vor.

»Au ja!«, rief Lalá und hüpfte begeistert umher. »Du, Mama – können wir nicht jetzt schon ein paar Weintrauben bekommen?«

»Nein, Herzchen, die sind noch nicht gewaschen, davon könntet ihr Magenweh kriegen.«

Doch Mama versprach, uns heute Abend schon ein paar gewaschene Träubchen abzuzupfen, bevor sie den Salat machte, damit wir nicht so lange warten müssten.

»Gegen den Durst weiß ich aber jetzt schon was anderes – schaut mal, da vorn ist eine Eisdiele! Was würdet ihr zu einem Eis sagen –?«

»Oh ja – toll!«, so riefen wir durcheinander. Schließlich war es hier in Santiago schon ganz schön warm! Nach dem kühlen Süden waren wir hier in Mittelchile schon ziemlich am Schwitzen, und da kann man eine Erfrischung gut brauchen. Eine Eisdiele ist da gerade recht! Also gingen wir dorthin. Es gab lauter leckere Sorten, man wusste gar nicht, was man nehmen sollte!

Gerade hatte Mama uns je ein Eis spendiert, und zufrieden schleckend schlenderten wir weiter durchs Stadtzentrum. Ich hatte Limetteneis, Tamarinde und Kokos, Lalá nahm Vanille, Erdbeer und Schokolade.

»Wie schmeckt denn Tamarinde ...?«, erkundigte sich Lalá.

»Etwa wie Cola«, versuchte ich zu erklären. »Hätt'st du ja auch nehmen können!«

»Hab mich nicht getraut – nachher hätt' ich's womöglich nicht gemocht ... Du, darf ich einmal bei dir probieren? Nur einmal lecken!«

»Na guuut ...«

»Du darfst dann auch einmal an meinem Eis lecken!«

Also probierten wir gegenseitig unser Eis (ich schleckte einmal kurz an Lalás Vanille-Eis, während sie mein unbekanntes, säuerlich-frisches Tamarindeneis versuchte). »Hm – gar nicht schlecht! Vielleicht nehm' ich's das nächstes Mal auch ...!«

So bummelten wir dahin, ganz auf unser Eis konzentriert, während Mama Schaufenster guckte. (Allerdings sah sie sich Buchläden und Geschäfte für Kleinkunst entschieden lieber an als welche mit teuren Parfüms und Mode-Klamotten). Eine große Menschenmenge wimmelte ringsumher, und da kam auch noch ein Trupp Touristen. Plötzlich waren wir von fremden Leuten umringt wie von einer Herde.

Oh Schreck! Wo war Mama? Wir drehten uns um, mit suchendem Blick, doch konnten wir sie in dem Gewimmel nirgends mehr finden. Sie war wie vom Erdboden verschluckt. Aber sie musste doch ganz in der Nähe sein, oder ...? Lalá zog sofort ein weinerliches Gesicht und begann, zu rufen. »Mama, Maaaaama!«

»Schhht«, sagte ich, »da könnte ja ein böser Mann kommen und uns mitnehmen, wenn er denkt, wir sind hier ganz allein! Mach mal lieber deine Augen gut auf! Weit kann Mama ja nicht sein, wir werden sie schon gleich finden!«

Mit diesen Worten wollte ich nicht nur mein Schwesterchen beruhigen. Also hielten wir weiter angestrengt und still nach Mama Ausschau. Doch sie war nirgends zu entdecken. Als mir das klar wurde, bekam ich so ein beklommenes Gefühl, fast wie ein Kloß im Hals: Mutterseelenallein mitten in einer fremden Großstadt! Und das ohne Handy …!

Ganz fest hielten wir uns an der Hand – wir durften einander nicht auch noch verloren gehen …! Überall hasteten die Menschen vorbei, fremd und beziehungslos. Einige warfen flüchtige Blicke auf uns, eilten dann aber weiter. Wenn uns nun jemand ansprechen würde – konnten wir ihm dann trauen oder nicht? Und war es nicht viel zu auffällig, länger hier am selben Ort herumzustehen? Sollten wir uns nicht lieber in der Nähe auf die Suche nach Mama machen und dabei unauffällig nach allen Seiten ausschauen …? Eben beschloss ich, einen Polizisten zu suchen und ihm zu erzählen, dass wir unsere Mama verloren hatten, da stürzte diese ganz aufgelöst auf uns zu.

»Ja, wo wart ihr denn nur?!«, rief sie und umschlang uns beide mit den Armen, die Eistüten gleich mit.

»Ja – wo warst *du* denn auf einmal, Mama?!«, fragte ich entrüstet zurück. »Du warst doch auf einmal verschwunden – nicht wir!«

»Ich war nur eben schnell in dieses Geschäft dort drüben reingegangen – und hatte gedacht, ihr kämt mit hinein! Warum wart ihr mir denn nicht gefolgt? Ihr wisst doch, in so einem Gewühle muss man immer zusammenbleiben!«

»Das ging ja nicht«, verteidigte ich uns, »da kam so eine große Gruppe Touris, und als die vorbeigegangen waren, da warst du schon weg!«

Oh, wie erleichtert wir alle waren! Ich hatte uns im Stillen schon durchs riesige, unbekannte Santiago umherirren sehen. Wir hätten uns total verlaufen und hätten uns dabei immer weiter vom Spielplatz entfernt, dem letzten Punkt, an dem wir gemeinsam mit Mama waren. Und Mama hatte sich ebenfalls schon vorgestellt, die Polizei zu rufen und eine Suchmeldung nach uns aufzugeben. »Demnächst kriegt ihr unterwegs eigene Handys«, beschloss sie,

»und zwar mit einem kleinen Betrag aufladbare, so dass ihr keine Riesenrechnungen damit produziert…«

Wir aßen nun unser restliches Eis, das halb zerdrückt und halb angeschmolzen war, und uns zitterten vor Aufregung nach dem ausgestandenen Schrecken noch ganz leicht die Finger. Mama und wir Mädels beschlossen merkwürdigerweise, dem Papa nichts von unserem unfreiwilligen Abenteuer zu erzählen…

Außerdem wollte uns Mama sicher auf andere Gedanken bringen, denn auf einmal gab sie auch unserem Betteln nach, hier in den Zoo zu gehen. Denn sicher gab es in so einer Großstadt doch auch einen Zoo. Als Papa uns abholte, erkundigten wir uns gleich danach, und tatsächlich! So war es beschlossene Sache, gleich am nächsten Tag einen Zoobesuch einzuplanen.

Besonders lag uns Mädels an den Flamingos: Da wir leider auf unserer ganzen, langen Fahrt noch keine gesehen hatten und ich keine Ruhe gab, bis ich welche in echt gesehen hätte, war ein Besuch im Zoo natürlich die beste Möglichkeit, welche zu bewundern. Mama las uns aus der Broschüre vor, die sie an der Touristeninformation besorgt hatte: Der Tierpark hieß *Zoológico Nacional,* und war bereits 1925 gegründet worden. Inzwischen waren natürlich viele Gehege modernisiert, denn heute ist ein Zoo ja nicht bloß eine Tierschau, sondern man bemüht sich, die Tiere so gut wie möglich zu halten. Sie sollen sich ja auch wohlfühlen.

Der Zoo lag am Fuße des San Cristóbal-Hügels und hatte in der Tat vor allem einheimische Vogelarten. Es waren zum Teil sogar bedrohte Arten, die hier eine Zuflucht fanden und weiter gezüchtet wurden, bis man sie wieder in freier Wildbahn aussetzen konnte, wenn sie dort wieder gut leben konnten, weil die Menschen inzwischen sorgsamer mit der Umwelt umgingen. Ein bisschen erinnerte mich das an Papas eigene Geschichte: Er musste ja auch so lange woanders leben, bis es in seiner Heimat wieder gut war. Für ihn war Schweden der Zufluchtsort gewesen, für die Tiere hier ist's der Zoo. Natürlich kann man das nicht direkt vergleichen, klar (hihi, wir Menschen leben ja nicht in Zoos oder Tierparks), aber mir kam der Gedanke: Wenn man überall gut leben könnte, dann bräuchte man erst gar keine Orte, an die man fliehen müsste. Das gilt ja für Menschen wie für Tiere.

Im Zoo amüsierte uns Lalá mit ihren witzigen Kommentaren über die Tiere, die sie noch nicht kannte. Weil sie ja noch klein war, konnte sie über alles so richtig herrlich staunen. Ich nahm mir vor, genau wie sie jetzt, das Staunen nie zu verlernen, auch wenn ich einmal groß wäre. In dieser Hinsicht wollte ich so bleiben wie Lalá.

Da rief sie zum Beispiel plötzlich: »Oh – guckt mal! Dieser Strohhaufen da läuft ja fort!«

Sie machte tellergroße Augen. Ja, in der Tat sah es so aus, als ob ein graubrauner Strohballen da in einem Gehege auf einmal Beine kriegen und loslaufen würde. Es war aber kein verzaubertes Stroh, sondern einer der Nandus, die wir auf unseren Exkursionen bisher noch nicht zu Gesicht bekommen hatten. Dieser hier hatte soeben ein Staubbad genommen und war nun aufgestanden, um wieder ein wenig herumzuspazieren.

Oder sie rief aus: »Mami, Gabriela, Papa – schaut mal: Da is' ein Tier, das hat 'ne Ritterrüstung an!«

Ja, das war ein guter Vergleich: In der Tat hatte sie ein Tier entdeckt, etwa so groß wie eine große Schildkröte oder ein kleines Ferkel, und das hatte lauter gepanzerte Ringe und Schuppen an seinem Körper. »Ein Gürteltier!«, las Mama vom Schild neben dem Gehege vor. Auf Spanisch nennt man es ja auch *»armadillo«*, das heißt »der kleine Gepanzerte«, eben genau so, wie ein Ritter mit seinem Harnisch und dem Kettenhemd. Witzig, dass die Natur auch so was wie Ritterrüstungen erfindet, dachte ich. Auf so ein hartes Tier hat gewiss kein Raubtier Appetit.

Dann sahen wir in einem weiteren Gehege winzige Hirsche, die nicht größer waren als ein kräftiger Hund, vielleicht in etwa wie unsere Hündin Bella daheim. Diese Winzhirsche hießen »Pudu«. Ihr Gehörn war kaum zu erkennen. Es gab auch noch etwas größere, wie Rehe, mit gegabeltem Geweih.

»Guckt mal – die haben ja Antennen auf dem Kopf!«, rief Lalá. Wir mussten lachen.

»Das sind die *Huemul*-Hirsche, die auch auf unserem Chilenischen Wappen drauf sind, zusammen mit dem Kondor!«, erklärte Papa. »Leider sind sie durch die Abholzung ihrer Wälder bedroht und auch dadurch, dass man die viel größeren Hirsche aus Europa hier für die Jagd eingeführt hat, und die verdrängen leider oft die kleinen Knirpse hier.«

»Dafür können die großen Hirsche ja nix…«, sagte ich.

»Nein, die Hirsche selber nicht – aber man hätte sie den Winzhirschen ja nicht gerade vor die Nase setzen müssen«, meinte Papa. »Nur weil sich so'n paar Deppen ein größeres Geweih als Trophäe an die Wand hängen wollten…!«

So lernten wir viel über die heimische Tierwelt, hier im Zoo, auch über viele Tiere, denen wir auf unserer Reise bisher noch gar nicht begegnet waren, etwa Mähnenwölfe aus der Pampa.

Und da sahen wir sie dann auch endlich, die Flamingos: Elegant stolzierten sie in ihrem Gehege umher und wateten durchs flache Wasser. Sie hatten einen kleinen Teich für sich. »Die sehen aus wie rosa angemalte Störche mit krummen Schnäbeln!«, erklärte Leandra ganz treffend. Ich nickte.

Da waren sie also, die exotischen Flamingos, und zum Greifen nahe! Als einer mal mit seinen rotschwarzen Flügeln schlug, schüttelte er sein Gefieder so heftig, dass ein rosarotes Federchen bis zu uns geweht wurde – sogleich hob Lalá es auf. Ich gönnte es meiner kleinen Schwester von Herzen, hätte aber natürlich auch gern ein solches rosa Federchen gehabt. Doch der Flamingo tat mir nicht den Gefallen. Dafür entdeckte ich aber mit scharfem Blick ein Stück weiter noch eine rosa Feder im Gras. Rasch streckte ich meine Finger aus und angelte mir die Feder, direkt am Rande des Geheges. Sie war so rosa wie ein Erdbeer-Shake. So hatten wir nun beide unsere rosaroten Federn als Trophäe, ohne dass es den Flamingos weh täte, denn sie hatten die Federn ja beim Putzen ihres Gefieders ganz von alleine verloren, so wie wir Menschen beim Kämmen ein paar Haare. Und Mama kam natürlich gleich wieder mit einem Reinigungstüchlein aus ihrer Handtasche an, aber das kannte man ja schon bei ihr. Geduldig ließen wir uns die Finger abwischen – Hauptsache, unsere bunten Federn hatten wir wohlverwahrt in ihrer Tasche!

Paradiesisches Tal und leuchtender Turm

Am letzten Wochenende machten wir mit dem Mietwagen noch einen Abstecher nach Valparaíso, noch mal gut 120 Kilometer westlich von Santiago, um uns den großen Hafen mit den Frachtern und Kränen anzugucken, und auch die schöne Gegend (wobei wir natürlich mit einem der berühmten Bergbahn-Aufzüge auf einen Hügel oberhalb der Stadt fuhren).

»Valparaíso« bedeutet »Das Tal des Paradieses«, und das ist es wirklich! Denn Valparaíso ist wunderschön. Hier wohnen zwar 300.000 Einwohner (im Großraum drum herum noch viel mehr), hat Papa aus den Infos auf seinem Handy vorgelesen, aber es gibt nicht nur Gedränge wie in jeder großen Stadt, sondern auch teilweise recht bunte, hübsche Häuser, in Blau und Gelb, Rosarot und Grün, und natürlich die weite Bucht. Die ist so groß, dass die Berge am anderen Ende der Bucht ganz lila aussehen. Papa hat uns erklärt, das kommt von der Luftfeuchtigkeit. Jedenfalls sieht es lustig aus, so lilablaue Berge in der Ferne. Auch gibt es ein Künstlerviertel, in dem die Häuser nicht nur bunt sind, sondern sogar mit lustigen Motiven bemalt, zum Teil mit Graffiti, aber auch mit Blumen und Tieren, alles kunterbunt.

Hier weiter im Norden, Richtung Tropen, ist es auch schon richtig warm, es gibt große Palmen mit ihren grünen Federschöpfen – das wäre im kalten Süden, wo wir ja grad' herkommen, undenkbar! Nicht vergessen: auf der Südhalbkugel steht ja alles Kopf, da ist es im Norden heiß und im Süden kalt, gerade umgekehrt wie in Europa. Doch wir Europäer stehen für die Leute hier ja genauso auf dem Kopf – denn eigentlich gibt's ja gar kein Oben und Unten, jedenfalls nicht aus dem Weltraum betrachtet, hat Papa mal gesagt, da sieht die Erde ja eh aus wie 'ne blaue Murmel. Vielleicht eiern wir also alle durchs All, und es ist wohl besser, darüber nicht lang nachzudenken, sonst wird's einem ja noch schwindelig!

Der Himmel über Valparaíso ist knallblau – nicht so wolkig und oft verregnet wie weiter im Süden. So laufen wir fröhlich über die Promenade und genießen die Aussicht. Papa erinnert dieser Ort etwas an San Francisco oder auch an Neapel, aber dazu kann ich nix sagen – ich war ja noch nie dort. Muss ich mir mal im Hinterkopf merken – vielleicht kommt man ja da auch noch irgendwann im Leben mal hin…? Jetzt sind wir erst mal hier und bewundern die vielen, alten Häuschen an der Avenida, viele mit lustigen Türmchen drauf – wieder einmal muss ich an das Haus des Kapitäns auf unserer Heimatinsel denken. Ich hätte auch gern solch ein Türmchen, ans Kinderzimmer angebaut, und es gäbe Fenster mit Aussicht in alle vier Himmelsrichtungen und auf den Fensterbänken müssten gemütliche Polsterkissen liegen und… hach, das wäre zu schön!

Lalá hält Ausschau, ob sie nicht irgendwo hinunter ans Wasser kann, sie will unbedingt im Sand spielen. Direkt im Hafen geht das ja leider nicht. Mama versucht, sie zu vertrösten. »Herzchen, heute wollen wir erst mal alle Sehenswürdigkeiten besichtigen, und wenn wir alles gesehen haben, dann machen wir noch ein bissel Badeurlaub… hier gibt's ja so viele, schöne Stellen an der weiten Bucht, in der ganzen Umgebung…«

Aber Lalá möchte jetzt und hier und sofort im Sand buddeln.

Also fragen wir uns durch, bis wir irgendwo im Westen, zwischen Felsen und Steinmolen, einen Strandabschnitt erreichen, wo Lalá endlich auf dem Sand laufen und darin buddeln kann. Leider hat sie keine Schaufel, also kaufen wir in einem Geschäft, das Spielwaren hat, auch noch eine kleine, rote Plastikschaufel, dazu noch ein Netzbeutelchen mit bunten Förmchen für Sandkuchen. »Ein Seestern, eine Muschel, ein Fisch und eine Schildkröte!«, zählt sie stolz auf.

Nun gibt sie endlich Ruhe, und wir hocken uns alle dort hin, mitsamt unseren Klamotten (weil wir ja heute noch keine Badesachen tragen) und bauen unter Papas Anleitung die Bucht in Kleinformat nach. Ich schaue mich um und entdecke am Abhang riesige, fleischige Agavenstauden, die sehen aus wie an Land geratene Tintenfische, die ihre Fangarme weithin ausstrecken. Aber es sind ja kakteenartige Pflanzen. Über den Spülsaum am Strand watscheln sogar ein paar braune Pelikane, sie lassen sich von den Badegästen nicht stören, solange diese ihnen nicht zu nahe kommen. Sogar einen dieser kuriosen Hexenreiher können wir in der Ferne entdecken, und ein paar faulenzende Seelöwen, die sich auf entfernteren Molen aalen... Doch momentan hat Lalá für all das keinen Blick, so sehr ist sie mit dem Spiel im Sand beschäftigt!

Wir malen auch mit den Fingern Wellenlinien in den Sand, doch die echten Wellen lecken sie immer wieder fort. Denn da, wo die Linien gut sichtbar sind, im feuchten Sand, da kommen eben auch die Wellen hin, und weiter oben, wo der Sand trocken und von der Sonne durchwärmt ist, da rieseln die Sandkörnchen gleich wieder nach, so dass man die gezogenen Linien gar nicht mehr richtig erkennen kann. Aber es macht ja auch Spaß, immer neue Muster in den Sand zu malen!

Als Lalá genug vom Sandspielen hat, gehen wir noch in einem Restaurant dort in der Nähe essen, natürlich wieder Fisch. Merkwürdigerweise werden hier ja ganz andere Arten als »Meeraal« und »Barsch« angeboten als bei uns – doch schmecken sie ebenso lecker. »Möchtet ihr *Loco* essen?«, fragt Papa.

»Hä? Heißt ›*loco*‹ nicht ›verrückt‹ auf Spanisch?«, fragen wir alle durcheinander.

»Ja, aber hier bedeutet es eine Art Meeresschnecken. Man nennt sie auf Spanisch auch ›*pata de burro*‹, also ›Eselshufe‹, weil ihre Schalen ähnlich aussehen. Sie schmecken sehr gut...!«

Doch außer Papa bestellt sich niemand diese verrückten Meeresschnecken. Auf dem Teller sahen sie eigentlich ganz lecker aus, mit Limonen garniert, doch wir blieben lieber beim Fisch. Wir ruhen uns noch ein wenig aus und genießen die Aussicht über die Bucht, dann setzen wir unsere Besichtigungstour fort.

Dort, am weiten Strand (der auch auf Spanisch so heißt: *Playa Ancha*), steht auch der älteste Leuchtturm Chiles! Er ist 18 Meter hoch und rot und weiß geringelt, wie es sich für einen typischen Leuchtturm gehört (hierzulande gibt's auch ganz weiße Leuchttürme, auch welche, die nicht rund sind, sondern eckig. Aber dieser hier ist so, wie ich es auch von daheim kenne). Ich freue mich, hier im fernen Valparaíso, auch mal was Vertrautes wie einen Leuchtturm zu entdecken.

»Der wurde schon 1838 erbaut«, liest Papa von einer Plakette ab. Das ist so lange her, dass ich es mir gar nicht vorstellen kann. Aber so lange her wie die Zeit der Dinosaurier ist's natürlich nicht…

Der schöne Turm hat auch einen Namen, er heißt *»Faro Punta Ángeles«*, also der Leuchtturm von der Engelsspitze. Engel hab ich da zwar keine rumschweben sehen, aber vielleicht gibt's die ja trotzdem, und sie sind unsichtbar. Vielleicht brauchen sie nicht mal Flügel, um zu schweben – man malt die nur dazu, weil man sonst nicht gleich erkennt, dass sie fliegen können, denke ich mal. Aber ich glaube schon, dass es so was wie Schutzengel gibt, nur manchmal passen auch die scheinbar nicht gut auf – und deshalb ging man auf Nummer sicher und baute diesen Leuchtturm! Sein Leuchtfeuer ist 60 Meter über dem Meer und signalisiert den Schiffen den richtigen Weg.

Papa schaut auf die Uhr, ja, es passt heut' noch: Bis 16 Uhr herum ist der Turm für Besucher geöffnet, und klar, haben wir

den besucht! Also rauf auf die Aussichtsplattform! Drinnen in so einem Turm gibt es kleine Treppenstufen, die einen hinauf auf die Spitze führen. Dort oben hat man einen fantastischen Rundblick. Fast wie eine Möwe, die über die Bucht fliegt! Der Leuchtturmführer erzählt uns, dass nachts das helle Licht des Turmes bis zu 32 Meilen weit sichtbar ist – als weiß leuchtender Zeigefinger für die Schiffe, denen er die sichere Fahrtroute vor der Küste weist. Alle 10 Sekunden blitzt das Licht auf und sein Strahl kreist weit übers Meer. Jetzt aber, am Tage, da scheint die Sonne mit aller Kraft, und der Himmel ist ja knallblau.

Ein Museumsraum ist auch da, dort kann man erfahren, dass der Leuchtturm schon mal bei einem Erdbeben beschädigt wurde und neu aufgebaut werden musste, und dass man sich mehrfach überlegt hatte, wo man den überhaupt am besten wieder aufstellt. In dem kleinen Museum dort drin kann man auch Infos finden, wo und wie man Entwürfe für Leuchttürme macht. So hatte der Ingenieur George Slight aus Schottland das Leuchtturm-Bauen so drauf, dass er gleich mehr als 70 Stück davon hier an der ganzen Küste hat aufstellen lassen!

Papa schleppte uns natürlich auch in das Museum, das im Haus von Pablo Neruda eingerichtet war, und »La Sebastiana« heißt. Dort konnte er gar nicht genug kriegen von den Dingen, die da über den berühmten Schriftsteller ausgestellt waren, wie Schriften, Seekarten und Gemälde, die das Meer zeigten. Selbst Lalá und ich langweilten uns nicht, denn das Häuschen war so lustig verwinkelt, dass man von dem oberen Stockwerk aus wie von der Kommandobrücke eines Schiffes über die Bucht blicken konnte! Zudem war es leuchtend rot und blau angemalt. Außerdem gab es da viele kuriose Gegenstände wie einen ausgestopften tropischen Vogel (ein tomatenroter Ibis, der uns allerdings leidtat) und einen schönen Garten im Hof, den *patio*, voller Palmen und anderer exotischer Pflanzen.

Zum krönenden Abschluss machten wir noch ein paar Tage Badeurlaub im nahe gelegenen Viña del Mar, wo es einen tollen Sandstrand und viele Palmen gibt. Und da geschah es dann …

Badespaß mit Pannen

… **t**ja, da geschah es dann, dass wir eigentlich nur an den Strand gehen und ein wenig relaxen wollten, nach der langen, langen Tour durch das südliche Südamerika – also durch die große, weite Welt, von der ich immer geträumt hatte! –, dann aber in unser eigenes Ferienhäuschen wie die Einbrecher eindringen mussten – aber der Reihe nach!

Da Valparaíso und Viña del Mar so schön waren, hatten wir gleich mehrere Tage eingeplant, um die Gegend hier so richtig zu genießen und uns auch von unserer langen, anstrengenden Reise etwas auszuruhen. Hier in Viña wohnten wir mal nicht bei Freunden oder Verwandten, sondern in einem kleinen, angemieteten Ferienhäuschen. Ich staunte: Zwar wurde auch hier ein Häuschen vermietet, wie bei uns daheim auf der Schäreninsel, und es gab Gäste – und doch war hier diesmal alles ganz anders. Denn es wurde gleich das ganze Häuschen komplett vermietet, nicht einzelne Zimmer, und die Gäste waren wir. Auch der Strand sah natürlich ganz anders aus als daheim. Nur das Meer war genauso blau.

Schon am Tag nach unserer Ankunft, nach all den Besichtigungen, kam meiner Schwester und mir die Gegend schon ganz vertraut vor. Und wir hatten sogar einen kleinen Bungalow ganz für uns alleine! Zwar meinten unsere Eltern, es wäre kein ganz billiger Spaß, ich weiß nicht, was sie damit sagen wollten, denn

für uns Kinder war jeder Spaß immer kostenlos. Es schien irgendwie damit zusammenzuhängen, dass wir ja das Häuschen mieten mussten – also etwas dafür bezahlen, dass wir hier ein paar Tage wohnen durften. Und scheinbar war das nicht gerade wenig. Denn wir waren ja Touristen, und das sind die Leute, die überall hinreisen und dann ja ein Dach überm Kopf brauchen, in einem Hotel oder einer Pension, oder eben einem Ferienhaus. »Warum wohnen wir denn nicht einfach in einem Zelt?«, schlug ich praktisch vor. Hier an diesem sonnigen, von vielen Menschen besuchten Ort hatte ich auch gar keine Angst vor Pumas.

»Nun«, sagte Mama, »auch für die Zeltplätze muss man ja eine Gebühr bezahlen, und wir müssten uns dann ja auch erst mal eins kaufen – wir haben ja keines, wie Papas Freund Horacio, und können so was auch nicht im Gepäck mitschleppen. Außerdem ist so ein Häuschen natürlich auch viel gemütlicher – für ein paar Tage geht das schon, das können wir uns auch mal leisten …«

Also bekamen wir vom Vermieter die Schlüssel für unser Ferienhäuschen in die Hand gedrückt. Ich war ganz stolz, dass wir nun in so einem hübschen Häuschen wohnen durften! Es war aus Holz und rosa gestrichen. Sein spitzes Dach erinnerte mehr an nordische Häuser als die in Spanien oder Südamerika typischen. Sicher hatte es ein deutscher oder skandinavischer Auswanderer erbaut. Es gab nur ein Erdgeschoss, aber für uns langte das ja völlig. Im Vorgarten stand sogar eine Palme, und ein paar Pflaumenbäumchen gab es auch – fast wie bei uns zu Hause. Nur dass wir da leider keine Palme hatten. Ich beschloss, bei unserer Rückkehr wenigstens eine im Blumenkübel zu ziehen – am sonnigsten Südfenster, das wir hatten!

Mama ist zwar genauso schlau wie Papa, aber oft in Gedanken und daher etwas schusselig. Sie hatte die Schlüssel in Verwahrung, eigentlich ganz sicher aufgehoben in ihrer Handtasche, die sie stets dabei hatte, mit einem Riemen umgehängt. Doch Mama ist manchmal total verpeilt, und als wir am ersten Morgen als stolze Ferienhaus-Besitzer nach einem ausgiebigen Frühstück unsere Strandtaschen packten und hinausgingen, da hatte sie den Schlüssel von innen stecken gelassen. Ich hatte das »Rums« von der geschlossenen Haustür noch als Echo im Ohr, da rief Mama schon entsetzt: »Oh nein – der Schlüssel ist nicht in meiner Handtasche! Der muss noch innen im Türschloss stecken! Was machen wir jetzt bloß?!«

Lalá verzog sofort weinerlich ihr Gesichtchen, als sie diese schlimme Nachricht hörte, und auch mir sank das Herz in die Hose. Was nutzte das schönste Ferienhäuschen, wenn man ausgesperrt davor stand?

Papa tippte schon aufgeregt in seinem Handy, um nach einem Schlüsseldienst zu suchen (»das wird teuer!«, murmelte er) und ich dachte, dann wird dies ja ein noch viel teurerer Spaß als ohnehin schon, und befürchtete, damit würde der Spaß dann auch endgültig aufhören. Das wäre doch zu schade! Sollte uns dieses Pech nun unseren ganzen Aufenthalt hier verleiden?

Fieberhaft überlegte ich, wie ich unseren Eltern helfen konnte. Währenddessen hielt Lalá wieder mal ihren Flauschi an sich gepresst – den hatte sie gottlob mitgenommen!

Plötzlich fiel mir etwas ein: Ich hatte das Fenster im Schlafzimmer noch offen gelassen!

»Papa – du kannst durchs Fenster rein – es ist ja hier alles im Erdgeschoss!«

So sportlich, wie Papa war, war das für ihn doch sicher kein Problem!

Normalerweise wäre Mama sauer, wenn ich ein Fenster offen stehen lasse, wenn wir fortgehen wollen, und vergesse, es vorher zu schließen – sie murmelt dann immer was von »Einbrechern«, denen man es nicht zu leicht machen sollte. Doch diesmal hellte sich ihre Miene sofort auf, und sie wirkte sehr erleichtert. »Ja – Glück im Unglück!«, rief sie. Fast hätte sie mich für das offen stehende Fenster noch gelobt.

Also ist Papa durchs niedrige Fenster gehechtet, machte von innen das Fenster auch vorbildlich zu und sodann die Eingangstür auf…, und er brachte auch gleich noch die vergessene Sonnencreme mit! Den Schlüsselbund schwenkte er klimpernd in der Hand.

Lalá war sogleich wieder froh und kicherte: »Hihi – jetzt ist unser Papa hier der Einbrecher!«

Wir lachten alle und gingen dann heiter und unbeschwert zum Strand. Dort verbrachten wir einen richtigen Faulenzer-Tag auf unseren Bastmatten. Lalá und ich cremten uns mit der Sonnencreme ein und gingen Muscheln suchen. Auch ihre rote Schaufel hatte sie mitgebracht, damit gruben wir eine Miniaturversion der Magellanstraße in den warmen Sand.

Da ja nun wieder alles in Ordnung war, schlenderten wir nach dem Baden alle noch am Strand entlang. Am nächsten Tag besichtigten wir auch noch genauer den Ort und den botanischen Garten. Wie anders doch alles hier war, nachdem wir aus dem rauen Patagonien hergekommen waren! Dies war schon wieder eine ganz andere Welt, voller Licht und Wärme, Blumen und Palmen.

Schlösschen und Paläste standen hier genauso wie auch Hochhäuser, und am Ufer gab's 'ne schöne Promenade mit richtig hohen Palmschöpfen. Hier fühlte sich Papa ein wenig an Barcelona erinnert, und weil ich's auch noch nicht kannte, notierte ich den Namen ebenfalls im Hinterkopf, als mögliches Reiseziel für später einmal. Ich war so neugierig auf die große, weite Welt – mir konnte sie gar nicht groß und weit genug sein, und sicher brauchte man ein ganzes Leben (und natürlich leider ziemlich viel Kohle) um das alles zu bereisen und überall hinzufahren. Doch es war ja auch schon mal schön, wenigstens einen Teil davon zu sehen – wenn's ohnehin zuweilen auch mal ähnlich war.

Es gab auch eine tolle Sonnenuhr aus bunten Blumen im Park, unterhalb des Schlossbergs –

»Eine originelle Idee!«, bewunderte Mama diese Blumen, die genau wie das Zifferblatt einer Uhr gepflanzt waren und sogar richtige Zeiger hatten, die mit ihrem Schatten auf die Blumenzahlen zeigten. Ich wollte daheim natürlich dann auch gleich eine solche Blumenuhr anlegen, in unserem Garten!

Wie schön konnte doch die Welt sein, wenn die Menschen die Natur nicht kaputt machen, sondern bunte Gärten anlegten, in denen sie dann friedlich spazieren gehen konnten!

Segelboot basteln mit Papa

Letztens hab ich euch ja schon erzählt, dass Papa prima Segelboote basteln kann. Nicht unbedingt gleich Buddelschiffe (so was will er auch mal probieren), aber richtige kleine Boote aus Holz, mit einem Segel aus Stoff, die man dann fahren lassen kann. Das Problem ist nur, die sind nicht ferngesteuert wie die gekauften Boote aus den Bastel-Sets, also muss man aufpassen, dass so ein Boot einem nicht entwischt. Am besten lässt man's nicht im offenen Meer zu Wasser, wo es dann alleine 'ne Weltreise macht, sondern lieber nur in einem Pool oder Teich, oder wenigstens in einer geschützten Bucht.

Nun war hier ja der ideale Ort, um solch ein Schiffchen zu basteln. Anfangs hat Mama natürlich wieder protestiert, wie wir das wohl später in den Koffer kriegen sollten (das Argument kam mir irgendwie bekannt vor), doch ich versprach hoch und heilig, es unterm Arm mit nach Hause zu nehmen, wenn der Koffer es nicht schlucken könnte.

»Ihr könnt ja Papierschiffchen falten«, schlug Mama vor. »Die kann man leicht im Koffer zusammenlegen!«

Wir schauten sie nur mitleidig an. »Die saugen sich doch gleich voll Wasser!«

»Wir könnten Aluminium-Folie nehmen«, meinte sie.

»Nee, das wollen wir auch nicht«, meinte ich. »Papa soll uns ein richtiges Boot bauen!«

Auch Lalá war natürlich fürs Segelboot-Basteln zu haben, also gab Mama nach und Papa krempelte die Ärmel hoch. Zuerst mussten wir ja das Material besorgen. Papa schlug grinsend vor, einfach eine Nussschale zu verwenden, doch das war uns zu klein. Ein bissel größer wollten wir's schon haben! In eine Nussschale, da hätte als Mast ja bestenfalls ein Streichholz reingepasst!

»Oder wir nehmen 'ne Kokosnuss-Schale!«, schlug Lalá vor. »Die ist größer!«

»Nee, aber viel zu rund! Hast du schon mal so'n rundes Schiff gesehen?«, wandte ich ein. Nein, es sollte ein richtig schnittiges Segelboot werden, so wie Papa daheim in Schweden welche gemacht hat, die wir dann in kleinen Buchten zwischen den Schären schwimmen ließen. Weil Papa hier ja nicht eben schnell etwas aus seinem Bastelschuppen daheim holen konnte, war guter Rat zunächst teuer. Doch man kann sich ja was einfallen lassen!

»Wir können ja mal am Strand langgehen – vielleicht ist da was Brauchbares angeschwemmt!«, schlug ich vor. Das machten wir dann auch.

Allerdings wollten wir ja auch nicht mit angeschwemmtem Müll basteln. Die Lösung bestand schließlich aus einem Stück Baumrinde, das schon wie ein Schiffchen aussah, und zwei Mangokernen. Die großen, flachen Mangokerne gaben gute Schwimmer ab, und das Rindenstück hatte von sich aus schon eine geeignete Form. Daraus baute Papa eine Art Katamaran, der auf den beiden Mangokernen dahinfahren konnte. Die Verstrebungen waren kleine Hölzchen, und natürlich wurde es ein Segelkatamaran. Den Segelmast konnte man nach Bedarf einsetzen oder wieder herausnehmen (Thema Koffer!). Papa schnitzte und bohrte mit seinem Taschenmesser solange herum, bis die Einzelteile richtig gut aussahen und sich auch zusammenstecken ließen.

Wir halfen alle eifrig mit, sogar Mama, die festen Bindfaden brachte, um die Teile zusammenzufügen, weil wir erstens keinen Draht oder Kleber hatten und weil es zweitens die Ureinwohner von Polynesien genauso gemacht hätten, wie Papa uns erklärte: die Teile einfach fest zusammenbinden. Und Papa konnte die Schnüre richtig gut festzurren!

Stolz trugen wir unseren Mini-Katamaran zum Strand und ließen ihn an einer geschützten Stelle zu Wasser. Auch die anderen Badegäste staunten – viele deuteten lächelnd auf unser kleines Boot und nickten uns freundlich zu. Der Segelkatamaran zog viele Blicke auf sich, denn so einfach er auch konstruiert war – man merkte gleich, Papa verstand was davon. Man dachte auch überhaupt nicht mehr an Mangokerne, sondern sah darin nur noch die beiden Schwimmer. Und das spezielle Segelschiffchen erwies sich als seetüchtig!

Eine Weile ging auch alles gut, das Schiffchen dümpelte brav in Ufernähe und wurde sogar einmal von den Wellen an den Strand gespült. Wir setzten es wieder ins Wasser zurück. Doch nach einer Weile schien ihm das Umherfahren so gut zu gefallen, dass es sich immer weiter vom Ufer entfernte. »Oh – es gerät in eine Strömung!«, rief Papa und schwamm ihm eilig nach.

»Pass nur auf, dass du nicht auch noch in die Strömung gerätst!«, rief Mama ihm besorgt nach. »Wer weiß, wie stark die ist und wir weit sie einen hinausträgt …!«

Mama hatte ja recht – es sind schon unvorsichtige Touristen im offenen Meer ertrunken. Doch Papa kennt sich ja mit Wasser gut aus, er schwimmt wie ein Fisch, und bald schon hatte er das Schiffchen erreicht und bugsierte es ans Ufer zurück – ehe uns der kleine Katamaran doch noch entwischen konnte!

Heimkehr

Dann fuhren wir nach Santiago zurück. Von dort aus flogen wir dann wieder heim nach Schweden.

Am Flughafen kaufte uns Papa an einem Kiosk für Touristen dann die lange versprochenen Schlüsselanhänger, jeder genauso rot und hübsch wie die echte Lilien-Blüte, die chilenische Nationalblume. Stolz nahmen Leandra und ich unsere Blumen entgegen und versprachen, alle wichtigen Schlüssel, die wir einmal hätten, dort anzuhängen. Bei mir war das immerhin schon einer, der Hausschlüssel, bei Lalá der winzige goldene Schlüssel zu ihrem Poesiealbum. (Weil sie ja noch nicht schreiben konnte, klebte sie da immer Abziehbildchen rein.) Ich versuchte mir sogar, den Namen dieser glockenförmigen Blüte zu merken, weil er so schön klang: »*Copihue, copihue* …«, so flüsterte ich vor mich hin, während wir am *Check-in* wieder einmal lange anstehen mussten.

Auf dem Rückflug waren wir ja schon alte Hasen! Wir krallten uns auch nicht mehr am Sitzpolster oder an den Eltern fest, als der Flieger abhob. Weil es bald dunkel wurde, machte es keinen Sinn mehr, durchs Bullauge rauszugucken. Leandra schaute stattdessen auf den kleinen Fernsehbildschirm auf dem Sitz vor ihr, es lief gerade ein lustiger Trickfilm. Doch ich hatte keine Lust, noch mehr bunte Bilder in meinen Kopf zu lassen – da waren eh schon so viele Erinnerungsbilder drin, die ich erst mal sortieren musste!

In meinem Kopf wirbelten Tausende von bunten Bildern – und ich glaube, Lalá ging es ganz ähnlich. Denn ihr Blick ging immer wieder vom Bildschirm fort. Auf dem Heimflug begann ich, von schwedischen Inseln zu träumen, und von hier aus waren die ja ganz weit weg – also auch am anderen Ende der Welt! Da sollte einer draus schlau werden, aber es lag ja einfach daran, dass die Welt eben so rund wie 'ne Murmel ist, nur halt riesengroß. Während das Flugzeug so dahinschwebte, fühlte ich mich wie zwischen zwei Welten und doch mittendrin. Es war doch ein aufregendes Abenteuer gewesen! Doch nun freuten wir uns alle auch auf die Heimkehr.

Mama hatte auf einem Flohmarkt in Santiago noch echte Alpakawolle gekauft, das ist ganz feine, naturfarbene Wolle von ganz ähnlichen Tieren wie Lamas, und sie wollte aus der sandfarbenen, weißen und braunschwarzen Wolle daheim für uns alle Pullover und Mützen stricken: »Da versuch ich dann, außer Schneeflocken und Tannenmotiven neben Hirschen auch mal ein paar Lamas als Muster zu stricken…«, nahm sie sich vor. Ich dachte, da brauchte sie ja eigentlich bloß Hirsche ohne Geweih zu stricken, die Strickmuster sahen ja ohnehin ähnlich aus. Da fiel mir mein Holzpferdchen wieder ein, aus dem ich daheim einmal mit einem Geweih aus Pappe ja auch einen Elch gemacht hatte… (um es im Spiel mal als Lama zu verwenden, war's aber doch zu pummelig.)

Mama und ich hatten schon große Pläne, unsere bunten Reiseeindrücke zu malen (denn Mama ist ja Künstlerin und malt in Öl, ich fang auch schon ein bissel damit an), während Papa all die Hunderte Fotos auf seinem Handy sichten wollte, um dann aus den schönsten ein Foto-Album im Copyshop machen zu lassen. Lalá wollte ihren südamerikanischen Teddy Flauschi unseren schwedischen Teddys und Puppen vorstellen, und ich wollte all meinen Freunden, Anna-Kristina, Gudrun, Astrid und Ole, von unserer aufregenden Abenteuerreise erzählen. Und natürlich unserm Nachbarn, Herrn Persson, und dem alten Kapitän und… Nur, wie macht man das, ohne dabei anzugeben? Ich wünschte mir, dass sie auch ganz begeistert wären, aber sie sollten ja auch nicht neidisch werden. Am besten lud man sie sich einfach einmal ein, mit nach Chile zu kommen! Ja – so wollte ich es machen: Wenn ich einmal groß wäre, dann würde ich einfach alle zu unseren Verwandten nach Pocuno einladen! Dann könnten auch unsere Freunde sich auf eine schöne Reise freuen (hoffentlich langte dafür die Kohle!), und wir würden dann alle den superleckeren Kuchen essen, den es dort als Spezialität gab!

Und bis dahin würde ich von dieser großartigen Gegend träumen, dieser Landschaft, die Mama und Papa immer »grandios« nennen (wieder so ein komisches Erwachsenenwort!). Als Mama dann auch noch vorschlug, ein richtiges Buch aus unserem Tagebuch zu machen, da sagte ich zufrieden: »Ja – wir schreiben ein Buch über unsere Reise! Und das schreiben wir dann alle gemeinsam!«

Nun, liebe Leser, dieses Buch habt ihr gerade in den Händen! Ich hoffe, es hat euch gefallen!

Ciao, ciao, bis zum nächsten Mal, in Schweden oder Chile oder irgendwo in der großen, weiten Welt!

* * * *

Hi, hier ist noch mal Gabriela.

Möchtest du ein paar Wörter einer Indianersprache lernen?

Hier ist eine Wortliste, die ich von Alma bekommen habe, dort hab ich auch noch einige Dinge dazu notiert. Wenn es nicht in der Sprache der Mapuche ist, hab ich es dazu geschrieben. Leider kann ich die Sprache der Mapuche, Mapudungun, nicht richtig sprechen, mit »Guten Tag, wie geht's dir« und so – aber vielleicht kommt das ja noch, bei unserem nächsten Besuch mit Mama und Papa in Chile. Aber hier sind schon mal ein paar schöne Wörter[1], die mich sofort an die tolle Landschaft und die netten Menschen dort erinnern (schaut auch ruhig selbst mal im Internet nach, da findet ihr einiges! Vielleicht fahrt ihr ja sogar einmal selber dorthin, wo diese Tiere, Pflanzen und ihre Namen herkommen):

Antu = die Sonne. Bei den Mapuche und anderen Naturvölkern wird sie, wie die ganze Natur, verehrt, weil sie mit ihren warmen Strahlen das Leben auf der Erde ermöglicht. (Spanisch: *sol*)

Armadillo *(Spanisch)* = Gürteltier. Sieht aus wie eine Schildkröte, die Ritter spielt, ist aber ein Säugetier (am Bauch haben Gürteltiere auch ein paar Borsten, mehr Fell haben sie nicht, dafür starke Krallen zum Graben). Da sie kaum Zähne haben, fressen sie Würmer und Insekten.

Arrayán *(Spanisch, aus dem Arabischen)* = Myrtenbaum mit orangebrauner Rinde, die leicht abpellt, er hat lorbeerartige, immergrüne Blätter und weiße Blüten mit je vier runden Blütenblättern

Caracará = Geierfalke (manche nennen ihn auch *Chimango* oder *Carancho*, Span: *halcón*)

Cauquén *(sprich: »Kaukén«)* = Magellangans. Ähnelt der Schneegans, hat aber schwarz geringelte Federn an den Seiten. Die Weibchen sind rötlich braun (da sieht man das Ringelmuster nicht so. Es ist eine gute Tarnung beim Brüten). (Span. *ganso*)

1 Die Wörter kannst du auch im Internet finden! Das »ch« sprichst du »tsch«, wie in »Chile«.

Chaltu may = »Vielen Dank« auf Mapudungun. (Es gibt ganz viele Wörter für »Danke« in dieser Sprache, denn die Mapuche sind ein höfliches Volk. Man kann z. B. auch ***mañum külen*** sagen, aber das kann ich mir leider nicht so gut merken. (Spanisch: *muchas gracias;* bitten, *pedir* ist auf Mapuche übrigens *puñmatun,* »bitte« weiß ich leider noch nicht … ich lerne ja noch!)

Chinchilla *(vielleicht aus einer Indianersprache in Peru)* = Hasenmäuse, Wollmäuse (nicht die gleichnamigen Flocken, die man oft beim Reinemachen unter Schränken findet …! ;-)). Sie sehen aus wie wollige Eichhörnchen und sind unglaublich kuschelig. Daher werden sie manchmal als Haustiere gehalten. (Name auch auf Spanisch übernommen)

Chincol = Singspatz. Sieht aus wie ein Sperling, singt aber schöner. (Span. *gorrión*)

Choique (Choike) = Nandu, der große südamerikanische Laufvogel, der fast aussieht wie ein Strauß. Nandus können nicht fliegen, benutzen ihre pluderigen Flügel aber zum Steuern, wenn sie rennen. Sie leben meist in der offenen Pampa. (Span: *ñandú*)

Choroy = grüne Sittiche in Chile, mit einem ziemlich langen, recht dünnen Krummschnabel. An den Augen und am Schwanzgefieder sind sie rötlich. Sie sind recht groß und kräftig, etwa wie eine Taube. (Span.: *loro, cotorra*)

Ciprés *(Spanisch)* = In Chile eine Art Lebensbaum

Cisne de cuello negro *(Spanisch, sprich »Sisne«)* = Schwarzhalsschwan. Auf Mapudungun weiß ich es leider nicht. »Vogel« allgemein ist jedenfalls *üñen*.

Coihue = immergrüne Südbuche, groß mit grauer Borke, die Blättchen sind ziemlich klein und ähneln Birkenblättchen oder auch denen der => *Lenga*. (Span. in etwa: *haya*)

Colibrí *(aus der Indianer[2]sprache der Kariben)* = Kolibri, kleinster Vogel der Welt, einige Arten sind nur so groß wie Hummeln!

---

2 Such dir aus, ob du »Indianer« oder »Indigene« sagen möchtest … Wie du siehst, werden viele Wörter in andere Sprachen übernommen, besonders, wenn irgendwas woanders noch unbekannt ist.

Sie können auch genauso gut schwirren, so schnell, dass man die Flügel gar nicht mehr sieht: 50-mal pro Sekunde! Sie legen erbsengroße Eier in Nester, so klein wie ein Fingerhut! Die meisten haben schön schillerndes Gefieder, oft mit viel Grün. (Span.: *colibrí*)

Condor *(**Kuntur**, Quechua-Sprache)* = Kondor, größter Flugvogel der Welt, eine Geier-Art. Das Wort ist auch ins Spanische, Deutsche und andere Sprachen übernommen worden. Er kann prima segeln. Kein Wunder, denn seine Flügel haben eine Spannweite von über 3 Metern! (Span.: *cóndor*)

Copihue = die chilenische Nationalblume, blüht meist rosarot. Sie sieht aus wie eine große Glockenblume, ist aber eine Kletterlilie. Diese immergrüne Liane wird wegen ihrer glänzenden Blüten auch »Wachsglocke« genannt. (Name ins Spanische übernommen)

Cuculí *(ahmt den Ruf nach)* = eine südamerikanische Turteltaube, die sehr melodisch ruft (Span.: *tórtola*, allg. *paloma*)

Guanaco *(Quechua)* = Wildform der ***Lamas*** und ***Alpakas***, also höckerlose Kamele. (Auch deren Namen stammen aus dem Quechua, Span.: genauso übernommen.). Sie haben feinwolliges, hellbraunes Fell, etwa wie braune Schafe.

Guindo = anderer regionaler Name für => ***Coihue*** (eine Südbuche, Laubbaum, *árbol*)

Flamenco *(Spanisch)* = Flamingo, in Chile gibt's gleich drei Arten (die kann aber nur ein Vogelkundler unterscheiden, sie sind alle schön rosig). Flamingos sehen eigentlich aus wie rosarote Reiher, mit ihrem langen Hals und den Stelzbeinen, doch ihr Schnabel ist krumm und kurz, damit filtern sie kleine Krebschen aus Seen. Von dieser Krebsnahrung bekommen ihre Federn auch die rosa Farbe. In Südamerika leben sie vor allem an salzigen Seen in den Hochanden. Bei den Mapuche gibt's die eher nicht.

Huairavo = Nachtreiher. Das ist dieser schlaue Reiher, der auf Spanisch auch »*garza bruja*« genannt wird, also »Hexenreiher«, weil die Leute glauben, eine Medizinfrau könne sich in ihn verwandeln. In Spanien heißt er »*martinete*«, also »Hämmerchen«, weil er mit seinem dicken, langen Schnabel so schlagartig im Wasser herumstochert, wenn er nach Fischen jagt.

Huemul = kleiner Andenhirsch, er sieht aus wie ein Reh, ist aber noch kleiner, das Geweih ist meist nur gegabelt. Durch Jagd und Abholzung der Wälder war er so bedroht, dass man ihn unter Schutz gestellt hat. Doch auch die aus Europa eingeführten, viel größeren Hirsche machen ihm Konkurrenz. Er ist daher sehr selten geworden. Durch Schutzgebiete und Bekämpfung der Wilderei kann man ihm helfen. (Span.: *ciervo*)

Ko (Co) = Wasser, Gewässer. Daher auch der Name der Stadt »***Temuco***« = »Gewässer, wo Temu-Myrten wachsen« (Span.: *agua*)

Kultrun (Kultrung) = Trommel der Mapuche. Sie ist nicht nur ein Musikinstrument, sondern wird von den Schamanen benutzt, siehe => ***Machi*** (Span.: *tambor*)

küme »gut« auf Mapudungun (»***Kümelen***« ist dann so viel wie »mir geht's gut« und »***kümeleymi***« = geht's dir gut?«, also »wie geht's dir?«). (Span.: *bueno* bzw. *bien*, z. B. als Antwort auf die obige Frage: *¿qué tal?*)

Lenga = eine Südbuchenart mit winzigen, dunkelgrünen Blättchen (zum Schutz gegen den antarktischen Sturm), im Winter werden die Blätter dann abgeworfen. Die hohen Bäume haben kleine Bucheckern (Nüsschen). (Span.: *haya*, allg: *árbol*)

Loco = in Chile bedeutet das nicht nur »verrückt« auf Spanisch, sondern auch »Meeresschnecke« auf Mapuche, und die sind essbar. Sie haben seltsame Häuschen, wie dunkle Näpfchen oder Eselshufe. Wenn man sie nicht überfischt, sind sie eine gute Delikatesse, so wie Seeohr-Schnecken auch. (Span.: *caracol* = Schnecke, diese Sorte speziell = *abalón*)

Loica = ein Singvogel mit orangeroter Brust, ähnelt einem Star (a. *Lloica*, auf Spanisch übernommen, »Vogel« allg.: *pájaro*)

Llao llao = orangefarbener, runder Baumpilz. Da er essbar ist, nennen ihn die Mapuche so, denn es bedeutet »lecker lecker«. Er wächst an den Ästen von Südbuchen, so dass es wie komische Früchte aussieht. (Span.: *hongo*)

Machi = Medizinleute (Männer oder Frauen), Schamane oder Schamanin (Span.: *chamán*)

Mapu = die Erde. »***Mapuche***« sind dann »die Leute auf der Erde«, also der Stamm, der dort ja seit jeher wohnt. Ñuke Mapu ist die »Mutter Erde«. (Span.: *Madre Tierra*)

Mari mari = Hallo, hallo! Auf Mapuche. Also guten Tag. (Span.: *¡hola!*)

Maytén = immergrüner Baum in den südlichen Wäldern, mit recht kleinen Blättern, die dichte Kronen bilden. Die schmalen, länglichen Blätter haben am Rand ein Zickzackmuster wie aus kleinen Sägezähnchen. (*árbol*)

Ngen = Naturgeister (*espíritus*)

Ngenechen = Schöpfergott (*Dios* = Gott, *Creador* = Schöpfer)

Notro = Chilenischer Feuerbusch (der mit den feuerwerksartigen, knallroten Blüten). Immergrün, auch mit lorbeerartigen Blättern. (Span.: *arbusto Notro*)

Ñandú *(Guaraní-Sprache)*[3] = großer Laufvogel, siehe => *Choique*

Ñire = Südbuche mit rundlichen Blättchen und korkiger Rinde, wächst oft als schiefer Busch, wenn die antarktischen Winde darüber wehen. Im Herbst wirft er sein Laub ab. (Span.: *haya*)

Pampa *(Quechua)* = offenes Grasland, Steppe, eine Art südamerikanische Prärie. (Ins Spanische und Deutsche übernommen)

Pehuén = Araukarie, Andentanne. Sie hat große und breite Tannennadeln, so wie Drachenschuppen, und dicke Zapfen, die wie Kokosnüsse aussehen. Darin sind essbare Kerne, wie große Pinienkerne. Die Mapuche ernähren sich noch heute teilweise davon, früher waren sie Hauptnahrungsmittel.

3 Sprich ñ wie in Spanisch: *señor, España*

Diese uralte Baumart gab's schon zu Zeiten der Dinosaurier! Wird inzwischen auch in Europa als Zierbaum angepflanzt. (Span.: *araucaria,* nach den Araukanern – das ist ein anderer Name für die Mapuche – benannt, allg: *árbol*)

Pewkayall! »Bis bald!« auf Mapudungun (Span.: *hasta pronto*)

Pisonay *(Peruanisches Spanisch)* = Korallenbaum (blüht genauso knallrot wie der Chilenische Feuerbusch, ist aber viel größer, auch sehen die Blüten von nahe dran anders aus; *árbol*)

Puma *(Quechua)* = größte Wildkatzenart Amerikas, wird auch »Berglöwe« oder »Silberlöwe« genannt. Er sieht aus wie eine Löwin, also ohne Mähne, und wird auch genauso groß, also Vorsicht! Regional hat er viele unterschiedliche Namen, wie »Kuguar« oder »*Pangí*« (in Mapudungun). Er kann bei der Jagd 5 Meter weit springen! Obwohl er so groß ist wie eine Großkatze, kann er wie Kleinkatzen schnurren, sagt man. Ist er also eine Riesen-Kleinkatze?! Das Wort »Puma« wurde auch ins Spanische und Deutsche übernommen.

Pudú Winzhirsch, kaum größer als ein mittlerer Hund. Sein Geweih ist so klein, dass es kaum über die Ohren ragt, es sind nur kleine Spieße. (Span.: *ciervo* = Hirsch, weil er so klein ist, wohl eher *corzo* = Reh)

Radal = Art immergrüner Nussbaum mit grünweißen Blüten. (Span.: *árbol,* Nussbaum = *nogal*)

Raulí = eine Südbuche, deren Blätter wie bei europäischen Weißbuchen aussehen, sie haben fischgrät-artige Blattnerven. Sie sind sommergrün, werfen also im Herbst ihre Blätter ab. (Span.: *haya, árbol*)

Temu = Eine Myrten-Art, Baum oder Strauch mit glänzend grünen Blättern, weißen Blüten und schwarzen Früchten, die etwas wie dunkle Blaubeeren aussehen, aber bitter sind. Die Temu-Pflanze hat dem Ort Temuco ihren Namen gegeben, also, der ist nach ihr benannt. (Span.: *mirto, arbusto*)

Toqui *(sprich: Toki)* »Häuptling« auf Mapudungun. (Span.: *cacique,* allg: *jefe* = Chef)

… Und damit: »***Pewkayall!***« *(»Tschüs!«, siehe oben … ;-) … ¡hasta pronto!)*

* * *

Nachwort der Autorin

Viele Länder dieser Welt habe ich bereits bereisen können. So kenne ich Nordamerika: die USA, Kanada und Mexiko, auch viele andere Länder wie Spanien, Frankreich, Italien, Österreich, die Schweiz oder auch Dänemark, und darüber habe ich auch schon geschrieben. Normalerweise schreibe ich nur über Orte, die ich auch persönlich kenne. Doch Zeit und Geld langen leider nicht für alle Reiseträume. So stand ich bereits mit sehnsüchtigem Blick auf Gibraltar und schaute auf das fliederblau in der Ferne lockende Afrika hinüber.

Leider hat es auch für die Länder, in denen die Geschichten vom »Inselmädchen Gabriela« spielen, noch nicht gereicht (im Portemonnaie ist oftmals Ebbe! Und CO_2-neutrales Fliegen leider noch nicht in Sicht, nur CO_2-Abgaben). In Richtung Schweden und Norwegen habe ich wenigstens schon einmal geblickt, als ich am dänischen Hirtshals am Fähranleger nach Kristiansand stand und an der Nordspitze von Jütland, bei Grenen und Skagen, am Skagerrak dann Nord- und Ostsee ineinanderfließen sah – weiter hinauf nach Skandinavien hat es mich bisher leider noch nicht verschlagen. (Immerhin hab ich Gabriela auch nach Skagen »geschickt« – also zumindest an einen Ort, den ich aus eigener Anschauung kenne, und natürlich in meine Heimatstadt Flensburg, in der es auch viel Schönes und Interessantes zu entdecken gibt.)

*Doch ist das von mir oft und gern bereiste Dänemark ja auch bereits zünftig skandinavisch! Meine Geburtsstadt Flensburg gilt als »Tor zum Norden«, und Dänemark mit seinen vielen Inseln stand natürlich auch beim »Inselmädchen« Pate. Da die Inspiration zu diesen Geschichten jedoch von dem – von mir sehr geschätzten – Kinderbuch »**Babiellas kleine Inselwelt**« von **Gunborgh Wildh** stammt und dieses eben in Schweden spielt, habe ich auch meine Geschichte als Ausgangspunkt dort angesiedelt. Denn auch, wenn man irgendwo bisher noch nicht war … die Flügel der Fantasie reichen weit! Selbst wenn man eine Weltgegend noch nicht kennt –*

man kann sich ja dahin träumen! (Noch dazu bietet das Internet heutzutage ja genügend Anschauungs-Material!)

Auch Argentinien und Chile konnte ich bisher noch nicht selbst bereisen, habe aber zahlreiche Menschen von dort kennengelernt, die oft und gern von ihrer jeweiligen Heimat geschwärmt haben. Wenn sie von ihrer Heimat berichtet haben, war es, als sei man selber dort gewesen. Auch haben Freunde und Verwandte Fotos und Dias von dort gezeigt. Ich habe mir diese Fotos angesehen – und dann »beamte« ich mich in die Fotos hinein und ging darin spazieren …

PS: Daten und Fakten über die hier beschriebenen Länder stammen aus den entsprechenden ***Wikipedia-Quellen***. *Was die Mapuche-Indianer (Indigene) betrifft, so habe ich mich als Indianistin und Sprachwissenschaftlerin schon immer für ihre Kultur interessiert. Das Internet bietet dazu ebenfalls erstaunlich viel Material, z. B.:*
https://es.wikibooks.org/wiki/Mapundungun/Frases_usuales
https://mapuche.nl/espanol/idioma/index_idioma.htm
https://www.protocolo.org/modelos/cursos-y-manuales/protocolo-no-mapuche/el-saludo-mapuche.html
(u.a.m).
Für die Korrektheit der im Internet angebotenen Informationen kann ich natürlich keine Gewähr übernehmen, doch der Abgleich verschiedener Quellen ließ sie seriös erscheinen.

Die erwähnten Trommeln heißen auf Mapudungun (der Sprache der Mapuche) Kultrung, und die Frauen und Männer, die sie als Medizinleute spielen, werden Machi genannt.

Solche Trommeln befinden sich auch in verschiedenen Museen. Das charakteristische Kreuzmuster, das meist auf den Trommeln aufgemalt ist, ähnelt frappierend dem der sibirischen Schamanen. Darin lediglich eine »Parallel-Entwicklung« zu sehen, einfach weil es sich ja um die Achsen der vier Himmelsrichtungen handelt, verkennt die Tatsache, dass sich wesensgleiche Kreuzsymbole weltweit von Lappland bis Südamerika finden, z. B. auf Trommeln oder Fels-

zeichnungen, mit dem gleichen mythologischen Hintergrund. Da die Vorfahren der heutigen Indianer ja vor ca. 12.000–14.000 Jahren über die Beringstraße in die neue Welt eingewandert sind, ist es sehr wohl möglich, dass sich diese Tradition in einer frühen Besiedlungswelle bis nach Chile ausgebreitet und dort erhalten hat (homologer Bezug zum sibirischen Ursprung der schamanistischen Kulturen des Tengrismus). Auch das Medizinrad anderer indigener Völker, etwa der Lakota (Sioux) enthält ja dieses Kreuzsymbol, der Rand der Kultrung-Trommel entspricht dabei dem äußeren Kreis des Medizinrads, in dem sich ein entsprechendes Kreuz befindet.

Wenigstens die genannten Tiere und Pflanzen konnte ich bereits in natura bewundern, wenn auch nicht in ihren Heimatländern, sondern im Zoo bzw. Botanischen Garten. Zu den von mir besuchten Zoos, in denen hier genannte Tiere gehalten wurden bzw. werden, gehören die Tiergärten in Heidelberg, Stuttgart (Wilhelma), Frankfurt, Hamburg (Hagenbeck), Barcelona, Madrid und San Diego sowie der Vogelpark Walsrode. An Botanischen Gärten seien der von Heidelberg und Hamburg (Planten un Blomen) genannt, stellvertretend für viele andere, in denen beispielsweise auch Araukarien gepflanzt wurden. Sogar in vielen Vorgärten stehen heute ja schon die schmucken Araukarien, so auch in Heidelberg; wunderbare alte Exemplare konnte ich auch in den Parks von Montreux und Meran bewundern.

***

Rebecca Netzel

Gabriela und ihre Freunde

Das Inselmädchen Gabriela · Band 3

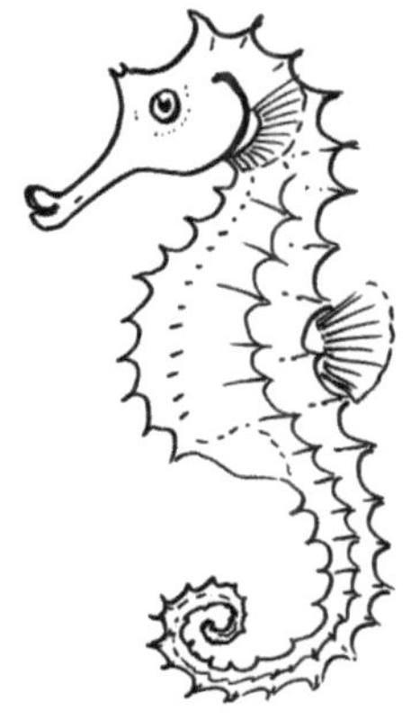

… über die Naturverbundenheit:

»›Wie kannst du denn reden?‹

›Bäume reden mit allem. Mit den Blättern, mit den Zweigen, mit den Wurzeln. Willst du mal sehen? Leg dein Ohr an meinen Stamm, dann hörst du mein Herz schlagen.‹«

– Das Orangenbäumchen Knirps zu Sesé,
dem brasilianischen Straßenjungen –
(José Mauro de Vasconcelos, Wenn ich einmal groß bin, S. 32)

Gewidmet allen Mitgliedern der literarischen Veranstaltungs-Reihe der Vita Magica!

* * *

Inhalt

Gabriela mischt auf 210
Björn soll auch mitfeiern! 220
Lalá spielt mit! 227
Lucia-Fest 231
Weihnachten in Stockholm 238
Ostern und Urlaub in Dänemark 248
Wo zwei Meere zusammenfließen 257
Seehunde und Adler 268
Von Inseln und Island-Ponys 275
Auf den Spuren der Wikinger 286
Warum es manchmal doof ist, Prinzessin zu sein 296
Im Bausteinchenland 309
Schulstunde mit Nils Holgersson 314
Wir machen eine Schülerzeitung 322
Der Schulgarten 329
Der Zauberlehrlings-Typ 342
Eine originelle Ausstellung 352
Die Piratenbande hält zusammen 362
Anhang 373

Gabriela mischt auf

Hey Leute, da bin ich wieder! Schön, dass ihr mal wieder von mir hören wollt. Es gibt ja so viel Neues zu erzählen! Ich bin nämlich inzwischen in die Schule gekommen. Meine kleine Schwester Leandra (genannt Lalá) bewundert mich sehr dafür, sie ist ja erst im Kindergarten. Als ich so etwa vier Jahre alt war, da hab ich mein Schwesterchen bekommen, und jetzt bin ich schon sieben und gehe bereits zur Schule. Die Einschulung war so aufregend, dass ich außer von der neuen Schachtel voll Buntstifte fast gar nichts mehr weiß. (Die Lehrerin da vorne in der Klasse war sehr nett, doch vor Aufregung sah ich sie nur ganz verschwommen. Auch roch es im Klassenzimmer so ungewohnt nach Bohnerwachs.) Doch auch danach blieb es aufregend – selbst für die Lehrer und Lehrerinnen, die mich unterrichten, das kann ich euch sagen!

Denn die haben es mit mir nicht immer einfach. Mein Papa (der ja Journalist ist) meint immer, ich sei »frühreif« und »altklug« und so was, und das macht denen in der Schule ganz schön zu schaffen! Nicht, dass ich da jetzt der große Überflieger wäre (mit Mathe kann ich mich nicht anfreunden), aber in den anderen Fächern, da langweil' ich mich oft, und dann, tja, dann misch' ich eben ein bissel auf … nicht immer zur Freude der Lehrer, versteht sich!

Nicht, dass ich die Lehrer absichtlich ärgern wollte – es läuft nur halt im Unterricht dann manchmal etwas komisch. Mama (die ja Spanischlehrerin war, bevor sie das Häuschen auf der Insel geerbt hat und 'ne Ferienpension draus machte) hatte gleich gesagt, das mit der Schule würde noch ein Problem. Denn bei uns auf der kleinen, schwedischen Schäreninsel gibt's nur eine winzige Schule. Eine größere würde ja auch gar nicht draufpassen, auf so eine kleine Insel. Zudem sind wir ja auch gar nicht so viele Schulkinder. Da ist eine kleine Gruppe von Pavillons rund um einen Hof, im dem ein Kastanienbaum steht. Jede Grundschul-Klasse hat einen Raum in einem der Pavillons (jedes Häuschen hat gleich mehrere Räume, auch zum Basteln und so), und auf dem Hof, gleich am Eingang, flattert lustig unsere schwedische Fahne im Wind, so wie sich das gehört. Ich mag das Blau-Gelb der Fahne sehr gern, es erinnert mich immer an den blauen Himmel und die gelbe Sonne, und dann denke ich immer an unsere langen Mittsommernächte. Von denen hab ich euch ja schon mal erzählt, wie wir da immer feiern! Wir Schweden verstehen es, zu feiern, auch im Winter, wenn es dunkel ist – davon werd' ich euch auch noch erzählen. Nach der Grundschule müssen wir dann mit der Fähre aufs Festland fahren, hatten die Eltern gesagt, denn nur dort gab es ja eine weiterführende Schule. Sie überlegten sogar, ob wir Kinder dann nicht bei Tante Selma wohnen sollten, weil der tägliche Schulweg so lang würde. Aber bis dahin war es ja noch ein paar Jahre Zeit.

Feierlich waren wir also in den ersten Pavillon eingezogen, der hübsch rot gestrichen war und weiße Fensterrahmen hatte. Unsere erste Aufgabe hatte darin bestanden, ein Namensschild zu basteln. Wer noch nicht seinen Namen schreiben konnte (und das waren alle außer Ole und mir), der ließ sich von der netten Lehrerin, Frau Rasmussen, zeigen, wie das ging. Da ich schon lange schreiben kann, war ich schon fertig, ehe die anderen überhaupt angefangen hatten (sogar noch vor Ole stellte ich mein Namensschild auf), und daher langweilte ich mich und sah zum Fenster hinaus, ob man nicht vielleicht ein paar Wildgänse oder Kraniche vorbeifliegen sah. So was finde ich immer schön, und jetzt im Herbst ist ja Vogelzugzeit.

Da wandte sich Frau Rasmussen mir zu und fragte: »Ja, willst du denn gar nicht mitmachen?«

»Ich bin doch schon fertig!«, sagte ich entrüstet.

»Ach da – das ist dein Namensschild? Das konnte ich von hier vorne aus hinter der anderen Schülerin gar nicht sehen, tut mir leid!«

Sie lächelte mich an, guckte aber so komisch – ein bissel besorgt, fand ich. Fast so, als würde sie denken: »Na, das kann ja heiter werden!«

»Sehr schön!«, lobte sie immerhin. Ich hatte ja auch extra alle Farben aus meiner neuen Buntstiftschachtel benutzt, die Tante Selma mir zum Schulbeginn geschenkt hatte (Schultüten bringen hierzulande nur Kinder aus deutschen Familien mit). Und schon bald nach der Einschulung kam es mir vor, als ob ich schon ein alter Hase sein und schon gaaaaanz lange dabei!

Falls es bei euch mit der Schule anders ist, erklär' ich euch mal eben, wie es bei uns in Schweden derzeit funktioniert: Wir haben neun Jahre Grundschule, die *grundskola*, Noten gibt's erst ab dem sechsten Schuljahr, und das find' ich auch gut so. (Sonst bekommt man nur so einen Druck in der Magengrube…) Also sind die ersten sechs Jahre der Grund-Stufe eins für uns recht einfach. Dafür kriegen wir schon früh Englisch und bald auch eine weitere Sprache, zum Beispiel Spanisch (was für mich und später auch Lalá prima ist, weil wir ja schon Spanisch können, denn unser Papa kommt ja aus Chile, wo wir auch schon mal waren, wie ihr sicher schon alle wisst).

Wir haben möglichst kleine Klassen und wir Schüler bleiben auch jahrelang in Gruppen zusammen, denn wir sollen ja nicht einfach wie Erbsen sortiert werden, sondern zusammen was lernen. Von 8–15 Uhr haben wir Unterricht, mittags gibt's gemeinsames Schulessen, und von Mitte Juni bis August haben wir zwei Monate Sommerferien, da kann man dann endlich wieder segeln gehen. Wenn man dann mit der *grundskola* fertig ist, kann man noch drei Jahre Gymnasium machen, da lernt man auch viel Praktisches, damit man später im Beruf auch handwerklich geschickt ist und einen Hammer in der Hand halten kann, ohne sich gleich beim Einschlagen des Nagels auf die Finger zu hauen. Wir nennen das auf Schwedisch *slöjd*, also das praktische Werkeln (nicht das Auf-die-Finger-Hauen).

In der freiwilligen Vorschule, wo fast alle Kinder mit sechs Jahren hingehen, war ich nicht, einmal, weil es auf unserer Winz-Insel anfangs nur ein Mini-Kindergarten gab (mit Spielen und Bastelstunden und so) und dort Kindergarten und Vorschule eh kaum zu unterscheiden waren, und zweitens, weil Papa meinte, ich wär' für mein Alter schon schlau genug und würde sonst noch allzu naseweis, wo ich doch ohnehin schon vor der Einschulung schreiben konnte. Das hatte ich mir ja selbst beigebracht (Mama und Papa hatten nur ein ganz klein wenig geholfen, und manche Buchstaben schrieb ich anfangs noch verkehrt herum, wie im Spiegel). Meine kleine Schwester Leandra aber wollte unbedingt erst in die Vorschule, also sollte sie da auch hin. Wir hatten ja, bevor ich zur Schule kam, die große Weltreise nach Argentinien und Chile gemacht.

Die Noten gehen von A bis F, wobei A bis E bestanden ist. Man kann auch nicht sitzenbleiben, das ist natürlich fein – da müssen die Kinder nicht so viel Angst vor der Schule haben! Andererseits werden Kinder mit besonders guten oder schlechten Leistungen erst in letzter Zeit das, was man »individuell gefördert« nennt; vorher schwammen alle so mehr oder weniger in der Klasse mit, wenn ihr versteht, was ich meine (also nicht, dass unser Klassenraum unter Wasser stand, sondern dass wir alle so mehr oder weniger gleich gut waren, weil sich die Guten oft kaum besonders anstrengten. Das ist inzwischen aber anders.) Übrigens ist richtiges Schwimmen lernen natürlich auch wichtig!

Wir dürfen die Lehrer auch duzen, das ist schön, denn wir sollen ja alle freundschaftlich miteinander umgehen. (Seit der Du-Reform, damals in den 1960er-Jahren, duzen sich eh fast alle in Schweden – Papa und Mama finden das auch richtig so, zum Teufel mit allen geschraubten Titeln! Wir Menschen sind doch letztlich alle gleich. Na ja, fast. Nur die Leute vom Königshaus werden noch mit besonderen Höflichkeitsformen angeredet – so ein bissel altmodisches »Was wünscht die Prinzessin?« muss da halt noch sein!)

Einmal sagte die Klassenlehrerin, Frau Andersson, zu mir: »Gabriela, du sollst von der Tafel abschreiben, keine Kringel in dein Heft malen!«

»Aber ich schreibe doch – meine Schrift ist halt so rund!«

Sie blieb etwas misstrauisch und kam herüber, um sich davon zu überzeugen. In der Tat sah sie runde Buchstaben in meinem Heft. Komisch, dass sich Lehrer offenbar nicht entschuldigen müssen, wenn sie sich mal geirrt haben.

Ein anderes Mal bekamen wir von unserem Bio-Lehrer, Herrn Karlsson, frische Krabben vom Fisch-Markt zugeteilt, die sollten wir abzeichnen, und hinterher durften wir die gekochten Krabben sogar aufessen, aber erst am Ende der Stunde. Da ich mich ja brennend für alle Tiere interessiere (Seegetier nannte ich früher gern »Seeungeheuer«, weil sie mich so ungeheuer faszinieren), war ich gleich mit meiner Zeichnung fertig, ohne auch nur hinzugucken – die kleine Krabbe hatte ich schon längst gegessen. Ich wusste auch so, wie viele Beine und Panzerringe sie am Körper hat.

Mein Lehrer wollte mir das aber nicht glauben. »Na, Gabriela, du hast ja gar nicht hingeschaut und einfach irgendein Fantasie-Tier gemalt!«, sagte er recht streng. »Da wollen wir doch gleich mal kontrollieren, ob das überhaupt stimmt, was du da gemalt hast!«

Dann wurde er still, sehr still.

»Hm«, sagte er schließlich und hielt sich das Bild dicht vor die Nase (wahrscheinlich braucht er eine Brille.) »Na gut, dann sag mir doch mal auswendig, wie viele Beine du bei deiner Krabbe gemalt hast?!« Da er mir das Bild nicht zurückgab, konnte ich nicht nachgucken. Brauchte ich aber auch gar nicht. Wie aus der Pistole geschossen antwortete ich: »Die Garnele oder Nordseekrabbe hat fünf Beinpaare zum Laufen und fünf zum Schwimmen, an den vorderen Beinchen hat sie kleine Scheren, die hab ich auch eingezeichnet, am hinteren Teil hat sie fünf Panzerringe mit den Schwimmbeinchen, ein langes ohne Beine und ein spitzes, da am Schwanz, der wie ein Fächer aussieht – damit kann sie rudern, und –«

»Stopp, stopp – es langt schon!«, rief der Lehrer entsetzt. Denn es stimmte alles. Ich wusste es auswendig. Denn ich hatte ja schon sooooo oft der Mama beim Krabbenpulen geholfen und mir dabei die kleinen Viecher genau angeschaut.

»Also durfte ich doch meine Krabbe schon essen, oder?«, fragte ich etwas verunsichert. »Sie hatten gesagt, sobald wir sie abgezeichnet haben, dürfen wir die aufessen …!«

Der Lehrer nickte nur noch stumm und kehrte an sein Pult zurück. Die ganze Klasse grinste schadenfroh, ich weiß gar nicht warum.

Ganz schlimm aber wurde es, als er eines Tages eine ganz junge Lehrerin mitbrachte, eine Frau Johansson, die sich offenbar noch in der Ausbildung befand. Sie durfte eine Stunde Bio bei uns übernehmen, oder anders gesagt, sie musste uns unterrichten. Und in dieser Klasse saß ja ich, mit meinem Tierfimmel.

Zuerst forderte Frau Johansson uns auf, alle Fischarten aufzuschreiben, die wir kannten. Man hörte das eifrige Kratzen der Kulis und Füller auf Papier. Die meisten schrieben »Hering, Dorsch und Aal«, manche hörten auch erst nach »Makrele und Scholle« auf. Doch eine schrieb und schrieb immer noch … und das war ich. Nach fünf Minuten wurde die junge Lehrerin ungeduldig und rief: »Du da hinten – Gabriela heißt du, glaub ich? – hör jetzt bitte auf zu schreiben!«

Ich hatte aber vor Eifer ganz rote Backen und beschwerte mich: »Wieso – ich bin doch erst bei Haifisch und Schwertfisch!«

»Ja, aber das genügt jetzt!«

»Nee, ich denke, wir sollten *alle* Fischarten aufschreiben, die uns einfallen?«

»Ich wusste ja nicht, dass es bei dir so viele werden!«

»Tja, es sind halt so viele – und bei den Haien müsste ich überhaupt noch viel genauer sein und hinschreiben: Eishai zum Beispiel oder Blauhai, aber den gibt's ja bei uns gar nicht …«

Auch die Lehrerin gab's bei uns bald nicht mehr, und das kam in der folgenden Stunde: »Heute nehmen wir die Muscheln durch …«, sagte sie und schielte schon so unbehaglich zu mir herüber. Dabei sah ich sie doch bloß ganz interessiert an.

»Aaaalso … die Muscheln haben folgenden Körperbau«, sagte sie und fing an, mit quietschender Kreide an die Tafel zu malen. Was sie da malte, sah ganz und gar nicht nach einer Muschel aus, sondern vielmehr wie ein Fußball, aus dem die Luft raus ist.

Prompt fragte ich: »Äh, welche Muschelart soll das denn sein?«

Die Lehrerin fing aus irgendeinem Grund an, rot anzulaufen, als ob ihr heiß würde, und sie sagte: »Ist doch ganz egal – irgend'ne Muschel eben! Malt das halt ab!«

Und sie kritzelte weiter mit unsicheren Linien die Tafel voll. Da hielt ich es nicht mehr aus. Ich wollte ihr ja gern helfen. Also sprang ich auf und ging unaufgefordert zur Tafel. Die Lehrerin sah mich mit großen Augen an und schluckte. »Was – was möchtest du hier vorne?«

»Ich helf' dir! Gleich werd' ich dir mal 'ne richtig schöne Muschel an die Tafel malen«, bot ich eifrig an und wischte auch schon flink mit dem Schwamm ihr Gekrackel weg. »Welche Sorte hättest du denn gerne: 'ne Auster oder 'ne Miesmuschel …?«

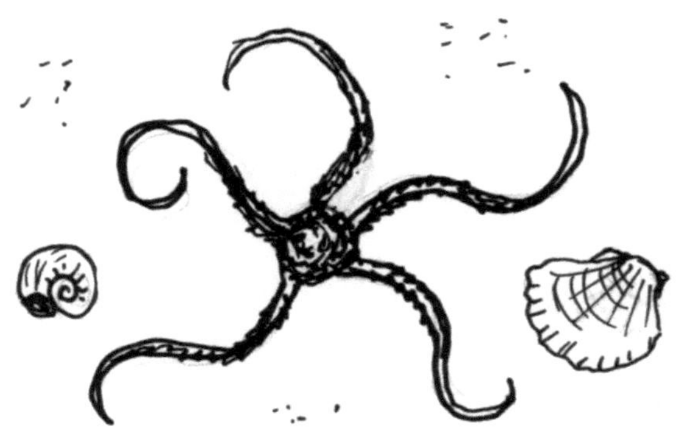

Das war der Tag, an dem die Lehrerin vor der ganzen Klasse einen Weinkrampf bekam und meine Eltern zur Schulleitung einbestellt wurden …

Ich durfte ja gar nicht dabei sein, wollte aber unbedingt wissen, was die Erwachsenen da über mich redeten. Also robbte ich wie ein Indianer-Scout draußen vorm Schulpavillon entlang, bis ich vorm Fenster des Direktors angelangt war, das gottlob gekippt war, so dass ich ganz gut mithören konnte (zumal der Direktor eine ziemliche Donnerstimme hat).

Der Direktor, Herr Larsson, räusperte sich umständlich.

»Eure Tochter stört oft den Unterricht!« (Sein Duzen klang fast so distanziert wie ein »Sie«.)

»Wieso denn – sie bringt sich doch nur ein?!«, protestierte Mama. Ich sah die Redenden da drinnen zwar nicht, doch ich spürte förmlich, dass Papa dazu nickte.

»Ja, aber so geht es nicht! Es sind uns Klagen gekommen …«

Und dann fiel natürlich der Name der jungen Lehrerin.

»Wisst ihr, Frau Johansson befindet sich ja noch im Praktikum. Sie ist ja schon laute oder freche Schüler gewöhnt, aber neulich hat sie was erlebt, wo sie sich jetzt überlegt, ob Lehrerin überhaupt der richtige Beruf für sie ist …«

»Ja, was war denn los?«, platzte Papa dazwischen, der es offenbar nicht mehr aushalten konnte, dass seine Tochter wegen schlechten Betragens kritisiert wurde.

»Eure Tochter kam einfach nach vorne und hat den Schwamm genommen …!«

»Und? Sie hat ihr den ja wohl nicht ins Gesicht geschmissen?!«, sagte Papa und bemühte sich dem Ton nach, ernst zu bleiben.

»Nein, Gott bewahre!«, sagte Herr Larsson. »Das nicht, aber sie hat damit einfach die Tafelzeichnung der Lehrerin weggewischt!«

Meine Eltern reagierten mit dröhnendem Schweigen. Dem Direktor war das nicht genug. Er sagte vorwurfsvoll:

»Hm, stellt euch das doch mal vor: Wie würdet *ihr* es denn finden, wenn euch jemand einfach quasi den Unterricht aus der Hand nimmt?! Das untergräbt doch das ganze Ansehen der Lehrperson!«

»Vielleicht konnte sie einfach besser malen als die Lehrerin?«, fragte Mama möglichst harmlos. (Bravo, Mama, dachte ich; am liebsten hätte ich es laut gerufen, doch ich durfte mich ja nicht verraten).

»Darum geht es nicht!«, sagte Herr Larsson unwirsch. Er schnaubte jetzt wie ein wütender Stier. Oh je, das Gespräch würde nicht so glimpflich enden. Ich ahnte es …!

Jetzt dröhnte Herrn Larssons Stimme, als stünde er direkt neben mir: »Also, so was kann einfach nicht angehen! Ihr müsst eurer Tochter klarmachen, dass sie die Schulregeln zu respektieren und nicht die Autorität der Lehrenden zu untergraben hat!«

Ich erschrak. Zwar hatte ich alles genau gehört, aber nicht alle diese komischen Wörter verstanden. Ich hatte gar nicht gewusst, dass ich die Auto-, Auto-wie-hieß-das der Lehrer nicht respektierte oder so, und ich hatte schon gar nichts untergraben wollen, das Schulgebäude etwa. Ich war doch kein Maulwurf! Und überhaupt kam die Lehrerin mit dem Fahrrad, nicht im Auto. Was die Erwachsenen sich schon wieder alles Komisches dachten. Und was war mit dem Schwamm? Ich hatte der Lehrerin doch nur helfen wollen!

Jetzt redeten alle durcheinander, und ich hörte nur heraus, wie der Direktor keinen Einwand gelten lassen wollte und jetzt so mit Mama und Papa redete, als wollte er sie für mein Verhalten auch noch ausschimpfen.

Da hielt ich es nicht mehr aus. Wie ein Stehaufmännchen sprang ich auf und hatte mich so als Lauscherin verraten. Doch das war mir jetzt ganz egal. Ich schrie durch das gekippte Fenster, damit es der Direktor auch ja hörte: »Ich wollte Frau Johansson doch nur helfen, ein richtig schönes Bild an die Tafel zu malen!!!«

Ich wollte noch viel mehr erklären, doch die Eltern verließen fluchtartig den Raum und nickten dem verblüfften Direktor nur noch im Hinauseilen freundlich zu. »Wir können ja gern noch mal telefonieren …!«, rief Mama beschwichtigend.

Dann waren sie bei mir, und ich sah sicher aus wie ein Fliegenpilz, so rot im Gesicht.

Zunächst sagten sie beide eine ganze Weile gar nichts. Denn solange der Direktor noch in Hörweite war (blicken ließ er sich nicht mehr), wollten sie mich nicht runtermachen. Das ist das Feine an meinen Eltern, wenn wir irgendwie Streit haben, machen wir das nie vor Dritten aus.

Stattdessen gingen wir heim, ich mit gesenktem Kopf, weil man ja erstens nun wirklich nicht lauschen soll und ich mir zweitens auch gar nicht so sicher war, ob ich meinen Eltern nun eigentlich durch meinen Zwischenruf geholfen hatte oder eher nicht … Ich hatte doch nur alles klarstellen wollen. Der Direktor erschien mir aber auch zu begriffsstutzig! Nach einer ganzen Weile, wir waren schon fast daheim angelangt, hatten sich meine Eltern offenbar wieder so einigermaßen gefasst.

»Ich hab's ja schon kommen sehen …«, stöhnte Papa. »Unser Fräulein Tochter, oberschlau wie nur was … macht sogar schon der Lehrerin Konkurrenz …« Wo er doch sonst immer so stolz drauf gewesen war, mir alles Mögliche beizubringen, weil er ja selber ein wandelndes Lexikon war. Ich schaute schräg zu ihm hoch und fand, er hätte ein lachendes und ein weinendes Auge.

Mama sagte etwas von *»lagom«*, das ist ein schönes, schwedisches Wörtchen, das man wohl nicht genau in andere Sprachen übersetzen kann, aber es bedeutet in etwa so viel wie »gerade richtig«, »genügend«, »passend« oder »gemäßigt«. Mein »richtiges Maß« bei meinem Eifer, mich am Unterricht zu beteiligen, müsse ich wohl erst noch finden. Eben nicht zu viel und nicht zu wenig … Ich sollte also wohl manchmal lieber den Mund halten als besserwisserisch daherkommen! Kein Übermaß also!

»Muss ich mich nun bei Frau Johansson entschuldigen …?«, fragte ich zerknirscht. Da nahmen mich beide Eltern spontan in den Arm. »Nein!«, sagten sie zeitgleich. »Nur manchmal etwas zurückhaltender sein, okay?«

Björn soll auch mitfeiern!

Jetzt kommt etwas Schönes. Nämlich ich erzähl euch, was Gutes draus werden kann, wenn alle zusammenhalten. Natürlich sind auch all meine Freunde inzwischen in der Schule: Astrid und Gudrun, Anna-Kristina und auch Ole. Der ist ja in letzter Zeit viel netter geworden, das hab ich euch ja schon mal erzählt. Und klar, dass wir auch jetzt alle noch viel zusammen unternehmen!

Da unsere Schule auf einer kleinen Schäreninsel liegt, ist es auch eine Winz-Schule. Sie besteht aus drei Pavillons, jeder mit mehreren Räumen, wovon ein Gruppenraum allerdings für die Kindergarten- und Vorschulkinder ist, und einer zum Basteln. In den anderen werden die Schulkinder unterrichtet, oft mehrere Jahrgänge zusammen, weil's einfach nicht genug gleichaltrige Schüler gibt, um eine Klasse zu füllen. Da werden dann schon mal mehrere ähnliche Jahrgänge in einer Klasse zusammengefasst. Wir haben auch nicht mal genug Lehrer und Lehrerinnen für alle Fächer, manchmal wird auch einfach eine Lehrerin per Video vom Festland zugeschaltet, die erscheint dann wie im Fernsehen auf einer Leinwand mit Beamer. Also, wenn wir schon Bewohner einer so kleinen Insel sind, dann sind wir doch modern! Wir leben ja nicht hinterm Mond!

Übrigens hatten die Lehrer eine ganz praktische Methode, um sicherzustellen, dass alle einigermaßen pünktlich kamen. Wenn der Unterricht begann, schlossen sie einfach die Tür ab, und wer zu spät kam, der stand dann eben vor verschlossener Tür und durfte erst nach zehn Minuten klopfen und herein. Mir passierte das ja nie, aber Astrid kam von weiter weg, und da hatte sie manchmal Schwierigkeiten, na, und Ole nahm es anfangs auch nicht so genau …

Nun sind die drei Pavillons hufeisenförmig um eine schöne, grüne Wiese angelegt, über die ein Pfad führt, der mit Kies bestreut ist. Über den lustig knirschenden Kies kommt man zu den einzelnen, flachen Holzhäuschen, die bunt angestrichen sind:

eines ist rot, eines gelb und eines blau. Genau in der Mitte der Wiese steht ein Fahnenmast mit der schwedischen Fahne – an dem kann man zur Sommerzeit auch gleich einen bunten Kranz mit Bändern und Birkenzweigen anbringen, damit man beim Sommerfest der Schule drum herum tanzen kann! Doch im Winter, da ist es oft zu kalt, um länger im Freien zu sein, darum findet das Weihnachtsfest der Schule immer im alten Gemeindehaus nebenan statt, denn in den hölzernen Pavillons ist es auch einfach zu klein, um dort Weihnachtsspiele und Volkstänze aufzuführen.

Doch dies Jahr gab's damit ein Problem. Denn der Festsaal im alten, denkmalgeschützten Gemeindehaus ist nicht »barrierefrei«, so nennen die Erwachsenen es, wenn man zum Beispiel nicht mit dem Rollstuhl da einfach reinfahren kann. Und wir haben in unserer Klasse einen Rollstuhlfahrer, den Björn. In die Pavillons kann er gut hineinfahren, denn die sind ja flach und die Eingänge zu ebener Erde – aber das alte Gemeindehaus hat hohe Stufen aus rotem Naturstein. Damals, vor hundert Jahren, als das hübsche Haus gebaut wurde, hat eben leider noch keiner daran gedacht, dass auch Leute, die nicht gehen und Treppen steigen können oder welche mit irgendeiner anderen Behinderung, gerne mitfeiern oder bei Besprechungen dabei sein möchten.

Bei uns in der Klasse ist also ein Rollifahrer dabei, und das nennen die Erwachsenen »Inklusion«. Eigentlich isses doch ganz selbstverständlich, dass der Björn in unserer Klasse ist – warum sollte er denn nicht bei uns mitmachen? Nur halt mit der Treppe vom Gemeindehaus, da gibt's nun Schwierigkeiten. Und jetzt hat Björn Angst, dass er deshalb nicht bei unserer Weihnachtsfeier dabei sein kann.

Frau Andersson hat dann auch gleich ganz energisch gesagt: »Weihnachtsfeier ohne Björn? Das geht schon mal gar nicht!«, als der Hausmeister der Schule sie auf das Problem hingewiesen hatte. Björn sah schon ganz bange und besorgt aus, und sein Blick hing förmlich an der Lehrerin, als ob sie mit bloßen Worten die Treppen flach machen könnte. »Ich werd' mich da mal engagieren!«, versprach sie.

Doch dann ging's ja erst so richtig los. Unsere Klassenlehrerin telefonierte mit der Inselgemeinde. Mit einer Frau namens »Verwaltung«. Die war zwar auch sehr nett, aber sie bedauerte, dass sie nix machen könne. »Das alte Haus steht unter Denkmalschutz«, erklärte sie unserer Lehrerin, »da darf baulich nichts dran verändert werden!«. Im Klartext hieß das, es dürfe nichts an der Treppe gemacht werden, also keine Betonrampe am Eingang aufgeschüttet werden oder so.

»Was ist denn nun wichtiger – der Denkmalschutz, oder dass wir alles zusammen feiern können?«, fragte unsere Lehrerin die Frau Verwaltung. Wir hörten das alle mit, denn sie telefonierte mit ihrem Handy, vor der ganzen Klasse. Wir hörten nicht nur ihre Antworten, denn sie stellte für uns alle auf »laut«.

»... ja, warum feiert ihr nicht einfach im Klassenraum?«

»Nein, in der Klasse können wir nicht feiern – der Pavillon ist einfach zu klein, wenn auch noch alle Eltern und Verwandten zur Weihnachtsfeier kommen sollen! Außerdem soll es ja eine Feier von der ganzen Schule sein, nicht nur von unserer Klasse!«

Frau Andersson schnaubte schon förmlich kleine Flämmchen durch die Nase.

»... ja, da kann ich aber leider nichts machen! Da müsst ihr schon bei den zuständigen Stellen anfragen!«

»Und welche sind das?«, fragte Frau Andersson gereizt.

»Tja, warte mal – hier kann ich dir die Telefonnummer vom Behindertenbeauftragten geben!«

Also rief unsere Lehrerin beim Herrn Beauftragten an.

Der sagte ihr erst mal ganz freundlich, dass er nicht »Behindertenbeauftragter«, sondern »Gleichstellungsbeauftragter« sei, und das fand sie auch ganz in Ordnung. Dann besprachen die beiden am Handy das Problem mit der Treppe.

»Ja, meine Kollegin von der Verwaltung hat schon ganz recht – an dem Gebäude selbst darf nichts verändert werden, auch nicht an der Treppe – aber sicher wird es eine andere Lösung geben! Wir wollen doch mal sehen, was sich da machen lässt!«

Der Herr Beauftragte versprach, gleich am nächsten Tag mal

bei uns vorbeizukommen, um sich die Sachlage anzusehen. Gottlob waren es ja noch vier Wochen bis Weihnachten, oder besser: bis zur Weihnachtsfeier, denn die fand natürlich schon ein paar Tage vorher statt, bevor wir Weihnachtsferien kriegten.

Wir waren alle ganz aufgeregt, als dieser Herr kam, und fanden es spannend, was er nun unternehmen würde. Er war sehr nett, auch wenn er einen Eierkopf hatte. Eigentlich konnte man ihn sich gar nicht anders vorstellen: Er musste einfach einen Eierkopf haben, sonst hätte er vielleicht gar nicht so nett ausgesehen. Jedenfalls war er sehr freundlich und lächelte ganz echt und nicht so künstlich wie manche Menschen. Er sagte uns allen »Guten Tag« und nickte auch Björn aufmunternd zu. So nach dem Motto: »Wir schaffen das schon, sollste mal seh'n!« Nachdem er sich uns vorgestellt hatte, zückte er sein Handy und machte ein paar Fotos: von unserem Pavillon, besonders dem kleinen Klassenzimmer, vom Zugang, der Wiese draußen und natürlich von der Treppe zum Gemeindehaus. Das nannte er einen »Ortstermin« und eine »Begehung«.

»So, Kinder, nun werd' ich mal mit dem zuständigen Architekten besprechen, was man da machen könnte!«, versprach er. Dann steckte er sein Handy ein und ging.

Drei Wochen vor der Weihnachtsfeier erhielt unsere Schule schon mal ein paar schöne Skizzen vom Architekten, wie man eine mobile Rampe bauen könnte, ohne die Treppe selber »baulich zu verändern«. Zwei Wochen vor der Feier erhielten wir sogar die Nachricht, dass eine Stiftung das Projekt finanzieren würde, also dass es einen offiziellen Topf Geld für solche Sachen gäbe. Und eine Woche vor der geplanten Feier hieß es dann plötzlich, dass alles vielleicht doch nicht klappen würde, jedenfalls schon gar nicht rechtzeitig bis zu dem Termin vom Schulfest, denn es gäbe da noch »gewisse behördliche Schwierigkeiten«. Was das nun für Schwierigkeiten waren, verstand keiner, nicht einmal unsere schlaue Klassenlehrerin, Frau Andersson.

Wieder einmal sah sie einem Drachen ähnlicher als einer freundlichen Lehrerin. Sie strich sich ihre Rauschgoldengel-

Locken aus der Stirn und telefonierte wieder mit dem Herrn Beauftragten. Der wirkte selber ganz zerknirscht am Telefon, denn er konnte ja nix für die ganzen Schwierigkeiten. Er hatte ja sogar den Architekten schon so schöne Entwürfe für eine Rollstuhlrampe zeichnen lassen, nach seinen Fotos!

»Ja, woran liegt's denn dann eigentlich?«, ereiferte sich Frau Andersson.

»Tja, das Problem ist, das Gemeindehaus gehört einer Gemeinschaft von Erben, die es der Gemeinde zur Verfügung gestellt haben – und diese Herren sitzen in Stockholm, und ohne ihre Zustimmung geht gar nichts! Wir können sie derzeit aber weder telefonisch noch per E-Mail erreichen! Vielleicht sind sie in Skiurlaub gefahren.«

Da war nun guter Rat teuer. Und der arme Björn sah wieder ganz blass um die Nasenspitze aus, denn er sah seine Teilnahme an dem schönen Fest in Gefahr, auf das er sich doch schon so sehr gefreut hatte.

Gottlob gab es noch einen Elternabend vor dem Fest, und da wurde das natürlich gleich als erster Punkt auf der Tagesordnung besprochen. Wir Kinder waren an dem Abend auch fast alle dabei, denn wir wollten doch wissen, wie alles weitergehen würde, und ob auch Björn am Fest würde teilnehmen können. Ohne ihn wäre es nur halb so schön! Er gehörte doch zu unserer Gruppe dazu!

Unsere Klassenlehrerin war ganz genervt, dass das Problem mit der Treppe noch nicht gelöst war, nur weil es mal wieder an irgendwelchen Zuständigkeiten hakte. Sie erzählte alles ganz genau den Eltern, auch was der Herr Beauftragte schon alles versucht hatte, um Abhilfe zu schaffen.

»Aber ohne offizielle Genehmigung vom Hauseigentümer, also in diesem Fall der Erben, können wir nichts machen!«, seufzte sie.

Da standen Björns Mama und mein Papa gleichzeitig auf und sagten, wie aus einem Munde: »Das kann ja wohl nicht sein!«

Alle Eltern nickten zustimmend. Die beiden Eltern sahen sich an. »Was tun?«, fragte Björns Mutter. Es klang eher kämpferisch als ratlos.

»Na, dann müssen wir wohl selber die Ärmel hochkrempeln!«, meinte mein Papa zuversichtlich. »Wenn wir schon an der blöden Steintreppe nichts machen dürfen, dann bauen wir eben einfach 'ne provisorische Rampe, die wir da drauflegen und jederzeit einfach wieder wegnehmen können! Dazu brauchen wir gewiss keine Zustimmung von denen!«

Alle Eltern applaudierten zu diesem Vorschlag. Auch Frau Andersson nickte erleichtert über diese Idee, nur sagte sie vorsichtig: »Ja gut, aber eine solche mobile Rampe muss dann auch hinreichend sicher sein, damit sie nicht kippelt und kein Unfall passiert!«

»Kein Problem!«, winkte jetzt ein anderer Papa ab. »Ich bin Schreinermeister, und es gibt hier unter den Eltern gewiss noch mehr geschickte Leute, so dass wir einfach eine passende Rampe selber zimmern können!«

Wieder applaudierten die Eltern, und viele von ihnen meldeten sich spontan, um zu helfen, Männer wie Frauen.

»Wir werden sofort eine Liste rumgehen lassen, wer alles mitmacht! Und morgen früh treffen wir uns gleich, um die Treppenstufen nochmals genau auszumessen und das Material zurecht zu sägen und die Balken zusammen zu hämmern! Es wäre doch gelacht, wenn wir keine solche Rampe für Rollstuhlfahrer selber machen könnten!«

Alle hatten wir auf einmal gute Laune und glänzende Augen, weil wir jetzt 'ne praktische Lösung gefunden hatten: Einfach ein paar fest zusammengezimmerte Planken über die Treppe auflegen, und zwar so, dass sie nicht abrutschen konnten, und fertig! Der Herr Beauftragte sagte ebenfalls Rat und Hilfe zu.

Bald hörte man es eifrig klopfen und sägen. Es wurde eine sehr stabile Rampe, sogar mit Handlauf. Papa machte natürlich auch mit, und Mama kochte für das ganze Zimmermanns-Team kannenweise frischen Kaffee, um sie ebenfalls etwas zu unterstützen. Es wurde eine breite Rampe, wo man Rollstühle bequem hinaufschieben konnte. Und zwar, ohne dass es wackelte. Genau einen Tag vor der Weihnachtsfeier wurde die »mobile Rollstuhlrampe« dann fertig. Genehmigt wurde sie dann einfach von Björns Eltern – sie hatten ja auch selbst tatkräftig mitgeholfen. Wir alle wussten, dass die Rampe stabil und wirklich sicher war.

Und als dann die Weihnachtsfeier im großen Gemeindesaal losging und wir alle schöne Weihnachtslieder sangen, begleitet von unserer Blockflöten-AG, hatte niemand so glänzende Augen wie Björn. Sogar die elektrischen Kerzen des Tannenbaums spiegelten sich in seinen blanken Augen, so freute er sich, dass auch er dabei sein konnte!

Lalá spielt mit!

In der Mitte unserer kleinen Insel gibt es einen Berg, bei dem kann man an einem Abhang rodeln. (Natürlich nur im Winter, wenn Schnee liegt. Oder mit einem Sommerschlitten, doch im Schnee geht's einfach besser.) Im Sommer war ich ja schon mal mit unserer Hündin Bella da oben gesessen und hatte ein Schild aufgepflanzt, auf dem »Große weite Welt« stand. Natürlich ist es kein richtig großer Berg, der würde ja auf unsere kleine Schäreninsel gar nicht draufpassen, aber er ist grad' hoch genug, um da prima mit dem Rodelschlitten runterzusausen und unten auf der Wiese davor den Schlitten gemütlich ausgleiten zu lassen.

Natürlich waren auch wir Insel-Kinder gleich nach dem ersten Schneegestöber des Jahres alle droben, die Rodelschlitten am Strick hinter uns herziehend wie lustige Hunde am Halsband, um zu sehen, ob der Schnee schon hoch genug war, für eine prima Rodelbahn. Ja, es langte! Und sofort zogen wir eifrig die Schlitten am Hang hoch, um dann hinabzufahren. Es war der einzige Hang, wo man das konnte, denn die anderen Seiten des Berges waren mit dichtem Birkenwald bewachsen. Hier aber bildete sich bald eine Piste, von all den Schlittenkufen, die da den Schnee glätteten, während man selber flott hinabglitt und dabei mit den Stiefeln steuerte, so dass die Schneekristalle wie Pulver stäubten und dabei glitzerten.

Alles war wie sonst, Lärmen und Lachen, und auch ein paar verlorene Handschuhe oder Mandarinenschalen im Schnee. Doch etwas war diesmal anders. Ich brauchte 'ne ganze Weile, um dahinterzukommen, was eigentlich los war. Denn nach einer Weile kam mein Schwesterchen Leandra, die ja erst in den Kindergarten ging, zu mir her und schmollte. Mit ihrem frostgeröteten Stupsnäschen – viel mehr war von ihrem Gesichtchen unter der dichten Webpelz-Kapuze kaum zu sehen – sah sie wieder mal so richtig süß aus. Doch heute war sie ganz traurig.

»Was is'n los?«, fragte ich, während ich keuchend und erhitzt zum gefühlt hundertsten Male mit dem Schlitten im Schlepptau bergauf schnaufte, um wieder hinabzusausen.

»Darf ich bei dir mit rodeln?«, schniefte sie.

Erst dachte ich, sie hätte vor Kälte Tropfen am Näschen, aber sie sah so aus, als sei sie dicht vorm Losheulen.

»Was hast du denn?«, fragte ich erschrocken und blieb auf halbem Wege hangaufwärts stehen. »Du hast doch deinen eigenen kleinen Schlitten?!« Mit meinem roten Handschuh deutete ich auf ihren kleinen Holzrodel mit den nach vorn gebogenen Kufen.

»Achtung – wir kommen!!«, johlten Ole und Gudrun und sausten dicht an uns vorbei, dass der Schnee nur so stiebte.

»Die andern sagen andauernd, ich soll ihnen aus'm Weg gehen!«, beschwerte sich Lalá, und jetzt hatte sie wirklich Tränen in den Augen. »Sie sagen, ich sei noch zu klein zum Rodeln, und ich solle auf dem kleinen Hügel dort drüben fahr'n und die Großen nich stören!«

Und sie zeigte auf eine lächerlich flache Bodenwelle weiter unten, abseits von der Piste.

»Da kann man ja gar nicht richtig rodeln!«, sagte ich empört. »Wer hat dir denn diesen Unsinn gesagt?«

»Na, der Ole, die Gudrun und überhaupt alle aus deiner Klasse!«, schluchzte Lalá. »Sie meinen, sie wären jetzt schon groß, und die große Piste hier sei nur für die Schüler da, nicht für Kindergartenkinder!« Sie fühlte sich in ihrer Ehre gekränkt. Zu Recht!

»Na, die sollen gleich was erleben!«, schnaufte ich wütend. Ich fühlte, wie mir unter der Pudelmütze sozusagen Hörner wuchsen, jedenfalls fühlte es sich so an. Sogleich stapfte ich entschlossen durch den Schnee auf die andern zu, die inzwischen unten auf der dick verschneiten Wiese angekommen waren. Sie waren gerade dabei, ihre Rodel, die zum Teil im hohen Schnee feststeckten, herauszuziehen und zu wenden, um sie dann wieder nach oben zu ziehen, für die nächste wilde Abfahrt.

»Ihr seid gemein!«, schrie ich ihnen schon von Weitem entgegen. »Wer hat da gesagt, dass Lalá woanders rodeln soll?!«

»Alte Petze!«, kicherte Ole. (Mal wieder typisch der!) Also knöpfte ich ihn mir auch als Ersten vor. »Warum habt ihr das gesagt? Warum lasst ihr meine Schwester nicht auch hier rodeln? Der Berg is' für alle da!«

»Ja, aber nich' für Kleinkinder!«, rief Ole überheblich. »Wir sind jetzt große Schüler, da fahren wir schneller! Die Kindergarten-Kids sollen woanders fahr'n!«

Gudrun kam auch heran, sie wirkte verlegen und hatte einen ganz roten Kopf (und sicher nicht nur von der Kälte). Sie fing es ganz schlau an und sagte: »Wir denken ja auch an die Kleinen – is ja zu deren eigenem Schutz! Wenn sie nun mal nich so schnell fahren können wie wir, dann wollen wir nich nachher schuld sein, wenn wir sie übern Haufen rodeln!«

»Ihr könnt ja wohl 'n bissel aufpassen!«, schimpfte ich.

Gudrun zuckte nur die Achseln. Da wurde ich sehr wütend und schrie die beiden an: »Na gut – wenn ihr so blöd seid, dann hab' ich auch keine Lust mehr, mit euch zu rodeln! Komm, Lalá – wir geh'n woanders hin!«

Und finster entschlossen stapfte ich durch den Schnee, von den andern weg. Ohne mich umzudrehen.

»Eeeh …, war doch gar nich so gemeint …!«, rief Ole hinter uns her. Ich blieb stehen und drehte mich zu ihm um. Ole kratzte sich verlegen am Kopf, so dass seine blaue Mütze verrutschte.

»Nun seid doch nicht gleich eingeschnappt!«, meinte auch Gudrun beschwichtigend. Ihr tat es schon lange leid, Lalá so weinen zu sehen. Auch Ole schaute schief zu dem Häufchen Elend hinüber.

»Ach, bleibt doch hier …«, sagten auch die andern. Alle hatten aufgehört zu rodeln und standen betreten um uns herum.

»Na guuuut …«, lenkte ich ein. »Aber nur, wenn ihr Lalá nicht mehr ärgert!«

Dann rodelten wir alle probehalber gemeinsam weiter. Und ach neee, das ging wunderbar, sobald erst mal alle auch mit einem Auge auf die Kleineren unter uns achteten (denn Lalá war nicht das einzige Kindergartenkind, das heute zum Schlittenfahren gekommen war.)

Und als wir alle, erhitzt und erschöpft, einmal 'ne Pause machten, schenkte Ole sogar Lalá seine schöne Orange, die er sich extra für die Rodel-Pause aufgehoben hatte.

Lucia-Fest

Heute ist der 13. Dezember, und das ist Lucia-Fest! Mama hat uns erzählt, dass der Tag früher nach dem Kalender auf den dunkelsten Tag des Jahres fiel, aber dann hat man den Kalender noch mal neu durchgerechnet, nach Sonne, Mond und Sternen, und jetzt ist zwar der Kalender ganz genau, aber mit dem Lucia-Fest passt's nun nicht mehr so gut hin, von wegen Wintersonnenwende und so. Aber egal.

Hauptsache ist, es wird gefeiert, in der dunklen Jahreszeit, und zwar mit viel Licht! Und Hauptsache, man denkt dabei auch an die Heilige Lucia, denn es is' ja deren Gedenktag. Mama hat uns Kindern erzählt, dass sie vor fast 2000 Jahren in Sizilien gelebt haben soll ('n paar Jahrhunderte weniger, darauf kommt's jetzt auch nich an), und nur weil sie nicht heiraten wollte, wurde sie angeblich mit'm Schwert totgestochen. Damals war'n die Sitten doch noch rauer, obwohl, wenn man heute so Fernseh'n guckt und die Nachrichten sieht, scheint's mit den Menschen seit damals auch noch nich so viel besser zu sein. Dabei hatte sie doch damals extra eine Art Pflegestation für Arme und Kranke gegründet – und dann wurde es ihr so wenig gedankt!

Die arme Lucia. Mama meint auch, soll doch jeder heiraten oder nich, grad wie er oder sie will, das muss doch schließlich jeder selber wissen. Doch weil die Lucia inzwischen als besonders reine und hilfreiche Frau verehrt wird, stellt man sie immer mit 'nem weißen Kleid dar, und mit 'nem hellen Lämpchen. Das is' in jedem Fall fein und macht viel Spaß, denn auch wir Mädchen verkleiden uns an dem Tag mit langen, weißen Klamotten (einfach ein paar schönen Nachthemden) und tragen Kerzen, sogar auf dem Kopf. Und was für feine, süße Milchbrötchen bäckt Mama dann für uns alle, an dem Tag zum Frühstück!

Nun war das mit den Kerzen auf dem Kopf so 'ne Sache, denn Mama war damals als kleines Mädchen, als sie auch die Lucia spielte, etwas angesengelt worden (Gott sei Dank hatte ihre Mutter ihr damals gleich 'ne Kanne kaltes Wasser übern Kopf gekippt), und seitdem hat sie etwas Horror vor echten Kerzen auf dem Kopf. Sie wollte halt nicht, dass uns beiden Mädels das Gleiche passierte. Und Papa, der ja aus Chile kommt und zwar auch die Heilige Lucia kennt, aber nicht diesen Brauch mit dem Kranz Kerzen auf dem Kopf, fand das auch. Daher fanden wir rasch eine Lösung: Einen Kranz mit Kerzen, ja, aber nur welche mit Batterie.

»Ich will nur künstliche Kerzen, die nicht das Haar ansengen!«, sagte Mama entschlossen.

Wir nickten. Die echten, brennenden Kerzen waren uns auch ein bissel unheimlich (auch wenn in der Nachbarschaft alle Kinder damit herumliefen, besonders zu den offiziellen Lucia-Feiern, wo eine ganze Prozession junger Mädchen mit den Kerzen auf dem Kopf herumbalancierte.) Uns war das egal. Wir wollten ja auch feiern, klar, doch ohne mögliches Gekokel.

»Werden uns die andern auch nich auslachen?«, meinte Lalá etwas zaghaft.

»Brauchst es ihnen ja nicht zu erzählen!«, lachte ich.

»Genau! Jeder kann die Kerzen verwenden, die er möchte, basta!«, meinte auch Papa. Er hatte als Wohnzimmerschmuck wunderschöne Bienenwachs-Kerzen besorgt, die waren aus echten Waben gerollt. Doch auch die wurden kaum angezündet, denn das Wabenmuster, das die fleißigen Bienen da gebaut hatten, war so wunderschön und gleichmäßig, dass es auch wieder fast zu schade war, diese Kerzen komplett abzubrennen. Drum wurden sie als Kompromiss nur grad' so lange angezündet, dass das gitterförmige Wachsmuster so richtig schön zu sehen war.

»Werden die Bienen nich sauer, wenn man ihnen ihre Honigwaben wegnimmt?«, fragte Lalá.

Papa schüttelte ein wenig den Kopf. »Na ja, begeistert sind sie sicher nicht gerade – aber der Imker gibt ihnen ja Zuckerwasser dafür, so dass sie nicht verhungern müssen!«

»Trotzdem haben sie ja dann den ganzen Honig umsonst angesammelt«, meinte ich nachdenklich. »Eigentlich haben wir Menschen den Bienen ja dann den guten Honig gestohlen!«

»Im Grunde hast du recht«, sagte Papa, »wir Menschen stehlen den Tieren viel, damit wir selber leben können: Honig, Milch, Eier, Wolle… oft werden ja sogar die Tiere selbst geschlachtet. Das finde ich natürlich nicht schön. Doch in der Natur ist's halt nun mal so – die Tiere leben ja auch oft voneinander. Ich denke, wenn man die Tiere gut behandelt, wenn sie artgerecht gehalten werden und man nicht glaubt, die Natur sei ein Selbstbedienungsladen für uns Menschen, dann kann man schon ganz gut damit umgehen. Immerhin ist es besser, wenn man nur den Honig und die Milch, Wolle und Eier nimmt – das können die Tiere ja alles neu machen, wieder Honig herstellen, Milch geben, neue Eier legen, sich Wolle wachsen lassen und so. Man muss sie ja nicht gleich schlachten…«

»Bienen schlachten…?«, fragte Lalá, die schon gar nicht mehr genau zugehört hatte.

Papa lachte. »Nein, natürlich nicht! Die bekommen vom Imker ja sogar eigene Bienenstöcke angeboten, kleine Holzhäuschen, wie sie die Bienen mögen, um drin zu wohnen…!«

»Und dafür geben sie uns dann halt von ihrem Honig ab«, meinte ich und fand das ganz okay.

Mir fielen auch die Insektenhotels für Wildbienen ein, die man ja kaufen kann (die Hotels, nicht die Bienen).

»Und die Bienen bestäuben ja auch die Blüten all der Obstbäume, damit wir später die ganzen Äpfel und Birnen und Kirschen haben…!«, ergänzte Mama.

»Und Pflaumen!«, rief Lalá, denn die mochte sie besonders gerne.

Dann unterhielten wir uns noch ein wenig über die Eierlegende Wollmilchsau, also die Möglichkeiten der Gentechnik, Supertiere aus der Retorte zu züchten. Während die Eltern darüber diskutierten, dass man damit ja der Natur ins Handwerk pfuscht, meinte ich dazu: »Ja, und das wär' ja auch total langweilig – dann bräuchten wir ja nur noch eine einzige Sorte Tiere!«

»Welche denn?«, wollte Lalá wissen, die noch nicht ganz mitkam.

»Na, eben die eierlegende Wollmilchsau!«, sagte ich.

Lalá fand, das würde zwar ganz lustig klingen, aber als sie ein Weilchen darüber nachdachte, fand sie das dann doch nicht mehr so gut. »Weil, dann würde die schwere Sau beim Eierlegen ja die ganzen Eier zerdrücken!«, meinte sie eifrig. »Und außerdem würde Schweinewolle sicher stinken!«

Papa fiel ein, dass es sogar Wollschweine gibt, in Ungarn, doch dass die natürlich keine Eier legen und Milch auch nur für ihre eigenen Jungen haben. »Und deren Wolle ist ganz borstig«, sagte er, »denn es ist eine urtümliche Rasse, die noch ein Fell hat wie ein Wildschwein. Mit ihrem dichten Fell können sie sogar im Winter draußen bleiben.«

Das wäre nun wirklich schade, wenn solch drollige Wollschweine aussterben würden!

»Dann wollen wir lieber viele, verschiedene Tierarten haben als nur eine einzige, überzüchtete«, meinten wir schließlich alle.

Gestern ging Mama daran, aus Mehl und Hefe den Teig für die Brötchen vorzubereiten. »Ich mach' schon alles soweit fertig, dass ich morgen früh dann nur noch rasch die frischen Brötchen herauszubacken brauche!«, sagte sie.

So war nun alles für das heutige Lucia-Fest gut vorbereitet, mit langen, weißen Nachthemden (sogar welche aus Satin, die ganz toll glänzten), mit elektrischen Kerzen und den süßen Milchbrötchen, für die Mama schon den Teig angesetzt hatte, damit er über Nacht aufgehen konnte.

Wir Mädels waren gestern ganz aufgeregt zu Bett gegangen, fast schon ein wenig so, als ob am nächsten Tag Weihnachten wäre. Wie gut, dass es solche Sachen wie das Lucia-Fest gab, dazu das Julklapp-Verschenkfest zu Nikolaus – sonst wär's bis Weihnachten doch arg lang hin! So hatte man schon eine kleine Vorfreude darauf, sozusagen einen kleinen Vorgeschmack auf Weihnachten!

Schon früh am Morgen weckte mich – nein, nicht Lucia, sondern Lalá. Ungeduldig flüsterte sie in mein Ohr: »Du – bist du schon wach? Können wir schon als Lucia gehen?«

Klar, dass ich sofort wach war – spätestens, seit sie mir so feuchtwarm ins Ohr gewispert hatte! Ich schielte auf die Uhr. Die Zeiger sahen irgendwie schon wie »morgens« aus, obwohl es draußen noch ganz dunkel war. Aber das ist es ja bei uns in Schweden im Winter immer. Sofort sprang ich aus dem Bett. Unternehmungslustig wedelte ich mit der roten Schärpe, die ich mir extra am Vorabend hingelegt hatte.

»Ich will auch so'n Gürtel!«, maulte Lalá.

Mir lag schon was Schnippisches auf der Zunge, wie »Hätt'st dir ja gestern Abend was bereitlegen können!«, doch dann sah ich zum Glück grade noch, dass Lalá schon wieder etwas weinerlich aussah, und wir wollten doch alle gute Laune haben! Besonders heute am Lichterfest! Als also meine kleine Schwester weiter bettelte, überlegte ich blitzeschnelle, was ich ihr denn als Schärpe geben könnte.

»Im Kindergarten feiern wir heut auch Lucia, da brauch ich auch so'n schönen Gürtel! Unbedingt!«, sagte Lalá und überlegte ebenfalls krampfhaft. Sie war schon gerade dabei, die Zierschleife von ihrem Plüschkätzchen abzubinden und als Gürtel zu verwenden, da sagte ich: »Die is' doch viel zu kurz! Schau mal – ich weiß was viel Besseres!«

Und flugs band ich eines der rosa Bänder los, die unsere Bauerngardinen so schön in Form hielten. »Kann Mama ja später wieder dranmachen«, sagte ich leichthin. – Ja, das Band passte! Rasch setzten wir uns unsere ungefährlichen Kerzenkronen auf und schlichen auf Zehenspitzen (oder besser: auf Wollsocken) aus unserm Zimmer, um die Eltern mit Kerzenschimmer und Gesang zu wecken. Wie zwei Feen schwebten wir dahin – fand ich. Lalá hingegen sagte: »Du, wenn wir jetzt statt Kerzen rostige Ketten dabei hätten, würden wir aussehen wie Gespenster!«

»Na, dann doch lieber Lichterfeen!«, kicherte ich.

Bei Papa gelang es uns auch, ihn mit unseren frühmorgendlichen Gesängen zu wecken. Er zog sich zwar – schwupps! – die Decke über den Kopf und tat so, als sei er gar nicht da, doch wir lachten ihn gnadenlos aus. Doch Mama war tatsächlich nicht da –

zumindest nicht im Bett. Stattdessen zog ein lieblicher Duft nach frischgebackenen Brötchen durchs Haus. »Aaaaah!«, schnupperten wir hoffnungsvoll. Unser Gesang und der gute Brötchenduft lockten sogar Papa hervor, gähnend wie ein müdes Murmeltier erschien er nun. Doch Lalá sagte ganz richtig: »Du, Papa – warum hilfst du denn der Mama nicht beim Brötchenbacken? Ihr macht doch sonst immer die ganze Arbeit zusammen!«

Da gelobte Papa Besserung und stand ebenfalls rasch auf. Gemeinsam gingen wir nun in die Küche, wir beiden Lucia-Feen singend und leuchtend vorneweg. Mama lächelte uns zu, als wir hereinkamen: »Ihr kommt ja gerade recht! Grad' eben hab ich das letzte Blech Brötchen aus dem Backofen geholt!«

Fröhlich saßen wir dann um den Küchentisch herum und schmausten die herrlich-frischen Brötchen. Manche der süßen Milchbrötchen hatte Mama sogar mit Rosinen gemacht. Und natürlich durften die *lussekatter* nicht fehlen, mit Safran gelb gefärbtes Gebäck, wo man den Teig an beiden Enden S-förmig rollt und in jeden Kringel eine Rosine setzt, so dass es mit ein bissel Fantasie wie ein Katzenkopf mit großen Augen aussieht. Wenn man beim Essen die »Luciakatze« zerlegte, erhielt man zwei Teigschnecken, jede mit einer Rosine in der Mitte. Sogar ein paar Julwagen gab es auf dem Backblech, die hatten vier Räder aus Rosinen. »Damit kann ja dann der Weihnachtsmann fahren, wenn er die Geschenke verteilt«, meinte Lalá und hob einen Julwagen hoch. »Da hast du dir ja wieder eine Menge Arbeit gemacht, mein Goldfasan!«, lobte der Papa und nickte anerkennend. Wenn er »Goldfasan« zu ihr sagte, dann meinte er es besonders nett.

Papa versprach, hinterher die Teigschüssel zu reinigen und den ganzen Abwasch für sie zu erledigen. Dafür bekam er auch ein besonders großes Brötchen von Mama, mit ganz vielen Rosinen. Na, und wir Mädels ja auch – wo wir doch so schön gesungen hatten! Die Kränze mit den Kerzen nahmen wir beim Essen lieber ab, damit sie uns nicht vom Kopf fielen, wenn wir uns über den Brötchenkorb und unsere Teller beugten. Mama hatte sogar Kakao für uns gekocht. Sie selber und Papa tranken lieber Kaffee.

Vor uns auf dem Tisch schimmerten die Kerzenkränze, sogar ganz und gar ungefährlich. Ja, mag die winterliche Jahreszeit auch dunkel sein, wir lassen halt die Kerzen und auch unsere gute Laune leuchten!

Weihnachten in Stockholm

Wieder mal sind Lalá und ich ganz aufgeregt! Denn Tante Selma hat sich was Tolles ausgedacht: Diesmal werden wir Weihnachten nicht daheim auf unserer kleinen, schönen Insel verbringen, sondern zur Abwechslung mal mit vielen anderen Verwandten in Stockholm, unserer Hauptstadt! Denn Selma meinte, nachdem wir ja nun schon so viel von der Welt kennen (zum Beispiel sogar das ferne Chile), wäre es auch mal an der Zeit, unsere eigene Heimat und auch weitere Verwandte von uns endlich mal näher kennenzulernen – und wann ginge das besser als in den Weihnachtsferien?

Also heißt's: Auf nach Stockholm! Mama hat schon alle Geschenke in den großen Koffer gepackt, für unsere Verwandten auf dem Festland und natürlich auch für uns selber (»Hast du auch nichts vergessen, Mama?«, vergewisserte sich mein Schwesterchen), und dann geht's frühmorgens zum Fähranleger, wo uns das große, weiße Schiff, das sonst immer die Touristen zu uns auf die Insel bringt, mitnimmt und aufs Festland übersetzt. Von dort aus fahren wir alle mit der Bahn in die schwedische Hauptstadt. Ihr Name bedeutet »Insel voller Baumstämme«, mit deren Holz hatten schon die Wikinger gehandelt, erzählt Mama.

»Stockholm ist ja unsere Hauptstadt«, erklärt uns Mama stolz, »da im Großraum der Metropole wohnen mehr als zwei Millionen Menschen! Und dort residiert auch seit Jahrhunderten die Königsfamilie!«

»Es ist also eine richtige Königsstadt!«, rufe ich aus. »Können wir uns den Königspalast einmal angucken?«

»Wir werden alle zusammen eine Stadtrundfahrt machen und alles Mögliche besichtigen!«, verspricht uns Mama. Sie erzählt uns weiter Interessantes über unsere Hauptstadt, Dinge, die man einfach über sein Land wissen muss: »Stockholm ist zugleich auch Sitz des schwedischen Parlaments und der Regierung. Ihr wisst ja schon, was das bedeutet: Das Volk wählt Vertreter, die dann überlegen, wie das Land am besten regiert werden soll, und dann

Gesetze machen. Der König repräsentiert das Land eher allgemein, um die Regierung kümmert sich das Volk selber, denn wir leben ja in einer Demokratie. Doch wir alle sind auf unser Königshaus stolz und haben die Königsfamilie sehr gern!«

Wir nickten alle. Ja, es ist immer ganz lustig, im Fernsehen zu gucken, wie alle Leute Landesfähnchen schwenken, wenn die Königsfamilie mal auf dem Balkon eines ihrer Schlösser erscheint und dem Volk zuwinkt. Irgendwie haben dann alle das Gefühl, zusammenzugehören – solange es eben gute und nette Könige sind und nicht solche wie im Mittelalter, die jeden Tag vorm Frühstück mal eben schnell 'n paar ihrer Gegner köpfen ließen!

Wir sind also schon mal ganz neugierig auf unsere Hauptstadt, die wir ja jetzt erst kennenlernen werden! Vielleicht sehen wir ja sogar die Königsfamilie, zumindest von Weitem? Ob die wohl die ganze Zeit ihre Kronen tragen? Oder ob das nicht auf Dauer etwas unpraktisch ist …?

Mama weiß noch mehr Interessantes über die schwedische Hauptstadt zu erzählen, sie kennt sie seit ihrer Kindheit ja sehr gut und möchte, dass auch wir diese schöne Stadt lieben lernen: »Stockholm liegt am See Mälaren, der wie eine Art Fjord in die Ostsee fließt. Eine Schleuse in der Stadt trennt das Süßwasser des Sees vom Salzwasser der Ostsee. Überhaupt gibt's in Stockholm überall viel Wasser, weil Teile der Stadt auf Inseln erbaut wurden. Denn die Bucht ist ein ganzer Schärengarten, also liegt die Stadt gut geschützt, und auch das Klima ist mild. Kein Wunder, dass sich da schon vor mehr als 700 Jahren Leute angesiedelt haben! Bei Selma Lagerlöf könnt ihr das übrigens genau nachlesen, wie's bei der Stadtgründung zugegangen ist, da gibt's ja ein Kapitel bei ›Nils Holgersson‹ drüber!«

Oh ja, wenn ich erst so richtig fließend lesen kann, dann werd' ich mir die Reise von Nils Holgersson mit den Wildgänsen mal vornehmen und auch Lalá aus dem Buch vorlesen!

»Übrigens ist das Wasser dort so sauber, dass man mitten in der Innenstadt Lachse angeln kann!«, berichtet Mama stolz. »Welche andere Hauptstadt kann das schon von sich sagen?«

Wir sind also schon sehr gespannt! Unterwegs im Zug essen wir gleich mal Äpfel und ein paar belegte Brote, denn komisch, auf Reisen ist man immer hungrig – so als ob man die ganze Strecke zu Fuß zurücklegen müsste! Dabei ist die Fahrt gar nicht so lang, vielleicht 'ne Stunde oder zwei (hab nicht auf die Uhr geguckt).

Morgens war's eh noch dunkel, die Sonne geht im Winter ja erst so gegen halb 10 Uhr auf, diese Langschläferin – da war der Himmel noch grau und dunstig, aber jetzt, gegen Mittag, hatte die Sonne sich durch die Wolkendecke gewärmt und der Himmel wurde hellblau und freundlich. Der Schnee auf den Feldern und Häuserdächern begonn zu glitzern und zu funkeln. Bis die Sonne sich dann bald nach 14 Uhr schon wieder langsam verabschieden würde, lag erst mal alles im schönsten Sonnenschein. Zumindest für gut sechs Stunden.

Dann waren wir da! Abgeholt werden ist auch immer ganz spannend: Erst ist da die Schrecksekunde, ob die Verwandten auch ja pünktlich da sind, dann sieht man sie winkend auf dem Bahnsteig stehen und man freut sich wahnsinnig, dass da mitten unter all den dahin hastenden, fremden Menschen jemand ist, der extra gekommen ist, um einen abzuholen und zu begrüßen! In diesem Fall warem es sogar zwei Jemande: Tante Selma und Onkel Lasse! Das gab ein Hallo!

Dann gingen wir rasch zu ihrem Auto (gottlob passten wir alle rein, sie hatte einen geräumigen Kombi), dann ging's los. Tante Selma wohnt mitten in *Gamla stan*, der Altstadt. Auf der Fahrt erklärte sie uns: »Hier, auf der Insel Stadtsholmen, war ursprünglich das eigentliche, alte Stockholm. Natürlich ist die Stadt heute so sehr gewachsen, dass sie sich nach allen Seiten hin ausgebreitet hat, und Holzhäuser wie im Mittelalter findet man ja hier auch kaum noch. Aber ihr werdet prächtige Steinbauten sehen – es wird euch ganz sicher gefallen!«

Doch als wir endlich da waren und Selma vor dem mehrstöckigen, großen Reihenhaus parkte (solch große Häuser gibt's bei uns daheim gar nicht, auf unserer kleinen Insel!), da waren alle

Attraktionen und die Stadtgeschichte vergessen, und alles drehte sich nur noch um die ganze übrige Verwandtschaft, die ebenfalls angereist war: ein richtiges Familientreffen!

Bei Selma und Lasse waren auch noch unsere Cousins, Erik und Julia, die lernten wir auch jetzt erst so richtig kennen (wir hatten die zwar früher schon mal gesehen, aber da waren wir noch so klein, dass wir uns kaum noch dran erinnern können, vor allem Lalá nicht.) Sie sind ein paar Jahre älter als wir, aber das machte nichts. Wir verstanden uns prächtig – so als würden wir jeden Tag zusammen spielen.

Dann waren da noch weitere Verwandte, die extra angereist waren, teilweise mit Kind und Kegel – vor lauter Sven und Helge, Gustav und Harald, Mats und Malte, Ragnar und Finn, aber auch Alma und Svenja, Anna und Zoe, Wilma und Frauke, Malin und Margit schwirrte einem ja schon der Kopf! Und alle behaupteten auch noch, einen ja schon längst zu kennen – entweder, als man noch ein Baby war (woran man sich natürlich nicht erinnern kann) oder mindestens von Familienfotos. Etwas doof war es, andauernd zu hören »Bist du aber groß geworden!«, so als ob das irgendwie komisch wäre. Wenn sie uns öfter besuchen würden, dann würden sie auch nicht so sehr darüber staunen, wie man sich in der Zeit verändert hat (als ich es nett meinte und zu einer Tante Wilma sagte: »Bist du aber alt geworden«, kam das irgendwie nicht so als Kompliment rüber. Die Erwachsenen sind halt manchmal komisch.)

Einige übernachteten hier in Gästezimmern, andere hatten sich in Pensionen und kleinen Hotels in der Nähe eingemietet. Doch zum Feiern kamen wir natürlich alle im großen Wohnzimmer zusammen, und wir wollten ja auch gemeinsam tolle Ausflüge machen, zum Beispiel die alten Segelschiffe im Hafen besichtigen, das Königliches Schloss bestaunen … und natürlich das berühmte Stockholmer Freilichtmuseum mit seinem Rentiergehege!

»Da ist ein historisches Museum, mit einer Wikinger-Ausstellung!«, machte uns Onkel Lasse schon mal neugierig. »Auch Sámi mit ihren Zelten und Schlitten sind dort zu sehen!«

Doch all die angekündigten Herrlichkeiten mussten zunächst warten, und selbst wir Neugiernasen warteten da noch ganz gern – denn jetzt gab's erst mal für alle was zu essen! Das Wohnzimmer war schon feierlich geschmückt, mit einem lebenden Christbaum (»der kommt hinterher bei uns in den Vorgarten!«, freute sich Tante Selma); und ein riesiger, ausziehbarer Tisch aus Eichenholz stand da, auf dem bereits festlich gedeckt war und lauter blitzblanke Teller schon darauf warteten, dass Selmas selbst gemachte, leckere Köstlichkeiten darauf serviert werden!

»Heute essen wir erst mal einen kleinen Imbiss! Morgen, an Heiligabend, werden wir dann das große *julbord*, das Weihnachtsbüffet, haben!«

Da lief einem ja schon mal das Wasser im Munde zusammen!

Der »kleine Imbiss« stellte sich als leckere Brote mit Wurst, Käse und Fischsalat heraus, danach gab's Mandarinen, Nüsse und 'nen Königskuchen, den hatte Selma selbst gebacken.

»Du, Tante Selma, was sind denn da für bunte Pünktchen im Kuchen drin?«, fragte Lalá neugierig.

»Das sind kandierte Kirschen, Orangeat, Zitronat und Rosinen!«, erklärte Selma. »Auch gehackte Mandeln sind drin!«

»Kööööstlich!«, schwärmte Mama und verdrehte verzückt die Augen. »Du musst mir unbedingt das Rezept verraten …!«

»Gern«, sagte Selma geschmeichelt. »Vor allem viel Butter und Eier gehören da rein, und natürlich die bunte Sukkade …«

Wir Kinder aber hörten gar nicht zu, sondern mampften begeistert drauflos.

Alle Fenster waren mit selbst gemachten Adventssternen dekoriert, und überall leuchten flackernde Kerzen (hier waren es echte).

»Tante Selma, hast du auch 'nen Eimer Wasser parat?«, fragte ich brav.

»Warum? Willst du etwa Schiffchen schwimmen lassen?«

»Nee. Aber falls was wegen einer der vielen Kerzen Feuer fängt!«

Tante Selma lachte. »Herzchen, hier fängt nichts Feuer! Ich achte ja darauf, dass keine Kerze zu nahe an den Vorhängen oder an den Christbaumzweigen steht. Auch haben sie feste Untersetzer. Falls doch mal eine umkippt, legen wir einfach 'nen nassen Lappen drauf, fertig! Und falls eine zu weit runterbrennt – schau mal hier, da kannst du sie mit diesem Kerzenlöscher aus Metall ausmachen!«

Da war ich aber beruhigt.

Ganz andächtig stand meine kleine Schwester vor der Krippe, wo das Jesuskind zu sehen war, umgeben von Maria und Josef, Ochs und Esel und den Hirten mit ihren Schafen. Auch die Heiligen Drei Könige fehlten nicht, sie waren auf Kamelen hergeritten und brachten Geschenke fürs Christkind mit. Das bekam offenbar so viele, dass es von seinen Geschenken noch an uns abgeben kann!

Ich fragte mich, ob es eigentlich überhaupt Sinn macht, alljährlich Weihnachten zu feiern, wo es doch trotzdem so viel Böses in der Welt gibt, sogar Kriege und so. Natürlich ist es prima, was geschenkt zu bekommen – aber wie viele Tausende arme Kinder gibt es, die zu Weihnachten gar nichts kriegen? Wie immer, wenn ich die Welt mal wieder nicht verstehe, fragte ich meine Eltern. Papa ist ja Journalist, er kriegt viel mit, was so in der Welt los ist. In der Tat, er sagte: »Na ja, in der Weihnachtszeit werden die Menschen doch ein wenig nachdenklicher und besinnen sich mehr auf das, was Jesus für die Welt wollte. Seine Botschaft für Frieden und Brüderlichkeit führt immerhin dazu, dass jedes Jahr in der Vorweihnachtszeit doppelt so viel für die Armen gespendet wird wie sonst im Jahr. Es gibt ja auch immer diese Wohltätigkeits-Spendenaktionen vor Weihnachten, von den Sternsingern und so!«

Da war ich doch beruhigt, dass die Frohe Botschaft nicht ganz ungehört verhallt in dieser Welt! – Lalá bewunderte derweil auch die kleinen Julbock-Figuren aus Stroh, die an den Weihnachtsbaum angehängt waren. Ein besonders großer Julbock stand vor dem Baum auf dem Weihnachtstisch, wo die Gaben lagen, alle noch unter einem bunten Tuch versteckt. Es sah aus, als würde er den Gabentisch bewachen, damit ja keiner zu früh daran ging.

»In der Schule werden wir in Basteln auch lernen, wie man so schöne Ziegenböcke mit langen Hörnern macht, dann basteln wir mal welche zusammen!«, versprach ich Lalá. »Schau, die Figuren werden mit rotem Band abgebunden, so dass die Hörner und die Beine Halt haben! Die Hörner werden dann geflochten.«

»Ja, weißt du denn überhaupt, woher der schöne Brauch mit dem Julbock stammt?«, fragte mich Onkel Lasse, der das mitgehört hatte. Ich schüttelte den Kopf.

»Nun, hier in Skandinavien hat man ja früher an den Donnergott Thor geglaubt«, sagte Lasse, »und zwei Ziegenböcke mit langen, gekrümmten Hörnern zogen den Thorswagen. Es gab auch noch andere Götter, bevor das Christentum hierherkam. Heute hat man halt die schönen Mythen, Märchen und Gebräuche aus jener Zeit übrig behalten!«

Zuerst wurden Weihnachtslieder gesungen, und alle sangen mit, egal ob mit piepsiger oder rauer Stimme. Es war sehr schön! Dann sagte ich noch ein selbst gemachtes Julgedicht auf, in dem wir der Tante für die Einladung dankten. Damit dieses großartige Gedicht der Nachwelt erhalten bleibt, hab ich's hier aufgeschrieben:

»Liebe Tante, wir kommen gerne,
zu Besuch zu Dir von ferne,
Dank für die Einladung, Dich zu besuchen,
und jetzt essen wir Deinen Kuchen!«

Selma fand es »entzückend«, während Mama was von »verfressene Naschkatze« murmelte. Papa grinste bloß.

Wir Kinder bettelten so lange, bis wir endlich die bunte Stoffdecke überm Gabentisch lüften durften, um die Geschenke zu bestaunen. Gottlob stand für jeden ein kleines Namensschildchen drauf, wer noch nicht selber lesen konnte, wie Lalá, der ließ es sich eben vorlesen. Da gab's viel Selbstgebasteltes oder -gestricktes, aber auch Musik-CDs, ein paar Computerspiele oder Bücher, dazu auch Kekse und Fruchtdrops.

Nun kamen wir, nach dem Geschenke-Auspacken (das sich vor Neugier nicht bis nach dem Essen aufschieben ließ ...), zum Höhepunkt der Feier, nämlich dem Festessen! Den Mittelpunkt der Tafel bildete natürlich der gewaltige Weihnachtsschinken, der *julskinka*, das ist so eine Art geschmorter Kasslerbraten (falls ihr daheim eher Weihnachtsgans kennt). Dazu kamen marinierter Hering, gratinierter Kartoffelauflauf, Fleischklößchen und Rotkohl, Schweinesülze und Rippchen – hach, man konnte gar nicht alles aufzählen, was es da Leckeres gab! Ach ja, und zum Nachtisch noch süßen Reispudding, mit ganz viel Safran gelb gefärbt! Die Erwachsenen tranken Bier und Glühwein dazu, für uns Kinder gab's Früchtepunsch (natürlich alkoholfrei, aber total lecker. Da war nämlich Kirschsaft und Holundersirup drin). Die Stimmung war sehr ausgelassen.

Lalá wurde jedoch bald müde – sie war so viel Menschen, Trubel und Gelächter um sich herum ja noch gar nicht gewöhnt! Als uns die Erwachsenen zu langweilig wurden, gingen wir Kinder ins Jugendzimmer, wo Lalá sofort auf Julias Bett einschlief. Wir deckten sie zu und ließen sie schlafen. Wir übrigen Kids spielten Gesellschaftsspiele, bis die Erwachsenen kamen (ich glaube, es war schon sehr spät) und uns schlafen schickten. Das war sicher unser aufregendstes Weihnachtsfest bisher gewesen!

Wie versprochen, machten wir dann auch viele Besichtigungstouren. Zum Beispiel zum Stockholmer Schloss, dem *slott*, das man ganz in der Nähe besichtigen konnte. Besonders Leandra staunte, wiiiiiie groß es war! (Während Papa etwas von »Barock«

schwärmte, dabei konnte ich an dem hellbraunen Kasten gar keinen Rock erkennen.)

»Wohnt der König eigentlich noch hier …?«, flüsterte Lalá, als könne sie die Königsfamilie durch zu lautes Schreien stören.

»Nein«, lächelte Selma, »die wohnen auf Schloss Drottningholm, in der Nähe, aber sie nutzen das Gebäude noch für feierliche Anlässe. Wir können es also ohne Probleme besichtigen.«

Als ich dann auch noch die berittene Leibgarde sah, bestaunte ich mehr die herrlichen Pferde als die königsblauen Uniformen (für Uniformen hab ich eh nich so viel übrig). Die Pferde waren sehr gelehrig und bewegten sich genauso, wie es ihre Reiter wollten. – Sobald es dann wieder dämmrig wurde, gingen ja dafür zahllose Straßenlaternen an, das war auch schön. Prächtig erstrahlte die Stadt im Lichterglanz.

An einem anderen Tag (sehr sonnig!) besuchten wir dann endlich auch das berühmte Freilichtmuseum und das Nordische Museum, auf der Insel *Djurgården*, also der Tiergarteninsel, im Osten von Stockholm. Wir konnten bequem mit dem Bus hinfahren. Es gab viel Wald und auch einen schönen Strand, man bekam gleich Freizeit-Laune, wenn man hier war. Hier waren viele alte Häuser aus früheren Zeiten wieder aufgebaut worden, richtig hierher verpflanzt.

»Warum denn dann ›Tiergarten‹?«, fragte ich, denn ich erwartete einen Zoo.

»Nun, weil das hier früher das königliche Jagdrevier war«, erklärte Onkel Lasse. »Aber du wirst auch noch Tiere zu sehen kriegen!«

»Ach ja, die Rentiere!« Darauf freute ich mich als Tiernarr schon. Als ich dann auch noch feststellte, dass die Rentiere im Gehege wirklich so aussahen wie die Zugtiere vom Weihnachtsmann, und dass sie beim Laufen so merkwürdig mit den Hufen klapperten, da war ich zufrieden. Sie hatten ganz samtige Nasen, die sie einem neugierig durchs Gatter entgegenreckten, und große, blanke Augen, dazu trugen sie auf dem Kopf verzweigte Geweihe, die wie kleine Bäumchen aussahen. Manche Tiere waren hell-

braun, andere mehr zimtfarben. Aber hübsch waren sie alle. Die Sámi spannten sie oft vor ihre Rentierschlitten. – Doch es gab auch noch andere Tiere aus unseren heimischen Wäldern. Also doch eine Art Tiergarten!

Natürlich besichtigten wir auch das Museum über die Wikinger und ihre Kultur, bestaunten die hochseetüchtigen Langschiffe, die sie schon vor Jahrhunderten gebaut hatten. – »Damit sind sie sogar bis nach Amerika gefahren!«, sagte Onkel Lasse stolz.

»Wirklich?«, fragte ich.

»Ja – sogar schon 500 Jahre vor Kolumbus! Ihr könnt es später in den alten Island- und Grönland-Sagas nachlesen. Sicher nehmt ihr das Thema auch bald mal in der Schule durch!«

»Garantiert!«, meinte Tante Wilma.

Als Erinnerung an diesen schönen Tag erhielten wir Mädchen ein Bau-Set für ein Wikingerschiff! Unsere Eltern meinten, das könnten wir ja dann daheim auf der Insel mal alle zusammenbauen. Unsere Cousins bekamen von ihren Eltern auch Souvenirs, einige suchten sich T-Shirts mit Wikinger-Motiven, Taschen mit Motiv-Aufdrucken oder auch Schlüsselanhänger mit winzigen Schiffsmodellen aus, die Erwachsenen standen mehr auf solche Sachen wie bunte Kataloge, wo alle Ausstellungsstücke abgebildet waren. So war für jeden was dabei, und es war wirklich eine wunderbare Reise, ins schöne Stockholm!

Ostern und Urlaub in Dänemark

»**H**urra«, rief Leandra, »heut' ist Ostern!«

Komisch – an solchen Feiertagen ist sie sofort wach, sonst schläft sie immer wie ein Murmeltier.

»Nein«, murmelte ich, noch tief in meinen Kissen, »heute ist nur fast Ostern!«

»Wie geht denn das?«, wollte Lalá wissen.

Also erklärte ich meiner kleinen Schwester die Schwedischen Osterbräuche: »Heut, an Gründonnerstag, machen wir erst mal den Oster-Hexenlauf. Manche Kinder laufen auch erst am Karsamstag. Dann helfen wir Mama, den Garten schön fürs Frühjahr und den Sommer herzurichten. Und erst dann is' Ostern!«

»Aha …«, meinte Lalá. »Na gut, dann haben wir ja noch länger gut davon!«

»Ja, von Gründonnerstag bis Ostermontag!«

»Das hört sich ja ganz schön lang an!«

»Isses ja auch – je mehr man draus macht, desto feiner wird's!«

»Toll!« Jubelnd sprang Lalá im ganzen Zimmer herum. Doch auch ich freute mich. Ostern, das ist immer das »Erwachen der Natur«, wie Mama es nennt. Papa hat erzählt, dass zu Ostern Jesus auferstanden sein soll. Irgendwie ist er da wieder lebendig geworden, nachdem die bösen Leute ihn gekreuzigt hatten, nur weil er damals schon als Streetworker unterwegs war und das einigen Typen nicht passte. Die meinten halt, nur sie selber dürften bestimmen, wer Hilfe verdient hätte – aber für Jesus haben alle Menschen Hilfe verdient! Alles andere fand er ungerecht. Deshalb finde ich ihn auch echt modern. Was er allerdings mit den Ostereiern zu tun haben soll, weiß ich nicht. Papa meint, aus den ausgebrüteten Eiern kommt ja auch so ein quicklebendiges Kücken raus, so als sei es auferstanden, aus einem Ei – da könnte es fast genauso aus 'nem runden Stein hervorgekommen sein! Das hätte jedenfalls die Heilige Katharina von Alexandria gesagt. Und damit hat sie ja auch irgendwie recht. Das Leben ist schon ein Wunder.

Zu Gründonnerstag durften Lalá und ich uns also erst mal als Hexen verkleiden, in alten Lumpen. Wir waren knallrot geschminkt und trugen beide ein grelles Kopftuch, ich in Blau und Lalá in Pink, dazu hatten wir lange Schlabberröcke mit alten Schürzen an. Beide ritten wir auf einem Besen – hui, denn damit würden wir nämlich zum Hexensabbat auf die Insel Blåkulla fliegen, um dort mit wildem Tanz den Frühling zu begrüßen. Ach, und einen alten, ausgebeulten Topf hatten wir auch dabei. Warum? Weil wir so, als grässliche Hexen, bei den Nachbarn klingeln und um Süßigkeiten oder ein wenig Geld betteln durften. Natürlich gab man uns Oster-Hexen freiwillig, damit wir wieder weiter ziehen! Mama hat uns aber erklärt, dass »Hexen« früher eigentlich meist alte Frauen waren, die viel über Heilkräuter wussten. Weil damals die frühen Christen das noch für heidnische »Hexerei« hielten, wurden diese Frauen oft beschimpft oder sogar verfolgt – dabei wollten sie doch nur auf ihre uralte Weise helfen. Also wieder so komisch, wie die Typen damals reagiert haben. Wir heute aber revanchierten uns für die erhaltenen Gaben mit kleinen, selbst gemalten Bildchen von bunten Frühlingsblumen.

Am Karfreitag fand bei uns an Feiern irgendwie gar nichts Richtiges statt. Damals vor 2000 Jahren soll Jesus von diesen fiesen Typen, die ihn nicht mochten, gekreuzigt worden sein, daran erinnert dieser Tag. Da hat man auch gar keine Lust, was zu unternehmen. Dann, am Samstag, wurde gleich nach dem gemütlichen Frühstück der Garten geputzt, und dabei haben wir auch alte Zweige für das Osterfeuer gesammelt. »Kinder, auf in den Garten!«, rief Mama unternehmungslustig. Da auch das Wetter gut war, hatten wir sogar Lust, ihr zu helfen, denn es sollte ja alles schön aussehen nach dem Winter. Als vor Kurzem der Schnee weggetaut war, sah es im Garten schon ein bissel öde aus, da konnte ein wenig Aufräumen nichts schaden.

Papa hatte überall frische Birkenzweige aufgehängt, mit bunten Eiern und Hühnchenfiguren geschmückt, über der Tür, im Flur, an den Fenstern. Die Birkenzweige mit den winzigen Blättchen und den goldgelben Kätzchen brachten schon den Frühling!

Am Ostersamstag-Abend gingen wir alle in die Dorfkirche, wo der Pfarrer davon erzählte, dass alle Welt auf die Auferstehung von Jesus wartet, der ja wieder neues Licht in die Welt bringen will. Wir wollten das Licht auch feiern, und zwar auf eine uralte Weise. Nach der Kirche gingen wir daher alle zum Strand hinunter, wo wir schon vorher all unser altes Holz aufgeschichtet hatten, das beim Gartenreinemachen angefallen war. Nun bildete es einen richtigen Scheiterhaufen, und wir trafen uns mit unsern ganzen Nachbarn am Strand, um es anzuzünden und mit dem hellen Feuerschein böse Trolle und den Winter zu vertreiben. (Es spielt gar keine Rolle, ob's diese Trolle wirklich gibt – durch das Feuer werden sie eben sicherheitshalber vertrieben, in jedem Fall, also gibt's die spätestens dann nicht mehr, denn sie lieben die Finsternis und jetzt kommt ja erst mal wieder die helle Jahreszeit. Bis man sich wieder im Herbst vor neuen Trollen gruselt, ist es also noch lang – und man weiß ja, die kann man dann nächste Ostern wieder genauso vertreiben!)

Am Ostersonntag wurde wieder gemütlich gefrühstückt, dann gingen wir noch mal in die Kirche, wo die ganze Geschichte von Jesus vorgelesen wurde, wie er nach der Kreuzigung wieder auferstanden ist, auch wenn man sich das gar nicht so richtig vorstellen kann, wie genau er das geschafft hat. Aber es muss ja wohl etwas Wahres dran sein, sonst hätte sich diese Geschichte ja wohl nicht 2000 Jahre lang hartnäckig halten können, meint Papa. Schließlich haben ihn ja genug Leute damals dann gesehen, vor allem seine Freunde und Freundinnen! Nach dem Kirchgang wird daheim oder im Restaurant gut gegessen. Es gibt hierzulande oft Lammbraten, aber nicht bei uns auf der Insel, da gibt's Hering und Lachs, mit Eiern und Lachspaste garniert, dazu trinken wir Limonade.

Wir bekamen von unseren Eltern (nicht vom Osterhasen!) jede ein großes Osterei aus bunter Pappe, das man aufmachen kann – drinnen sind dann lauter Süßigkeiten, Schokolade und so. Die Schoko-Osterhasen haben wir aus Deutschland übernommen, die hatten wir früher nicht, aber sie sehen trotzdem lustig aus. Ich mag ja Tiere, also warum keine Hasen.

Lalá wollte von unseren Eltern wissen, was denn nun der Hase mit Ostern zu tun hätte?

Mama meinte: »Na ja, Hasen sind im Frühling ja mit die ersten Tiere, die ihre Jungen kriegen – und genau wie die Kücken, die zu der Zeit schlüpfen, gelten sie dann als Symbol für das Frühjahrs-Erwachen der Natur!«

»Und die Osterlämmer!«, sagte ich weise. »Deshalb will ich auch keinen Lammbraten – lieber Lämmchen aus Marzipan!«

Das tollste Osterei war dieses Jahr aber, dass Mama und Papa da Urlaub genommen hatten und wir in den Osterferien nach Kopenhagen fahren werden! Fein – eine ganze Woche Ferien, und noch das Wochenende davor und danach dazu …!

Mit dem Zug fuhren wir ganz in den Süden von Schweden, und dann sogar übers Meer – nämlich über die Öresundbrücke! Diese Riesenbrücke, aus mehren Teilen, ist insgesamt fast acht Kilometer lang, zugleich für Autos und Eisenbahnen gemacht. »Kühn quer durchs Meer gebaut!«, bewunderte Papa die Stahlbrücke, als der Zug darüber rattert. Mama erklärte ihm: »Ja, sie verbindet seit Sommer 2000 das schwedische Schonen und das dänische Seeland!«

Auch wir Kinder staunten. Die Brücke steht auf vielen Stelzen wie auf Riesenbeinen und in der Mitte hat sie etwas, das ein wenig wie die berühmte Golden Gate Bridge in San Francisco aussieht, die man so oft auf Fotos sieht: auch so an schrägen Stahlseilen aufgehängt. Die ganze Brücke watet also wie auf Stelzen ins Meer hinaus und schwingt sich in der Mitte als Hochbrücke rüber, stolze 57 Meter über dem Wasser, so dass auch noch Schiffe drunter durchfahren können. Sie besteht also aus mehreren Teilen, den Zufahrtsrampen und der eigentlichen Brücke. Dazu kommt, dass die Öresund-Verbindung praktischerweise eine künstliche Insel nutzt, die beim Ausbaggern des Meeresgrundes während des Brückenbaus gebildet wurde. Zudem verläuft ein Teil der Öresund-Verbindung durch einen Tunnel, damit auch Schiffe, die höher als 55 Meter sind, durch das Fahrwasser im Sund passen. Da taucht die Verbindung also ins Meer ab. Die Öresund-Brücke ist sogar doppelstöckig: oben fahren die Autos, eine Etage drunter die Eisenbahn.

Daneben gibt es noch eine Fährverbindung, auf der fleißig die Fährschiffe zwischen beiden Ländern pendeln, um sie so noch näher zusammenrücken zu lassen. Beide Ufer wirken von einigen Stellen des Sunds aus fast zum Greifen nahe, als sei nur ein Fluss und nicht ein Meer zwischen ihnen. Das Meer glitzert herrlich dunkelblau in der Sonne. So sind Malmö und Kopenhagen verbunden, und man kann ganz einfach rübergleiten, fast wie die Möwen ...! Na ja, nicht ganz, denn wegen der Brücken-Tunnel-Kombination kann man im Tunnelteil gedanklich ja eher Maulwurf spielen als Möwe ... doch mit der Bahn hat man zwischen beiden Städten insgesamt nur ne gute halbe Stunde Fahrzeit. Wenn man sich dabei noch munter unterhält, ist's wie in einem Atemzug. Und das Tollste: Man merkt praktisch gar nicht, dass man dabei eine Grenze überquert! (Diese wird durch ein paar Schilder angezeigt).

Dann waren wir schon in Kopenhagen angekommen. Wieder wusste Mama etwas Interessantes dazu zu berichten (in Chile war's ja der Papa gewesen, der uns viel über seine Heimat erzählte). Sie sagte: »Wie man's ja schon am Namen heraushört – ›København‹, bedeutet der Name der Stadt ›Kaufmanns-Hafen‹. Diese Stadt ist schon seit dem Mittelalter ein bedeutender Platz für den Seehandel. Inzwischen ist sie ja samt ihrem Umland eine Millionenmetropole.«

Kopenhagen verteilt sich, wie Stockholm, flach ausgebreitet über mehrere Inseln. Der größere Teil der Stadt liegt auf Seeland (der größten dänischen Ostseeinsel), dazu gibt's viele kleine Holme, also Inselchen, die wie die Buckel von Meeresschildkröten aus dem Wasser ragen, und dann eben die Meeresenge Öresund zwischen Schweden und Dänemark, wo wir ja gerade hergekommen sind. In Malmö waren wir noch in Schweden und auf der anderen Seite der Brücke schon in der dänischen Hauptstadt.

Später stellten wir fest, dass es sogar eine Klappbrücke mitten in Kopenhagen gibt, die Knippelsbro: Wenn es im Hafen zu quirlig zugeht, weil da größere Schiffe durch wollen, dann wird sie eben einfach hochgeklappt – fertig! (Natürlich achtet man drauf, dass dann gerade keine Autos, Fußgänger oder Radfahrer mehr drauf sind… in Kopenhagen wird total viel Rad gefahren!) Aber lustig ist so eine Klappbrücke schon! Diese Brücke ist immerhin auch noch über 100 Meter lang. Aufgeklappt wird sie nicht mehr so oft wie früher, erzählte uns später Papas Bekannter, »denn das moderne Hafenzentrum ist jetzt woanders.«

Papa traf sich hier nämlich mit einem Bekanntem, einem Journalisten. Er hat ja überall Freunde, und das ist praktisch, so kann man überall hinfahren und sie besuchen. Wir durften sogar bei Herrn Martínez wohnen. Zwar mussten wir mit dem Bus zu seiner Wohnung hinfahren, weil er noch arbeiten musste und uns nicht abholen kommen konnte, doch bei seiner Nachbarin durften wir klingeln und den Wohnungsschlüssel abholen. Abends kam er dann auch selber und versprach uns, gleich am nächsten Tag mit uns eine Besichtigungstour zu machen. »Da hab ich mir nämlich extra für euch ein paar Tage frei genommen!«, lachte er.

Vieles ist doch hier in Kopenhagen ähnlich wie bei uns: Es gibt ebenfalls ein Königsschloss, wie in Stockholm, hier eben von der dänischen Königsfamilie, es heißt Schloss Christiansborg und liegt folgerichtig auf der Schlossinsel, dem *Slotsholmen*. Es ist wohl das einzige Schloss, wo zugleich auch das Volk seine Vertretung hat, erklärte Papa, »nämlich das Parlament, das *Folketing*.« Die kleine Leandra fand diese Erklärung anfangs noch etwas langweilig, bis Papa ihr erklärte, dass schon die rauen und wilden Wikinger damals ihre Versammlungen abgehalten haben, den so genannten Ting, wo sie über wichtige Sachen abgestimmt haben – also in ihrer Art schon ganz ähnlich wie weit im Süden, ebenfalls vor Tausenden Jahren, die alten Griechen, nur saßen die unter den schattigen Säulen ihrer Marmortempel oder unter einem Olivenbaum und nicht irgendwo in einem wilden, felsigen Tal oder in einem Dorf.

»… und dann kam damals mal so eine üble Regierung in Deutschland, die hat die ganze gute Idee von den Abstimmungen auf dem Ting verdreht und für ihre Zwecke missbraucht«, seufzte Papa, »scheußliche Propaganda haben die gemacht, und auf ihren Veranstaltungen, die sie auch noch ›Ting‹ nannten, ging es gar nicht mehr demokratisch zu … es folgte dort eine ganz schlimme Diktatur, genau wie später auch in meinem Heimatland Chile … eine Zeit arger Verbrechen und Verfolgungen – also, man muss immer gut aufpassen, dass die guten alten Werte auch geachtet und nicht verdreht werden …!«

Nachdenklich wanderten wir weiter. Da auf *Slotsholmen* gibt's auch 'n ganz komisches Gebäude, die Leute nennen es »Der Schwarze Diamant«, weil's wie 'n riesiger Würfel aussieht, oder eben ein Kristall – man glaubt gar nicht, dass in dem Kasten 'ne riesige Bibliothek drin ist! Aber warum auch nicht? Es kann ja auch mal originelle Gebäude geben (Mama nannte es »futuristisch«, und als sie mir das Wort erklärte, es sei so was wie science-fiction-mäßig, da stelle ich mir sofort vor, dort würden kleine grüne Männchen mit ihren Ufos landen …!)

Und dann ist da noch Tivoli, der wohl älteste Vergnügungspark der Welt, gleich in der Nähe vom Hauptbahnhof. Wenn man da reingeht, dann fühlt man sich zum Beispiel plötzlich nach China versetzt, weil dort alles haargenau so gebaut ist, wie's in China üblich ist: solche lustigen, rot gestrichenen Holzbrücken an einem See und eine Pagode, das ist ein chinesischer Turm mit ganz vielen Zipfeldächern übereinander, und da geht man dann spazieren oder fährt auf kleinen Ausflugsbooten und denkt original, man wär' in China! Daneben gibt's auch Achterbahnen, Karussells und andere Fahrgeschäfte, klar, und überhaupt jede Menge Abwechslung. So viel, bis die kleine Lalá mal wieder ganz müde wurd und von Papa getragen werden musste, obwohl sie schon fast zu groß dafür war! So sah sie auch kaum noch was von den schönen Springbrunnen und Blumenrabatten, die mich irgendwie an unsere Reise nach Chile erinnerten, wo wir auch schon mal so einen schönen Park besichtigt hatten (allerdings war das kein solch lebhafter Vergnügungspark wie hier). Also kehrten wir in einem der zahlreichen Restaurants ein und Papa legte Lalá kurzerhand auf eine Bank, wo sie einschlief und für ein Viertelstündchen schlummert wie daheim Katze Molly, eingerollt auf der Bank. Aber als die Gläser mit den bestellten Getränken klirrten, wachte sie auf und bat sogleich auch um Saft. Alle mussten lachen. – So wurde es rasch Abend, und – welche Überraschung! – der ganze Park wurde in allen Farben erleuchtet – wie im Märchen sah es aus!

Müde kehrten wir zu Herrn Martínez heim – doch am nächsten Tag sollte die Besichtigung gleich weitergehen! Denn es gab sooo viel Interessantes und Aufregendes zu entdecken, hier in Kopenhagen! Zum Beispiel natürlich die Kleine Meerjungfrau: *Lille Havfrue*, eine Figur, etwa so groß wie ein richtiges kleines Mädchen, nur eben mit Fischschwanz, die nachdenklich auf einem Felsen am Meer sitzt, an der Uferpromenade Langelinie. »Leider wurde die Kleine Meerjungfrau von irgendwelchen Vandalen immer wieder mal beschädigt oder mit Farbe besprüht…«, sagte Papas Bekannter.

Wir schauten uns die schöne Nixe an und dachten, okay, die glaubt halt, sie ist am FKK-Strand. Als Nixe brauchte sie ja eh keinen Bikini tragen – das würde bei ihr wohl irgendwie bescheuert aussehen.

Unser Begleiter erzählte eifrig: »Sie wurde 1913 aufgestellt und ist das Wahrzeichen dieser Stadt! Die Figur wurde von einem Bildhauer namens Eriksen geschaffen und stellt die Nixe aus dem bekannten Märchen von Andersen dar. Der Märchenerzähler Hans Christian Andersen hat ja die traurig-schöne Geschichte von dieser Meerjungfrau erfunden.«

»War das nicht die Geschichte, wo sich die Nixe in einen Menschen verliebt hatte?«, erkundigte sich Lalá. Sie liebte Märchenbücher.

»Ja, genau!«, bekräftigte Mama.

Ich selber fand dies Märchen auch schön, fast noch schöner aber fand ich das von den Brüdern, die zu Schwänen wurden, und von denen der eine, als sie später wieder zu Menschen wurden, immer noch einen Schwanenflügel zurückbehalten hat. Als Andenken sozusagen.

Apropos »Andenken«: Auch das Tycho Brahe-Planetarium, benannt nach einem berühmten Sternengucker aus dem 16. Jahrhundert (richtig heißt das ›Astronom‹), gibt es in Kopenhagen (es gibt hier auch ganz viele Museen, klar, aber dazu langte uns die Zeit nicht, und bei dem schönen Wetter wollten wir eh lieber draußen sein. Für Regentage oder auf Schulausflügen sind Museen aber etwas Feines! Oder Freilichtmuseen, so wie bei uns in Skansen.)

Papas Bekannter, Herr Martínez, lud uns auch gleich für den Sommer ein, diesmal dann nach Skagen, wo er ein Ferienhäuschen besitzt. Jippi!

Wie im Traum ging die schöne Zeit vorbei – unser tolles »Reise-Osterei«!

Wo zwei Meere zusammenfließen

Na ja, und dann war erst mal wieder 'ne ganze Weile Schule … so isses eben. Wat mutt, dat mutt, sagt Papas Bekannter in Norddeutschland immer (er hat scheinbar überall Bekannte. Aber Journalisten sind eben gut vernetzt). Endlich ging auch das Schuljahr zu Ende, mit einer großen Abschlussfeier Anfang Juni. Schon standen die Sommerferien vor der Tür – und damit der wohlverdiente Urlaub! Wieder würden wir verreisen, hurra! Erneut sollte es ins schöne Nachbarland Dänemark gehen. Das ist ja immer noch Skandinavien, nur eben alles in Dänisch. Das heißt, die zahlreichen Fahnen sind dort rotweiß statt blaugelb, und Dänisch klingt ein klein bissel anders als Schwedisch – aber man kann sich noch ganz gut verstehen. Mama erzählte, die dänische Flagge wär' angeblich sogar die älteste Staatsfahne der Welt. Fahnen gab's natürlich auch früher schon, doch man kam halt auf die Idee, für jedes Land 'ne eigene zu machen. Solange niemand die eigene Fahne gewaltsam bei seinen Nachbarn aufpflanzt, ist es ja auch okay. Es sieht sogar sehr nett aus, wenn etwa bei Staatsbesuchen die Fahnen der befreundeten Staaten nebeneinander wehen, das sieht man ja immer im Fernseh'n, in den Nachrichten.

Wieder einmal hieß es also: Koffer packen! Heißa, es ging nach Jütland, das ist der Festlandsteil von Dänemark, denn da waren wir bei Papas Freund (ebenfalls Journalist) eingeladen, in sein Ferienhaus. Da Herr Martínez kurzfristig zu einer Reportage ins Ausland musste und nicht da war, sprang sein Nachbar ein, der das Haus auch als Verwalter betreute. Er hatte ja eh die Schlüssel.

Herr Asmussen ist deutsch-dänischer Abstammung, er spricht Deutsch, Dänisch, Schwedisch und Englisch. Zuerst setzten wir mit der Fähre von unserer kleinen Schäreninsel zum Festland über, dann ging's diesmal ab mit dem Zug nach Göteborg, von da aus auf eine große Fähre und rüber nach Frederikshavn, das ist dann schon in Dänemark. Morgens fuhren wir los und abends kamen wir an, aber alles ganz gemütlich. (Die Schifffahrt selbst dauerte glaub ich etwa dreieinhalb Stunden, aber ich weiß es nicht mehr so genau.)

Herr Asmussen holte uns dort mit dem Auto ab. Er war ein sonnengebräunter, großer Mann mit silbergrauem Haar und kurzgeschnittenem Vollbart. Weil er von all der Sonne so braun geworden war, leuchten seine blaugrauen Augen doppelt hell in seinem Gesicht. Eigentlich hätte er gut Kapitän auf einem Linienschiff sein können, so wie er aussah! Mit seinem geräumigen Jeep kurvten wir dann durchs Gelände. »Den Jeep kann ich auf Nebenstraßen gut brauchen«, sagte er. »Manchmal, wenn der Wind hier den Dünensand verweht, bleiben andere Wagen oft stecken. Mit dem Geländewagen mit Allradantrieb kommt man dann noch weiter!« Richtig abenteuerlich!

Wir fuhren durch den Fischereiort Skagen, der sogar einen lustigen Fisch im Wappen trägt, und weiter bis zur äußersten Nordspitze von Jütland, bei Grenen. »Hier am Nordzipfel der Halbinsel ist das Ferienhäuschen!«, verkündete Herr Asmussen. »Herzlich willkommen!«

Das Ferienhäuschen war noch recht neu gebaut. Ein kleiner Garten war darum herum angelegt, aus frischem grünen Rasen und ein paar Flieder- und Ginsterbüschen, und natürlich Rosen. Eine ganze Rosenhecke aus pinkfarbenen Strandrosen. Wir schauten uns um, in unserem neuen Feriendomizil. Es war eine schöne Gegend, flach mit welligen Dünen. Es gab einen Leuchtturm und Bauernhäuschen aus rotem Backstein, die sich in die Dünentäler ducken. Und weil die Nordspitze gleich zwischen zwei Meeren liegt, die das Sonnenlicht wie riesige Glasscheiben spiegeln, ist es hier sagenhaft hell. Der Himmel ist hoch und hellblau wie sonst nur ganz weit im Süden, etwa in Valparaíso. Ich sagte das auch.

»Tja, das ist auch der Grund, wieso sich schon vor vielen Jahrzehnten eine Künstler-Kolonie hier angesiedelt hat!«, erklärte Herr Asmussen. »Das magische Licht von Skagen und Grenen zieht sie an. Sie malen hier viele tolle Bilder und stellen auch aus!«

Mama, die ja selber auch malt, nickte eifrig mit dem Kopf. »Ja, Leute – Überraschung! Ich hab auch ein paar kleinformatige

Aquarelle mitgebracht und werd' sie hier demnächst ausstellen – was sagt ihr dazu?!«

»Toll, Mama!«, jubelten wir. Denn wir wissen ja, Mama malt schöne Blumen und Landschaften, und die Leute freuen sich über die Bilder und kaufen dann auch öfters welche (dann haben wir gleich wieder ein bissel mehr Kohle zum Verknacken! Unsere Reisekasse kann's brauchen ...!)

Vorsichtig packte Mama ihre sorgsam verwahrten Bilder aus. »Ach, darum war dein Koffer so voll, mein Goldfasan!«, rief Papa aus. Denn auch er hatte von nichts gewusst. Es sollte doch eine Überraschung sein. Mama hatte sich mit den Malern, die hier wohnten, schon vor Längerem per E-Mail abgesprochen, als sie erfuhr, dass Papa hier mit uns Urlaub machen wollte.

»Und, wo hast du deine Frau?«, fragte Lalá Herrn Asmussen. Sie wollte offenbar auch ein wenig »Konversation betreiben« wie die großen Leute, hatte jedoch dabei ein herrliches Talent, in alle möglichen Fettnäpfchen zu treten. Doch Herr Asmussen war nicht böse. »Die? Wir sind geschieden...«, sagte er.

»Oh, tut mir leid«, murmelte Lalá, während Mama ganz rot wurde, wie ein gekochter Hummer. »Entschuldigen Sie bitte – sie ist ja noch so klein...«, beeilte sie sich zu sagen.

»Ach, macht doch nichts!«, lachte Herr Asmussen ganz entspannt. »Es ist ja doch kein Geheimnis! Wenn sich zwei Leute absolut nicht mehr verstehen, dann ist das zwar immer schade, aber wenn's denn überhaupt nicht mehr funktioniert, dann ist es doch besser, man ist ehrlich zueinander und kann noch mal neu anfangen, notfalls eben auch mit jemand anders... Und man kann ja auch im Guten auseinandergehen...«

»... und du hältst mal dein Plappermäulchen!«, schärfte Mama Lalá flüsternd ein. Herr Asmussen lachte nur gutmütig und schenkte uns Mädchen ein paar gelbe Birnen, die wir nach der langen Fahrt gern als Erfrischung aufaßen.

»Schau mal, Gabriela – von unserm Fenster aus kann man das Meer sehen!«, jubelte Lalá. Ihr Fettnäpfchen hatte sie schon wieder vergessen. Gut so. »Ja – prima!«, rief ich. Als echte Insel-kinder würden wir uns auch an keinem Ort wohlfühlen, wo man nicht das Meer sehen könnte oder wenigstens Möwen in der Luft schaukeln, die einem anzeigen, dass das Meer in der Nähe ist!

»Ja, morgen machen wir einen Spaziergang, dann könnt ihr euch anschauen, wie Nord- und Ostsee aufeinandertreffen! Bei so ruhigem Wetter wie in diesen Tagen kann man dann richtig beobachten, wie die Wellen ineinanderfließen!«

Das stellten wir Mädels uns lustig vor. Für heute war es aber schon zu spät dazu. Die Abendsonne schien bereits ganz tief und schräg durchs Westfenster in der Küche herein. Die Luft wurde richtig goldfarben, der Horizont im Westen rot. Hier ging die Sonne überm Wasser unter, nicht überm Land. Aber das kannten wir von unserer kleinen Insel ja auch. Die Wellen glitzerten wie lauter rote Goldfisch-Schuppen.

Zum Abendessen gab's was Leckeres: Weil Herr Asmussen kein großer Koch war, aber gern etwas selber machen wollte, um seine Gäste zu bewirten, hatte er »Schwedenpizza« gemacht. Eigentlich ist das gar keine echte Pizza, denn sie ist aus Blätterteig und nicht aus Hefeteig, aber sie heißt trotzdem so. Wenn wir schon Besuch aus Schweden waren, konnten wir ja auch frisch gemachte Schwedenpizza essen, oder?

»Euch zu Ehren!«, sagte er fröhlich und zauberte die Pizza aus dem Backofen. Es duftete lecker nach buttrigem Blätterteig, Dill und Lachs. »Super!«, rief Lalá begeistert.

»Benimm dich ja beim Essen!«, ermahnte sie Mama, aber sie schmunzelte. Weil wir alle nach der langen Fahrt ein ganzes Backblech voll Pizza im Nu verputzen konnten, tischte Herr Asmussen kurzerhand noch Bauernbrot mit Krabbensalat und Lachspaste aus der Tube auf. »Esst, so viel ihr wollt!«, lachte er. »Eine so lange Reise macht hungrig!«

»Wir haben ja schon unterwegs unsern Proviant gegessen«, sagte Mama und schaute stirnrunzelnd zu, wie Lalá beim Mampfen alle Rekorde brach.

»Sie wächst offenbar!«, entschuldigte Papa ihr ungeniertes Verhalten.

»Soll sie, soll sie!«, kicherte Her Asmussen. »Als meine Christa in dem Alter war, hat sie auch gefuttert wie ein Scheunendrescher!«

»Was ist denn ein Scheunendrescher?«, erkundigte sich Lalá. Diesmal ist sie mit ihrer Frage in kein Fettnäpfchen getreten. Herr Asmussen erklärte bereitwillig: »Früher gab's ja noch keine Mähdrescher und andere Maschinen. Da haben die Bauern das Getreide noch mit Dreschflegeln per Hand gedroschen. Das war natürlich anstrengend. Abends hatten sie dann entsprechend Hunger! Daher hat sich dieser Ausdruck noch erhalten.«

Papa unterhielt sich mit seinem Kollegen noch eine Weile darüber, wie schnell alte Sprüche verloren gehen und durch neue Ausdrücke ersetzt werden, während wir Kinder noch literweise Apfelsaft und Holunderbeersirup tranken. Dann ging es ab ins Bett. –

Am nächsten Morgen kicherte eine Lachmöwe zu uns ins gekippte Fenster hinein, und schlagartig waren wir wach. Ach ja – wir wollten ja die Landzunge besichtigen, wo Nord- und Ostsee ineinanderfließen! Das sah gewiss lustig aus. Das Wetter war prächtig, die See ruhig, da konnte man die sich kreuzenden Wellen gut beobachten. »Zieht eure festen Schuhe an«, sagte Mama, »in Sandalen bekommt ihr nur jede Menge Sand!«

»Ach, der fällt dann aber auch gleich wieder da raus«, meinte ich gleichmütig. Dennoch zog ich brav die geschlossenen Turnschuhe an. Denn feiner Sand, der durch die Strümpfe dringt, der kann auch ganz schön zwischen den Zehen scheuern.

Erst mal wurde aber gut gefrühstückt, ehe wir zur Strandwanderung aufbrachen. Herr Asmussen hatte sogar schon frische Brötchen beim Dorfbäcker geholt, als wir noch schliefen. Auf dem Tisch standen außer dem Weidenkorb mit duftenden Brötchen auch ein Butternäpfchen sowie mehrere Gläser mit Marmelade, dazu ein Teller mit Käse und Kochschinken. Jetzt tranken die Erwachsenen Kaffee und aßen dazu Croissants, wir Mädels verschlangen schmatzend unsere Marmeladen-Brötchen zu einem großen Glas Orangensaft. Wir langten alle wacker zu, um uns für die anstrengende Wanderung im Dünensand zu stärken. Dann ging's los!

Hier war der Strand viel breiter als bei uns auf der kleinen Insel, und es gab fast keine Felsen wie bei uns, nur einige, flache Steine am Wasser. Dafür war der Sand blendend weiß und ganz fein, wie Mehl. Er war sogar so hell, dass man noch ein ganzes Stück weit unter Wasser sehen konnte, wie sich die Sandbank fortsetzte, da schimmerte der helle Sand herauf, so dass dort das Wasser ganz hellgrün wirkte.

Munter stapften wir durch die Dünen voran. Es lief sich natürlich besser auf dem noch feuchten Strand, wo die Wellen drüberlecken, als oben auf den trockenen Dünen, wo der Sand rieselte und rutschig war. Da wo Strandgras und kleine struppige Heidekräuter wuchsen, konnte man auch nicht so gut laufen, denn man blieb leicht mit den Füßen im Gezweig der Heidepflanzen hängen, die ja eigentlich kleine Sträucher sind, auch wenn sie nicht viel mehr als kniehoch werden.

»Wir haben Glück –«, rief Herr Asmussen zufrieden, »nicht nur mit dem Wetter, sondern auch, dass wir so frühzeitig losgegangen sind! Denn ab Mittag rücken hier ganze Busladungen voll Touristen an! Jetzt haben wir den Strand noch ganz für uns alleine!«

»Da sind wir aber echt froh!«, sagten auch Mama und Papa.

»Da vorne ist schon die Landzunge, die Odde!«, deutete Herr Asmussen nach Norden. Doch bevor wir da hinkamen, entdeckten wir schon von Weitem noch etwas anderes. Etwas, das wir gar nicht hier vermutet hätten:

»Totempfähle!«, jubelten Lalá und ich gleichzeitig. »Richtige, indianische Totempfähle! Ja, wie kommen denn die hierher?«

»Die sind Teil einer Ausstellung!«, erklärte Herr Asmussen. »Es sind Original-Totempfähle aus Kanada oder Alaska, glaube ich.«

Sofort stießen wir ein wildes Kriegsgeschrei aus und liefen auf die Totempfähle zu. Wir wollten gar keine wilden Krieger sein, aber das Schreien machte einfach zu viel Spaß! »Hululululu …!«, schrie ich, und »hilililili …!«, rief Lalá. Unser wildes Geschrei gellte mit dem Kreischen der Möwen um die Wette.

Als wir uns genug ausgetobt hatten (auch ohne irgendwelche Skalps zu erbeuten), kehrten wir erschöpft und mit roten Wangen zu den Erwachsenen zurück. Papa machte ein paar Fotos von uns allen, im Hintergrund die bunt bemalten, mit großen Tierfiguren beschnitzten Baumstämme. Da gab es Wale und Seevögel, seltsame Menschengesichter mit großen Zähnen und auch Biber und Wölfe.

»Jeder Totempfahl gehörte zu einer bestimmten Familie von Westküsten-Indianern«, erklärte uns Papa, der ja was von Indianern versteht. »Es waren sozusagen deren Familien-Wappen.«

»Ja, wurden denn da gar keine Leute drangebunden und gemartert?«, erkundigte sich Herr Asmussen.

Papa lachte. »Nein – das waren doch keine Marterpfähle!«

Da schaute Herr Asmussen schon viel wohlwollender zu den imposanten Pfählen hinauf. Auf einigen davon war als oberste Figur ein Seeadler oder ein Rabe geschnitzt, der seine Flügel ausbreitet, so dass die Pfähle von Weitem aussahen wie ein Kreuz.

Dann gingen wir weiter. Obwohl nur ein leichter Wind wehte, klatschte er uns manchmal unsere langen, blonden Strähnen ins Gesicht. Schließlich flocht ich Lalá rasch zwei Seitenzöpfe – da sah sie wie ein richtiges Wikingermädchen aus! Mir selber band ich das Haar zu einem Pferdeschwanz zusammen. Haargummis hab ich nämlich immer dabei. Wenn ich sie grad nicht brauche, trage ich sie oft als Armbänder.

Wir genossen das sagenhafte, herrliche Licht, das die Sonne großzügig über Land und Meer ausschüttete. Man konnte hier förmlich im Licht baden. Kein Wunder, dass es so viele Menschen hierher lockt! Und dann sahen wir sie vor uns: die Landzunge, vor der Nord- und Ostsee ineinanderfließen! Noch ein ganzes Stück unter Wasser ließ sie sich mit Blicken verfolgen, weil der helle Sand heraufschimmerte. Das Meer darüber sah ganz türkisgrün aus und – tatsächlich! »Die Wellen kreuzen sich!«, rief ich begeistert.

Ja, man sah es deutlich, es war gut zu erkennen, wie von Westen und Osten die beiden Meere zusammenfließen und ein seltsames Muster aus sich überkreuzenden Wellenlinien erzeugen. »Hier ist das Meer ja kariert!«, staunte Lalá. Besser kann man es wohl nicht sagen.

Jedenfalls war Lalás Beschreibung viel anschaulicher als Mamas Erklärung, dass hier Skagerrak und Kattegatt zusammenfließen – »Ich denke, es sind Nord- und Ostsee?«, fragte ich verwundert.

»Ja, das stimmt ja auch, doch es sind halt Nebenmeere, die so heißen!«, versuchte Mama zu erklären. Ich fand das verwirrend und echt kleinkariert und Lalás Beschreibung »kariertes Meer« viel passender, basta. Denn die Wellen sahen genauso aus, sie bildeten ein Karo-Muster, und so was sieht man selten.

Da, wo die Wellen zusammenstießen, schwappten sie ein wenig hoch und es gab lustige, weiße Schaumkronen. Hier und da und dort wippten sie empor und fielen wieder in sich zusammen. Gar nicht sattsehen konnten wir uns an dem seltenen Naturschauspiel, das man heut' besonders gut beobachten konnte. Doch nach einer Weile gingen wir dann doch noch weiter, um die Landzunge zu umrunden und die schöne Gegend weiter zu erwandern. Da gab es dornige Strandrosen, deren große, rosa Blüten im Wind zittern, in der Seebrise schwingendes Strandgras und noch so manches mehr.

»Schaut mal!«, rief Mama lustig. »Hier sind wir größer als die höchsten Bäume!« Überrascht blieben wir mitten in den Dünen stehen.

»Willst du uns veräppeln?«, fragte Lalá. »Wo sind denn hier Bäume …?!«

»Du stehst grad mit beiden Beinen im Wald!«, lachte Mama.

»Unmöglich!«, protestierte auch ich.

»Doch! Diese kleinen Sträuchlein hier sind nämlich polare Zwergweiden!«, erklärte uns Mama. »Hier haben sie ihr südlichstes Verbreitungsgebiet! Auch Rentiermoos kann man hier gelegentlich finden, sogar noch hinab bis nach Norddeutschland.«

»Weidenbäumchen?«, neugierig bückte sich auch Papa zu dem Wald zu seinen Füßen hinunter. Er kannte solche Zwergpflanzen und Polstersträucher ja auch von Patagonien, *Calafate*-Gebüsch und so. »Tatsächlich! Da hängen ja winzige Weidenkätzchen an den Zweigen …«

»Das sind schon die Früchte«, sagte Mama.

»Kann man die essen?«, fragte Lalá prompt.

»Nein!«, lachte Mama. »Das sind nur winzige Samen, damit sich die Pflanze vermehren kann.«

Es war lustig, durch so einen winzigen Wald zwischen unseren Füßen dahin zu spazieren. Vorsichtig stiegen wir über die knöchelhohen Winzbäumchen hinweg und kamen uns vor wie Riesen oder einst die Dinosaurier. Wenn schon die Arktische Weide ein echtes Bäumchen war (wenn auch in Bonsai-Format), was waren dann wir? Die Zwergweiden waren kaum größer als das Heidekraut – doch für eine Ameise mussten andererseits all diese Sträuchlein schon wie Urwaldbäume wirken … schon verwirrend: was für uns so klein war, wäre für andere riesig!

Auch den Leuchtturm besichtigten wir noch (was uns natürlich sofort wieder an Chile erinnerte) und dann kehrten wir in einem kleinen Fischerlokal ein. Es war zwar eher eine Imbissbude, doch sie hatte herrliche, riesige Hotdogs und frittierten Tintenfisch. Als Nachtisch kriegten wir jede ein Eis spendiert. Nachdem wir uns auf einer Holzbank im Freien ein wenig ausgeruht hatten, fragte Herr Asmussen geheimnisvoll: »Na, und wer von euch hat jetzt Lust, mit dem Strandwurm zu fahren?«

»Wurm? Iiiih!«, kreischte Lalá lustig. »Damit kann man doch nicht fahren!«

»Mit diesem hier schon!«, verkündete Herr Asmussen und zeigte auf einen Traktor in der Ferne, der da herangerumpelt kam, mit einem riesigen, knallroten Anhänger. »Kommt! Das sind hier die Touristenbusse, mit denen kann man direkt bis ans Wasser fahren!«, rief er.

»Au fein!«, jubelten wir, und schon machten wir so eine Fahrt mit. Der Anhänger war wirklich so lang wie ein Lindwurm, und der blaue Traktor, der ihn zog, brauchte seine hohen, breiten Räder mit dem griffigen Profil auch für dieses Gelände. Also stiegen wir rasch in den *»Sandormen«* ein und machten damit eine Fahrt direkt am Meeressaum entlang, an der Landzunge, wo wir zuvor zu Fuß gelaufen waren. Vom »Sandwurm« aus sah alles wieder ganz anders aus! Vor allem, weil man hier recht hoch saß und die ganze Dünenlandschaft gut überblicken konnte.

»Die Gegend hier ändert sich andauernd«, erklärte uns der Fahrer noch beim Einsteigen, »denn Wind und Wellen formen sie ewig neu. Zwischen Hirtshals und Frederikshavn bilden sich immer wieder neue Strandwälle, und die Landzunge wächst sogar noch ins Meer hinaus, wie ein Riff! Besonders auf Satellitenbildern kann man das sehr gut erkennen. Doch auch vom Boden aus kann man es gut beobachten.«

Es ist schon spannend zu sehen, wie die Natur arbeitet, wenn man sie einfach machen lässt! Hier störte es ja keinen, weil es keine Häuser direkt am Strand gab (das wäre auch dumm, die wären bald nicht mehr da!). Also konnte auch nichts dabei passieren.

Erschöpft und glücklich kehrten wir an diesem Abend heim, nach einem Tag voller Erlebnisse.

Seehunde und Adler

Herr Asmussen unternahm mit uns in den folgenden Tagen auch ein paar schöne Ausflüge in die Umgebung. Es ist fein, wenn man zu Leuten kommt, die ebenfalls gerade Urlaub haben, da kann man schön was gemeinsam unternehmen. Bald war es uns, als ob wir ihn schon seit immer kennen würden. So als würde er zur Familie gehören, seit ewiger Zeit. So nett war er zu uns.

Wieder einmal dachte ich scharf nach: Was ist denn eigentlich der Unterschied zwischen Familie und Freunden? Familie hat man, einfach so, da wird man ja hineingeboren. An wen man da gerät, ist irgendwie Glückssache. Leandra und ich haben da großes Glück gehabt, und gern möchte ich auch denen in meinem Umkreis helfen, die weniger Glück hatten – sie zu uns einladen und so. Freunde hingegen, die sucht man sich ja aus. Doch es gibt ja auch Familienangehörige, die sind zugleich beste Freunde – unsere Cousins und Cousinen zum Beispiel! Ach, dachte ich – egal, ob Familie oder Freunde – Hauptsache man hat nette Menschen um sich herum!

»Was haltet ihr davon, wenn wir heute eine Tour zu den Seehunden machen?«, rief Herr Asmussen am Morgen.

»Au jaaaa!«, jubelte Lalá, noch ehe ich was sagen konnte. Doch ich fand es natürlich auch toll, klar!

Also fuhren wir alle zum *Nordsømuseet*, dem Nordsee-Aquarium in Hirtshals. Dieser Ort hat einen lustigen Namen: »Hirschhals«, wegen der schlanken Form der Küste. – Das Wetter war herrlich, der Himmel blitzblau, kleine weiße Wolkenschiffchen schwammen darin. Herr Asmussen erklärte uns, während wir die schöne Gegend durchfahren:

»Einige Gebiete hier in Jütland stehen unter Naturschutz! Denn hier ist die Landschaft zum Teil noch so, wie's früher an der Küste war – ehe vielerorts alles zugebaut wurde!«

Wir konnten es gar nicht erwarten, zu den Seehunden zu kommen. In Chile hatten wir ja schon große Seelöwen gesehen, aber hier sollte es lustige, kleine Robben geben. Vielleicht durfte man die sogar streicheln, oder wenigstens füttern? Dann waren wir angekommen. Hier gab's ein großes Becken unter freiem Himmel, wo sich die Seehunde tummelten.

»Da haben die Seehunde ja ein ganzes Schwimmbad für sich allein!«, freute sich Lalá.

»Na ja, man kann sie ja wohl schlecht auf dem Trockenen halten!«, sagte ich.

»Unsere Gabriela ist mal wieder recht altklug«, schmunzelte Papa. »Aber du würdest einen Schrecken kriegen, wie wenig artgerecht Tiere früher gehalten wurden! Stellt euch vor: Noch von hundert Jahren zogen Schausteller umher, die ihre Robben einfach in einem Holzfass voll Wasser vorführten!«

Wir bedauerten die armen Seehunde von früher und freuten uns, dass diese heute es so gut hatten!

Es waren wirklich drollige Tiere, mit ihren großen, blanken Knopfaugen und ihren borstigen Schnurrbärten. Aber streicheln durfte man sie dennoch nicht.

»Erstens haben sie scharfe Zähne, und zweitens wollen die auch mal ihre Ruhe, und nicht von morgens bis abends angegrapscht werden!«, erklärte der Wärter. Das sahen wir ein. Doch Lalá und ich durften ihnen ein paar frische Heringe aus dem Eimer zuwerfen, die sie geschickt auffingen. Danach mussten wir uns aber die Hände waschen gehen, denn die Fische waren glitschig. Mama ging mit uns zum Besucher-WC, damit wir uns die fischigen Finger auch ja sauber putzten!

»Haben die eigentlich ein Fell?«, fragte Lalá plötzlich. »Eigentlich sehen die eher aus wie aus Metall!«

Ich lachte laut, was gar nicht nett war, doch mein Schwesterchen hatte im Grunde recht: Das borstige, glatte Fell der Seehunde war wirklich metallgrau und wenn es nass war, sah man gar nicht, dass es Haare waren, weil sie vom Wasser zusammenklebten. Das ganze Fell glänzte dann wie eine glatte Hülle. – Der Wärter erzählte uns einige interessante Dinge über den Seehund-Schutz: »Im Nationalpark Wattenmeer gibt es eine ähnliche Seehund-Station, den Friedrichskoog in Schleswig-Holstein!«

»Also drüben in Deutschland«, sagte Papa.

»Ja, genau. Dort werden auch verlassene Seehund-Babys aufgezogen, die so genannten Heuler.«

»Warum heißen die denn so?«, wollte Lalá wissen.

»Na, weil die halt nach ihren Mamas heulen, wenn sie alleine sind«, erklärte ich noch vor dem Wärter. Dieser nickte. »Richtig! Nur, manchmal sind solche Seehund-Babys gar nicht verlassen, sondern ihre Mütter sind einfach unterwegs, Fische fangen. Darum ist es nicht immer gut, sie gleich mitzunehmen. Nur wirklich schwache und verletzte Tiere sollte man melden, damit Tierschützer sie einsammeln, um ihnen zu helfen. Selber darf man das daher nicht, die Seehundsretter können viel besser beurteilen, was los ist.«

»Gibt's denn hier in Dänemark gar keine solche Seehund-Station, für Heuler?«, fragte Mama.

»Nein«, sagte der Wärter. »Meines Wissens hier nicht.«

»Warum denn nicht?«, fragten wir alle wie aus einem Munde.

»In Dänemark gibt's deshalb bisher keine Heuleraufzucht, weil viele meinen, man sollte sich nicht so sehr in die Natur einmischen. Dort würden ja immer nur die stärksten und gesündesten Tiere überleben. Doch es gibt natürlich auch unter Tierschützern eine Diskussion darüber, ob das richtig ist, denn die kranken, hilfsbedürftigen Jungtiere tun einem ja natürlich leid!«

»Also, wir würden den armen Tieren immer helfen!«, sagten wir, wieder einstimmig. – Der Wärter erzählte uns und den anderen Besuchern noch von den Gefahren, denen Seehunde und andere Tiere im Meer begegnen, sogar in Naturschutzgebieten: »Da können losgerissene Fischernetze im Wasser treiben, und da die heutzutage aus festem Nylon sind, können sich die Tiere drin verheddern und ertrinken. Denn so ein Seehund atmet ja mit Lungen, wie wir. Er kann zwar lange tauchen, aber irgendwann muss er doch mal wieder an die Wasseroberfläche!«

»Wie lange taucht so ein Seehund denn?«, fragte Papa interessiert.

»Normalerweise tauchen sie nicht länger als ein paar Minuten, hm, so drei bis vier Minuten, schätze ich mal! Aber sie können wohl auch über eine halbe Stunde unter Wasser bleiben! Sie schlafen zuweilen sogar unter Wasser und tauchen dann nur ab und zu mal auf, um ein bissel Luft zu schnappen! Manchmal dümpeln sie aber auch einfach wie eine Boje in den Wellen, wenn sie sich ausruhen«, erklärte der Wärter. Dann nahm er das Thema »Bedrohung für Meerestiere« wieder auf:

»Weitere Gefahren sind der ganze Plastikmüll im Meer, den die Tiere verschlucken können. Auch gibt's manchmal eine Ölpest, wenn ein großer Tanker havariert oder eine Ölbohrinsel kaputt geht … ihr seht also, man muss auf das Meer und seine Bewohner gut aufpassen! Denn sonst leiden nicht nur die Tiere, sondern letztlich auch der Mensch, wenn er seine Umwelt kaputt macht!« Wir nickten nachdenklich.

»Wenn die Umwelt halbwegs in Ordnung ist, kann so ein Seehund aber über dreißig Jahre alt werden!«, versicherte uns der Wärter. Das munterte uns wieder etwas auf. Zum Abschluss unserer Besichtigung des Seehunds-Beckens samt Unterwasser-Glastunnel kauften wir Postkarten mit *Sælhunden* als Motiven und auch kleine Ton-Figürchen von Robben, die naturgetreu angemalt waren, sogar richtig mit den kleinen schwarzen Punkten im Fell.

»Na, hab ich euch zu viel versprochen?«, fragte uns Herr Asmussen hinterher.

»Neeeeeein!«, johlten wir begeistert.

Er freute sich, dass wir so zufrieden mit unserem Ausflug

waren. Doch er hatte sich noch ein weiteres, schönes Reiseziel ausgedacht, das uns sicher ebenfalls faszinieren würde. Darum fuhren wir weiter nach Aalborg. Dort gab es nämlich das Adlerreservat Tuen, mit Freiflugvorführungen von Fisch- und Königsadlern. Während zuvor die Seehunde im Wasser beim Schwimmen elegant waren (an Land allerdings eher wie rumrollende Nudelhölzer aussahen), bewegten sich die riesigen Greifvögel elegant durch die Lüfte.

»Majestätisch!«, schwärmte Mama.

»Kommt das von ›Majestät‹?«, fragte ich, weil ich dieses komische Wort aufgeschnappt hatte.

»Ja, das soll bedeuten, dass die Adler die Könige der Lüfte sind!«

Mir fiel mein Traum wieder ein, den ich mal in Chile gehabt hatte: Da trug ein Kondor eine kleine Krone auf dem Kopf. Tatsächlich haben die Kondore so was wie einen Hautkamm da oben. »Ich seh' aber nichts«, sagte ich und dachte an den Kamm des Kondors.

»Nein, natürlich nicht!«, lachte Mama. »Man sagt es halt so!«

»Aber schau mal genau hin«, sagte Papa und deutete auf den Hinterkopf des Fischadlers, »da hinten sind die Federn etwas länger! Vielleicht ist der Schopf ja ihre Krone?«

Ich nickte. Irgendwie kam es mir vor, als ob die Natur ihre Tiere etwas schmücken würde: Die lustigen Mähnen der Ponys, der Kamm des Kondors und der Federschopf der Adler – die

waren ja sicher nur zur Zierde da! Begeistert sahen wir zu, wie der Falkner die riesigen Vögel fliegen ließ – was für breite Schwingen die hatten!

»In der Geschichte von Nils Holgersson ist der auch mal auf einem Adler geflogen«, erinnerte ich mich. »Er war nicht nur mit dem Gänserich Martin unterwegs, sondern auch mit dem Adler Gorgo! Der war auch nett!«

Hach, wenn ich doch nur so auf den Schwingen eines Riesenvogels reisen könnte (so klein sein wie ein Däumling wollte ich dazu lieber nicht!). Wieder dachte ich an meinen Traum, wo der große Kondor mich spazieren geflogen hatte. Sogar einen Sattel hatte er dazu gehabt.

Papa schien mir meine Gedanken anzumerken, denn er sagte: »Weißt du was? Vielleicht wirst du eines Tages ja auch mal Forscherin, die den Vogelzug untersucht! Letztens sind mehrere Forscher und Forscherinnen mit Leichtmetall-Flugzeugen mitgeflogen, als von ihnen aufgezogene Wildgänse auf ihre Reise nach Süden gingen!« Ja, wieder die herrlich-wilde Vorstellung, mit den Vögeln zu ziehen! Und Leichtmetall-Flugzeug? Die Vögel begleiten, mit der Kamera? Das wäre doch toll!

»Au ja – das wär' wirklich was!«, sagte ich und wünschte, ich könnte schon sofort abheben!

»… und ich??«, fragte Lalá weinerlich. »Was mach' ich?«

»Du kommst natürlich auch mit!«, beruhigte ich meine kleine Schwester großzügig. »Wir beide haben in dem Flugzeug Platz, die eine steuert, die andere filmt!«

»Und wer macht was?«

»Wir können uns ja mal abwechseln!«

Ich war da nicht kleinlich, was unsere großen Pläne anging. Lalá nickte zufrieden.

»Dann fliegen wir aber mit den Zugvögeln ganz weit, bis nach Afrika!«, verkündete sie.

»Na klar!«, sagte ich. »Wir werden schon nicht auf halber Strecke umkehren! Wir wollen doch genau wissen, wo sie überwintern!«

Auch von diesem Ort der Tiere waren wir gar nicht wieder wegzubringen. Zum Abschluss wollte ich unbedingt mal selber einen Adler auf den Arm nehmen – dazu gab's ja extra diese groben Falkner-Handschuhe aus Leder, damit einen die langen Krallen der mächtigen Greifvögel nicht so piekten. Aber Mama war strikt dagegen. Heimlich nahm ich mir aber doch vor, in jedem Fall später mal einen Adler auf den Arm zu nehmen, wenn ich einmal groß wäre!

Da Mama der Adler zu gefährlich war, erkundigte sich Papa als Trost, ob ich denn nicht wenigstens mal einen kleinen Turmfalken halte dürfte …? Der Falkner sah mich prüfend an – und gab mir tatsächlich einen Falknerhandschuh, auf den der kleine Falke dann tatsächlich flatterte. (Lalá bekam keinen, aber sie wollte auch gar nicht). Stolz hielt ich den federleichten Greifvogel hoch und wagte kaum zu atmen, um ihn nicht zu verscheuchen, und auch, weil mir eh fast die Luft wegblieb vor Freude. Das war doch schon mal ein toller Vorgeschmack auf meine spätere Arbeit als Tierforscherin!

Von Inseln und Island-Ponys

Heute lernten wir Westjütland kennen, die raue Seite Dänemarks an der Nordsee: Wir fuhren morgens mit dem Auto nach Esbjerg, dort parkten wir den Wagen. Von Esbjerg ging's mit der Fähre nach Fanø, einer der zahlreichen Inseln in der Nordsee. Heut' war Herr Asmussen mal nicht dabei, er musste irgendwelche Besorgungen machen. So fuhren wir als Familie alleine.

»Die Fahrtzeit beträgt nur etwa 12 Minuten!«, las Papa erfreut vom Fahrplan ab. Gespannt warteten wir auf die Überfahrt. Mama hatte inzwischen mit dem Handy im Internet recherchiert: »Dort erwarten uns 17 km Sandstrand, 500 Meter breit! Das ist doch toll!«

Wir erfuhren auch, dass die Insel an der breitesten Stelle fünf Kilometer breit ist, und dass es sich um eine ehemalige Walfängerinsel handelt – gottlob werden hier heutzutage keine Wale mehr gefangen! Doch leider stranden öfters einige Wale hier im flachen Wattenmeer – »Deren Riesenknochen werden gerade in einem Museum ausgestellt!«, sagte Mama und zeigte uns die Webseite: »Da, das können wir uns ja auch mal angucken: da gibt's Skelette und Nachbildungen von Walen, in Lebensgröße!«

So war es rasch beschlossene Sache, dass wir mit dem Inselbus da hinfahren würden und – »huh, durch das Skelett hier kann man ja durchlaufen!«, staunte Lalá.

»Da bin ich aber froh, dass wir kein Walfutter sind!«, rief ich und schüttelte mich bei dem Gedanken. »Was fressen die denn eigentlich?«

»Erinnert ihr euch noch an den Walforscher in Chile?«, fragte Papa. »Der hatte es euch doch erzählt!«

»Ach ja«, fällt es mir ein, »die Bartenwale mit den Fransen im Maul fressen winzige Krebschen, aber gleich ganze Schwärme davon, damit sie auch satt werden, und die mit Zähnen fressen Fische und Tintenfische, einige sogar Robben und Pinguine…«

»Ja, die Schwertwale!«, rief Lalá und: »Tja, irgendwas müssen die ja auch fressen, das ist für die wie für uns Brathähnchen«, meinte Papa nachdenklich.

»Hm – können die denn nicht einfach alle nur Algen fressen?!«, protestierte meine Schwester. »Andere Wale tun das ja auch!«

»Scheinbar nicht – die Natur hat es jedenfalls so eingerichtet«, sagte Papa.

So erfuhren wir vieles über die Insel und über Wale, aber etwas anderes erfuhren wir erst, als wir direkt vor dem Reiterhof parken: Wir durften Ponys reiten! Wir lieben ja Pferdeausflüge, wir beide Mädels hatten ja schon in Südamerika auf einem Pferderücken gesessen! Die Eltern freuten sich, dass die Überraschung geglückt war, denn natürlich hatten sie schon wieder mal vorab alles organisiert. Familie Olsen bestand aus lauter Pferde-Narren: Vater, Mutter und Sohn, alle arbeiteten hier auf dem Ponyhof, und alle fanden, das sei gar keine Arbeit, sondern lauter Freizeit mit den Vierbeinern. Den Stall auszumisten, das gehöre nun mal dazu!

Als sie erfuhren, dass wir schon ein wenig reiten können, ging's gleich ins Gelände – und zwar auf echten Island-Ponys! Wir erzählten den Olsens ganz begeistert von Argentinien und Chile, wo wir ja auch schon einmal auf einer Ranch mit Pferden gewesen waren – ziemlich wilde, große Pferde waren das! Hier hingegen waren es kleine, wendige Ponys. Mit ihren langen Strubbelmähnen sahen sie richtig lieb aus – wir mochten sie sehr gern. Besonders ein ganz zutrauliches, hellbraunes Fohlen hatten wir sofort in unser Herz geschlossen. Das blieb aber mit seiner Mama auf der Weide, während wir anderen bei recht gutem Wetter einen Ausflug machten.

Die Pferdchen mit den Wuschelmähnen hatten verschiedene Farben. Hier waren mehrere rotbraune und ein braunweißer Schecke. Den bekam Lalá zugeteilt, ich ein braunes mit heller Mähne. Wir durften beim Satteln ein bissel helfen.

»Kann das überhaupt durch seine dichte Mähne durchgucken?«, fragte ich.

Frau Olsen lachte: »Doch ja – die finden ihren Weg!« Na ja, der dichte Fransenvorhang schützt halt die Augen vor dem scharfen Seewind, dachte ich mir. Also doch ganz praktisch! –

Auch Mama und Papa durften auf diesen Ponys reiten, denn die robusten Pferdchen können sogar große Erwachsene tragen. Es sah lustig aus. Dann ging's los, unsere Reitlehrer vorneweg. Gemächlich trabten die Ponys dahin, man konnte sich richtig gut auf die Umgebung konzentrieren, die wir durchritten. Da gab es eine alte Windmühle, und in einem Dorf ließ ein Junge einen bunten Drachen steigen.

»Hier gibt's ein jährliches Drachensteigen, Mitte Juni!«, rief uns Herr Olsen zu. Schade, dass es nicht heute war – es wäre sicher lustig gewesen, zuzuschauen oder gar selber bunte Fluggeräte aufsteigen zu lassen.

Über grüne Wiesen ging es, am Ufer und an sumpfigen Stellen sahen wir viele Wildenten und andere Wasservögel. Es machte Spaß, am weiten Sandstrand entlang zu reiten – Olsens ließen ihre Tiere in leichten Galopp fallen, und wir zockelten hinterher. Plötzlich preschte auch Lalás Pony vor, um den Anschluss nicht zu verlieren. Lalá schrie auf, aber schon wird ihr Pony wieder langsamer, weil Olsens ihre Pferdchen zügeln und auch langsamer werden lassen. Da verwandelte sich Lalás Aufschrei in fröhliches Jauchzen. Jetzt hatte sie die Sache wieder im Griff!

»Hier am Strand findet man nach einem Sturm oft Bernstein!«, rief uns Frau Olsen zu. Natürlich wären wir am liebsten sofort abgestiegen, um selber nach Bernstein zu suchen, aber erstens war zuvor gerade kein Sturm und zweitens hatten daher inzwischen sicher schon andere Touristen alle Bernstein-Stückchen aufgehoben. Und überhaupt wollten wir ja heute einen Ausritt machen! Haare und Mähnen flatterten im Wind. Das Meer rauschte so schön, und die Hufe klangen auf dem feuchten Sand ganz dumpf, über uns schwebten Möwen und riefen hell, es klang wie Kichern.

Dann wendeten wir und kehrten langsam wieder in Richtung Reiterhof zurück. In der Mitte der Insel wurd ein Kiefernwäldchen zum Schutz der Insel angepflanzt, denn hier weht oft ein rauer Wind, manchmal sogar schwerer Sturm. Wir sahen andere, große Pferde und auch einige Schafherden, und an einem Streifen Marschland und Strandwiesen im Süden der Insel grasten ein paar wetterfeste schottische Hochlandrinder. Diese urtümlichen, zottig rotbraunen Rinder sehen drollig aus, mit ihrer Hippie-Frisur und den langen Hörnern (trotz der Riesenhörner sind sie ganz friedlich – natürlich nur, solange man sie nicht reizt). Sie haben ein so dichtes Fell, dass es fast aussieht, als würden sie ein Bärenfell tragen. Kein Wunder, dass sie bei Wind und Wetter draußen bleiben können!

»Die haben ja genauso lange Haare wie die Pferdemähnen!«, sagte Lalá bewundernd. Dann sahen wir den Ponyhof schon in der Ferne. Wir ritten einen Wassergraben entlang, dahinter war ein kleiner Sumpf mit Schilf, und dahinter helle Dünen. »Das Schilfrohr wird sogar geerntet, damit man daraus Matten flechten oder Strohdächer decken kann!«, erklärte uns Frau Olsen.

»Hm, wächst das denn von allein wieder nach?«, wollte ich wissen.

»Jau, wenn man immer genug davon stehen lässt, dann ja!«, sagte sie.

Dann waren wir wieder da, die Ponys wieherten auf, als sie ihre heimatliche Koppel erblickten.

»Vermissen die Ponys denn ihre Heimat nicht?«, fragte Leandra.

»Warum? Hier haben sie es doch gut!«, meinte die Besitzerin des Reiterhofs, und das stimmte ja auch.

»Ich dachte nur – einfach, falls sie mal wieder in Island sein möchten? Vielleicht haben ja auch Pferde mal Heimweh?«

»In Island ist die Einfuhr von Pferden verboten, damit die einheimischen Ponys vor möglichen Krankheiten geschützt werden, die sonst eingeschleppt werden könnten«, erzählte uns Frau Olsen. »Daher dürfen auch diese hier, seit sie einmal Island verlassen haben, nicht mehr dorthin zurückkehren!«

Nachdenklich schauten wir die Pferdchen an. Waren wir aber froh, dass wir selber in andere Länder ein- und ausreisen konnten, ohne uns Sorgen machen zu müssen, ob wir je wieder nach Hause könnten! In die allermeisten Länder kann man ja jedenfalls ruhig fahren. Vielleicht, um uns auf andere Gedanken zu bringen, erzählte Frau Olsen uns nun etwas über die besonderen Eigenschaften der Island-Ponys: »Ihr habt es sicher beim Reiten gemerkt, wie ruhig man auf ihnen sitzt! Island-Ponys sind nämlich sogenannte Gangpferde, das heißt, sie beherrschen nicht nur die typischen Gangarten Schritt, Trab und Galopp, sondern darüber hinaus auch einige Gangarten, die fürs Reiten besonders angenehm sind!«

»Warum denn?«, wollten wir sogleich wissen.

»Es ruckelt dann einfach nicht so beim Reiten, weil die Beine der Pferde immer hübsch abwechselnd Bodenkontakt haben, so dass nicht alle gleichzeitig in der Luft schweben und dann erst wieder mit einem Ruck auf dem Boden aufsetzen.«

»Müssen die das lernen?«, erkundigte sich Lalá.

»Nein, es ist ihnen angeboren. Sie können dabei entweder, wie sonst auch üblich, ihre Beine im Kreuzgang setzen oder auch im Passgang, darin sind sie etwas unterschiedlich. Aber es ist ihre Veranlagung.«

Sie dachte kurz nach und fügte dann hinzu: »Es gibt nicht viele Pferderassen, die das können! In Peru gibt's noch eine Rasse, die diese Schrittfolge beherrscht. Solche Tiere sind natürlich als Reitpferde sehr beliebt!«

Jetzt waren wir erst recht fasziniert von diesen Ponys. Es fiel uns fast noch schwerer, uns abends von ihnen zu verabschieden als von den netten Olsens. Erst als wir den Pferdchen noch eine Karotte geben durften, waren alle zufrieden, und wir winkten noch lange, bis wir in den Bus stiegen. »Nächste Ferien kommen wir bestimmt wieder!«, schrie Lalá ihnen noch zu, dass es über die Dünen schallte. Die Ponys spitzten die Ohren, und eines wieherte. Sicher hatte es in der Pferdesprache »Ja!« gesagt. »Oder ›Tschüs‹«, vermutete Lalá.

Dann fuhren wir mit dem Inselbus wieder zum Fähranleger. »Gottlob berücksichtigt der Bus den Fahrplan der Fähre!«, sagte Papa. Und so war es auch, pünktlich zur Abfahrt kamen wir am Fähranleger an. Wir hatten gerade noch die Zeit, für jeden ein *Smørrebrød* zu kaufen, belegtes Weiß- oder Vollkornbrot mit paniertem Fischfilet, Krabbensalat oder was man gerade möchte.

Dann folgte eine Übernachtung in Esbjerg. Wir übernachteten in einer kleinen Pension. Dort lernten wir zwei deutsche Mädels kennen, die nur wenig älter waren als wir: Sabine und Silke aus Norddeutschland. Beide Schwestern waren blond, sommersprossig und hatten eine Stupsnase. Fast, als wären sie Zwillinge. Sie machten jedes Mal Urlaub in Dänemark, denn sie hatten eine dänische Großmutter. Sofort beschlossen wir, miteinander in Kontakt zu bleiben, weil wir uns so gut verstanden. Heutzutage, mit E-Mail und sozialen Netzwerken, ist das ja auch kein Problem mehr (dazu sind solche Netze halt nützlich, ansonsten muss man da ja nicht jeden Blödsinn anschauen). Auch unsere Eltern verstanden sich spontan sehr gut. Da wir zufällig Zimmernachbarn in der Pension waren, sahen wir uns gleich morgens, wenn wir in den Frühstücksraum gingen, und wir alle beschlossen, gemeinsame Ausflüge zu machen.

»Wo wollt ihr denn heute hin?«, fragten sie neugierig, während sie die backfrischen Brötchen knusperten und mit Honig kleckerten (wir auch).

»Nach Rømø. Wir wollen auch diese Insel gern kennenlernen«, sagte Papa. »Gestern waren wir ja schon auf Fanø. Da dachten wir, schauen wir uns heute mal noch eine an!«

»Au ja, fein – dann können wir ja zusammen hinfahren!«

Da die andere Familie ebenfalls ein Auto hatte, waren wir nun ein Mini-Korso. So fuhren wir an diesem Tag mit Silke und Sabine und deren Familie los. Es machte Spaß, bei jeder Pause umzusteigen und im jeweils anderen Wagen mitzufahren: mal Silke mit mir, und Sabine mit Lalá, mal jeder mit seinen eigenen Eltern. So gelangen wir zur Insel Rømø (Röm) – und fahren einfach durchs Meer dorthin! Denn da gibt es neun Kilometer Damm zum Festland, die Straße führt direkt ins Meer hinaus weiter. Hier im Norden sind ja einige Inseln über Dammverbindungen oder Brücken ans Festland angeschlossen, das ist praktisch. Auch auf Röm gibt es einen kilometerbreiten, sogar befahrbaren Sandstrand. Natürlich stiegen wir aus und gingen Muscheln sammeln.

»Röm wächst durch den Sand, den die Insel Sylt verliert«, erklärte uns ein Einheimischer, als wir eine große Karte studierten, die als Schild aufgestellt war. »Die liegen ja nur wenige Kilometer auseinander.« Zur Nordsee hin ist ein riesiger, heller Sandstrand, fast die halbe Insel besteht aus diesem breiten Strand. Der Rest ist grün und mit Gras und Bäumen bewachsen, auch kleine Dörfer gibt es, mit uralten Bauernhäusern aus roten Ziegelsteinen und zum Teil noch richtigen Reetdächern, aus diesem speziellen Stroh aus Schilfrohr. Immerhin knapp 600 Einwohner wohnen auf der Insel, erfuhren wir aus einem Prospekt. Viel Land wurde auch neu eingedeicht, das heißt, man hat einen Damm gebaut und es so vom Meer abgetrennt, um es trocken zu legen. Nun können dort Schafe und Kühe weiden, wo früher noch Meeresgrund war.

Der Strand ist so breit, dass massenweise Autos dort parken, wenn die Besucher eine Wattwanderung machen möchten oder einfach nur am Strand langgehen. Da Mama vergessen hatte, Wanderschuhe anzuziehen, blieb sie auf dem trockenen Sand und setzte sich nach einer Weile gemütlich ins Auto, weil's da weniger windig war. Wir anderen wollten nicht die ganze Zeit im Auto bleiben. Also zogen wir Mädel mit Papa und den Eltern von Silke und Sabine los.

Bald fiel uns der Tipp von Familie Olsen wieder ein, hier könnte Bernstein angeschwemmt werden! Tatsächlich fand Lalá nach einer Weile ein Stückchen, und als wir es aufhoben, sahen wir, dass es wirklich nicht nur eine Scherbe von einer braunen Bierflasche war. Natürlich wollten wir jetzt alle Bernstein finden, von diesem Fund angespornt… Ich fand jedoch nur etwas Plastik-Müll und einige kleine Schlangensterne, das sind Seesterne, die aussehen, als ob sie Diät machen und ganz schlank geworden sind, das war ja auch lustig.

Plötzlich kam Nebel auf. Mama fuhr verzweifelt hupend hin und her, um uns Wattwanderern Orientierung zu geben, denn wir waren in unserem Eifer ganz weit hinaus gelaufen. Und in dem Nebel konnte man gar nicht mehr erkennen, ob wir nun auf den sicheren Strand zu laufen oder etwa auf das unsichtbare Meer, das hinter dem Nebel lauerte! Einige kleine Bächlein, die sich im geriffelten Wattsand dahinschlängelten und vorhin noch ganz harmlos aussahen, waren inzwischen erschreckend breit geworden. In diesen Prielen wurde die Strömung fast schon reißend. Also lief inzwischen schon die Flut auf! Uns brach der kalte Schweiß aus, denn jetzt wurde es gefährlich! Wir kehrten in unseren eigenen Fußspuren um, das war Papas schlaue Idee. Hoffentlich wurden die nicht bald schon überflutet, dann hätten wir gar keinen Anhaltspunkt mehr…! Gottlob hörten wir bald, gedämpft durch den Nebel, Mamas Autohupe unablässig tönen – so hatten wir unsere Orientierung wieder und liefen, rutschend, schliddernd und stolpernd, durch den Matsch darauf zu – bis wir alle wieder trockenen Boden unter den Füßen hatten! Puh! Jetzt erst mal aufatmen!

Da sahen wir einen alten Seemann mit blauer Schiffermütze. Der schimpfte entsetzt los: »Ja, Mensch, wo kommt ihr denn alle noch her?! Grad' eben noch auf'm Watt gewesen, was?? Der pure Leichtsinn! Achtung, ihr Landratten: Wattwandern darf man nie auf eigene Faust – man muss immer erst den Tidenkalender angucken, da steht genau drauf, wann die Ebbe zu Ende ist und das Meer wieder aufläuft, und das kann verdammt schnell gehen!« Er schnaufte tief nach seiner Rede und setzte hinzu: »Schon mancher ahnungslose Wattwanderer wurde von reißenden Wattströmen eingeschlossen, den tückischen Prielen, und manch einer ist darin ertrunken!«

Er hatte ja recht, dass er uns so eine Standpauke hielt. Wir hatten sie verdient. Zwar waren wir keine Landratten, doch bei uns an der Ostsee, im Schärengebiet, da ging's halt ganz anders zu als hier im Wattenmeer, mit seinen wilden Gezeiten! Also nickten wir beschämt. Wir würden uns seinen Rat künftig zu Herzen nehmen, ganz gewiss! Am Meer musste man ja eigentlich immer damit rechnen, dass plötzlich Nebel aufkommt, und es war eine prima Idee von Mama, mit ihrem Auto laut hupend am Strand entlang zu fahren, um uns umherirrende Fußgänger zu warnen. Vielleicht hatte sie damit sogar noch einige andere verzweifelte, verlorengegangene Wattwanderer gerettet? Für ihre Nebelhorn-Aktion hätte sie echt eine Medaille verdient gehabt!

Sabine und Silke waren nach dem ausgestandenen Schrecken noch ganz blass um die Nasenspitze. Auch die Erwachsenen waren ungewöhnlich still. Um unsere Lebensgeister wieder zu wecken, kehrten wir in einem Fischerlokal ein und bestellten uns erst mal was Warmes zum Essen und Trinken: Scholle mit Kartoffelpüree, heißen Kakao und Kaffee.

Wir erzählten unseren beiden neuen Freundinnen von unserem Reiterausflug in Fanø. Oh ja – das wollten sie nächsten Sommer auch machen. »Wer weiß, vielleicht treffen wir uns dann ja dazu?«, überlegte ich. Pläne schmieden war immer schön, vor allem für die Ferien und mit Freunden. Übrigens gibt's auf beiden Inseln ein Drachen-Festival, klar, denn Drachensteigen ist hier im frischen Seewind ja sehr beliebt.

Später, als der Nebel wieder wie ein Spuk verschwunden war, fuhren wir noch zum Naturcenter von Rømø in Tønnisgård. Dort war unter anderem eine vier Meter langen Barte von einem Bartenwal ausgestellt (wir erinnerten uns an das, was uns der Walforscher damals in Chile über Wale erzählt hatte), dazu wieder mal die Riesenknochen von einem gestrandeten Pottwal (der Arme!), zudem auch ein über zwei Kilo schwerer Bernsteinklumpen –

»– den hätt' ich gern gefunden!«, seufzte Lalá ganz beeindruckt.

»Ja, ich auch!«, nickte ich.

Papa las uns vor, was zur Entstehung von Bernstein da stand. »Bernstein ist das versteinerte Harz von Bäumen, die vor Jahrmillionen gelebt haben … manchmal sind sogar kleine Insekten im Harz eingeschlossen!«

»Dann ist es also ein Stein, der am Baum wächst?«, staunte Lalá.

»Ja und nein, erst ist es Baumharz, doch dazu, ein Stein zu werden, braucht es viele Millionen von Jahren: bis so ein Harztropfen, der aus einem Baumstamm austritt, zuerst eintrocknet, zu Boden fällt, im Sand verschwindet und dann allmählich zu Stein wird!«

»Warum kommt überhaupt Harz aus den Bäumen?«, wunderte sich Mama. »Darüber habe ich noch nie nachgedacht.«

Papa wusste mal wieder eine Antwort, sogar wenn nicht alles auf der Ausschilderung der Ausstellung stand. »Das Baumharz ist ein Schutz, den die Nadelbäume haben, um sich gegen Insektenfraß zu wehren. Die Borkenkäfer und so bleiben dann in dem klebrigen Harz stecken und kommen nicht weiter, wenn sie im Holz bohren.«

»Und warum haben dann nicht alle Bäume Harz, wenn das so praktisch ist?«, fragte ich.

»Na ja, die Natur hat sich halt unterschiedliche Methoden einfallen lassen«, erklärte Papa. »Manche Bäume haben auch bitteren Milchsaft oder ganz besonders hartes Holz.«

Wir schauten uns weiter um. Obwohl wir schon mehrfach Walknochen gesehen hatten, war es immer wieder beeindruckend, zu spüren, wie riesig sie sind und wie klein der Mensch daneben ist. Wie eine Sardine kam man sich da vor! Auch anderswo auf der Insel fanden sich gigantische Walknochen, darunter ein gewaltiger Schädel, zum Teil als Dekoration in Vorgärten, manchmal aber auch Rippen als Zaun oder Tor verbaut!

Wir bestaunten auch die Infos über Pionier-Pflanzen wie den Queller, der sogar im Schlick am Salzwasser leben kann (wo ja fast jedes andere Lebewesen, Tier wie Pflanze, nur argen Durst bekommt), und der lustig verästelt wie ein winzig kleines Tannenbäumchen aussieht, sowie Fotos und Videos von ganzen Wolken von Seevögeln, deren Schwärme das reinste Luftballett aufführen. »Dass die beim Fliegen im dichten Schwarm nicht zusammenstoßen!«, staunte ich. Die Natur ist schon großartig!

Doch die Insel hatte noch mehr zu bieten. Auch hier gibt es übrigens alljährlich ein Drachenfestival, wo man Hunderte bunter Drachen steigen lässt. Der zuverlässige Seewind an der Küste ist ja auch ideal dazu. Wir werden ganz bestimmt einmal zum Drachensteigen auf eine der dänischen Inseln kommen! »Au ja!«, riefen Sabine und Silke. »Dann treffen wir uns hier wieder, zum Drachen-Wettkampf!«

Dann ging's von Röm wieder aufs Festland zurück. Es fiel uns schwer, uns bei unserer Abreise von Esbjerg von den beiden netten Schwestern zu verabschieden – aber wie gesagt: Wir bleiben ja in Verbindung!

Auf den Spuren der Wikinger

Am nächsten Tag waren wir also wieder allein unterwegs, ohne die netten Schwestern, die wir ja erst vor Kurzem kennengelernt hatten, aber mit denen wir uns so gut verstanden, als hätten wir uns schon ewig gekannt. Es gibt solche Menschen, sagte Papa immer, mit denen versteht man sich auf Anhieb.

Doch Herr Asmussen war immerhin bei dieser Tour wieder mit dabei, denn er wollte uns ja die schöne Gegend zeigen. An der Westküste gab's zum Teil gar keine Häfen, »die würden nur rasch versanden!«, erklärte er uns. Die Boote wurden hier daher einfach auf den Strand gezogen, oberhalb der Hochwasserlinie. Es sah lustig aus, all die kleinen, bunt bemalten Fischerboote auf dem Strand liegen zu sehen, als würden sie sich da wie Seehunde sonnen, nur dass diese Robben hier aus Holz und blau, grün, rot oder weiß bemalt waren.

Heute sollten wir mehr über die Wikinger erfahren, die ja im 7. bis 10. Jahrhundert (also schon gaaaaanz lange her!) von Skandinavien aus auf ihren berühmten Drachenbooten in die Welt hinaus gefahren waren, nicht nur bis an die englische und französische Küste, sondern östlich bis nach Russland und westlich sogar bis nach Amerika – noch 500 Jahre vor Kolumbus, nachdem sie mal eben schnell Island und Grönland entdeckt hatten.

»Viele Ortsnamen gehen noch auf die Wikinger zurück«, erklärte Herr Asmussen, »auch ihr eigener Name, denn ›Wik‹ bedeutet ja ›Bucht‹, also sind die ›Wikinger‹ dann ›Leute aus den Buchten‹!«

Ach ja, eigentlich verstanden wir doch die Wörter und Namen – doch wir hatten sie schon so oft und ohne darüber nachzudenken gebraucht, dass einem meist gar nicht mehr auffiel, was die Wörter eigentlich bedeuteten. (Es ist fast so, als ob man einen Kaugummi zu lange kaut – irgendwann verliert er den Geschmack. Und dann muss man sich erst wieder daran erinnern, ob er mit Pfefferminz oder Banane war.)

Ach ja, außer »*Wik*« als »Bucht« fällt mir noch mehr ein: Ortsnamen mit »*-by*« hinten dran benennen ein »Dorf«, eine Ortschaft, und »*-holm*« bedeutet »Insel« oder auch »Halbinsel«, also irgendein hügliger Buckel, der an der Küste aus dem Wasser ragt (davon gibt's ja besonders bei uns an der Ostsee so viele!), »*-ey*« ist ein ganz kleines Eiland, eine winzige Insel, und, ähm, »*-lund*« ist ein kleiner »Hain« oder »Wald«, und der war den Wikingern und Germanen heilig – eigentlich gut gedacht, denn sonst hätten sie wohl alle Wälder für den Schiffs- und Häuserbau abgeholzt!

Herr Asmussen wusste viel Interessantes über die Wikinger zu erzählen. (Darin war er sich in der Tat mit Papa ähnlich: Beide hatten offenbar sehr viele Bücher gelesen und Dokus gesehen. Mama wusste auch sehr viel, doch sie ging mit ihrem Wissen nicht so hausieren wie Papa, wenn ich's mal so sagen darf.) Herr Asmussen erzählte also, während er am Steuer saß (Papa neben ihm ruhte sich mal vom Fahren aus und Mama saß hinten neben uns), und er klang ganz fasziniert von dem Thema, denn die Wikinger waren ja so was wie unsere fernen Vorfahren:

»Ihr müsst wissen, die Wikinger waren nicht nur wilde Raufbolde, die als brutale Horden die Küstenstädte überfielen und ausplünderten. Mit der Zeit merkten sie, dass es viel besser ist, Handel zu treiben, als sich die Sachen, die man brauchte, mit Gewalt zu holen. So wurden sie für den hohen Norden das, was im Süden die Griechen, Römer und Phönizier waren, und später die Venezianer, Spanier und Portugiesen: nämlich Seehändler, die von weit her ihre Waren holten und sie dort verkauften, wo es so was nicht gab. Solche Sachen waren natürlich sehr begehrt. So handelten sie mit Pelzen und Bernstein ebenso wie mit Holz, Stockfisch oder antiken Vasen.« Er setzte den Blinker und wir bogen nach rechts ab, dann fuhr er fort:

»Ihre Seewege gingen so weit in alle Himmelsrichtungen, dass sie auch später im Mittelalter noch genutzt wurden, als sich reich gewordene Händler rund um die Ostsee zur Hanse zusammenschlossen, und das war schon fast eine Art Vorläufer der Europäischen Gemeinschaft –«, schwärmte er, »jedenfalls was den gemeinsamen Handel betraf, von dem ja alle etwas hatten!«

»Und wo genau fahren wir denn heut' hin, auf den Spuren der Wikinger?«, fragte Mama neugierig.

»Nach Ribe, hier in Westjütland! Das ist die älteste Stadt Dänemarks. Sie war einst ein bedeutender Handelsplatz der Wikinger, und noch im ganzen Mittelalter der wichtigste dänische Hafen an der Nordsee! Der Ort liegt ja zudem günstig am Fluss Ribe Å. Man kam also überall gut mit dem Boot hin. Da in der Altstadt gibt's noch gut erhaltene Straßenzüge, das werdet ihr ja sehen! Lauter windschiefe rote Häuschen aus Backstein … Aber wir werden heut' noch mehr besuchen als Ribe, das ist nur der Auftakt!«

Gespannt stiegen wir in dem hübschen Städtchen aus und schlenderten gemütlich durch die uralten Gassen …

… und wen trafen wir da? Die Familie von Sabine und Silke! Gab das ein Hallo! Mit großem Gelächter erzählten sie uns, dass sie sich erinnert hätten, dass wir ja wohl noch hierher fahren wollten, und da hätten sie kurzfristig beschlossen, sich ebenfalls diesen alten Ort anzugucken: »Warum denn auch nicht? Und natürlich haben wir im Stillen gehofft, euch wiederzutreffen!«, erzählte deren Mama eifrig. Na, die Überraschung hatte ja geklappt! So waren wir denn auch hier zusammen, und wir Mädels gingen Arm in Arm untergehakt – da kamen die Erwachsenen gar nicht mehr durch!

»Hier hab' ich übrigens was für euch!«, sagte Silke. »Ich hab' für euch beide je ein Freundschafts-Armband geflochten! Das hätt' ich euch sonst demnächst per Post geschickt!«

»Oh toll – danke!!« Freudig nahmen wir die bunten, selbst gemachten Armbänder entgegen.

»Wenn ihr wollt, kann ich euch ja mal zeigen, wie's geht!«, schlug Silke vor.

»Au ja, gerne!«

»Meine Schwester hat sogar einen Mini-Webrahmen, um Perlenarmbänder zu machen! Wenn ihr uns mal besuchen kommt, zeigen wir euch den!«

»Ja – prima! So was möcht' ich auch gern können!«, sagte ich und beschaute mir das aus bunten Perlgarn-Fäden geknüpfte Band.

»Auch das mit den Perlen!«, fügte Lalá hinzu. »Ich mag so was!«

»Man kann damit sogar Namen einweben!«, sagte Sabine. »Das wär' doch ein schönes Geschenk für euch, zum Geburtstag oder zu Weihnachten, nicht wahr?!«

Begeistert nickten wir beide. »Und ihr?«, fragte ich sogleich. »Was können wir euch denn dafür schenken?«

»Oh, wir spielen doch kein Geschenke-Pingpong: ›Schenkst du mir, schenk ich dir!‹«

Ich fand, sie hatte zwar recht, dennoch beschloss ich, mir mit Lalá gemeinsam zu überlegen, was wir den beiden netten Schwestern denn unsererseits schenken könnten, vielleicht auch irgendwas Selbstgemachtes. Für die Weihnachtszeit könnten wir ihnen ja schöne Strohsterne basteln (ich kann sogar Kometen machen), und zum Geburtstag vielleicht hübsche Ketten aus echten Muscheln oder Holzperlen auffädeln… Sicher würde uns schon etwas Passendes einfallen!

So wanderten wir jetzt doch wieder alle gemeinsam weiter. Der alte Hafen von Ribe ist viel kleiner, als ich ihn mir vorgestellt hatte, wenn er doch früher so wichtig war – doch dann fiel mir ein, dass die Schiffe damals ja auch kleiner waren als heute. Na, und solche Sehenswürdigkeiten wie der alte Dom waren ja eh mehr was für die Erwachsenen, die solche alten Kirchen bestaunten und andächtig was von »mittelalterlicher Kunst« murmelten. Immerhin hatte man von dem 50 Meter hohen Kirchturm einen weiten Ausblick, hin zum Wattenmeer. Doch dann war da bei Ribe ja noch ein Wikinger Freilicht-Museum – und das war der eigentliche Grund, weshalb wir hergekommen waren!

Da gab's nämlich originalgetreu nachgebaute mittelalterliche Häuser, aus Holz oder Fachwerk, manche mit Schilfstroh gedeckt, andere mit Holzschindeln, so wie sie zu Zeiten der Wikinger gebaut wurden, nur waren diese natürlich neu, und die Fachwerkhäuser hübsch weiß gekalkt (bei Originalhäusern wär' die

Farbe inzwischen doch wohl abgeblättert) – aber so sahen die Häuser eben aus genau wie damals, als ob jeden Moment ein Wikinger um die Ecke kommen würde, mit seinem überschwappenden Met-Horn in der Hand! Manche der Häuser hatten auch Rollrasen statt Stroh als Dachbedeckung – »Warum sind denn hier die Dächer grün?«, fragte Lalá sofort.

»Nun, das war besonders im kalten Norden praktisch! Erstens wächst nördlich des Polarkreises, wo die Wikinger ja auch auf Expeditionen unterwegs waren, oft gar kein Schilf mehr, und zweitens hält so ein Grasdach schön warm! Die Erde und das fellartige Gras drauf isolieren sehr gut!«, wusste Herr Asmussen zu berichten.

Wir wussten gar nicht, was wir zuerst bestaunen sollten – da gab es Ausstellungen von alten Äxten und vielerlei Haushaltsgeräten, von Pelzen, Silbermünzen und Perlen, auch gab es verkleidete Geschichtenerzähler (natürlich Wikinger-Sagen) und zahlreiche Mitmach-Aktionen (sogar Grillen am Lagerfeuer), Spiele und Vorführungen im Bogenschießen, und zudem auch eine Falknerei-Show, doch so was hatten wir ja grad neulich schon gesehen, darum gingen wir weiter zu den Pferden und anderen Tieren. Auf dem Spielplatz gab's dann Spielgeräte, die den Fabelwesen aus den Sagas nachgebaut waren, Seeschlangen, Wölfe und Riesen.

Wir erfuhren auch, dass die Wikinger gar nicht immer mit Hörnerhelmen rumliefen, das wäre ja auch unpraktisch gewesen. Normalerweise trugen sie Lederkappen oder so was, bei Kämpfen auch Eisenhelme, doch richtige Hörnerhelme hatten wohl nur die Götterfiguren oder Leute, die anderen imponieren wollten. Dennoch wollten wir alle ein T-Shirt mit wilden Wikingern drauf, die so einen Hörnerhelm trugen (richtige Helme zum Verkleiden bekamen wir nicht – »Was wollt ihr denn später damit«, fragten unsere Eltern, doch erst das Dauerargument »kein Platz im Koffer« leuchtete uns ein ...)

Dann gab's an einer Landestelle am Bach auch … »Ein Wikingerschiff«, brüllte ich begeistert (ich war auch schon vom Wikinger-Fieber angesteckt!), »hey, Leute, schaut nur!« Ja, da war ein Holzschiff der Wikinger nachgebaut, ebenfalls originalgetreu bis ins kleinste Detail.

»Woher weiß man denn überhaupt so genau, wie die Schiffe früher gebaut waren?«, erkundigte sich Papa.

»Nun, man hat Überreste der schönen Wikingerschiffe in ganz Skandinavien gefunden: zum Beispiel das Gokstad-Schiff und das Oseberg-Schiff in Norwegen«, antwortete Herr Asmussen. Es gab auch andernorts Schiffsfunde, etwa im norddeutschen Haithabu und sogar im fernen Russland!«

»Ich denk', die Wikingerschiffe waren so gut wie unsinkbar?«, fragte ich dazwischen (was nicht ganz höflich war. Wie gesagt, ich nahm schon langsam Wikinger-Sitten an!)

»Ja, die Wikinger waren in der Tat große Schiffsbaumeister und ihre Schiffe waren sogar hochseetauglich. Die Funde sind auch meist gar nicht von gesunkenen Schiffen, sondern von Schiffsgräbern, wo bedeutende Persönlichkeiten beigesetzt wurden.«

»Wie gruselig!«, rief ich. Dann waren die Leute also in ihren Schiffen beerdigt worden.

»Ja, und daher sind sie so gut erhalten geblieben, weil diese Schiffe aus dem 9. Jahrhundert eben in den Grabhügeln die Zeit überdauert haben und nicht irgendwo verrottet sind. Zudem sind sie ja aus festem Eichenholz. Anhand dieser Funde hat man in moderner Zeit mehrmals einen Nachbau dieses Schiffstyps unternommen: Sie erwiesen sich als seetüchtig, auch auf hoher See und bei steifem Sturm!«

»Und was ist das Besondere, quasi das Geheimnis dieser Schiffe?«, fragte Mama interessiert. »Denn immerhin haben die Wikinger ja echt den Dreh rausgehabt, wie man's am besten macht ...!«

»Ja, die Wikingerschiffe wurden in geklinkerter Bauweise hergestellt –«

»Was is'n das?«, fragte diesmal Lalá dazwischen.

»Das bedeutet«, erklärte Herr Asmussen geduldig, »dass es keine Ritzen zwischen den Brettern gab, weil die Schiffsplanken an den Rändern übereinandergelegt wurden. So konnte praktisch kein Wasser eindringen. Zudem waren viele Teile untereinander mit elastischen Weidenruten verbunden, was beim Schaukeln auf See von Vorteil war. Die Schilde der Krieger hängte man während der Fahrt oft außen an den Schiffsseiten auf, als zusätzlichen Wellenschutz und zur Platzersparnis. Natürlich nur, wenn man nicht gerade wegen Flaute rudern musste statt zu segeln, denn beim Rudern wären die Rundschilde, da an der Bordwand, ja hinderlich gewesen. Jedenfalls waren die Schiffe seetüchtig, wenn auch ohne Komfort. Auf den großen Schiffe, so um die 20 Meter Länge oder mehr, da konnten damals schon etwa dreißig bis vierzig Leute mitfahren.« Wir bestaunten ausgiebig das schöne Schiff.

»Die Boote hatten auch nicht immer Drachenköpfe, die konnte man sogar abnehmen. Die waren so zum Aufstecken, auf einem Zapfen, wisst ihr? Wenn man friedlich unterwegs war, fuhr man auch mit welchen, die ein Schneckenmuster als Zierrat vorne hatten. Es gab also nicht nur die berühmten Drachenboote! Und die Segel waren damals auch nicht immer nur rot-weiß, wie sie heutzutage meist dargestellt werden, sondern zum Teil auch bunt, grün und blau und so – man hatte die Segel meist aus Hanf gewebt und mit Tierfett imprägniert, also quasi schon eine Art Segeltuch erfunden!«

Herr Asmussen machte uns noch auf viele Details aufmerksam, die wir sonst gar nicht beachtet hätten. »Hier, bei Flaute, wenn man nicht segeln konnte, dann wurde gerudert. Da seht ihr die Riemen. Dazu das Steuerruder rechts hinten, noch an einer Seite angebracht, ein mittiges Heckruder kriegte man damals noch nicht hin, weil die Boote hinten ja in eine Art schmalen Drachenschwanz ausliefen! Daher heißt diese Seite noch heute ›Steuerbord‹.«

»Und wenn die Leute länger unterwegs waren, wie lebten die da auf dem Schiff? Das muss doch arg ungemütlich gewesen sein, so lange auf hoher See, mitten auf dem rauen Meer!«

»Na ja, große Schiffe wie Langschiff und Knorr hatten auch

ein Deck, worunter man sich verkriechen konnte. Manche hatten auch zeltartige Kajüten. Die kleineren Schiffe waren indessen offene Boote, aber die waren ja eh nur für die Küstenschifffahrt gedacht.«

»Und wenn man mal musste …?«, fragte Lalá zaghaft.

Herr Asmussen lachte.

»Es gab keine Toilette – man machte über die Reling, also über Bord!«

Lalá quietschte: »Iiiiih!«, und wir lachten alle.

»Wie hat man denn damals ohne Kompass navigiert?«, wollte jetzt Papa wissen.

»Nun, über den Daumen gepeilt, nach Sonne und Gestirnen. Es gab hölzerne Peilscheiben und Peilstäbe, da konnte man Kerben für bestimmte Positionen anbringen. Meist orientierte man sich aber an der Küstenlinie, an markanten Punkten wie steilen Klippen und sogar nach den Seevögeln, welche die Nähe von Küsten anzeigten.«

»Also, schon erstaunlich und wagemutig!«, meinte Papa. »Wir segeln ja auch gern bei uns in der Bucht – aber mit so einem Schiffchen bis nach Amerika, ohne GPS und Kompass und so … das würd' ich mich doch nicht trauen!«

»Tja, das waren halt schon verwegenen Burschen, die Wikinger!«, lachte Herr Asmussen, und wie er so dröhnend lachte, klang er selber ein bissel wie ein Wikinger, fand ich.

Am nächsten Tag besichtigten wir noch gemeinsam Wikingerfunde in Ostjütland: den Wikingerfriedhof von *Lindholm Høje.* Dort gab es Gräber in Schiffsform, aus riesigen Findlingen (das sind tonnenschwere Feldsteine, die noch aus der letzten Eiszeit übrig geblieben sind. Solche riesigen Steine, wie auch Obelix – der Freund von Asterix – immer auf'm Rücken rumschleppt. Die Kelten und Wikinger hatten da also was gemeinsam). »Das sind sogenannte Schiffssetzungen in Grabhügeln, den Dolmen. Hier wurden die Menschen also nicht in echten Schiffen beerdigt, sondern in Gräbern, die ein Schiff darstellen. Warum mal in echten Schiffen und mal in nachgemachten, das kann ich euch auch nicht sagen – sicher ist nur, dass man sich die Fahrt ins Jenseits irgendwie übers Wasser vorstellte – das tun ja viele Völker.«

»Das ist mir zu gruselig!«, jammerte Lalá.

»Wieso? Es ist doch nur ein besonders alter Friedhof«, meinte Mama. Doch ich wunderte mich nicht. Sicher dachte Lalá, dass hier vielleicht noch der Geist irgendeines alten Wikingers umgehen könnte! Und in der Tat sagte sie leise: »Vielleicht gibt's hier ja noch Gespenster?«

Weil Lalá mich an der Hand hielt und schleunigst fortzog, worauf auch alle anderen eilig hinter uns her mussten, verließen wir den spukigen Ort. Ich dachte noch darüber nach, dass es sicher zu aufwändig war, damals jedes Mal für ein Grab ein echtes Schiff zu opfern, und dass man deshalb einfach welche aus ein paar Steinen nachgemacht hatte, um die Schiffsform anzudeuten, doch ich kam mit meinen Gedanken nicht weiter, so sehr zerrte mein Schwesterchen an meinem Arm.

Doch bald wurde Lalá wieder lustig, denn auf der Weiterfahrt schauten wir uns noch andere Sachen an: Nördlich von Århus gab's nämlich einen Tierpark mit skandinavischen Tieren: Bären, Elche, Rentiere, Polarfüchse und Wölfe, in ganz naturnaher Umgebung – das erinnerte mich etwas an Skansen, wo wir ja auch schon mal waren. Und dann gab es noch ein weiteres Freilichtmuseum bei Århus, wo ein ganzes, altes Dorf nachgebaut war; auch das fanden wir toll und es erinnerte uns an heimische Ausstellungen im Freien. So was ist immer schön – man läuft da durch und stellt sich vor, man würde selber noch mal in der damaligen Zeit leben. Oft gibt's da ja auch noch lebensechte Puppen in alten Trachten oder gar Museumsführer, die noch solche Klamotten im damaligen Stil anhaben.

Auf der Heimfahrt fuhren wir noch einen Umweg, denn die krummen und windschiefen, jahrhundertealte Häuser bei Ebeltoft sehen auch noch ganz schön altertümlich aus. Im Hafen liegt die Fregatte Jylland, das längste erhaltene Holzschiff der Welt mit 61 Metern, 1862 erbaut, zwar kein Wikingerschiff mehr, aber dennoch eines aus Holz, wie sie heute nicht mehr üblich sind.

Wir Schwestern bekamen alle als Andenken in einem Souvenir-Shop noch ein T-Shirt mit lustigem Wikinger-Aufdruck: Sie waren als Comics-Figuren dargestellt und eher witzig als Furcht einflößend. So waren sie uns auch lieber!

Warum es manchmal doof ist, Prinzessin zu sein

Heute fuhren wir auf die dänische Insel Alsen (die Dänen nennen sie Als), dort wimmelt es von Schlössern: Nordborg, Augustenborg, Schloss Sønderborg und das alles auf einer kleinen Insel, die man ganz gemütlich an einem Tag durchstreifen kann. Es war aber auch schön hier, kein Wunder, dass die damals all die Schlösser hierher gebaut haben.

Sabine und Silke hatten sich gestern schon verabschiedet, sie fuhren mit ihren Eltern heim. Doch Herr Asmussen war auch heute dabei, er hatte sich in seine Rolle als Fremdenführer schon so richtig eingelebt. Es machte ihm Spaß, uns die schöne Gegend zu zeigen, und er genoss es, dazu viel Wissenswertes aus dem Hut zu zaubern, will sagen, uns dazu zu erzählen. Aber nicht so wie ein Schulmeister, sondern so ganz locker und oft witzig.

Wir durchfuhren von Norden her die ganze dänische Halbinsel und kamen durch die Hafenstädte Kolding und Haderslev, an ihren Fjorden, und dann durch Süddänemark zur Ostseeinsel Alsen, auf Dänisch Als. Lustig war es auch, als wir auf dem Weg dorthin durch die Stadt Sonderburg (Sønderborg) fuhren: Die liegt nämlich zu einer Hälfte auf dem Festland, zur anderen drüben, auf der anderen Seite des Alsen-Sunds, auf der Insel Alsen. Entstanden ist der Ort überhaupt drüben auf der Insel, weil man von dort aus die Schifffahrt auf dem Sund kontrollieren konnte. (Was ein Sund ist, hab ich euch ja schon bei der Öresundbrücke erklärt.)

»Im Mittelalter haben sich die Leute von der damaligen Festung Sonderburg aus gegen Piratenangriffe verteidigt!«, wusste Herr Asmussen zu berichten. »Heute steht hier das *Sønderborg Slot*« (er sagte es richtig auf Dänisch, denn er war ja zweisprachig aufgewachsen, so wie meine Schwester und ich, nur eben mit anderen Sprachen).

»Der Sund sieht zwar aus wie ein breiter Fluss – im Schnitt so etwa 500 Meter breit«, erzählte er weiter, »ist aber in Wirklichkeit eine Meerenge. Auf der Höhe der Stadt ist er nur noch 250 Meter breit, daher trennt er die Stadtteile nicht wirklich.« (Das hatte er also noch besser erklärt als ich. Hier war die Meerenge somit noch enger!) So was kennen wir ja nun schon aus unserer Heimat, doch es sieht immer wieder interessant aus, wie Land und Meer umeinander herum schlängeln. »Das Land und das Meer spielen miteinander«, hätte Selma Lagerlöf dazu gesagt. Irgendwie richtig spannend, wie die Natur sich mit sich selbst beschäftigt!

Man fuhr wieder mal über eine Brücke. Wir lieben Brücken! Sie verbinden so schön!

»Die Alsensund-Brücke hier wurde 1981 von Ingrid von Schweden eingeweiht!«, rief Herr Asmussen, als wir grad' drüber fuhren.

»Schweden? Ich denk', wir sind hier in Dänemark?«, fragte die kleine Lalá verunsichert.

»Doch, doch, sind wir – aber Prinzessin Ingrid kam zwar aus Stockholm, heiratete dann jedoch ins hiesige Königshaus und wurde Königin von Dänemark.«

»Ah so!«

Mir war's egal, wer wann wen geheiratet hatte – ich schaute von der neumodischen Brücke auf das spiegelblanke, dunkelblaue Meerwasser hinab. »Sie wurde zur Entlastung der Innenstadt gebaut«, sagte Herr Asmussen, »denn zuvor lief der gesamte Verkehr durch das Stadtzentrum über die ältere Klappbrücke ›Kong Christian‹, wie durch ein Nadelöhr!«

Lalá hatte mal wieder nicht richtig zugehört und »King Kong« verstanden, doch die ehrwürdige Brücke war ja nach dem dänischen König Christian dem Zehnten benannt und natürlich nicht etwa nach einem Riesen-Gorilla, obwohl so ein Monster sicher gut beim Brückenbau hätte helfen können! Wir alle lachten, und Lalá war beleidigt, doch nicht lange. Es gab ja so viel zu sehen ...!

»Die Bucht dort ist schon Teil der Flensburger Förde – da wollen wir auch noch mal hinfahren!«, rief jetzt Papa und winkte Richtung Süden. Er kennt die Gegend nämlich auch, denn er hat ja überall in der Welt Freunde und Bekannte. Das ist das

Beste, was es gibt! Wenn sich weltweit noch viel mehr Menschen kennen würden, dann gäb's auch noch mehr Freundschaft und alle würden Frieden halten!

Jetzt meldete sich wieder Herr Asmussen zu Wort. »Gegenüber, da auf der Halbinsel, die zum Festland von Südjütland gehört, hatte man im Nydamm-Moor ein besonders altes Wikingerboot gefunden, noch aus der Eisenzeit, also etwa gut 300 Jahre nach Christus! Das war ebenfalls schon in der Klinker-Bauweise gezimmert – diese Erfindung ist also schon ziemlich altbewährt!«

»Und warum baut man dann heutzutage nicht mehr so?«, fragte Mama.

»Nun, erstens ist es sehr aufwändig und zweitens hat man ja heutzutage auch ganz andere, moderne Materialien – da ist es gar nicht mehr nötig!«, vermutete Papa, noch ehe Herr Asmussen antworten konnte. Der nickte darum nur zustimmend.

»Aber die alte Handwerkskunst wird nicht aussterben!«, sagte Herr Asmussen nach einer kurzen Weile. »Denn es gibt ja immer noch Schiffszimmerleute, welche die alten Bootstypen nachbauen, für Museen oder auch Expeditionen, um ihre Seetauglichkeit zu testen!«

»Wie lässt sich so was denn überhaupt bezahlen?«, rief Mama erstaunt, »wo doch heutzutage alles so teuer ist? Gewiss kostet solch ein historisches Schiffsbau-Projekt doch 'nen Haufen Geld?!«

»Ja, in der Tat! Doch es sind oft Ehrenamtliche, die da ohne Bezahlung werkeln, etwa aus Vereinen, auch gibt es Spendengelder, und manchmal werden sogar Arbeitslose angestellt, etwa als in Holland ein riesigen Handelsschiff aus dem 17. Jahrhundert als Nachbau rekonstruiert wurde, so ein alter Ostindienfahrer, eine Dreimastbark! So erhalten sie Lohn und Brot, aber natürlich ist es dennoch günstig, und die alten Kenntnisse des Schiffsbaus bleiben erhalten!«

Wir besichtigten Schloss Sonderburg, einen dicken, roten Backsteinbau direkt am Wasser (mitsamt Rittersaal, Museum und Sagen über spukende Prinzessinnen, eingekerkerte Könige und schwarze Stiere, die den Baugrund bestimmten, weil die Menschen sich nicht darüber einigen konnten) und fuhren dann weiter in die Insellandschaft hinein, nach Schloss Augustenborg (also: *Augustenborg Slot*), mitten auf der Insel Alsen, das schneeweiß in einem grünen Park mit viel Rasen liegt, oberhalb einer Bucht der Augustenburger Förde. Mama fand das Schloss samt Drumherum »idyllisch«, was wohl so viel wie »schön und malerisch« heißen sollte, ich fand es einfach nett und freundlich, vor allem mit dem schönen grünen Landschaftsgarten.

»Eigentlich sieht es weniger nach einem Schloss als nach einem riesigen Herrenhaus aus«, meinte Mama. Uns war das egal, denn wir spielten auf den Kieswegen Fangen. »Ja, ganz hübsch!«, riefen wir daher nur im Vorbeilaufen.

»Schloss Nordborg sieht dafür wieder eher nach einem Schloss aus, mit seinen runden Türmchen!«, vertröstete Herr Asmussen die Mama.

»Augustenburg ist ja auch schön«, sagte sie, »nur halt etwas anders, als man sich ein typisches Schloss vorstellt!«

Auch Lalá erwartete offenbar etwas anderes, denn sie fragte, ob hier denn noch die Königsfamilie wohnen würde. Auch darauf wusste Herr Asmussen eine Antwort: »Nein, sie sind in ein anderes Schloss umgezogen; ich meine, nach Gravenstein. Warum, weiß ich nicht. Im Schloss hier war dann mal ein Krankenhaus oder so untergebracht, inzwischen dient es als eine Art Bürogebäude, glaub ich – aber im Schlosspark finden alljährlich Musikveranstaltungen statt, auch Rock- und Pop-Konzerte. Im Übrigen sind Schlosshof und Park ja frei zugänglich.«

Schade, dass hier nicht gerade so ein Open-Air-Konzert stattfand! Doch auch so war es schön hier. Wir liefen hinter einem Schmetterling her, bis der sich irgendwo auf eine Blume setzte und wir ihn uns genauer betrachten konnten. Er war kastanienbraun und hatte rote Streifen über den Flügeln. »Deshalb nennt man ihn ›Admiral‹«, wusste Herr Asmussen, »weil die Natur ihm so prächtige, rote Schärpen verliehen hat!«

Nach dem langen Herumrennen im Schlosspark waren wir etwas müde und erschöpft. Lalá hatte ganz erhitzte Wangen, und ich hechelte schon fast so wie daheim jetzt im Hochsommer unsere Hündin Bella. Wir Mädchen waren durstig, unsere Mineralwasserflaschen aber schon längst leer.

»Alle!«, sagte Lalá bedauernd und lutschte noch zischend die allerletzten Tropfen aus der Flasche.

»Hier habt ihr jeder einen Gravensteiner Apfel – das erfrischt, bis wir irgendwo neue Getränke kaufen können!«, sagte Mama.

»Danke!«, sagte Lalá und biss krachend in den Apfel, schaute sich aber trotzdem schon nach einem Getränkeautomaten um. Natürlich, wenn man grad' dringend einen braucht, sieht man keinen – auch wenn's sonst davon wimmelt, an jeder Ecke!

»Ach – wär' ich doch eine Prinzessin!«, maulte Lalá. »Dann müssten mir jetzt Diener sofort 'ne neue Flasche Wasser bringen!«

»Ja, wäre das denn so schön?«, fragte Mama ganz entgeistert. »Dass andere dich bedienen müssten?«

»Ja!!«, quengelte Lalá. »Denn ich hab jetzt Durst, und nicht erst nachher, wenn wir irgendwo was zu Trinken kaufen können!«

»Aber so heiß ist es doch heute nun wirklich nicht!«, sagte Mama stirnrunzelnd. »Gerade mal 22°C, da kannst du's gewiss noch 'ne Weile aushalten, bis wir irgendwo –«

»Ich hab' aber JETZT Durst!«, schrie Lalá und stampfte mit dem Fuß auf. »Wenn ich Prinzessin wär', dann müssten mir überhaupt alle Leute gleich jeden Wunsch erfüllen! Jetzt sofort! Das wär toll!«

Da ich inzwischen auch höllischen Durst bekommen hatte, konnte ich diesem Gedanken auf einmal auch etwas abgewinnen. Natürlich würd' ich nicht gleich zu meinen Dienern sagen: »Her mit dem Mineralwasser, aber eisgekühlt – und wenn ihr nicht gleich damit aufkreuzt, lass ich euch den Kopf abschlagen!« (das würde Lalá natürlich auch nicht), sondern ich wär' ja ganz nett und würde sagen: »Her mit dem Wasser, bitte ein wenig dalli!« oder so… Wir Mädchen spielten also Prinzessinnen, um uns ein wenig die Zeit zu vertreiben, bis wir endlich was zu trinken bekommen würden. Die süß-säuerlichen Äpfel erfrischten zwar in der Tat, doch eine Literflasche kühle Sprudel ersetzen konnten sie natürlich nicht!

Also gingen wir gesittet einher, mit ganz gemessenen Schritten, so wie wir uns Prinzessinnen vorstellten. Hinter uns her schleifte eine lange, goldene Schleppe, zumindest in unserer Fantasie – ach, so was Unpraktisches, die wird doch bloß dreckig, wenn sie durch den Straßenstaub nachschleift! Oder wurde die von Dienern getragen? Ach was – heutzutage tragen selbst Prinzessinnen solchen Fummel ja nur noch zur Hochzeit, ansonsten laufen sie ja fast normal angezogen rum – schwupp!, verschwand in meiner Vorstellung die nachschleifende Schleppe, schnapp! Wie mit der Schere war die blöde, hinderliche Schleppe in Gedanken schon abgeschnitten! Und zack – lösten sich die Diener im Frack auf wie Seifenblasen: Die brauchte ich doch auch nicht!

Und überhaupt! Die ganze Zeit musste man sich benehmen, dufte nicht mal gähnen, wenn man müde war, und musste andauernd freundlich winken, zu Leuten, die man ja gar nicht kannte! Ach, auf die Dauer stellten wir es uns doch ganz schön öde und langweilig vor, Prinzessinnen zu sein. Ständig mit dem ganzen Hofstaat um sich herum, so wie eine Bienenkönigin mitten in ihrem Schwarm – nee, das war doch nix für uns! Da würden wir lieber zu Pippi Langstrumpf in die Villa Kunterbunt ziehen als auf so ein gesittetes Schloss!

Wir stellten beim Prinzessin-Spielen auch fest, dass das Leben am Königshof nur dann nicht langweilig ist, wenn man auch Gutes tut, also auch zu den Armen und Kranken hingeht und denen vielleicht 'nen Sack voll Gold in die Hand drückt, damit sie sich auch mal was Schönes kaufen können! Moderne Könige und Königinnen tun so was ja auch.

Und endlich, endlich war auch ein Kiosk in Sicht, wo gekühlte Getränke verkauft wurden, frisch aus der Kühltruhe und ganz ohne Goldschnörkel drum herum! Wie eine rettende Oase in der Wüste kam er uns vor! Her mit den Wasserflaschen und dann – gluck! gluck! gluck! – runter damit, ohne jede höfische Geziertheit! Man durfte sogar von der vielen Kohlensäure einen Schluckauf kriegen, ohne dass da gleich der ganze Hofstaat vor Entsetzen in Ohnmacht fiel… nur Mama runzelte die Stirn (aber das tut sie ja öfter mal).

Auch hier auf der Insel gibt's übrigens Schiffssetzungen und Dolmen (also, diese Gräber aus riesigen Hinkelsteinen; doch wir hatten davon schon genug gesehen, irgendwie waren wir heute müde. Auch das hübsche Schlösschen Nordborg, für sich auf 'ner kleinen Schloss-Insel in einem See und passend schwanenweiß gestrichen, dazu mit rotem Ziegeldach, konnte uns nicht lange halten (es ist von innen eh nicht zu besichtigen, da ist nämlich 'ne Art Schule drin, wie bei dem anderen Schloss ist nur der Schossgarten frei zugänglich, ein schöner Park mit alten Bäumen). Immerhin fanden wir sein dickes, gemütliches Haupt-Türmchen mit dem pummeligen Dach, das wie eine rote Pudelmütze aussieht, so lustig, dass wir uns alle für ein paar Gruppenfotos davorstellten. Zur Erinnerung. (Auf dem Handy hatten wir gefühlt schon Tausende Fotos, aber das machte nichts – daheim konnte man sich dann alles in Ruhe noch mal anschauen und sich darüber freuen, wo man überall gewesen war und was man alles gesehen hatte. Besonders an kalten Winterabenden konnte man sich so den Sommer ein bissel zurückholen. Man könnte ja auch hübsche Fotoalben draus machen. Nur ist es natürlich nicht gut, wie manche Touristen nur noch durch den Sucher der Kamera zu gucken und praktisch die ganze Zeit mit der Kamera vorm Gesicht rumzulaufen!)

Erst hinterher fiel mir auf, dass Schloss Nordborg auf seiner eigenen kleinen Insel im Nordborg-See somit ja eine »Insel auf einer Insel« ist, wenn ich nicht schon alles durcheinanderbrachte, was wir heute auf Alsen gesehen hatten – mir schwirrte langsam der Kopf vor lauter Inseln und weißen Schlössern … es ist eine richtig märchenhaft-verwunschene Gegend …!

Auf der Rückfahrt von Alsen kamen wir am Alsensund bei Dübbøl an einem Denkmal vorbei, denn dort sind als historischer Ort die Düppeler Schanzen, wo sich die Preußen aus irgendeinem Grund mit den Leuten hier gekloppt haben, in einem blöden deutsch-dänischen Krieg. »Das war 1864«, wie Herr Asmussen uns sagt.

Ganz laut sage ich: »Krieg ist immer sinnlos, dafür gibt's gar keinen guten Grund! Die Leute sollen lieber Frieden halten!«

»Tja, das ist manchmal leichter gesagt als getan – aber es stimmt!«, sagte Papa leise.

»Immerhin waren hier erstmals Vertreter des Roten Kreuzes tätig, und die haben sich ja seit der Gründung dieser Organisation durch Henry Dunant, im Jahre 1863, stets um Frieden und Menschlichkeit bemüht!«, erzählte uns Herr Asmussen.

»Dafür hat Dunant ja dann auch 1901 den Friedensnobelpreis gekriegt!«, fiel Papa dazu ein.

»Ja, zusammen mit dem Pazifisten Frédéric Passy!«, erinnerte sich Mama. Sie interessiert sich nämlich auch für so was.

»Was ist denn ein Pazi-Passi …?«, fragte ich. »Und wieso hieß der eine gleich so ähnlich wie das, was er war?«

»Tja, *nomen est omen* – manchmal passt ein Name wie eine Prophezeiung!«, lachte Papa. »Pazifist heißt jemand, der für den Frieden eintritt, der für Gewaltlosigkeit und Völkerverständigung ist! Das Wort kommt von lateinisch ›*pax*‹, ›Frieden‹.«

»Und die Ideen solcher Menschen, die sich um den Weltfrieden bemühen, egal wie schrecklich es manchmal zugeht in der Welt, die machen einem wieder Mut!«, fügte Mama hinzu. Es klang richtig feierlich, was sie da sagten. Lalá war ganz still geworden, offenbar dachte auch sie über diese Dinge nach.

Unsere Eltern unterhielten sich noch mit Herrn Asmussen über Dunant, der damals (1859, so erinnerte sich Mama) beim Anblick der Verwundeten in der Schlacht von Solferino in Italien so erschüttert war, dass er sich zeitlebens dafür einsetzte, solche sinnlosen Kriege künftig zu vermeiden und die Not der Menschen zu lindern. Zwar konnte er leider keine Kriege verhindern, doch immerhin hatte er ja eine inzwischen weltweit tätige Hilfsorganisation gegründet!

Dann fuhren wir weiter, auf dänischer Seite an der Flensburger Förde entlang, die sich zumindest auf der Landkarte wie ein blauer Strumpf ins grüne Land hinein erstreckt. »Da drüben ist schon Norddeutschland!«, erklärte Herr Asmussen. Ach ja, das hatte Papa ja vorhin auch schon gesagt. »Förde« ist übrigens dasselbe wie bei uns in Skandinavien »Fjord«, also ein Meeresarm.

Die Leute sprechen es halt überall ein wenig anders aus, und es sieht ja auch anders aus, also passt's ja.

Irgendwann durchfuhren wir eine Hafenstadt mit kleinen, weißen und roten Fischerhäuschen – sogar eine Fahne mit drei Makrelen drauf flatterte hier lustig im Wind. Es ist der Ort Aabenraa. Von dort aus gelangten wir nach Kollund. »Wir sind schon fast an der Grenze!«, sagten Papa und Herr Asmussen gleichzeitig, wie aus einem Munde. Alle mussten lachen.

»Wie gut, dass das hier eine offene Grenze ist, und friedlich, wo nicht geschossen wird!«, sagte Mama. »Wenn man so im Fernsehen sieht, wie's anderswo in der Welt an Grenzen zugeht…«

Ich finde Grenzen insgeheim blöd, weil Papa uns doch erklärt hat, die Welt wär eh 'ne runde, blaue Murmel, wie soll man die da aufteilen? Es wär doch viel besser, wenn alle Menschen alles friedlich miteinander teilen würden, was sie haben, und nicht einander aussperren. Doch bis das so weit ist, dass es in allen Köpfen angekommen ist, das wird wohl noch 'ne Weile dauern! Bis dahin stehen halt an den Grenzen noch Schlagbäume und Zollbeamte rum.

Bevor wir nach Deutschland rüberfuhren, machten wir noch Rast im Kollunder Wald. Das ist ein sehr schöner, alter Buchenwald, der drüben auf der deutschen Seite auch noch weitergeht. Die Bäume wissen ja eh nicht, ob sie in Dänemark oder in Deutschland ihre Wurzeln schlagen. Sie umrahmen halt die Bucht. »Hier gibt's auch Dampferfahrten«, sagte Herr Asmussen. »Wir können ja morgen auch einen Schiffsausflug machen!«

»Oh jaaaa!«, riefen wir begeistert. Herr Asmussen hielt sich lachend die Ohren zu.

»Dann fahren wir aber von drüben, von Flensburg aus!«

Hier war nicht viel los. Immerhin gab's hier die wohl besten Hotdogs der Welt! An einem kleinen Kiosk standen wir da und mampften die würstchengefüllten Brötchen, während wir von hier, von der dänischen Seite, schon über die dänischen Ochseninseln hinweg bis nach Deutschland rübergucken konnten. Zwar war das Wetter heute nicht so supertoll, mehr Wolken als blauer Himmel, aber wenigstens war es trocken.

Zwischen dem dänischen Kruså und Kupfermühle, in der deutschen Gemeinde Harrislee, überquerten wir die Grenze. (Der Ort Kupfermühle heißt übrigens so, weil dort mal ein jahrhundertealter Betrieb mit 'ner Wassermühle war, um Kupfer zu verarbeiten, wie Herr Asmussen erklärte.) Wir machten einen Abstechern nach Flensburg, das liegt am Ende der Förde. »Ganz früher ging die Förde sogar noch weiter, doch da war's sumpfig – also hat man die Fördespitze leider zugeschüttet. Heutzutage hätte man sicher 'n Feuchtbiotop draus gemacht!«, bedauerte Herr Asmussen. »Aber damals dachte man anders, man wollte nur neues Bauland gewinnen. Nahe dem Bahnhof, am Löschteich, ist noch ein ganz kleines Restchen Sumpf übrig geblieben.«

Er drehte sich um und schaute sich das Panorama an. »Angeblich soll ein Ritter namens Fleno die Stadt im Mittelalter gegründet haben. Hier in der Nähe verlief einst auch der historische Ochsenweg – da wurde jahrhundertelang Vieh getrieben, zum Verkauf auf den Märkten! Ja, früher kamen die Tiere wenigstens noch aus dem Stall und hatten ein wenig Bewegung …!« Er lachte. »Heute hat man ihn als Radfernweg ausgebaut – is' ja auch gut! Und ein Denkmal erinnert auch noch an den alten Viehweg, der wohl noch bis zur Zeit der Wikinger zurückgeht!«

Jetzt waren wir auf einmal auf der anderen Seite der Förde. »Schaut mal – da drüben waren wir und haben Hotdogs gegessen!«, winkte Papa nach Norden, so als könnte er uns dort noch stehen sehen – irgendwie doppelt: einmal hier in echt und einmal drüben in seiner Erinnerung.

Ich schaute mir die Ortsnamen auf der Karte an (richtig romantisch fand sie Mama): Ostseebad, Lachsbach, Wassersleben, Solitüde – die Gegend da gegenüber, auf der Glücksburger Seite, hieß ja genauso wie das Häuschen des Kapitäns! Ich erfuhr, dass der Name so viel wie »Einsamkeit« oder »Abgeschiedenheit« bedeutete, für eine entlegene, ruhige Gegend. In der Tat war hier rings um die Förde ja viel Wald, der sich bis zum Sandstrand hinab zog, und in der Stille im Buchenwald hörte man nur die leisen Fördewellen rauschen. Fast andächtig gingen wir die schöne Strandpromenade entlang. Ach, wenn doch nur der Kapitän von unserer kleinen Schären-Insel auch hier spazieren gehen könnte! Dem hätte es garantiert gut hier gefallen! Und gewiss würde er uns wieder so lustiges Seemannsgarn erzählen, wenn er jetzt hier wäre!

»Hier steht: ›Lachsbach‹. Gibt's hier eigentlich noch Lachse?«, will ich wissen.

»Vermutlich nein – sie sind alle durch Überfischung und Umweltzerstörung in früheren Jahrzehnten ausgerottet worden. Aber vielleicht kehren sie zurück, jetzt, wo das Wasser sauberer ist – man könnte ja Junglachse aussetzen! Zumindest gibt's in der Förde große Meerforellen…!«, sagte Papa. »Ab und zu wird hier in der Bucht sogar mal ein Schweinswal gesichtet!«

»Und wenigstens ist die Gegend hier Landschaftsschutzgebiet!«, sagte Herr Asmussen zufrieden.

In Flensburg trafen wir uns dann mit einem weiteren von Papas Bekannten, dem Leiter der Goetheschule in Valparaíso, der gerade in Deutschland auf Familienbesuch war. »Wir kennen auch Valparaíso!«, krähte Lalá ganz laut. Da war es ja auch sehr schön gewesen. Ganz gerührt erzählte Papa ihm, wie wir Kinder sogar seinen alten Teddy auf dem Dachboden bei unseren Verwandten wiedergefunden hatten. Er hatte ihn ja zurücklassen müssen, als er damals Chile so Hals über Kopf verlassen musste, weil's damals grad 'ne Diktatur wurde (heute isses da wieder demokratisch). »Stellt euch nur vor: sie haben dort in Chile meinen Teddy entdeckt, nach so langer Zeit!«, schwärmte er und schwelgte in Erinnerungen. Das war aber auch eine tolle Überraschung gewesen!

Papas Bekannter, seinen Namen hab ich leider vergessen, Brücke oder Brügge oder so, empfahl für nächstes Mal den Besuch von Schloss Gottorf bei Schleswig, wo es auch ein Museum über Vor- und Frühgeschichte gibt.

»Für dieses Mal langt uns leider die Zeit nicht«, meinte Papa bedauernd, »aber es ist ja auch schön, bereits Pläne für nächstes Jahr zu haben!«

Wir übernachteten alle in einer kleinen Pension, in der Nähe von Papas Bekannten (denn wir passen nicht alle auch noch in die Wohnung seiner Familie rein.) Gottlob war alles billig genug, mal hier und mal da, im Ferienhaus und in einer Pension und so. Natürlich machten wir am nächsten Tag auch die versprochene Dampferfahrt – sogar auf einem historischen Dampfschiff, der Alexandra!

Auch in Flensburg gab's viel zu besichtigen: Das berühmte »Nordertor« aus rotem Backstein, mit seinem lustigen Stufengiebel, das wirklich ein »Tor zum Norden« ist, also in Richtung Skandinavien, und auch zahlreiche Museen (auch über Seefahrt), für die wir diesmal leider keine Zeit haben. Aber wir können ja auch mal wiederkommen …!

Während wir im Flensburger Hafen an Bord gehen, in dem gleich mehrere historische Segelschiffe und der denkmalgeschützte Dampfer vor Anker liegen, auf dem wir jetzt fahren wollten, erzählte uns Herr Asmussen ganz begeistert: »Die Alexandra ist der letzte erhaltene Fördedampfer! Sie lief 1908 vom Stapel und hat eine wechselvolle Geschichte! Die könnt ihr ja auch genauer im Internet nachlesen. Wichtig ist vor allem, dass sie gerettet wurde! Denn als sie 1975 außer Dienst gestellt wurde und traurig vor sich hin rostete, gründete sich ein Förderverein ›Rettet die Alexandra!‹ Denn, wie gesagt, zum Erhalt oder Nachbau historischer Schiffe braucht's ja leider auch viel Geld! Selbst wenn alle immer umsonst arbeiten würden, wär' ja allein schon das Material teuer! Es gelang jedenfalls, sie Anfang der 1980er-Jahre wieder instand zu setzen. Heute fährt sie wieder, als Museumsschiff, und ist neben dem altehrwürdigen Nordertor eins der Wahrzeichen Flensburgs!«

Da freuten wir uns alle doppelt, damit fahren zu dürfen, dank der gemeinsamen Anstrengungen so vieler engagierter Menschen, und gerne spendeten wir auch etwas für den Klingeltopf des Vereins.

Dann schauten wir uns noch ein weiteres Schloss an, nämlich Schloss Glücksburg, das wie ein Schwan auf dem Wasser zu schwimmen scheint, denn es ist ein Wasserschloss und ebenfalls weiß gestrichen. Echte Schwäne gab's auf dem Schlossteich auch, und dieses Schloss hat auch ganz viele Türmchen, so wie sich das gehört. Ich dachte an die Schlösser auf Alsen zurück und fand, dass es hier in der Gegend ziemlich viele davon gab, und jedes war doch wieder anders. Wir besichtigten es von außen wie von innen. Hier konnte man endlich mal rein! Zufrieden kehrten wir von dieser Schloss-Besichtigungstour zurück.

Im Bausteinchenland

Nun waren wir wieder zurück, in unserem dänischen Ferienhäuschen in Grenen. Wir fühlten uns in dem gemütlichen Urlaubs-Heim schon wie nach Hause gekommen, nach so vielen Ausflugs-Touren, auch mit Auswärts-Übernachtung (»Können wir uns gerade noch so leisten«, stöhnten die Eltern, »doch für Tagestouren wär' manches einfach schon zu weit…«). Heut' würden wir allein unterwegs sein, nun wieder ohne Silke und Sabine, schade. Doch die mussten ja schon nach Hause fahren. Zum Andenken hatten wir ja die Freundschafts-Armbändchen, die sie uns geschenkt hatten, und natürlich ihre Telefon-Nummern und E-Mail-Adressen. Auch Herr Asmussen hatte heute leider keine Zeit für uns, er musste wieder arbeiten.

So fuhren wir heute in kleiner Runde, und zwar nach Billund, einer kleinen Stadt in Dänemark, wo das älteste »Legoland« steht, das schon 1968 eröffnet wurde, wie Papa uns erzählte. »Damals war's noch eine bescheidene Freiluft-Anlage, und heute eine Welt für sich! Inzwischen gibt's ja sogar schon anderswo weitere solcher Anlagen. Es sind richtige Vergnügungsparks, mit allem drum herum.«

Ja, tatsächlich: Vor lauter verschiedenen Themenzonen gingen uns die Augen über: Mini-Städte, Zootiere, Ritter und Piraten – es gab fast nichts, was es nicht gab! Alles aus lauter Legosteinen gebaut, kunterbunt und vielseitig wie nur was! Und dabei unverwüstlich bei Wind und Wetter! (Das einzig nicht so Empfehlenswerte an diesen Bausteinchen ist, wenn man sie auf dem Teppich liegen lässt und dann barfuß drauftritt. Die Steinchen gehen dann zwar nicht kaputt, aber für die Füße ist es nicht so toll.)

Burgen und berühmte Gebäude aus Dänemark und ganz Europa, wie der Eiffelturm in Paris oder Big Ben in London, waren hier ebenso zu sehen wie sogar Iglus am Nordpol. Hier waren Millionen von Spielsteinen verbaut, eine ganze Welt aus bunten Bauklötzchen! Da konnte man sich gleich prima Anregun-

gen fürs Spielset daheim holen. Meins hatte Lalá, es hatte länger unterm Bett in einer Schachtel gelegen, doch auf einmal bekam ich wieder richtig Lust darauf. »Wir können ja mal zusammen was bauen!«, schlug ich meiner kleinen Schwester vor, und sie nickte eifrig. Eigentlich fand ich mich ja schon zu groß für so was, doch wenn man daran dachte, dass ja sogar erwachsene Leute manchmal heimlich spielen (wie Papa, und Mama sicher auch, die lässt sich dabei bloß nicht so leicht erwischen)… die spielen dann mit Modelleisenbahnen oder Teddys oder so… vielleicht ja auch mit Legos, wer weiß… zum Spielen sollte man eigentlich nie zu alt sein! Also brauchte es mir ja auch nicht peinlich zu sein, die Bauset-Schachtel wieder hervorzuholen! Außerdem wollte ich ja mit meiner Schwester zusammen spielen, und das ist immer gut.

Wir besichtigten gerade sämtliche Attraktionen (und das konnte ganz schön anstrengend sein!), da kam es, wie es kommen musste: Lalá fing plötzlich an zu heulen: »Ich hab' mein Freundschafts-Armband verloren! Wir müssen umkehren und es suchen!!«

»Waaaass?«, rief Mama entnervt. »Wie sollen wir das denn hier nur finden – auf diesem riesigen Gelände? Das wär' ja wie die Stecknadel im Heuhaufen suchen ...!«

»Aber es war doch soooo schön!«, schluchzte Lalá. »Und dann noch von unseren neuen Freundinnen!«

»Du hättest ja auch besser drauf aufpassen können«, schimpfte Mama, »und es dir fester am Handgelenk umbinden!«

Doch weil Lalá so schniefte, wurde auch Mama rasch milder und sagte versöhnlich: »Ja, wo könnte es denn überhaupt sein? Wir sind ja so gut wie überall gewesen – wo sollen wir da bloß anfangen zu suchen?«

Papa schlug praktisch vor, den gleichen Weg, den wir gekommen waren, wieder zurückzugehen – doch schon nach der übernächsten Weggabelung wussten wir nicht mehr, wohin wir da gegangen waren. »Drüben hatten wir uns ein Eis geholt ... nein, davor waren wir dort bei dem Gespensterschloss ...!«, so riefen wir alle ratlos durcheinander. Das konnte ja eine schöne Suche werden ...!!!

Gebückt liefen wir alle herum und starrten angestrengt auf den Boden, ob wir nicht zwischen den umhertrappelnden Beinen der anderen Besucher ein regenbogenbuntes Bändchen finden würden ... Wir sahen tausend verschiedene Sorten Schuhe und Sandalen, von all den Besuchern, aber das Bändchen sahen wir nicht. Vielleicht trat ja jemand zufällig gerade drauf?

Als mir dieser schreckliche Gedanke kam, fing ich auch noch an, die Strecke, die wir bereits abgesucht hatten, andauernd zurückzublicken, ob nicht jetzt zwischen all den wimmelnden Beinen der Leute ein Freundschaftsarmbändchen aufleuchten würde, womöglich staubig und in den Sand getreten ...

Lalás Augen schwammen immer noch in Tränen, ich glaube, sie war gar nicht fähig, richtig zu suchen, weil sie immer noch so feuchte Augen hatten, und dann wabbelt einem ja immer das Salzwasser so vor dem Blick, wie 'ne Brille aus Gummi ...

Wie lange wir so gesucht hatten, weiß ich nicht – gefühlt mindestens schon 'ne halbe Stunde. Lalá war bereits ganz verzweifelt und heiser vom Schluchzen.

»Nicht weinen!«, versuchte ich zu trösten. »Wir rufen die beiden einfach an – sicher sind sie gern bereit, dir ein neues Armband zu machen!«

Doch Lalá schüttelte trotzig den Kopf. »Neee, das wär' mir viel zu peinlich, das zuzugeben, dass ich es verloren hab! Nachher sagen sie genau wie Mama, ich hätt' ja besser drauf aufpassen können!«

Wie sehr wünschte ich mir in dem Moment, ich hätte das Armband-Flechten schon von den beiden gelernt, dann hätte ich noch heute Garn gekauft und sofort ein neues Band für mein Schwesterchen geflochten. Sogar in denselben Farben. Aber das wäre ja dann immer noch kein Original-Freundschaftsarmband von den beiden Freundinnen gewesen… Wir waren alle ratlos.

Fast hatten wir schon den Eingangsbereich erreicht, von wo wir vorhin noch so fröhlich losgezogen waren, um die große, bunte Welt des Freizeitparks zu erkunden. Jetzt machten wir uns auf, ein kleines, buntes Bändchen zu finden, das überall und nirgends sein konnte…

Wir waren müde, wir waren frustriert – jetzt suchten wir kein Armband mehr, sondern nur noch eine Bank, um uns eine Weile hinzusetzen und auszuruhen – denn schließlich hatten wir den Vergnügungspark ja jetzt schon doppelt durchlaufen: einmal zum Besichtigen und einmal auf unserer Suche durchgekämmt…

Plötzlich schrie Lalá auf – aber diesmal war es ein Jubelschrei. »Schaut mal – das ist dieselbe Bank, auf der wir vorhin auch gesessen haben! Und da –« Sie stürmte selig drauf zu – da lag auch das bunte Freundschafts-Armbändchen, das ihr unbemerkt vom Handgelenk geglitten war, weil sich das Schleifchen aus glattem Perlgarn gelöst hatte…

»Diesmal bindest *du* es mir aber um, Mama!«, verlangte Lalá.

»Ja – und jetzt machen wir 'ne Doppelschleife rein, damit es ja nicht wieder verloren geht!«, seufzte Mama erleichtert. Ende gut, alles gut!

Endlich hatten wir auch wieder Augen für all die Attraktionen und Erfrischungsangebote.

»Toll! Ein Aquarium!«, sagte Lalá. Ihre Wimpern waren zwar noch von den Tränen verklebt, doch ihre Augen leuchteten schon wieder fröhlich.

»Hier gibt's auch gleich eine Art Museum über die Erfindung dieser Druckknopf-Steine!«, sagte Mama und deutete dorthin. Ich fand ihr Wort dafür lustig, aber passend.

»Und da drüben können wir nachher einkehren!«, meinte Papa zufrieden. »Denn wir müssen ja auch für unser leibliches Wohl sorgen!«

»Zu kaufen gibt's die Steine hier natürlich auch«, entdeckte ich. »Da können wir uns ja gleich noch welche mitnehmen!«

»Dann bauen wir aber eine Giraffe, oder einen Elefanten …!«, fing Lalá an zu planen.

»Oh ja – und gleich in Lebensgröße!«, stimmte Papa zu. »Da mach ich dann aber auch mit – darf ich?«

Wir nickten, wussten aber nicht so genau, ob er das mit dem Elefanten in Lebensgröße nun ernst meinte oder nicht. Bei Papa konnte man nie so genau wissen!

Schulstunde mit Nils Holgersson

Die Sommerferien waren zu Ende (schade). Das neue Schuljahr hatte begonnen. Doch es gab ja auch da Interessantes und Spannendes.

»Wer weiß, wer Selma Lagerlöf war?«, fragte unsere Klassenlehrerin.

»Eine Umweltschützerin!«, trompetete ich durchs Klassenzimmer, ohne lange zu überlegen.

»Wieso das denn?« Frau Andersson war verblüfft. »Sie war doch Schriftstellerin!«

»Jaaa, das auch ...!«, antwortete ich großzügig und winkte ab. »Doch vor allem war sie Umweltschützerin!« Von dieser Überzeugung wollte ich mich nicht abbringen lassen – denn ich hatte mir von den Eltern »Nils Holgerssons Reise mit den Wildgänsen« vorlesen lassen, und da kam sie ganz schön tierlieb rüber! Jeden Abend bekamen Lalá und ich ein anderes Kapitel zu hören – so kannten wir bereits das ganze Buch. Vielleicht sogar besser als unsere Lehrerin?

Nun ist Frau Andersson eine ganz moderne Lehrerin. Sie schreit nicht gleich: »Nee, total falsch!«, sondern fragt erst mal nach. Dann kann man seine Meinung »begründen«, wie sie das nennt. Daher begründete ich mal: »Also, ich hab das schöne Buch vorgelesen bekommen – so dicke Bücher alleine lesen, das kann

ich noch nicht, und als Gute-Nacht-Geschichte ist es ja auch viel schöner. Das Buch handelt davon, wie der Nils in einen Däumling verwandelt wurde, weil er so fies war, und dann mit den Wildgänsen nach Lappland gereist ist. Das war echt toll, denn da hat er gleich ganz Schweden kennengelernt! Die Wildgänse kennen sich ja aus, das sind ja eh Zugvögel!«

»Der Nils is' aber auf 'ner zahmen Gans mitgeflogen – die hieß Martin! Weil's 'n Gänserich war!«, johlte Jan, denn er kannte das Buch auch. Oder eher den Trickfilm, denn er sagte: »Ich hab's genau gesehen – auf 'ner weißen Gans! Das kam im Fernseh'n!«

»Ja, aber der Gänserich Martin is' ja selber mit den Wildgänsen mitgeflogen!«, rief nun auch Gudrun dazwischen. »Die Anführerin der Wildgänse hieß Akka!«

Die Lehrerin ruderte nun schon selber mit den Armen, als seien sie Flügel, mit denen sie versuchte, abzuheben, genau wir der Gänserich Martin. »So – nun mal wieder alle schön der Reihe nach!«, lachte sie. »Ihr habt ja alle recht! Aber jetzt bringen wir mal etwas Ordnung in die ganze Geschichte! Wer kann mir denn sagen, warum Selma Lagerlöf das Buch geschrieben hat? Also, wofür das ursprünglich gedacht war?«

Ich kreuzte meine Finger an der rechten Hand, weil das Thema »Naturschutz« ja immer noch nicht fertig erklärt war und das nicht vergessen werden sollte. Doch inzwischen hatte ich ja schon gelernt, meine übersprudelnde Beteiligung etwas zu bremsen. Jedenfalls so einigermaßen. Die gekreuzten Finger waren für mich so was wie 'n Knoten im Taschentuch, das Kreuzchen sollte mich daran erinnern, dass ich ja noch was sagen wollte. Auch wenn ich mich jetzt mühsam bezähmte und etwas »zurückhielt«.

Alle Kinder schauten Frau Andersson ratlos an. Sie lächelte geheimnisvoll. Dann sagte sie: »Als Schulbuch! Es sollte ursprünglich ein Buch über Landeskunde sein, damit alle Kinder in Schweden etwas über ihre schöne Heimat lernen sollten – über die Natur, die Kultur, die Sitten und Bräuche, über die verschiedenen Formen von Landwirtschaft und Fischerei in den einzelnen Regionen …«

»Puuuuh! Als Schuuuuulbuch – wie langweilig!«, meinte Ole abschätzig. Er kippelte mal wieder lässig auf seinem Stuhl. Das tat er oft. (Und bisher war er auch noch nie umgekippt. Vielleicht sagte die Lehrerin deshalb nix dagegen.)

»Warum findest du das denn langweilig?«, fragte Frau Andersson.

Ole grinste verlegen. »Weiß nich'… Weil's eben 'n Schulbuch is'!«

»Ja, würdest du denn lieber alles in einem Erdkundebuch nachlesen wollen, und dazu noch in einem Geschichtsbuch? Da ist die Geschichte von den Gänsen doch sicher viel spannender…?«

Ole wurde rot. Weil besonders seine Ohren feuerrot wurden, sah das ganz lustig aus. »Neee…«, meinte er, »stimmt, dann doch lieber 'ne lustige Geschichte!«

»Siehst du? Und genau das fand Frau Lagerlöf auch!«, sagte die Lehrerin triumphierend. »Sie wollte die Landeskunde für die Kinder so interessant wie möglich machen, denn da gibt's auch viel Wissenswertes – und darum hat sie das Ganze in einer Geschichte verpackt!«

Das fand ich auch sehr schlau von ihr. Doch da meine Finger schon ganz weiß und taub wurden, vom vielen Überkreuzt-Halten, reckte ich doch wieder den Arm hoch und meldete mich wie wild. Frau Andersson sah das auch und hatte Mitleid mit mir. Sicher dachte sie, wenn ich jetzt nicht gleich loswerd', was ich sagen wollte, dann müsst' ich platzen. »Ja, Gabriela?«

»Darf ich jetzt was dazu sagen, warum Selma Lagerlöf 'ne Umweltschützerin war?«

Die Lehrerin nickte. Sie schien selber ganz gespannt.

»Das ist nämlich so – als die Wildgänse von Schonen aus durch ganz Schweden bis rauf nach Lappland gereist sind, da haben sie all die schönen Wälder und Seen und Moore gesehen. Aber da war ein See, der hieß Takern, und den wollten die Menschen eigentlich trockenlegen, damit sie noch mehr Land für ihre Bauernhöfe hätten. Doch da haben alle Wasservögel geweint und sich Sorgen gemacht, wo sie dann leben sollten! Sie haben doch ihre Küken da am See großgezogen… und dann, ja dann haben alle

Tiere versucht, die Menschen davon zu überzeugen, den See da bleiben zu lassen!«

Ich kratzte mich an der Nasenspitze, wie Wickie der Wikingerjunge, weil ich überlegen musste. »Tja, die ganze Story zu erzählen wär' hier jetzt natürlich zu lang«, gab ich dann zu (worauf Frau Andersson erleichtert aufatmete), »das kann ja auch jeder selber nachlesen. Jedenfalls hatten die Menschen dann ein Einsehen, besonders die eine Frau, die selber ihren kleinen Jungen im Schilf suchte – dort hatten die Tiere ihn nämlich versteckt, damit die Menschen mal sehen sollten, wie es ist, wenn man sich um die Kleinen Sorgen macht …«

»Ja stimmt – sehr schön!«, lobte Frau Andersson. »So genau hab ich das noch gar nicht beachtet. Du hast recht: Je länger ich darüber nachdenke, desto mehr Stellen in dem Buch finde ich, die ihren Umweltschutz-Gedanken zeigen!«

Sie schlug endlich das Nils-Holgersson-Buch auf, das sie mitgebracht und vorhin hochgehalten hatte, damit wir alle den bunten Einband mit dem Jungen Nils sehen konnten. Der wurde ja als Strafe, weil er einen Wichtel geärgert hatte, selber in einen Däumling verwandelt und bereiste – klein, wie er war –, auf einem Gänserich reitend Schweden durch die Luft. Mir war es fast, als würde das Kerlchen mit der roten Zipfelmütze, da auf seinem Gänserücken, uns aus dem Bild heraus zuwinken: »Kommt mit, kommt mit auf die Reise!«

Nun suchte Frau Andersson nach einer Stelle, wo deutlich wurde, wie wichtig der Umweltschutz für Selma Lagerlöf war. Da gab es viele: etwa wo der Bär dem Däumling zeigt, wie immer mehr Industrie und Schornsteine gebaut werden, oder wo Schulkinder einen kahlen Berg wieder aufforsten. Sie blätterte hin und her und konnte sich nicht entscheiden.

Hilfreich rief ich ihr zu: »Ganz am Ende – wo sich die Gänse vom Däumling verabschieden – er wird ja nachher wieder groß –, da sagt doch die Anführerin der Wildgänse, die Akka, zum Däumling Nils, sie würde sich für die wilden Tiere so 'ne Art Naturparks wünschen …!«

»Ach ja, stimmt!«, sagte die Lehrerin und blätterte so schnell in dem Buch, dass die Seiten rascheln und ganz verschwommen aussehen. Während sie suchte, überbrückte sie die Zeit und erklärte uns, dass der Name »Akka« auf Samisch so viel wie »alte Frau« oder »Großmutter« bedeutet, denn das war die Anführerin der Gänse ja für ihre Schar. Tatsächlich fand die Lehrerin auch die Stelle, die ich meinte, und las sie der ganzen Klasse feierlich vor:

»›*Bedenke, ihr habt ein großes Land für euch, und deshalb könntet ihr uns recht gut ein paar Schären und einige sumpfige Seen und Moore sowie einige öde Felsen und abgelegene Wälder überlassen, wo wir armen Tiere in Frieden leben könnte. Solange ich lebe, bin ich nun beständig verfolgt und gejagt worden. Es wäre eine Wohltat, wenn sich für solche Geschöpfe, wie wir sind, auch irgendwo eine richtige Freistatt fände.*‹«

Wieder nickte sie, wie zur Bekräftigung. »Und ihre Gedanken haben die schwedische Gesellschaft sehr berührt!«, fügte sie hinzu. »Schon drei Jahre, nachdem sie die Reisen von Nils Holgersson veröffentlicht hatte, wurde sie berühmt und geehrt! Im Jahre 1909 erhielt Selma Lagerlöf als erste Frau den Nobelpreis für Literatur!«, schwärmte Frau Andersson. »Das ist die höchste literarische Auszeichnung! Den Preis hatte ja einst der schwedische Chemiker und Erfinder Alfred Nobel gestiftet. Wer Herausragendes für die Menschheit bewirkt, nicht nur in der Literatur,

sondern auch in Naturwissenschaften, Medizin oder für den Weltfrieden, der kann mit diesem Preis ausgezeichnet werden. Kennt ihr denn noch andere Nobelpreisträger? Zum Beispiel ebenfalls für Literatur? Oder Frieden?«

Ziemlich ratloses Schweigen in der Klasse. Jemand wusste einen aktuellen Nobelpreisträger für Medizin, der gerade in den Nachrichten zu sehen gewesen war. Aber für Bücher oder Weltfrieden ...?

Frau Andersson nannte Henry Dunant. Ach ja, den Namen hätte ich doch auch gewusst! In den Ferien in Dänemark war ja die Rede auf den Gründer des Roten Kreuzes gekommen. Doch für Literatur, da fiel mir was ein! Ich blickte mich um. Ich sollte ja erst immer abwarten, ob sich nicht noch jemand anders meldete. Bitte schön! Ich hielt sogar die Luft an, weil's in mir drin schon so kribbelte, meine Antwort hinauszuposaunen. Da jedoch keiner meiner Klassenkameraden eine Antwort parat hatte, überlegte ich noch, ob ich es nun sagen sollte. Ich wollte mich ja auch nicht vor ihnen als oberschlau hervortun – die andern wissen und können eben andere Sachen, die ich nicht so gut kann (etwa Mathe ...). Doch da sich immer noch niemand meldete, wandte sich Frau Andersson schließlich mit einem seltsam erschöpften Lächeln an mich: »Na, Gabriela?«

»Wir waren ja mit der ganzen Familie schon mal in Chile, da gibt's gleich zwei Nobelpreisträger, die mir einfallen, eine Frau und einen Mann!«, sagte ich, vor Stolz fast platzend. »Und zwar Gabriela Mistral und Pablo Neruda – die haben sich beide auch ganz besonders für die armen Leute interessiert und über die geschrieben, damit mal alle sehen, wie blöd es is', wenn man benachteiligt wird und so...!«

Die Lehrerin nickte. »Sehr schön – es hätte mich auch gewundert, wenn du das nicht gewusst hättest – wo dein Papa doch Chilene ist! Und weißt du denn auch, wann die ihre Preise bekommen haben?«

»Neee...«, schnaufte ich (Zahlen kann ich mir nich' so gut merken), »Hauptsache, die haben halt ihren Preis, basta!«

Frau Andersson lachte und tippte in ihrem Smartphone, um aus dem Internet die Jahreszahlen rauszusuchen (aha, sie wusste es selber nicht auswendig!). »Ah ja, hier: Gabriela Mistral bekam ihren Preis 1945, also noch in dem Jahr, wo der furchtbare Zweite Weltkrieg getobt hatte, und Pablo Neruda erhielt seinen dann 1971!«

Ich trompetete dazwischen: »Er soll mal gesagt haben, dass ihm die Feier bei der Preisverleihung wie 'ne Mega-Schulabschlussfeier vorkam, und dass ihm sogar der König persönlich ganz doll die Hand geschüttelt hatte, und dass insgeheim jeder Schriftsteller ganz gern diesen Preis hätte, ob er's nun zugibt oder nich'…«

Mir gingen mal wieder die Gäule durch, weil ich doch noch was zum Thema wusste!

Die Lehrerin lächelte geduldig. »Aber zurück zu Selma Lagerlöf!«, meinte sie dann. »Da muss ich euch noch was ganz Kurioses erzählen! Kurz nachdem ihr Buch über den Jungen Nils Holgersson erschienen war, lernte sie tatsächlich einen gleichnamigen Jungen kennen! Der war zwar noch nicht etwa schon 14, sondern erst 6, glaub ich, aber man stellte ihn ihr vor, eben weil er den gleichen Namen trug und weil er niemanden hatte, der sich um ihn kümmerte. Nun war Selma, die schon seit ihrer Kindheit hinkte, immer ein bissel eine Außenseiterin und außer dem Kontakt zu ein paar guten Freundinnen ziemlich allein geblieben – und so war sie ganz froh, nun einen Pflegesohn zu haben, den sie zum Erben von ihrem Landgut erziehen wollte. Doch ihre Pläne schlugen leider fehl, der Junge hatte offenbar andere Interessen. Der echte Nils Holgersson war wohl nicht so eine Leseratte wie seine Ziehmutter – er wurde schließlich Bauarbeiter, was ja auch ein guter und nützlicher Job ist! Er wanderte aus nach Amerika, wo ja damals gerade viel gebaut wurde, und war dann in Chicago sogar am Bau vieler Wolkenkratzer beteiligt!«

Alle staunten wir, wie's im Leben manchmal so wunderlich zuging. Mir kam's grad vor, als sei das Leben so 'ne Art Slalom, wo man immer in Schlangenlinien zwischen den Fähnchen durchfährt – aber Hauptsache, man kommt an einem guten Lebensziel an!

Die Lehrerin fuhr fort (die darf reden, so viel sie will …, dachte ich. Aber es war ja auch interessant, was sie sagte): »Und Selma Lagerlöf setzte sich zeitlebens für Menschen und auch Tiere ein.« Noch bevor der dumme Zweite Weltkrieg ausbrach, half sie in einer Vereinigung mit, die sich um jüdische Flüchtlinge kümmerte, die in ihrer deutschen Heimat einfach deshalb verfolgt wurden, nur weil sie Juden waren. Auch wollte Selma Lagerlöf, so erzählte uns Frau Andersson mit glänzenden Augen, einer deutsch-jüdischen Schriftsteller-Kollegin, Nelly Sachs, mit dabei helfen, nach Schweden zu fliehen, weil sie daheim nicht mehr sicher war, und hat ihr so letztlich 1940 das Leben gerettet. Allerdings hätte sie deren Ankunft in Schweden nicht mehr miterlebt, da Selma Lagerlöf inzwischen leider bereits gestorben war, laut den Angaben im Internet, die von unserer Lehrerin vorgelesen wurden. Andere hilfsbereite Menschen besorgten Frau Sachs, mit dem Empfehlungsschreiben von Selma Lagerlöf, buchstäblich in letzter Minute die Genehmigung zur Einreise. Nelly Sachs hat dann Schwedisch gelernt und weiter geschrieben und dann… selber den Nobelpreis für Literatur erhalten. (Das war laut Internet 1966, von ihrem Preisgeld hätte sie sogar noch was an arme Menschen verschenkt, ähnlich wie Selma auch.)

Das mit der Flucht aus der Heimat hat mich sehr an die Situation von Papa erinnert, der ja auch damals wegen so einer blöden Diktatur aus Chile fliehen musste. Dem hatten auch ein paar gute Freunde spontan dabei geholfen, gerade noch rechtzeitig zum Flughafen zu kommen. Heute ist es ja wieder ok, da in Chile, da gibt's wieder Freiheit und Demokratie. Wenn's aber nicht auch nette Menschen gäbe, die sich – wie heißt das schöne Wort? – für andere »engagieren« – dann wär's auf der Welt wohl ziemlich traurig. So aber ist immer wieder Hoffnung da, solange es noch nette Menschen gibt!

Wir machen eine Schülerzeitung

Na gut, sagte ich mir, wenn die Lehrer mich doch immer erst dann drannehmen, wenn die andern nix auf die Fragen zu antworten wissen, dann brauch' ich mich ja gar nicht mehr erst zu melden. Sonst gelte ich nur wieder als »naseweis«!

Doch das war auch wieder falsch gedacht – wieder wurden meine Eltern einbestellt, diesmal, weil ich angeblich faul geworden wäre! Meine Eltern waren entsetzt. (Nicht vergessen: In Schweden duzen wir uns ja, also sagten sie auch »Du« zu meiner Lehrerin.) Papa sagte: »Wie kannst du behaupten, dass unsere Tochter faul wäre, wo sie doch die ganze Zeit gute Noten nach Hause bringt? Außer in, nun ja, Mathe …«

»Tja, sie meldet sich halt überhaupt nicht mehr und guckt lieber aus dem Fenster oder malt irgendetwas in ihr Heft …«

Da ich diesmal extra zu der Besprechung bei Frau Andersson mitkommen sollte, hab ich ja auch jedes Wort mitgekriegt, was da geredet wurde (ohne heimlich zu lauschen). Schließlich betraf's mich ja auch. Ich sollte aber trotzdem erst mal die Erwachsenen reden lassen, ehe ich dann auch zur Sache befragt werden sollte. Also sah ich mal wieder aus dem Fenster des Lehrerzimmers (von hier aus hatte ich nämlich noch nie rausgeguckt), hörte aber ansonsten durchaus zu.

»Auch mache ich mir andererseits Sorgen, dass eure Tochter in der Klasse bald als Streber verschrien wird, wenn sie sich andauernd meldet«, sagte die Lehrerin ganz freundlich.

»Gabriela ist ein aufgewecktes Mädchen, sie wird sich schon in den Klassenverband integrieren!«, tröstete der Vater. »Sie ist doch ansonsten bei allen Kindern beliebt!« Er konnte nicht ganz ernst bleiben bei der Vorstellung, dass ich erst oft ungefragt dazwischen posaunte, wenn ich etwas wusste, und dann gar nichts mehr sagte, weil man mir das ja doch vermieste.

»Und du, Gabriela, wie siehst du selber das?« Endlich wandte sich Frau Andersson an mich.

»Na ja, was soll ich mir den Arm beim Melden ausrenken, wenn ich ja doch kaum noch drankomme…«, murrte ich frustriert. Das saß. Nachdenklich schauten mich die drei Erwachsenen an.

Frau Andersson versuchte, meinen Worten etwas behutsam eine andere Wendung zu geben, glaube ich. Sie hüstelte und meinte, betont verständnisvoll: »Na ja, klar, bei solchem familiären Hintergrund – also, die Bildung der Eltern – beide haben ja schon an der Volksschule unterrichtet, und der Papa ist auch noch Journalist – da ist es ja logisch, dass die Tochter vor Wissen fast überbordet, das sie an den Mann bringen möchte… da schnappt sie ja so manches auf, schon durch den Beruf des Vaters, der ja täglich neue Informationen recherchiert…«

Plötzlich sah sie ganz verträumt aus, so als ob sie grad' im Kino 'nen total spannenden Film gucken würde. »… oh«, hauchte sie, »da kommt mir eine Idee… ja, ich glaube, das könnten wir… das sollte man mal probieren!«

Gespannt warteten wir auf die Idee der Lehrerin. Vielleicht sahen wir jetzt genauso aus wie sie eben, als sie ihren Geistesblitz hatte. Und plötzlich lächelte sie und schlug uns vor: »Wie wäre denn das, Gabriela: Ihr macht in der Schule auch eine Zeitung, so wie dein Papa?! Eine Schülerzeitung – so richtig als Projekt!«

»Au ja!«, jubelte ich los, noch ehe meine Eltern auch nur einen Pieps sagen konnten. »Super! Das wird bestimmt toll…!« Ich war schon Feuer und Flamme.

Meine Eltern nickten. »Ja – warum nicht?«, meinte Papa und schmunzelte. »Dann bekomm' ich ja eine kleine Kollegin!«

»Ihr werdet ihr sicher viele praktische Tipps geben können«, meinte Frau Andersson zuversichtlich. Sie war froh, dass wir ihren Vorschlag akzeptierten. »So kann man die Neugier und Kreativität eurer Tochter gewiss in gute Bahnen lenken…«

»Gut – und mit welcher technischen Ausstattung sollen die Schüler arbeiten?«, fragte Papa, der schon mal ganz praktisch dachte.

»Wir können den Schülern einen Schul-Laptop zur Verfügung

stellen«, bot die Lehrerin an, und man hörte heraus, wie stolz sie war, dass ihre Idee so gut ankam. »Denn ich hoffe, dass da noch mehr Schüler und Schülerinnen sich freiwillig für das Projekt melden werden. Am besten wäre es, wenn die ganze Klasse in irgendeiner Form, mitmachen würde – zum Beispiel mit selbst geschriebenen Artikeln zu aktuellen Themen rund um die Schule…«

»… und um die Freizeit«, ergänzte Mama freundlich. »Die können ja auch was über ihre Hobbys schreiben!«

Die Lehrerin nickte. »Ja, das wird ihnen bestimmt gefallen!«

Na, und mir erst! Ich könnte schon mal meinen Papa nachahmen, indem ich ganz richtig und echt bei der Herausgabe einer Schülerzeitung mitmachen würde! Alle Freunde sollten sie mit gestalten, und wir könnten sie für wenig Geld auf dem Schulhof verkaufen, um die Unkosten fürs Papier zum Drucken wieder hereinzubekommen, und… Mir fielen jetzt schon viele interessante Themen ein, über die man schreiben könnte… meine Gedanken überschlugen sich geradezu und purzelten bunt im Kopf durcheinander. Endlich etwas, wo ich mich so richtig einbringen könnte…!

Ich konnte es gar nicht erwarten, bis die Lehrerin am nächsten Tag das Projekt in der Schulstunde vorschlug. »Wer hätte denn alles Lust, mitzumachen?«, fragte sie in die Runde. Die Mitschüler sahen sich erst verblüfft an, dann meldeten sich einige, erst zaghaft, dann – als sie sahen, dass andere auch Lust dazu haben – plötzlich ganz viele. Bald schon hatten wir die ganze Klassengemeinschaft zusammen!

»Klar – da schreiben wir rein, was wir am Unterricht doof finden!«, johlte Ole übermütig. Doch die Lehrerin lächelte nur nachsichtig: »Ja, wenn ihr gute Vorschläge habt, was man besser machen könnte, und niemanden in euren Artikeln beleidigt, dann dürft ihr das schon gern tun!«, meinte sie. »Doch habt ihr denn noch andere Themen, über die ihr gern schreiben würdet?«

»Ja!«, rief Gudrun eifrig in den Raum. »Wir wollen doch demnächst 'ne Schuldisco veranstalten, darüber könnten wir doch dann berichten – mit Fotos vom Tanzen unter der Lichtanlage!«

»Genau, und ein Back-Rezept für Pizza oder so…!«, rief ein kleines Leckermaul.

»Was hat das denn in 'ner Zeitung zu suchen?«, höhnte Lasse.

»Doch, doch – es gibt ja in vielen Zeitungen und Zeitschriften 'ne Seite mit Rezepten und Kreuzworträtsel und so…!«, verteidigte sich Edda.

»Ja, und dann muss aber auch 'ne aktuelle Reportage rein!«, rief Jan. Da hatte er recht. Doch worüber? So viel Aktuelles und Aufregendes geschah ja nun wirklich nicht auf unserer gemütlichen, kleinen Insel! (Gott sei Dank, muss man sagen. So was wie Banküberfälle und Schießereien wollten wir hier ja auch nicht haben, davon sah man schon genug im Fernsehen…) Schließlich einigten wir uns auf einen Bericht über die selbst gemachte Rampe, wodurch das Gemeindehaus endlich barrierefrei wurde, und wo alle Eltern und auch wir Kinder fleißig mit Hand angelegt hatten. Dieser Artikel sollte uns sogar noch Glück bringen, aber das verrate ich später. (Jedenfalls war die Folge-Ausgabe der Schülerzeitung daraufhin schon beschlossene Sache.)

So teilte uns Frau Andersson in Arbeitsgruppen für das Projekt ein. Wir wurden zu Reportern, Fotografen, Redakteuren, Druckern, machten Interviews und gestalteten sogar das Layout, mit Hilfe unserer Lehrer und Lehrerinnen. Schließlich stand in unserer ersten Ausgabe der eigenen Schülerzeitung Folgendes zu lesen:

SCHÜLERZEITUNG

Ausgabe unserer Zeitung von der Inselschule

Die beliebteste Lehrerin

In geheimer Abstimmung wurde Frau Andersson zur beliebtesten Klassenlehrerin gewählt. Sie hat immer tolle Ideen und viel Verständnis, wenn einer mal seine Hausaufgaben nicht gekonnt hat. Dann schimpft sie gar nicht, sondern hilft einem, die Aufgaben zu machen, und man darf ruhig fragen, wenn man was nicht verstanden hat. (Eine Schülerin, die namentlich nicht genannt werden wollte, meinte zwar, dann könnte Frau Andersson ja gleich die ganze Arbeit alleine machen, aber das wäre ja dann auch nicht okay. Der Vorschlag war auch nur ein Scherz!)

In der Kategorie »Unbeliebteste/r Lehrer/Lehrerin: Da gibt es keine! Sie sind alle ganz nett! Jeder auf seiner Weise.

Reportage: Wie man mit dem Rollstuhl die Treppe hoch kommt

Weil wir alle wollten, dass auch Björn unbedingt auf unserer Weihnachtsfeier dabei sein konnte, haben alle Eltern und Schüler der Inselschule beschlossen, eine Art Rampe zu bauen, die man auf die Treppenstufen zum Gemeindehaus legen kann (ohne dass sie wackelt oder gar abrutscht). Die Eltern haben Bretter von der Schreinerei gespendet bekommen und selber die Ärmel hochgekrempelt, um unter der Anleitung des Schreiners, Herrn Eriksson, die Rampe zu zimmern (siehe Foto). Damit können jetzt auch andere Leute, die mal eine Rampe brauchen (etwa für Kinderwagen oder Rollatoren) diese beim Hausmeister des Gemeindehauses ausleihen (einfach an der Pforte klingeln, dann kommt Herr Olsson heraus und legt die Rampe aus. Er hilft natürlich auch gern beim Hochschieben, falls keine Begleitperson da ist oder es kein elektrischer Rollstuhl ist. Wenn die Rampe grad' nicht gebraucht wird, bewahrt Hausmeister Olsson sie trocken auf, damit das Holz nicht mit der Zeit verrottet.) Somit ist jetzt der Gemeindesaal endlich barrierefrei!

Rezept für Insel-Pizza (Schweden-Pizza)

- Eine Packung Blätterteig
- 150 Gramm Räucherlachs (am besten: heißgeräucherter Stremel-Lachs, am Stück)
- 2 Eier
- 100 g Saure Sahne
- 100 Gramm Reibekäse (z. B. Gouda, Emmentaler, was ihr mögt)
- Eine Prise Pfeffer & Salz, etwas Muskat (nicht zu viel!)
- 1 Spritzer Zitronensaft
- Ein paar Zweiglein frischen Dill (notfalls auch getrockneter Dill aus dem Streuer)

Und so wird's gemacht: Blätterteig aufs Backblech auslegen (Backpapier drunter oder einfetten!), Lachs in Stückchen zerzupfen. Die Eier mit der Sahne und dem Reibekäse verrühren, dabei Pfeffer & Salz sowie Muskat und Zitronensaft nicht vergessen. Die Ei-Käsemasse auf dem Teig verstreichen (nicht ganz bis zum Rand) und darauf dann den kleingezupften/zerschnittenen Lachs verteilen (schön gleichmäßig!), ab in den vorgeheizten Backofen (ca. 15–20 Minuten, bei 180 Grad), goldbraun backen, fertig! Etwas auskühlen lassen und gehackten Dill drüberstreuen! (den Dill erst nach dem Backen drauf, sonst wird der schwarz!)

Rezept: Echt einfach! Guten Appetit! (könnt ihr noch ofenwarm oder auch kalt essen, beides lecker!)

Zubereitungszeit (ohne die Backzeit): ca. 30 Min. (wir waren schneller!)

Tipp: Zum Schluss ein Schwedenfähnchen auf Papier malen, an einen Zahnstocher kleben und mitten auf die Pizza stellen! ;-)

Rätsel

Was ist noch schlimmer als ein Wurm im Apfel?
(Antwort: Ein halber Wurm im Apfel …)

Witze

- Der Lehrer zu Gustav: »Was stellst du dir unter einer Brücke vor?« Gustav: »Wasser!«
- »Herr Lehrer, was steht da unter meinem Aufsatz? Ich kann's nicht lesen!« Lehrer liest vor: »Du musst deutlicher schreiben!«
- Der Mathelehrer ist sauer: »75% in dieser Klasse haben keine Ahnung von Prozentrechnung!« Darauf Sven: »Aber so viele sind wir doch gar nicht!«
- Ein Schüler schläft im Unterricht. Der Lehrer weckt ihn: »Ich glaub nicht, dass das hier der richtige Ort zum Schlafen ist!« Schüler: »Ach, es geht schon! Wenn Sie nur etwas leiser sprechen!«

* * * *

Ach ja, und die Zeitung haben wir natürlich fleißig verkauft, auch an Erwachsene. Und als diese dann unseren Beitrag über die barrierefreie Rampe auf der Gemeindehaus-Treppe lasen, waren sie so begeistert, dass unsere Schule von der Gemeinde sogar eine Auszeichnung dafür erhielt: einen Scheck über 2000 schwedische Kronen (das sind etwa 200 Euro)! Dafür wollten wir unseren Gemeinschaftsraum im dritten Pavillon neu gestalten – natürlich barrierefrei. Denn wenn wir unter uns waren, ohne all die Eltern und andere Angehörige, dann passte ja die ganze Klasse in den Raum – nur für große Feiern war's ja anders, da brauchten wir den Gemeindesaal. So freuten wir uns alle auf die Verschönerung unseres Gemeinschaftsraumes – und das alles durch den Erfolg unserer Schülerzeitung! In der nächsten Ausgabe würden wir weiter darüber berichten …!

Der Schulgarten

Wie schnell die Zeit doch verging! Bald wäre schon Sylvester, und damit stand der Jahreswechsel bevor. Man sah es deutlich am Kalender, der war fast zu Ende, ein neuer lag bereit. Dabei war es eigentlich ein Tag wie jeder andere, und andere Völker feiern ihren Jahreswechsel ja auch oft zu ganz anderen Zeiten. Immerhin weiß man dann, wie die Jahresuhr so läuft, immer im Kreis rum und dennoch nach vorn – schon mysteriös, die Zeit! Irgendwie unbegreiflich. Ich stelle mir das so ähnlich vor wie ein Schneckenhaus: das wächst ja auch immer im Kreis herum und wird dabei doch dabei größer und länger… So wie ja auch meine Schwester und ich größer werden!

Ich erinnere mich noch, als Lalá noch kleiner war, da fragte sie etwas bange: »Was – das alte Jahr ist gleich zu Ende? Ja geht's denn da nicht weiter?«, und wie wir sie getröstet haben: »Dooooch, Lalá, natürlich! Dann kommt doch das neue Jahr!« Ein neues Jahr ist etwas Feines: so ganz frisch und unverbraucht, fast so wie Neuschnee, in dem noch gar keine Spuren drin sind. Die zieht man dann ja selber, wenn man seinen Weg voranstapft.

Zu Sylvester treffen wir uns mit Freunden, da ziehen wir uns fein an und gehen ins Haus des Dorf-Kaufmanns, denn das ist noch größer als unsere Ferienpension, weil's da einen riesigen Wohnzimmer-Salon gibt, der auch schon mal zur Tanzhalle umfunktioniert wird. Dort verspeisen wir einen mega-leckeren Sylvesterschmaus und geben uns unter Freunden und Freundinnen auch Versprechen fürs neue Jahr, das hat so Tradition. Ich verspreche meinen Freundinnen Astrid und Gudrun, dass wir im neuen Jahr ganz bestimmt mal wieder in der Badebucht schwimmen gehen, und Lalá nehm' ich da auch gleich mit! (Dass wir im neuen Jahr alle nett zueinander sein sollen, braucht man eigentlich nicht zu versprechen, das soll man ja sowieso…!)

Während es Hummer und Austern für Groß und Klein gibt, trinken die Erwachsenen den Sekt um Mitternacht alleine, für uns Kinder gibt's alkoholfreien Kindersekt. Das ist ja auch okay. Um Mitternacht läuten dann die Glocken der nahen Dorfkirche, und alle stoßen mit ihren Gläsern an (natürlich nicht zu arg!), und wünschen sich gegenseitig ein Frohes Neues Jahr, während die Gläser klirren und die Glocken läuten. Dazu heulen dann auch noch die Schiffssirenen all der Schiffe, die zufällig bei uns im Inselhafen vor Anker liegen.

So geht die Zeit selbst nahtlos weiter, und trotzdem ist' auf einmal halt ein neues Jahr… Irgendwie hat man immer so ein ganz kleines bissel Bammel vorm Neuen Jahr, denn man weiß ja noch nicht, was es alles so bringt, und da feiert man lieber mit anderen Menschen zusammen und macht sich gegenseitig Mut. Natürlich darf in der Sylvesternacht auch das große Feuerwerk nicht fehlen, damit werden finstere Trolle und Wintergeister vertrieben, an die eh keiner mehr glaubt, aber das Knallen und Funkeln macht halt den meisten viel Spaß (nur unsere Hündin Bella und Katze Molly halten nichts davon und verziehen sich eingeschüchtert in ihre Körbchen.).

Papa sagt aber zu Recht, solange noch Kinder in der Welt hungern müssen, dürfen wir nicht einfach nur Geld für Böller verballern, darum spenden wir jedes Jahr im Dezember von unserem Taschengeld und von Papas und Mamas verdientem Geld einen runden Betrag für eine Hilfsorganisation, damit die Menschen in armen Ländern nicht vergessen werden, während wir uns hier vergnügen.

Schon komisch – irgendwie tut man an Sylvester ja so, als sei das ein ganz besonderer Tag, als ginge da 'ne Tür auf, zu neuen Möglichkeiten – dabei ist das doch eigentlich an jedem Tag so! Jeder Morgen bringt doch neue Möglichkeiten mit, nicht wahr? Wie auch immer… Viele gute Vorsätze und Wünsche stiegen auch dieses Jahr in dieser Nacht zum Himmel auf – hoffentlich würde uns das Neue Jahr nur Gutes bringen!!

Ja, und dann kam das Frühjahr, und der Schnee taute, und überall lugten Schneeglöckchen und bald auch gelbe Osterglocken hervor! Die Birkenzweige bekamen goldgelbe Kätzchen, die im milden Frühlingswind baumelten, der vom großen, richtigen Meer herkommt, und die kleinen, hellgrünen Birkenblättchen sehen aus wie lackiert. Mama hat im Garten vorm Haus mehrere Forsythien-Sträucher gepflanzt (den Namen kann ich nie richtig aussprechen!), und die blühen hellgelb, so als wären sie ein verspätetes Feuerwerk. Unglaublich, was die Natur so alles hervorbringt!

Deshalb war ich auch schon in der richtigen Stimmung, als unsere neue Bio-Lehrerin, Frau Svensson, uns eines Morgens vorschlug, wir würden dieses Frühjahr ein Öko-Projekt machen und einen eigenen Schulgarten anlegen. Ich war die Einzige, die »Hurra!« schrie, denn ich freute mich schon auf die vielen bunten Primeln, Perlblümchen und Hyazinthen (wieder so 'n komisches Wort für so hübsche Blumen!) Da keins der anderen Kinder in der Klasse Begeisterung zeigte, wurde ich rot und schlug mir auf den Mund. Aber warum eigentlich? »Leute, so'n Schulgarten is' doch toll!«, versuchte ich, die andern auf das Projekt einzustimmen.

»Ach neeee – kannste ja dann alleine machen, die ganzen Beete umgraben!«, höhnte Ole. Mal wieder typisch er, und weil ich ihn ja kannte, nahm ich's ihm nicht übel. Er war halt vorlaut und meinte es nicht so.

Die Lehrerin lächelte nur und wartete ab. Die Schulklasse sollte von alleine auf den Geschmack kommen, fand sie wohl. Also legte ich mich mal mächtig ins Zeug: »Wer von euch mag KEINE Blumen?«

Natürlich meldete sich niemand, außer so 'nem Witzbold in der letzten Reihe, der scherzhaft kurz aufzeigte, aber dann doch den Arm rasch wieder sinken ließ. »Ja ja, der Olaf!«, kicherten wir anderen.

»Also, wenn ihr Blumen mögt«, sagte ich tapfer, »dann wär's doch schön, auch mal welche selber zu pflanzen, und zuzuschau'n, wie die dann Knospen bekommen und blühen …«

»Und dann kommen die Schmetterlinge …«, sagte Astrid.

»Ja genau, Schmetterlinge und Bienen. Die finden dann auch dort Nektar für sich, als Nahrung!«, sagte die Lehrerin freundlich.

»Ja, und dann können wir auch gleich frische Tomaten ernten, für's Pausenbrot!«, schlug jetzt Ole vor, denn Tomaten mochte er gerne. Allmählich konnte er sich also auch mit dem Gartenprojekt anfreunden. »Aber die Drecksarbeit mach' ich nicht – Komposthaufen anlegen und so!«, fügte er rasch hinzu.

»Tja, Ole, wenn du erntefrische, sonnengereifte Tomaten für deine Frühstücksbox willst, dann musst du halt schon ein wenig mithelfen!«, meinte die Lehrerin. Ole zuckte die Achseln. »Na guuut – dann gieß' ich eben mit der großen Kanne!«

»... und spritzt alle Mädchen nass!«, kicherte Gudrun. Aber wir waren schon froh, dass Ole überhaupt mitmachen wollte. Für ihn war das schon ein großzügiges Angebot.

So allmählich trudelten immer mehr Vorschläge ein, je länger wir über das Projekt »Schulgarten« nachdachten. »Johannisbeer-Sträucher pflanzen!« – »Und Stachelbeeren, die mag ich besonders!« – »Nee, Erdbeeren!« – »Wir können ja alles pflanzen!«

Das Projekt nahm also Fahrt auf, von ganz alleine. Frau Svensson lächelte zufrieden. »Na, dann werde ich zuerst mal eine Liste rumgehen lassen, da kann jeder eintragen, was er oder sie gerne im Bio-Garten anbauen möchte! Hier ist eine Tabelle, damit's hübsch übersichtlich bleibt und nicht kunterbunt durcheinander geht, wie Kraut und Rüben: Seht ihr? Links tragt ihr ›Obst‹ ein und rechts ›Gemüse‹!«

»Sind Tomaten eigentlich ›Obst‹ oder ›Gemüse‹?«, wollte Ole wissen. Viele nickten, auch ihnen war das nicht so ganz klar. Normalerweise war »Obst« doch alles an Früchten, und »Gemüse« eher Grünzeug, Wurzeln und so? Dann müssten Tomaten doch eigentlich zum »Obst« zählen ...??

»Nun, es hängt wohl vom Geschmack und von der Zubereitung ab!«, einigten wir uns schließlich, und Frau Svensson schrieb es an die Tafel. »Äpfel, Birnen, Kirschen und Pflaumen sind ja süß, die kann man gleich so futtern, und Gemüse salzt man sich oft nach und kocht es meistens auch ...«

»Ich ess' meine Tomaten aber immer ungesalzen!«, rief Ole.

»Aber mein Papa isst die immer mit Pfeffer und Salz, auf Brot!«, rief Frederik.

Schließlich wurde abgestimmt und die Tomaten landeten in der Spalte für »Gemüse«, obwohl sie ja Früchte waren, die man auch ungesalzen essen konnte. Dafür landete »Rhabarber« bei uns unter »Obst«, obwohl es ja säuerliche Stängel von großen Blättern sind, so wie bei Spinat und Mangold, aber weil man so prima aus Rhabarber und Erdbeeren Marmelade kochen oder damit Kuchen backen kann, stimmte das wohl trotzdem so. »Seht ihr, Kinder, die Art und Weise, wie wir Menschen die Natur in Begriffe einteilen, ist ja nur vorläufig, damit wir praktische Wörter haben, mit denen wir uns im Alltag rasch verständigen können. Unsere Wörter sind aber weder vom Himmel gefallen noch für immer in Stein gemeißelt! Und es gibt andere Völker, welche die Welt teilweise in ganz andere Begriffe einteilen!« Sie lächelte geheimnisvoll.

Dann fuhr sie fort: »Und ihr werdet im Laufe des Bio-Projekts auch Näheres darüber erfahren, denn die Schule hat eine Frau eingeladen, die hier nächstes Mal einen Vortrag darüber halten wird, wie die Indianer die Natur sehen! Für sie sind ja alle Pflanzen und Tiere Brüder der Menschen! Und deshalb muss man pfleglich mit ihnen umgehen, und darf zum Beispiel nie zu viele Waldpilze ernten, nie mehr an Bäumen umsägen, als auch nachwachsen können, oder nicht zu viel Wild erlegen und so!«

»Ah ja – da hab' ich mal was drüber gelesen!«, rief Ole wieder unbekümmert dazwischen. Doch die Lehrerin freute sich, dass er was zum Thema wusste, denn er sagte: »Die Indianer bedanken sich sogar bei den Seelen der Büffel und Hirsche, die sie schießen!«

Einige Kinder fanden das komisch, doch Ole verteidigte die alte Sitte: »Na, also wenn ich 'n Hirsch wär, den die schießen, dann würd' ich auch wollen, dass die vorher wenigstens ›Danke‹ sagen!«

»Aber die Viecher versteh'n uns doch ohnehin nicht!«

»Doch, unsere Hündin Bella versteht genau, was wir sagen!«

»Ja, das sind aber auch Haustiere!«

»Na ja, aber auch die Wildtiere haben ja 'ne Seele – sicher spüren die das irgendwie, ob die Menschen sie jagen, weil sie selber grad' Hunger haben, oder nur so zum Vergnügen drauflosballern!«

»Wenn alle Tiere und sogar die Pflanzen unsere Brüder sind – dann kann man ja eigentlich gar nix mehr essen! Seine Brüder isst man doch nicht! Dann wär' das ja sogar wie bei den Kannibalen, überhaupt noch 'n Salatkopf oder 'n Apfel zu essen?!«

»Na ja, irgendwas muss man ja essen! Und Äpfel pflücken und so ist ja nicht gleich so schlimm wie Tiere totmachen – die Pflanzen wachsen ja auch viel eher nach! Die geben ja eh Früchte ...!«

So tobte die Diskussion noch 'ne ganze Weile hin und her. Als es in der Klasse wieder etwas ruhiger wurde, sagte Frau Svensson: »Ja, dann wird's also sicher recht interessant für euch, wenn nächste Woche Frau Kranich kommt ...!«

»Waaas? Kranich heißt die? Ja, is' die denn 'ne echte Indianerin?«

»Nein, das ist sie nicht, sie ist aus Norddeutschland, hat aber selber lange bei den Indianern in Amerika gelebt. Bei den Sioux im zentralen Grasland, der Prärie. Sie wurde sogar in deren Stamm aufgenommen!«

Einige Kinder lachten, doch es klang bewundernd. Bei den Indianern leben, so richtig echt in der Prärie, das musste doch toll sein! Im Tipi wohnen und am Lagerfeuer grillen ...

»Au klasse – dann kann ich mich gleich mit ihr darüber unterhalten, dass ich ja selber 'ne indianische Großmutter habe!«, rief ich eifrig. »Meine Oma in Chile war ja eine Mapuche!«

»Ja, prima! Das passt doch bestens!«, meinte Frau Svensson. »Übrigens glaubt Frau Kranich, dass ihr Name schon eine Weissagung enthielte, sie würde eines Tages zu Menschen gehen, für die alle Tiere noch Brüder sind. Schließlich ist sie dann ja in einem Flugzeug, also einer Art Silbervogel, dorthin geflogen und hat sich mit den Leuten vor Ort angefreundet. Und was glaubt ihr, was sie gleich in den ersten Tagen nach ihrer Ankunft sah?«

»Kraniche!«, riefen wir durcheinander.

»Ja, genau! Sie sah zwei Kanadische Kraniche dort im Sumpf spazieren, das hielt sie für ein gutes Omen. Und die Indianer haben ihr gesagt, sie sei eben ihrem Herzenswunsch, mehr über ihre Kultur zu erfahren, gefolgt – so wie ein Kranich als Zugvogel ja auch an seinen Zielort hinfliegt, den die Natur ihm bestimmt. Das ist schon merkwürdig, nicht wahr?«

»Wie kam sie denn überhaupt auf diesen Gedanken, mal eben schnell nach Amerika zu fliegen?«, wollte Björn wissen. »Doch sicher nicht einfach nur wegen ihrem Namen!«

»Nein, natürlich nicht! Sie hatte eines Tages eine Veranstaltung über die Kultur der Indianer besucht, und davon war sie so fasziniert, dass sie sofort ihre Adresse mit den Indianern ausgetauscht hat, um sie gleich im nächsten Urlaub zu besuchen. Sogar ihre Sprache hat sie gelernt!«

»Au ja, dann kann sie uns ja mal was auf Indianisch sagen!«, rief Kalle.

»Nein, ›Indianisch‹ gibt's nicht. Die Ersten Amerikaner haben verschiedene, eigene Sprachen, so wie wir Europäer ja auch! Wir sprechen ja auch nicht ›Europäisch‹, sondern Schwedisch, Dänisch, Deutsch und so weiter …«

»Englisch, Französisch, Spanisch …«, zählten wir unwillkürlich noch weitere Sprachen auf.

»Ja, und welche spricht sie nun?«

»Sie spricht die Sprache der Lakota, das sind die westlichen Sioux-Indianer!«

»Wow, toll! *Hugh, hugh!*«, rief Ole übermütig.

Ja, und dann kam die angekündigte Frau Kranich, die uns was über Bio-Gärten nach indianischer Art erzählen wollte, um uns beim Anlegen unseres Schulgartens zu helfen.

Sie war so mittelalt und hatte lange, graue Haare (also nicht so eine schicke Frisur wie Frau Svensson). Auch hatte sie eine ziemlich große Nase. Dadurch sah sie selber schon ein wenig wie eine Indianerin aus, besonders, wenn sie so nachdenklich guckte und sich an das erinnerte, was die Leute ihr drüben gesagt und beigebracht hatten. Das wollte sie jetzt an uns weitergeben. Nachdem sie sich kurz vorgestellt hatte, ohne langes Blabla, fragte sie uns als Erstes: »Ihr kennt doch alle garantiert schon ein paar indianische Wörter!«

So ermunterte sie uns, in unserem Gedächtnis zu graben. Da

kamen doch einige Wörter wie »Tipi«, »Wigwam« oder »Squaw« zusammen. »Das Wort ›Squaw‹ hört man drüben übrigens gar nicht gerne«, erzählte sie uns, »denn es ist abwertend gemeint.« Das hatten wir natürlich gar nicht gewusst.

»Und das Wort *›hugh‹* (gesprochen hau!) gibt's auch wirklich – das bedeutet so viel wie ›Punktum! Ich hab gesprochen! Die Frauen sagen übrigens nicht *›hugh‹*, sondern *›han‹!*«.

Das mit dem »Ich-hab-gesprochen!« gefiel uns allen, und eine Weile raunte es kichernd *»hau«* und *»han«* durch den Raum. Frau Svensson bat um Ruhe. Dann ließ sie wieder Frau Kranich reden.

»Und nun erzähle ich euch etwas, das zu eurem Schulgarten-Projekt passt«, fing Frau Kranich an, »nämlich, dass für die Ersten Amerikaner die Tiere und eben auch Pflanzen Brüder und Schwestern des Menschen sind…«

»Wissen wir schon!«, johlte Ole. Er konnte es nun mal nicht lassen. Frau Kranich störte sich nicht an seiner vorlauten Art, sondern machte einfach weiter:

»Aber wisst ihr auch, dass die Pflanzen für die Indianer auch richtig als ›Leute‹ gelten? Sie betrachten die Pflanzen als ›Die Grünen Leute‹, und die Bäume als ›Die Stehenden Leute‹!«

»Grüne Leute? Haha, die kleinen grünen Männchen vom andern Stern!«, amüsierten sich nun gleich mehrere Kinder. Frau Kranich ließ die Kinder erst mal in Ruhe lachen. Dann sagte sie ganz ruhig: »Ja, ›Grüne Leute‹, nicht ›Grüne Männchen‹! Inzwischen haben die Forscher schon herausgefunden, dass das gar nicht dumm ist, denn mit modernen Methoden können die Wissenschaftler feststellen, dass auch Pflanzen sehr viel um sich herum wahrnehmen, ja sogar, dass sie ein Gedächtnis haben und nachts schlafen wie wir!«

»Ja, da klappen manche Blumen ihre Blütenblätter zusammen!«, wusste Astrid zum Thema.

»Genau! Na ja, und wenn nun Pflanzen auch wachsen und sich vermehren, sich sogar langsam bewegen können, schlafen und ein Gedächtnis haben, dann sind sie doch im Grunde gar nicht so sehr verschieden von Tieren oder Menschen! Das haben die Naturvölker schon vor Jahrtausenden genau beobachtet. Nur wir modernen Stadtmenschen haben es vergessen! Von den Ersten Amerikanern kann man da viel lernen!«

»Warum sagst du immer ›Erste Amerikaner‹ und nicht einfach ›Indianer‹?«

»Weil drüben das Wort ›Indianer‹ leider allzu oft von den weißen Einwanderern als Schimpfwort gebraucht wurde. Und außerdem stimmt es ja gar nicht, was Kolumbus einst dachte, als er in Amerika ankam – er nannte die Leute nämlich ›*Indios*‹, weil er meinte, er wäre in Westindien angekommen!«

Sie zeigte uns einige Dias, die sie mitgebracht hatte.

»Waaaas? Das sollen Indianer sein? Aber das sind doch Cowboys!«, riefen viele in der Klasse durcheinander. Denn da sah man Männer mit Cowboyhut, rotem Hemd und blauen Jeans, dazu mit Cowboy-Stiefeln, und Frauen in bunten T-Shirts und Röcken oder ebenfalls Jeanshosen.

Dann entdeckten meine Klassenkameraden doch einige typische Sachen: »Ja, aber wenn man genau hinschaut – der Mann da hat lange Haare, der trägt einen Pferdeschwanz!«

»Ja, und die Frau da hat an den Seiten Zöpfe!«

»Und jetzt schaut mal, wie sie sich zu ihren alljährlichen Tanzfesten kleiden! Hier sind dieselben Leute, nur ganz anders angezogen!«

Frau Kranich zeigte ein anderes Diabild.

»Wow! Ja, da tragen sie diese Ledersachen mit langen Fransen, wie im Western! Und Federn im Haar! Und da ist ein Häuptling, mit 'ner Federhaube! Haha, der trägt ja auch Jeans dazu …!« So riefen alle durcheinander.

Frau Kranich nickte. »Ich war auch bei anderen Stämmen zu Besuch, in den USA, Mexiko und Kanada, zum Beispiel bei den Ojibwa und den Winnebago. Auch Apachen aus dem Südwesten habe ich getroffen und Algonkin aus dem Nordosten. Ich war in Kanada auch in der Stadt, die nach dem Algonkin-Wort für ›Händler‹ benannt ist. Die Leute dort in Ottawa haben uns gezeigt, wie man einen Bio-Garten anlegt – sie haben schon seit Jahrtausenden Öko-Landbau betrieben, für sie war das ganz selbstverständlich…«

»Na ja, damals gab's ja auch noch keine giftigen Spritzmittel!«, sagte Kalle ein wenig frech. Aber er hatte ja recht. Frau Kranich sah das auch so, denn sie sagte: »Ganz richtig, aber es gehört ja auch die entsprechende Einstellung dazu. Also, ob ich in Pflanzen nur nachwachsende Rohstoffe sehe oder eigenständige Wesen, also echte Partner, die einem etwas von ihren eigenen Vorräten abgeben, von Maiskörnern und Bohnen… also, ich wird euch heute mal zeigen, wie man die Pflanzen so anbauen kann, dass sie sich gegenseitig unterstützen und nicht behindern!«

»Kann man sich dann auch das Unkraut-Jäten sparen?«, wollte Ole wissen.

»Ja, in der Tat! Für die Indianer gibt es gar kein ›Unkraut‹, nur ›Kraut‹, denn sie haben genau beobachtet, dass jede Pflanze eine wichtige Funktion im Ökosystem hat. Alles hat für sie einen Platz in der Schöpfung, und der Mensch soll in Harmonie mit den anderen Lebewesen leben. Also haben sie sich auch entsprechende Anbau-Methoden ausgedacht. Ich rede jetzt von den Stämmen im Nordosten, die in der Prärie konnten auf dem harten Boden ja nichts anbauen und jagten daher Bisons. Sie tauschten dann Büffelfleisch gegen Mais und anderes Gemüse von den sesshaften Stämmen. Jeder Stamm war also durch seine Lebensweise bestens an seine Umwelt angepasst!«

Sie zeigte ein anderes Foto, wo man ein buntes Durcheinanderwuchern von Pflanzen sah.

»Das soll ein Garten sein?«, riefen wir verblüfft.

»Ja, schaut mal genauer hin! Da ist schon ein System dahinter! Sie nennen ihre traditionelle Anbau-Weise ›*Three Sisters*‹, also ›Drei Schwestern‹, denn sie pflanzen immer Mais, Kürbis und Bohnen zusammen, drei Pflanzenarten, die's schon seit jeher dort als Wildform gab. Nun, wer von euch kann erkennen, worin der Vorteil besteht, wenn man sie zusammen anpflanzt und nicht getrennt, als öde Monokulturen?«

Ratlos schauten wir auf das kunterbunte Wuchern.

»Hmmm, die Bohnen ranken an den Maisstängeln hoch!«, stellte Gudrun fest.

»Sehr schön! Der erste Punkt: Die hohen, starken Maisstängel dienen den Rankenpflanzen als Stütze! Auch die Kürbisse senden Ranken nach oben. Aber es gibt noch mehr Vorteile bei dieser Anbau-Methode! Denkt noch mal nach! Und schaut genau hin, da aufs Diabild!«

»Hm – vielleicht – vielleicht spenden die riesigen Kürbisblätter Schatten, wenn's mal zu heiß wird? Die sehen ja aus wie kleine Sonnenschirme!«, vermutete ich (weil ich mich daran erinnerte, dass ich mir früher im Sommer oft selbst Sonnenschirme aus großen Rhabarberblättern gemacht hatte.)

»Sehr schön! Richtig. Die Kürbisblätter schützen den Boden vorm Austrocknen. Und auch die Bohnen bieten den anderen Pflanzen etwas, was denen nützt – aber das liegt unter der Erde, unsichtbar an den Wurzeln, deshalb will ich es euch verraten, ehe ihr lange dran rumrätselt: Die Bohnen schaffen es, sich selber zu düngen! Denn sie leben gemeinsam mit bestimmten Bakterien, die in Knöllchen an deren Wurzeln siedeln, und die können bestimmte Nährstoffe binden, welche die Pflanzen brauchen! So verbessern die Bohnen mit den Wurzelknöllchen den Boden, und es entsteht wertvoller Humus für alle!«

Wir nickten und wunderten uns, wie alles so fein aufeinander abgestimmt war. Und gut beobachtet von den Leuten. Schon schlau! Wir erfuhren auch, dass alle drei Pflanzenarten sowie auch Tomaten und Kartoffeln aus Amerika stammten. Und jede davon gibt's zudem ja in vielen Sorten, die unterschiedlich aussehen und schmecken.

»Einen solchen Garten wollen wir hier auch gemeinsam anlegen! Ihr werdet sehen, es macht Spaß und erstaunlich wenig Arbeit! Natürlich muss man die Pflanzen ab und zu gießen, falls es zu wenig regnet. Dafür können wir gewiss viel ernten! Wir wollen dann im Herbst, zu Erntedank, aus Mais, Bohnen und Kürbis auch zusammen die Drei-Schwestern-Suppe kochen!« Oh ja, zusammen kochen – dazu hatten alle Lust! Und erst recht von selbst angebautem Gemüse!

Dann verriet uns Frau Kranich noch, dass sie bei ihren Freunden drüben in der Prärie den Ehren-Namen »Weißer Kranich« verliehen bekommen hatte.

»Wie sagt man denn das auf Lakota?«, rief ich vorwitzig dazwischen. Immerhin konnte ich aus Chile ja schon ein paar Worte Mapuche-Sprache, da konnte so ein wenig Lakota auch nicht schaden.

»*Pehán ska*«, antwortete Frau Kranich erfreut, »zuerst das Wort für ›Kranich‹ und dann für ›weiß‹.« (Dass die Wörter in anderen Sprachen manchmal 'ne andere Reihenfolge haben, wussten wir ja schon, von Englisch oder Spanisch und so.)

Frau Kranich fuhr fort: »Und jetzt zeige ich euch noch, wie man original-indigenes Spielzeug basteln kann! Wir machen kleine Zelte aus Papier und knüpfen Traumfänger!«

Das Bastelmaterial hatte die Lehrerin, Frau Svensson, schon mitgebracht, Frau Kranich steuerte passenderweise ein Päckchen Federn für die Traumfänger bei. Alle waren wir eifrig dabei, nach ihren Anweisungen kleine Papiertipis und Traumfänger zu machen.

»Die Indianermädchen haben früher sogar kleine Puppentipis aus Pappelblättern gebastelt! Diese Tipi-Zelte aus Papier hier dürft ihr noch bunt bemalen, das tun die Lakota mit ihren großen Zelten auch!«

Also malten wir Büffel und Pferde, Adler und Bären, oder auch einfach rote Kreise und Linien auf unsere Tipis. Dann zeigte uns Frau Kranich, wie man die Tipis zu einem runden Zeltdorf aufstellt, mit den Zelteingängen nach Osten: »Da sieht man gleich morgens den Sonnenaufgang!«

Zum Abschluss holte sie ihre Handtrommel hervor (so was kannte ich ja schon von meiner Oma in Chile) und sang uns zur Trommel einen Rundtanz vor, zu dem wir alle im Kreis herum tanzen durften, ganz wie die Indianer. Da fühlten wir uns deren Kultur gleich etwas verbunden, denn Musik – und auch gutes Essen –, das verbindet ja immer.

Das war eine der interessantesten Schulstunden gewesen, die wir je gehabt hatten! Ehe sie sich verabschiedete, gingen wir mit Weißer Kranich und Frau Svensson noch hinaus in den Schulhof, wo schon eine sonnige Ecke für den Bio-Garten reserviert war. Gemeinsam schaufelten wir die Humus-Erde zusammen, bohrten mit einem dicken Stock Löcher hinein und legten die Kürbiskerne, Maiskörner und Bohnen in einer bestimmten Reihenfolge hinein, so dass sie immer zu dritt wachsen sollten. Jetzt im Frühjahr würde es gar nicht lange dauern, bis die ersten Keimlinge sprießen würden, und das Tollste: Man brauchte die Rankenpflänzchen gar nicht mit Bohnenstangen versorgen, an denen man sie mühselig mit Bast hochbinden müsste – sie würden ja die Maisstängel als Stütze finden!

»Und im Herbst komm ich wieder, und dann ernten wir gemeinsam!«, versprach Frau Kranich. »Dann sprechen wir ein kurzes Dankgebet für die Pflanzen und die ganze Natur, und wenn die Gemüsesuppe gekocht ist, laden wir dazu eure Eltern ein zum Erntedankfest!«

Das war wirklich eine schöne Idee!

Der Zauberlehrlings-Typ

In der Klasse gab's 'ne kleine Sensation. Denn wir hatten 'nen Neuen, mitten im Schuljahr! Das lag daran, dass die Familie erst frisch hierher gezogen war, auf unsere winzige Schäreninsel. Denn die Stelle des Inselarztes war frei geworden, der ging in Rente und suchte einen Nachfolger. Und da hatte sich der Papa von Nils – das ist der Neue – halt beworben und die Stelle gekriegt (»Sicher, weil sonst niemand auf diese winzige Insel ziehen mochte!«, vermutete Mama. »Dabei ist die ja so schön! Doch die meisten Ärzte machen ihre Praxis lieber in der Stadt auf und nicht in so 'nem schläfrigen Provinznest wie hier!«)

Wie auch immer, heut' war Nils den ersten Tag da! Unbewusst dachten wir alle, er müsse wegen seinem Namen irgendwie so aussehen wie Nils Holgersson, hellblond und womöglich mit 'ner roten Zipfelmütze auf dem Kopf – doch er sah ganz anders aus, und zwar wie Harry Potter! Ihr wisst schon, dieser berühmte Zauberlehrling.

Eigentlich ist es ja eh doof, nur wegen dem Namen zu vermuten, jemand müsse so und so aussehen, aber so sind wir Menschen nun mal. Und Nils sah wirklich aus wie Harry Potter, und er wusste das auch. Er hatte nicht nur so strubblige, dunkle Haare und grüne Augen, nein, er trug sogar 'ne Brille (mit Absicht hatte er sich ein ganz ähnliches Gestell ausgesucht wie der Zauberlehrling, den wir ja auch alle aus den Filmen kannten). Er spielte regelrecht ein bissel seinen berühmten Doppelgänger, und natürlich hatte er auch alle Bände dieser Fantasy-Serie daheim im Buchregal und auch allesamt schon mehrfach gelesen, wie er sagte.

Wir mochten ihn alle gleich gern, denn er war lustig und bescheiden, genau wie der Zauberschüler wurde er leicht verlegen und sagte dann »ähm«, also er wirkte überhaupt nicht abgehoben. Doch er umgab sich mit etwas Geheimnisvollem (richtig so 'ne Aura hatte der, würde Papa sagen), und als wir ihn fragten: »Würdest du denn auch gern mal Schauspieler werden, wie der Harry-Potter-Darsteller im Film?«, da sagte er sofort: »Ja!« (und ganz ohne ›ähm‹). Zudem warf er gerne mit mysteriösen Andeutungen um sich und verbreitete die reinsten »Verschwörungs-Theorien« (wie unsere Lehrerin es nannte). Zum Beispiel sagte er, gleich in der ersten Großen Pause: »Ob ihr's glaubt oder nicht – die Geschichte vom Heiligen Gral ist wahr! Den gibt's tatsächlich!«

»Was is'n der Gral?«, fragte Björn. »Hab ich irgendwann schon mal gehört, aber ich bring's nicht mehr zusammen!«

»Das ist ein Kelch, aus dem Jesus persönlich getrunken hat, damals beim letzten Abendmahl, bevor er dann gekreuzigt wurde und an Ostern wiederauferstanden ist! Und weil er ihn in der Hand hatte, ist er ganz mit seiner Energie aufgeladen und daher wunderkräftig!«

»Ach, glaub ich nicht!«, meinte Kalle. »Meine Eltern sagen, der ganze Wunderglauben ist alles Schmarrn!«

»Nur, wenn man glaubt, Wunder würden die Naturgesetze außer Kraft setzen«, sagte Nils, und dabei klang er ganz schön altklug (genau wie ich, hihi). »Doch das ist gar nicht nötig. Das ganze Leben ist doch schon ein einziges Wunder!«

Die Schulkollegen schwiegen. Keiner wusste, was er sagen sollte. Dann fragte Björn: »Na, und wenn's diesen kostbaren Kelch wirklich gibt – wo ist er dann jetzt? Das wär doch 'ne Mega-Sensation, wenn sie den im Museum ausstellen würden!«

»Es gibt ja auch Kirchenmuseen, die meinen, sie hätten den echten Gral, in Spanien und so. Aber in Wirklichkeit ist es ein Geheimnis, wo er ist, damit er nicht gestohlen wird!«

»Und woher willst dann ausgerechnet *du* davon wissen?«, fragte Björn kritisch. »Wenn's so 'n Geheimnis is', dann werden die Geheimniswahrer doch nicht ausgerechnet dir davon erzählen, oder?«

Da fing Nils an zu orakeln, es gäbe sogar noch Überlebende der Jesus-Familie bis in die heutige Zeit, und ihr Wappen wär 'ne blaue Weintraube, weil Jesus sich ja mal mit 'nem Rebstock verglichen hätte, und überhaupt gäb's ziemlich viele Leute, die davon wüssten. Mehr wollte er nicht sagen. Doch da er gar nicht angeberisch oder gar wichtigtuerisch dabei wirkte, fanden wir's recht spannend. Er schien von dem, was er uns da erzählte, jedenfalls selbst ganz fasziniert zu sein.

»Der hat einfach zu viel Fernseh'n geschaut!«, grinste Ole und tippte sich an die Stirn. »Man muss ja nicht alles glauben, was die da erzählen!«

»Ja, in den Medien gibt's ja auch jede Menge *Fake news*«, sagte ich nachdenklich. »Manchmal sind die komplett erlogen, manchmal auch verdrehte Halbwahrheiten. Das ist schon echt schwer, da noch durchzufinden… Papa meint immer, man soll halt gut drauf achten, woher die Behauptungen stammen, aus welchen Quellen, wie er das nennt.«

Nils konnte oder wollte sich zu seinen »Quellen« nicht äußern. Aber egal, wir fanden ihn alle nett. Jeder hat so seinen Spleen. Und wer weiß, an manchem Gerücht mag ja auch was Wahres dran sein, man müsste halt alles gründlich überprüfen… und solange das nicht möglich ist, kann man's ja einfach auf sich beruhen lassen – soll doch jeder glauben, was ihm gefällt, solange es nur keinem andern schadet! Deshalb muss man sich ja nicht gleich streiten ...

Jedenfalls brachte uns Nils' Harry-Potter-Fimmel auf die Idee, beim Theater-Projekt der Schule ein Zauberschulen-Stück aufzuführen, mit ihm in der Hauptrolle, klar! (Der Vorschlag kam von Gudrun, nicht von ihm selber, und alle waren einverstanden). Das Stück sollte beim nächsten Elternabend im Gemeindesaal aufgeführt werden. Ich sollte passenderweise die strenge Lehrerin der Zauber-Schule darstellen, und unser Sport-Lehrer, Herr Gustavsson, erklärte sich bereit, den Schulleiter zu spielen, weil er auch so einen langen, silbernen Bart hatte wie der im Film (na ja, nicht ganz so lang natürlich). Auch der dortige Halbriese wurde von einem Erwachsenen gespielt, denn er sollte ja deutlich größer sein als die Schüler. Der Hausmeister meinte gutmütig, ok, dann würde er halt auch mitmachen, als Hagrid. (Seine dunkle Pelzmütze könnte ja dann das Strubbelhaar des Wildhüters darstellen, ganz wie im Film. Die Verfilmungen hatte sogar manche in der Klasse dazu gebracht, auch mal in die Buch-Serie reinzugucken ...)

Ein rothaariger Ron wurde rasch gefunden (Sönke) und auch Hermine (da fanden viele, ich sollte sie darstellen, weil sie die Klassenbeste und etwas besserwisserisch war, doch ich hatte ja schon die Rolle der Professorin), also übernahm Astrid die Rolle, und Gudrun spielte Rons Schwester Ginny. Auch ein Draco fand sich, der laut Buchvorlage und Film-Rolle zwar arrogant und etwas fies war, doch nicht durch und durch schlecht – er drohte halt immer wieder auf die schiefe Bahn zu geraten.

So wurden alle Rollen verteilt (wobei zuerst niemand den fiesen Professor für Zaubertränke spielen mochte, bis Nils uns erklärte, der sei nur vom Leben so verbittert worden und eine tragische Figur. Daher fand sich dann Kalle schließlich bereit, den Zaubertrankmischer darzustellen. Für jeden war eine Rolle da, denn es gab ja viele Zauber-Schüler. Das Stück hatten wir selber geschrieben, wobei wir darauf achteten, dass die Dialogparts nicht zu lang wurden, denn niemand hatte Lust, für den Elternabend lange Rollen einzustudieren. Dennoch war das Stück gut und spannend – gerade die kurzen Reden brachten es auf Tempo. Besser so als zu langatmig, fanden wir.

Da in der Original-Geschichte der Schulleiter am Schluss ja schon gar nicht mehr lebte, wie jeder Harry-Potter-Fan weiß, beschlossen wir, ihn aus dem Jenseits auftauchen zu lassen (was in der Geschichte ja auch so vorkommt.) Denn wir fanden, eine so wichtige Figur wie der legendäre Schulleiter dieser berühmten Zauberschule musste unbedingt mitspielen. Blieb nur noch die Rolle von Harrys Widersacher, dem absolut Bösen – den wollte nun wirklich keiner spielen, nicht mal aus Spaß. Keiner der Jungs wollte mit 'ner Schlangenmaske vom Fasching rumlaufen. »Da gruselt man sich ja vor sich selber!«, kicherte Ole. Was tun?

Schließlich hatte Herr Gustavsson eine Idee: »Also, wenn keiner den Bösen spielen mag, was ich gut verstehe, können wir ja das Stück nicht deswegen gleich platzen lassen! Dazu haben wir ja schon viel zu viel Zeit und Ideen in die Planung investiert! Wie wär's, wenn wir den ›Dunklen Lord‹ einfach basteln würden, und jemand spricht hinterm Bühnenvorhang mit hallender Stimme ins Mikrofon, seine Rolle …?«

Den Vorschlag fanden wir dann alle gut. Also nahmen wir einen alten Kleiderständer, hängten ihm einen schwarzen Umhang um (was schon mal dramatisch wirkte), und als Kopf modellierten wir im Kunst-Unterricht aus Pappmaché über einen Ballon einen grässlichen Schlangenkopf, den wir dann bemalten: totenschädelbleich, und mit den furchtbaren, roten Augen, mit schlitzförmigen Pupillen wie bei einer Schlange. Er kriegte auch ein paar Arme aus Draht angebunden, wo man ihm dann einen Zauberstab in die Hand drücken konnte, die aus einem alten Handschuh bestand. »Huuuh«, sagte Edda, »hoffentlich krieg ich heut' Nacht keine Alpträume!«

»Falls ja, musst du uns unbedingt erzählen, was der als Nächstes plant!«, sagte Nils schlagfertig, und alle lachten.

Der Schlangenkopf wurde übrigens nur lose auf das Gestell aufgesteckt, und von seinem Kopf bis hinter die Bühne verlief ein langer, durchsichtiger Faden … Doch davon später. – Wir hatten beschlossen, dass unser Stück da anfangen sollte, wo der siebte und letzte Band aufhörte (danach würde ja dazu auch noch offiziell ein Theaterstück verfasst; ich glaube, das brachte uns mit auf die Idee). Wir wollten zuerst, angeregt durch die Original-Story, Professor Dumbledore als den Guten und Voldemort als den Bösen im Jenseits miteinander reden lassen, und die übrigen, die Überlebenden der Schlacht um Hogwarts, sollten auch

mitmachen. Dann haben wir uns aber überlegt, dass es richtig was Eigenes sein sollte, nur halt inspiriert von dieser Serie und ihren Verfilmungen, und wir haben andere Namen für die Figuren gewählt, bei denen trotzdem jeder Fan gleich wusste, was für eine Anspielung auf die Personen der Vorlage es sein sollte. (Ein anderer Nachname etwa langte ja oft schon, werdet ihr gleich merken.) Wir überboten uns darin, uns ähnlich klingende, witzige Namen auszudenken, kringelten uns fast vor Lachen und stimmten dann einträchtig darüber ab, welche dieser Namen dann für das Stück verwendet werden sollten.

Das Problem war nur noch, dass wir ja alle nicht in echt zaubern konnten (schade!). Doch Ole wusste Rat: »He – wir nehmen einfach die Lichtschwerter von Fasching – ich hab eins, so 'n Science Fiction-Ding! Und wer keins hat, 'ne Taschenlampe – so 'ne Stablampe eben …!«

Das war gut, jedenfalls besser als gar nix. Und Frau Andersson steuerte auch noch einen Laser-Pointer bei. (»Aber nicht in die Augen zielen!«) So waren wir bestens gerüstet (auch wenn wir leider damit immer noch nicht zaubern konnten). Nils half übrigens die ganze Zeit voll Feuereifer mit, und es war fast doch wie Zauberei, was wir da alle gemeinsam hinbekommen haben …!

Und hier kommt nun unser eigenes Theaterstück (hab die Rollen und Regieanweisungen für euch abgedruckt):

Vorhang auf!

1. Szene. Im Jenseits.

VOLL-DER-NERD: Unglaublich! Sie haben mich besiegt!! Den größten Zauberer aller Zeiten!!! Wie konnte das nur geschehen?!

Prof. ALBUS DONNERSCHOCK (*betritt die Bühne*): Du wirst es nie verstehen, was? Es war die Fähigkeit, zu lieben, die deine Macht gebrochen hat! Harrys Mutter liebte ihren Sohn. Sie hat ihn vor dir geschützt, und das machte ihn stärker als dich! Er ist der größere Zauberer von euch beiden!

VOLL-DER-NERD: Ich werde zurückkehren! Es gibt ja viele Gespenster, also kann auch ich wieder umgehen! Ich werde meine Herrschaft erneuern!

DONNERSCHOCK: Viel Spaß! Du wirst es nicht schaffen!

VOLL-DER-NERD: Was wetten wir?

DONNERSCHOCK: Ich wette nicht, denn ich weiß eh, dass ich diese Wette gewinnen würde. Und was man im Voraus weiß, ist ja nicht mehr spannend!

VOLL-DER-NERD: Aber ich wette! Meinen Kopf will ich unterm Arm tragen, wenn's mir nicht gelingt! Dann werde ich der Anführer der geköpften Gespenster! *Er lacht bitter:* Und nicht nur so wie beim Fast Kopflos Nickenden! *Tritt ab.*

Prof. Donnerschock lächelt: »Wir werden ja sehen!«

Vorhang.

2. Szene: In der Großen Halle, Zauberschule »Schwein gehabt«

NEVILLE KAKTUSFREUND: Ich kann's noch gar nicht glauben, dass wir Voll-der-Nerd besiegt haben!

RON ROTWIESEL und HERMINE SUPERSCHLAU (*gleichzeitig):* Ja, Einigkeit macht stark!

HARRY FISCHOTTER: Ich bin wirklich dankbar, dass ihr Freunde immer so gut zusammengehalten habt!

GINNY ROTWIESEL: Ich hab immer an dich geglaubt! *(gibt ihm einen Kuss).*

HAGRID DRACHENHÜTER *(mit dröhnender Stimme):* Wir alle, nich' wahr! Ham wir doch gewusst, unser Harry, der packt's! Zusammen mit seinem Team!

HARRY FISCHOTTER *(grinst):* Klingt ja, als sei alles nur'n Quidditsch-Spiel gewesen!

Plötzlich hallt eine hohe, unheimliche Stimme durch den Saal:

VOLL-DER-NERD: Du hast dich zu früh gefreut! Ich komme zurück! Als Gespenst! Ihr werdet nie Ruhe vor mir haben!!

Alle schreien auf. Voll-der-Nerd zeigt sich.

VOLL-DER-NERD: So schnell werdet ihr mich nicht los!!

Prof. MINERVA McSCHOTTENROCK *(in schottenkariertem Rock, betritt die Halle):* Was ist hier los? Was ist das für ein Geschrei?! *Stutzt:* Oh – Voll-der-Nerd?! Ich dachte, den wären wir los!

VOLL-DER-NERD *(triumphierend):* Das habt ihr nur gedacht! Doch seht: Ich bin hier! Ich werde euch nie in Ruhe lassen! Von jetzt an werde ich euch immer plagen!

McSCHOTTENROCK: Das wollen wir erst mal sehen! Los – alle mitmachen: Superschocker! Entwaffnen! Hokus pokus fidibus!

Alle in der Halle erheben rasch ihre Zauberstäbe.

ALLE GEMEINSAM: Superschocker! Entwaffnen! Hokus pokus fidibus!

Bunte Lichtstrahlen werden auf Voll-der-Nerd abgeschossen. Durch die Zaubersprüche verliert Voll-der-Nerd seinen Zauberstab und wackelt haltlos mit dem Kopf! Er verliert den Kopf, kippt nach hinten um und verschwindet.

HARRY FISCHOTTER *(erleichtert):* »Schluss mit deiner Zauberei! Du bist besiegt – für immer!«

3. *Szene: Die Feier in der Zauberschule*

McSCHOTTENROCK: Voll-der-Nerd wird es nie mehr wagen, sich hier blicken zu lassen! Nicht mal als Gespenst! Seine Macht ist gebrochen!

DER FAST KOPFLOS NICKENDE: Den würde ich auch nicht in unserer Gespenstergruppe haben wollen!

HARRY FISCHOTTER *(zu Draco gewandt)*: Tja, Draco – so langsam solltest du dir mal überlegen, ob du hier in unserer Zauberschule bleiben willst? Du warst doch so ein großer Anhänger von dem Dunklen Typen da, oder?

DRACO SKORPION (kleinlaut): Nein … eigentlich hat er mich nur erpresst!

ARTHUR ROTWIESEL: Wie mein Sohn Ron immer gesagt hat: Draco führte immer die großen Reden, und das brachte ihn in Gefahr, von der Seite des Bösen benutzt zu werden!

DRACO SKORPION: Wenn ich hierbleiben darf – können wir Schüler und Schülerinnen vom Haus Silberne Schlange dann überhaupt noch unsere smaragdgrünen Umhänge mit Silberwappen tragen? Haus Goldener Greif trägt ja Rot und Gold, und ihr Haus hat gewonnen …

McSCHOTTENROCK: Natürlich kann jedes Haus weiterhin seine Farben tragen – das bringt ja Abwechslung! Doch von nun an sollten alle Häuser dieser berühmten Zauberschule nicht mehr gegeneinander arbeiten, sondern miteinander!

Allgemeiner Jubel erhebt sich.

HARRY FISCHOTTER: Dann lasst uns das feiern! Wir haben Voll-der-Nerd besiegt – und zwar endgültig!

Alle rufen zustimmend durcheinander und applaudieren. Musik ertönt.

Vorhang fällt.

* * * *

Donnernder Applaus ertönte – jetzt nicht mehr von Harry Fischotter und seinen Freunden, sondern von unseren Eltern und Geschwistern, die ja das Publikum im Saal waren. Stolz traten wir alle auf die Bühne vor, um uns vor ihnen zu verneigen.

Nach der Aufführung, als wir uns alle wieder umgekleidet hatten, um in Zivil nach Hause zu gehen, winkte mir Nils noch zu. »War toll! Ist doch super gelaufen!«, rief er mir zu.

»Ja – fanden wir auch!«, rief ich zurück. Irgendwie wurde mir so merkwürdig zumute, als ich ihn ansah. Er ist so nett und bescheiden. Und er liebt – Bücher! Genau wie ich …

Ist doch klar: Er wird mein Freund!

Eine originelle Ausstellung

Wieder einmal wollte Mama bei einer Ausstellung mitmachen. Nur, diesmal hatte sie damit ein Problem. Der Kulturverein einer nahen Stadt auf dem Festland hatte nämlich einen Wettbewerb ausgeschrieben für die drei schönsten Bilder in moderner Kunst – die sollten dann im Flur der Volkshochschule aufgehängt werden. Natürlich würde Mama gern einen Preis gewinnen! Nur: Sie malt ja überhaupt nicht »abstrakt« (das ist der Stil, wo man gar nicht erkennen kann, was es eigentlich sein soll, weil's eben auch gar nix Konkretes ist…!) Sie malt für ihr Leben gern Sonnenblumen und Segelboote auf dem Wasser und so was, aber man kann's halt erkennen – sehr gut sogar!

»Kannst du nicht einfach etwas undeutlicher malen?«, schlug ich kurzerhand vor. »So, als bräuchtest du 'ne Brille?«

Mama fiel keine Antwort ein, aber Papa fing schallend an zu lachen.

»Unsere Gabriela als Kunstkritikerin!«

Leandra hingegen wollte etwas ganz anderes wissen: »Wenn du doch ganz anders malst, Mami, warum willst du denn überhaupt da mitmachen?«

Mama wird ein wenig rot. »Nun… ja…«, stotterte sie. »Es werden ja nicht nur die drei besten Bilder aufgehängt, welche die Jury ermittelt – es ist auch ein Preisgeld damit verbunden!«

Die Höhe des Preises nannte sie uns lieber nicht, damit wir nicht schon anfingen, zu träumen, was wir mit dem Geld alles machen könnten. Es ist nicht so, dass wir generell scharf auf Kohle sind – vielmehr haben wir stets etwas zu wenig davon.

»Na gut«, meinte Papa, »es gibt also einen ersten, zweiten und dritten Preis! Ich selber finde, eigentlich sollte gar keine Jury entscheiden, welches angeblich das beste oder zweit- und drittbeste Bild ist, sondern jeder Betrachter für sich allein! Jeder hat schließlich einen anderen Geschmack!«

Das fanden wir alle auch. Dennoch lockte da das Preisgeld…

»Ich weiß ja gar nicht, wie ich abstrakt malen soll!«, jammerte Mama. »Soll ich vielleicht einfach 'nen Topf Farbe auf die Leinwand schmeißen?«

Papa schmunzelte. »Andere machen es ja wohl auch so …«

Er versuchte, noch einen Augenblick, ernst zu bleiben und fragte: »Ja, willst du dir das denn überhaupt wirklich antun: So zu malen, wie's dir eigentlich gar keinen Spaß macht? Zu so was würd' ich mich an deiner Stelle doch nicht selber zwingen …!«

Mama überlegte. Sie biss sich auf die Lippen. So kannte man sie gar nicht. Dann sagte sie fest entschlossen: »Von dem Geld könnten wir die Gästezimmer renovieren. Sie müssten längst schon mal neu gestrichen werden! Was sollen denn die Sommergäste von uns denken?«

Papa nickte. Das war ein Argument. Wir leben ja davon, dass wir an zahlende Gäste vermieten. Da dürfen die Gästezimmer schon nicht heruntergekommen sein, sonst kommt ja bald niemand mehr! Er nickte nochmals und lachte dann los: »Dann mach's doch einfach so: Schmeiß wirklich 'nen Topf Farbe an die Leinwand und behaupte, das sei ›Sonnenaufgang auf Tahiti‹ oder ›Der Urknall‹ oder so was!« Plötzlich saß ihm der Schalk im Nacken: »Ich geh schon mal und leg 'n paar alte Zeitungen in deinem Atelier aus!«

»Warum?«

»Na, für deinen Urknall! Da wird's sicher ziemlich kleckern!«

Jetzt lachte auch Mama. »Du hast recht: Probieren kann man's auf jeden Fall – dann brauche ich mir nicht vorzuwerfen, ich hätte nicht mal versucht, bei dem Wettbewerb mitzumachen –!«

»– und das Preisgeld zu gewinnen!«, vollendet Papa den Satz. »Zumindest für den dritten Preis sollte es langen, denke ich!«

Jetzt hatte auch Lalá eine Idee: »Mami – dürfen wir alle mitmachen? Wir können dir doch helfen!«

»Ja, und das Preisgeld kommt ja dann eh in die Familienkasse …«, murmelte Mama, »wenn wir denn überhaupt etwas gewinnen!«

»Wer nicht wagt, gewinnt nicht!«, behauptete Papa und begann prompt, Tapezierfolie auszulegen, damit nicht alles bekleckert wurde, beim »Urknall« oder »Sonnenaufgang auf Tahiti«. Jetzt konnte Mama auch gar nicht mehr ernst bleiben. »Also: auf, auf!« rief sie unternehmungslustig. Von Ideenlosigkeit war jetzt keine Rede mehr – alle arbeiteten wir an dem Projekt mit, grinsend und ganz entspannt. Auf einmal hatten wir alle echt Lust dazu!

»Wenn schon, denn schon!«, überlegte sie laut. »Welche Farbe nehmen wir?« Mit hochgezogenen Augenbrauen schaute sie – nein, nicht über ihre Tübchen Ölfarbe, sondern über Papas Farbeimer, mit denen er immer den Gartenzaun oder alte Möbel streicht.

»Rot!«, sagten wir im Chor. »Das ist am Knalligsten!«, fügte Papa noch überzeugt hinzu.

»Gut. Also rot. Und dann direkt auf die schöne Leinwand…?« Es klang bedauernd, so als wollte sie sagen: »Und mit so einer Schmiererei soll ich die schöne, neue Leinwand versauen…?«

»Ich hab' da noch 'ne Idee!«, rief Papa. Und er holte eine große Spanplatte herbei, die in etwa das Format von einem großen Bild hatte.

»Das Holz verschwindet dann ja eh unter dem edlen Gemälde!«, grinste er. Mama nickte zufrieden. Dazu legte sie eine große Tube, die aussah, als wär' da Zahnpasta für Elefanten drin. »Das ist eine Mischung aus Gips, Kreide und Leim«, sagte sie. »Damit grundiert man normalerweise Leinwände, es geht aber auch auf Holz – sogar noch besser. Nur halt nicht zu dick auftragen, denn mit der Zeit wird das Zeug rissig. Es soll ja nicht abbröckeln!«

»Ooooh – das wäre ja auch ein Verlust für die Kulturgeschichte der Menschheit!«, flötete Papa.

Entschlossen legte Mama die Spanplatte auf die Werkbank. »So! Und da können die Mädels jetzt so richtig mitmachen!«

»Wie denn?«, schrieen wir begeistert durcheinander.

»Indem ihr euch zuerst mal alte Malerkittel überzieht…«

– Das machten wir schwuppdiwupp –

»… und dann die Ärmel hochkrempelt!«

– Auch das machten wir im Nu –

»… uuuuuund jeeeeetzt: Auf die Tube, fertig, los! Einfach aufmachen, ausleeren und rummatschen!« rief Mama. Das ist wie ein Startschuss. Mit Feuereifer drückten wir die Gips-Tube aus, schnappten uns alte Malerpinsel und -rollen verteilten die ganze, klebrige, weiße Pracht großzügig kreuz und quer über die Platte. Als Mama sah, dass es nicht ganz langte, opferte sie sogar eine zweite Tube Maler-Gips (»Die ist immer noch billiger als 'ne neue Leinwand!«, sagte sie), und weiter ging das fröhliche Gematsche. Wir hatten ja gar nicht gewusst, dass künstlerische Kreativität soooo viel Spaß machen konnte!!!

»Es darf ruhig etwas unregelmäßig verteilt bleiben!«, rief Mama. »Das nennt man dann ›Relief-Struktur‹!«

»Was isn' das? Wenn so kleine Gipshäufchen bleiben?«, fragte Lalá.

»Ja genau! Wir können es ja dann ›Dreidimensionale Malerei' nennen, oder so!«

Gut, dann matschten wir eben eine Mini-Landschaft da auf der Holzplatte, mit kleinen Hügeln und Tälern – jetzt sah's fast aus wie 'ne verschneite Winterlandschaft, über die man drüberfliegt und sie von oben sieht.

»Eigentlich könnte man's doch jetzt so lassen …«, meinte Papa nachdenklich.

»Vergiss nicht, dass ja noch etwas Farbe drauf soll! Es soll doch auch ein Blickfang werden!« Mama besteht darauf, unser Kunstwerk noch weiter zu verschönern. Wenn schon, denn schon!

»Ja, nachher denken die Leute sonst womöglich noch, wir hätten gar nicht fertig gemalt!«, sagte Lalá. Da hat sie recht. Man sollte uns nicht nachsagen, wir wären faul gewesen! Also würden wir das Kunstwerk noch vollenden. Vorsichtig zerquetschte Mama noch mit dem Pinsel einige zu dicke Gipsklümpchen zu flacheren Tropfen, dann schien sie zufrieden.

»Lasst jetzt die Gipsmasse ein wenig trocknen«, sagte Mama. »Wir trinken alle erst mal gemütlich Kaffee, und dann machen wir weiter!«

»Ich will Kakao!«, rief Lalá.

»Ich möchte!«

»Was, du auch?«

»Nee, du sollst ›ich möchte sagen und nicht ›ich will‹!«

»Warum denn, Mama? Wo ich doch wirklich Kakao will!«

»Es klingt halt höflicher! Irgendwie netter!«

»Ja, dann brauchen wir nachher für das Bild auch etwas, was nett klingt«, sagte ich.

»Zuerst haben wir uns aber mal den Kaffee verdient, oder eben den Kakao!«, sagte Papa und rieb sich zufrieden die Hände (die waren auch etwas weiß geworden, übrigens bei uns allen. Aber das ging mit der Zeit wieder ab.)

Fröhlich versammelten wir uns bald um die dampfenden Getränke. Lalá und ich kicherten die ganze Zeit, weil wir so viel Spaß bei der Malerei hatten.

»So, und jetzt kommt der Höhepunkt!«, rief Papa unternehmungslustig aus, nachdem wir alle ausgetrunken hatten. »Sozusagen die Krönung des Ganzen!«

Gespannt, wie es wohl aussehen würde, kehrten wir im Gänsemarsch wieder in den Hobbyraum zurück. Da lag unser weißes Gipse-Matsche-Bild und wartete auf uns.

»Wir stellen es jetzt an die Wand… soooo…«, sagte Papa und lehnte das halbfertige Gemälde an die Wand des Bastelraums (alles ringsum war schön mit Folie abgeklebt).

Mama holte tief Luft und machte den roten Farbtopf auf. Sie zögerte ein wenig.

»Die Farbe ist nicht so teuer, mein Goldfasan!«, flüsterte Papa, um ihr Mut zu machen. »Die gab's im Sonderangebot beim Discounter…«

»Wer soll es tun?«, fragte Mama, wild entschlossen.

»Du!«, riefen wir, wieder im Chor. »Denn schließlich sollst du ja auch damit am Wettbewerb teilnehmen!«

Insgeheim dachte ich aber auch, dass ich keine Lust hatte, mich mit einem schlecht gezielten Wurf selber von oben bis unten zu bekleckern – und auch noch mit roter Farbe! Da würd' ich ja aussehen wie der Verbrecher im Krimi! Lalá schien es ähnlich zu gehen.

»Wenn wir gewinnen, feiern wir das aber alle zusammen!«, rief Mama aus und hebelte den Deckel ganz vom Farbtopf herunter. Wir nickten.

»Alle in Deckung!«, schrie Mama, schwang den offenen Farbtopf und schleuderte volle Kanne die rote Farbe schwungvoll auf die Matsche-Gipse-Platte. Dabei fiel ihr der Topf aus der Hand – aber gottlob auf die Tapezierfolie, und es war eh nicht mehr viel drin.

Das Ergebnis war überwältigend. Wir waren selber ganz überrascht von der Wirkung dieser abstrakten Darstellung! Blutrote Farbtropfen rannen an der Gipslandschaft herunter und suchten sich fröhlich ihren Weg zwischen den kleinen Gipshügeln, wie winzige Farbflüsse. In der Mitte aber prangte ein knallroter Fleck, der alles Mögliche darstellen konnte: 'nen Sonnenaufgang auf Tahiti genauso wie den Urknall oder 'ne geplatzte, vollreife Tomate. Sensationell!!!

»Na, wenn du *damit* keinen Preis gewinnst, Mama!!!«, jubelten wir alle durcheinander. Wir Mädels fassten uns singend an den Händen und tanzten Ringelreih durch den ganzen Hobbyraum. Mitten durch den Farbsee am Boden. »... ich wollte euch lange schon neue Schuhe kaufen«, seufzte Mama. »Eure sind langsam eh schon zu klein ...!«

Dann schaute sie sich unser Machwerk genauer an. »Hmmm ... sieht noch gar nicht mal so übel aus ...«, Mama beäugte kritisch unser grandioses Kunstwerk. »Aber werden sich die Kunstkenner nicht etwas veräppelt fühlen? Wie durch den Kakao gezogen?«

»Nur, wenn du ihnen unter die Nase reibst, dass wir es gar nicht ernst gemeint haben!«, grinste Papa.

»Nun ja, aber es gibt ja wirklich seriöse und fachkundige Kulturkritiker, die wollen wir doch nicht verprellen...« Mama hatte offenbar ein bissel schlechtes Gewissen bei der ganzen Sache.

»Na ja, im Ernst!«, sagte ich, »wir haben doch jede Menge Spaß dabei gehabt, nicht wahr? Und die ganze Malerei und Kunst soll doch Spaß machen, oder?« Da war Mama einigermaßen beruhigt.

»Hat nicht auch Picasso oder so von einigen Gemälden behauptet, sie hingen verkehrt herum, nur um sich dann über die Kunstkenner lustig zu machen? Weil's gar kein echtes Oben oder Unten auf den Bildern gab?«, ergänzte Papa noch, um ihr Gewissen weiter zu beruhigen. »Wir sind doch keine Scharlatane! Echte Künstler sagen doch immer: Die Kunst ist für die Kunst da – also komm, was soll's!«

Nachdem Mama also den ersten Schock verdaut hatte, kehrte auch ihre gute Laune zurück. »Ja, Spaß gemacht hat's wirklich! Malerei, so ganz unverkrampft und locker!«

»Hey, damit könnten wir allein ganze Ausstellungsflächen füllen!«, kicherte Papa. »So in Serie: Farbklatscher rot, Farbklatscher blau... alle Möglichkeiten einmal durchprobiert!«

Lalá schlug vor, das Machwerk wirklich noch mit Kakao zu bespritzen, doch davon wollte Mama nichts wissen, das sei nicht haltbar und auch schade um den Kakao ...

Nun musste das schöne Bild noch trocknen. Dann, drei Wochen später, verfrachteten wir es vorsichtig im Kofferraum unseres Autos und fuhren mit der kleinen Autofähre, die neuerdings zur Schäreninsel verkehrte, aufs Festland hinüber, um es zur Ausstellung zu bringen.

Inzwischen hatten wir uns auch einen Titel für das prächtige Bild überlegt und uns auf: »Der erste Sonnenaufgang der Schöpfung« geeinigt – denn es sollte ja schon nach was klingen! »Ein bissel anspruchsvoll soll's schon sein!«, sagte Papa. »Damit's intellektueller 'rüberkommt! Sonst hätten die Kunstkritiker ja gleich was zu mäkeln!« – »Ja«, seufzte Mama, »niemand soll nachher behaupten können, wir hätten uns nix dabei gedacht...!« (Und sie zwinkerte Papa lustig zu.) Also auf zum Wettbewerb, für die geplante Eröffnung der Ausstellung!

Wir hatten unser Bild eingereicht. Und dann hieß es warten. Leider nicht nur fünf Minuten, sondern so lange, dass wir erst mal wieder nach Hause fahren sollten, nachdem wir das tolle Motiv zunächst in der Galerie des Kunstvereins aufgehängt hatten. »Alle Teilnehmer erhalten in einer Woche telefonisch Bescheid!«, erklärte uns eine Dame, die ein so knallrotes Kleid trug, dass es zufällig schon zu unserem Kunstwerk gepasst hätte. »Die Gewinner werden benachrichtigt und ihre Bilder dann in der Wandelhalle der Volkshochschule öffentlich ausgestellt! Die Preisverleihung erfolgt dann in einer feierlichen Zeremonie, unter Anwesenheit des Kulturbürgermeisters …!« Oha! Das würde eine spannende Warterei werden!

Und dann, nach einer Woche, klingelte bei uns tatsächlich das Telefon! »Schon wieder die Nachbarin, die andauernd Mehl bei uns borgen will!«, sagte Mama entnervt und ging dran. Dann sagte sie erst mal gar nichts, danach krächzte sie wie ein heiserer Rabe, und auf einmal hatte sie eine zuckersüße Stimme: »Ja, selbstverständlich! Morgen Nachmittag um sechzehn Uhr, sehr schön!«

Wir alle waren natürlich sofort beim ersten Klingelton schon im Korridor zusammengelaufen.

»Und???«, fragte Lalá atemlos.

»Wir haben gewonnen! Immerhin den Zweiten Preis!«, sagte Mama. Sie konnte es noch gar nicht fassen.

»Gratuliere!«, rief Papa und umarmte sie heftig, und wir Mädchen tanzten mit »Jippie!« einen wilden Indianertanz um beide herum. »Wir haben gewonnen! Wir haben gewonnen!«

»Hoffentlich muss ich unser Bild jetzt nicht allen erklären!«, sagte Mama mit einem Stoßseufzer. »… also, was es zu bedeuten hat und so …«

Nein, gottlob musste sie unser Kunstwerk nicht dem Publikum erklären. Dafür mussten wir aber die Begründung der Jury über uns ergehen lassen, und die ging so (wir haben's nämlich auch noch schriftlich gekriegt, in der Urkunde der Preisverleihung, und da stand zu lesen, was sie da bei der Preisverleihung in ihrer Rede schwärmten):

»... *die kraftvolle Symbolik dieser Kunst, die einen unmittelbar anspricht, mit der vollen Wucht des Elementaren* ...«

(»ja, mit der vollen Wucht eines Farbeimers«, flüsterte Papa uns ins Ohr), und lauter solch hochtrabende Worte, die für mich wie Geschwafel klangen (die Erwachsenen sahen das sicher anders. Ich will damit ja auch gar nicht sagen, dass es nicht auch echt schlaue Kunst-Experten gibt!! Vielleicht hatten die ja tatsächlich 'nen guten Geschmack, als sie unser Bild ausgewählt haben? Steckte da etwa mehr Kunst drin, als wir selber ahnten ...?) Na, Hauptsache, wir hatten den Preis! Es wurden sogar noch Fotos für die Presse gemacht! Da durfte Mama neben unserem schönen, blutroten Sonnenaufgang stehen und grinste wie ein Honigkuchenpferd.

Unser grandioses Bild wurde also tatsächlich für »abstrakte Kunst« gehalten – so allmählich fanden wir es schon selber richtig schön! Und das Tollste war: Es erzielte sogar einen hohen Preis, auf einer Versteigerung für einen guten Zweck... Also hatte die ganze Kunst uns doch allen genützt! Und wir erhielten das Preisgeld vom Wettbewerb.

»Jetzt können wir endlich die Gästezimmer neu streichen!«, sagte Mama zufrieden, als wir später wieder zu Hause waren und wie versprochen feierten.

»Das ist ja auch eine Kunst, mit Farbe und Pinsel!«, meinte Papa in würdigem Ton. »Und du kannst in Zukunft wieder deine geliebten Sonnenblumen und Segelboote malen – das kannst du doch so gut! Du sollst mal sehen – seit du mit dem Sonnenbild in der Zeitung warst, wird man dir auch deine schönen Sonnenblumen verstärkt abkaufen!«

Mama hatte zur Feier des Tages eine Kirschtorte gebacken: So richtig mit viel Sahne, und voller knallroter Kirschen.

»Eigentlich sieht sie farblich ein wenig aus wie unser Bild!«, meinte sie. Da stolperte sie über den Teppich, und die ganze herrliche Sahnetorte klatschte mitten auf den Tisch.

»Ja – und jetzt erst recht!«, lachten wir im Chor.

»Was hilft's!«, seufzte Mama und teilte die Kuchenlöffel aus. »Gottlob auf den Tisch drauf und nicht daneben ...« Papa brachte dazu noch Kaffee und Kakao. »Teller brauchen wir heut' jedenfalls nicht ...«, grinste er. Einträchtig saßen wir dann um die Torte herum und löffelten den Sahne-Matsche-Kirschfarbenbrei direkt vom Tisch, der war ja sauber. Die Torte wurde unserem preisgekrönten Kunstwerk immer ähnlicher.

Papa konnte sich das Grinsen nicht verkneifen: »Na, mit unserm Bild haben wir's dem Kunstbetrieb aber mal so richtig gezeigt!«

Die Piratenbande hält zusammen

Seit wir in der Schule sind, ist unsere Freundesgruppe erst recht eine Clique geworden, die zusammen durch dick und dünn geht. Meine kleine Schwester wurde eines Tages richtig ein bissel eifersüchtig auf uns »Große« und hat… mir ihren Neid auch ganz originell gezeigt. Eines Sonntagabends wollte ich nämlich meine Schulbücher und Hefte für Montag umpacken und guckte grad' auf meinen Stundenplan, was ich so bräuchte, da merkte ich, dass alles weg war. Ich konnte nichts finden. Die Bücher waren nicht da. (Die meisten lässt man ja eh in der Schule, daher braucht man meist auch keine Schultasche.)

Zuerst dachte ich ja, na ja, manchmal bin ich ja auch ein bissel nachlässig (Mama nennt das »schlampig«), doch als so gar keins der Hefte und Bücher wieder auftauchte, geriet ich doch leicht in Panik. In den Heften waren ja auch all meine Hausaufgaben drin! (Die meisten Aufgaben werden eh in der Ganztagsschule gemacht, aber etwas bleibt ja auch für daheim.)

Merkwürdig auch, dass Lalá, die mir sonst immer bereitwillig suchen half, wenn ich mal was nicht fand, ganz still aus dem Zimmer ging und gar nicht den üblichen Eifer zeigte, mir zu helfen. Da kam mir ein Verdacht. Zuerst suchte ich noch eine Weile allein weiter, um ganz sicher zu gehen, doch nachdem an allen vernünftigen Orten – von Schreibtisch über Bücherbord bis Einbauschrank – nicht ein Löschblatt zu finden war, ging ich ebenfalls hinaus, meine Schwester zu suchen. Sie war nirgends zu sehen.

»Mama – hast du zufällig Lalá gesehen?«

»Nein, tut mir leid – sicher ist sie zum Spielen hinausgegangen, es ist ja schönes Wetter!«

Im Garten fand ich Lalá auch nicht. Still hing die Schaukel am Baum, auch Bella kam ohne Lalá auf mich zugeschwänzelt. »Bella, meine Gute, weißt du, wo Lalá ist?«

Bella machte ermunternd »Wuff!«, führte mich aber nirgends

hin, sondern umkreiste mich nur freundlich mit dem Schwanz wedelnd.

»Also auch nicht«, seufzte ich.

Dann traf ich Papa im Bastelschuppen, auch da war sie nicht. »Papa – hast du Lalá irgendwo gesehen?«

»Ja, sie ist zum Gartentor hinaus – ich rief ihr hinterher, wo sie denn hinwollte, und sie meinte, sie geht zu Södergrens, mit Astrid und Gudrun spielen!«

Die beiden Mädchen waren zwar in meinem Jahrgang (und auch jetzt mit mir in der Schule), aber wir hatten ja schon seit jeher zusammen gespielt, Piratinnen und so. Da ich nicht hinter Lalá her spionieren wollte, ging ich nicht dorthin. Ich wusste, sie hatten eine schöne Puppenstube, die sie schon gar nicht mehr benutzten, Lalá aber noch umso mehr. Sicher war sie deswegen drüben, weil sie von dem schönen Puppenhaus fasziniert war. Also ging ich wieder zu uns in die Wohnung und wartete.

Zwar kam Lalá auch pünktlich zum Abendessen nach Hause, doch sie sah mich kaum an. Nur ganz verstohlen beobachtete sie mich aus den Augenwinkeln, und wenn ich es bemerkte, schaute sie rasch wieder weg, so als ob ich sie ertappt hätte. Da wusste ich, was die Glocke geschlagen hatte.

»Hallo Lalá!«, sagte ich möglichst harmlos. »Du, hast du zufällig meine Schulsachen gesehen?«

»Nö – woher soll ich denn wissen, wo du deinen Kram hast!«, antwortete sie, ungewohnt patzig. So kannte ich mein Schwesterchen ja gar nicht! Da musste der Neid auf uns Große schon tief sitzen! Papa verglich Gefühle wie Neid immer mit einem piksenden Stachel oder einen nagenden Wurm. Und Lalá wurmte es offensichtlich, dass ich seit Schulbeginn oft weniger Zeit für sie hatte. Das musste sich ändern, gelobte ich mir feierlich. Laut aber sagte ich: »Du könntest mir gern mal suchen helfen! Hast du vielleicht 'ne Ahnung, wo die Bücher und Hefte sein könnten?«

Etwas übereilt schüttelte sie den Kopf, bekam dabei aber feuerrote Ohren. Allmählich wurde es mir zu bunt. »Komm – hilf mir mal!«, forderte ich sie auf. »Ich helf' dir ja auch immer, wenn was fehlt!« (Erst neulich hatte sie ihren Ball weit ins Gebüsch geschossen, und ich war heldenhaft ins Dickicht hineingekrabbelt und hatte ihn für sie wieder herausgeholt.)

Sie nickte, suchte aber betont oberflächlich umher. Obwohl sie sich ganz ratlos gab, schielte sie aber immer so verdächtig unter mein Bett. Da gab es eine Bettschublade mit zwei Fächern. Links waren die Bettdecken zum Wechseln drin, und rechts ... fand ich meine vermissten Schulsachen!

Knallrot im Gesicht sah Lalá mir dabei zu, als ich sie hervorholte. »Kannst du mir vielleicht sagen, wie die da reingeraten sind?«, fragte ich halb sauer, halb belustigt. Sie zuckte die Achseln. »Vielleicht waren's kleine grüne Männchen, die das da reingetan haben ...?«, meinte sie. Ihr scheinheiliges Getue nervte mich. Es war selten, dass ich mich mit Lalá stritt, es tat mir insgeheim selber weh.

»Kleine grüne Männchen!«, fauchte ich. »Du hast auch schon besser geflunkert! Ich glaube, das grüne Männchen kenne ich – das steht grad' vor mir!«

Lalá begann, unsicher zu kichern und wand sich wie ein Aal.

»Komm, jetzt sag mir mal – warum hast du das gemacht?«, fragte ich, mit möglichst wenig vorwurfsvollem Ton in der Stimme. Beiläufig räumte ich die Sachen weg.

Lalá antwortete nicht. Vielleicht konnte sie es auch noch nicht richtig ausdrücken, was sie fühlte. Sicher war es für die Kleine noch viel zu schwer, das in Worte zu fassen.

»Bin ich denn so 'n Angeber geworden, seit ich in die Schule gehe?«, fragte ich hilfreich. (Mama nennt so was »jemandem goldene Brücken bauen«.) Stumm schüttelte Lalá den Kopf.

»Sondern?«, hakte ich nach.

Plötzlich sprudelte es aus ihr heraus. »Seit – seit du zur Schule gehst, hast du kaum noch Zeit für mich! Du denkst nur noch an die dumme Schule! Und du bist nur noch mit deinen Schulfreundinnen zusammen, nicht mit mir!« Sie schniefte.

Spontan umarmte ich sie ganz doll. »Aber du bist und bleibst doch mein kleines Schwesterchen! Nächstens nehme ich dich nach der Schule zu meinen Schulfreundinnen mit!«, versprach ich ihr. Sie nickte, mit gesenktem Köpfchen.

»Ganz bestimmt! Großes Indianer-Ehrenwort!«, bekräftigte ich. Sie lächelte wieder ein bisschen. Jetzt sah sie mich an, so schräg von unten, was ganz drollig aussah: genau wie Bella manchmal guckt.

»Du weißt: ein Indianer-Ehrenwort darf man nicht brechen!«, schob ich nach. »Du und ich, wir haben ja 'ne echte Mapuche-Großmama, da gilt so ein Ehrenwort ganz besonders!«

Wieder nickte sie. Und in der Tat, als ich mich am nächsten Tag gleich nach der Schule mit meinen Freundinnen verabredete, rief ich Lalá an und sagte ihr, wo ich wäre. »Du kannst zu Gudrun rübergehen – da sind wir alle und machen zusammen Hausaufgaben. Danach machen wir noch Spiele!«

So war Lalá fortan wieder meistens dabei, und ich habe Wort gehalten. Sie versprach mir dafür, nie wieder meine Schulsachen zu verstecken. Das wäre ja auch schlimm, wenn ich sie nicht dabei hätte, das sah sie ein. Besonders schrecklich wär's, wenn sie meinen Turnbeutel versteckt hätte, denn wenn der unauffindbar wäre, würde ich nicht nur Nachsitzen bei unserer Turnlehrerin bekommen, sondern müsste auch noch in der Sportstunde zusehen, wie die andern lustige Ballspiele veranstalteten. Also war die Welt erst mal wieder in Ordnung, und ich achtete darauf, Lalá nach Schulschluss wieder möglichst oft mitzunehmen. Oder ihr zu sagen, wohin sie dann zum Spielen kommen könnte. Während wir »Großen« unsere Hausaufgaben machten, spielte sie dort solange mit Teddys und Puppen, und danach machten wir alle zusammen Gesellschaftsspiele oder spielten Federball und so was.

Auch munterte ich sie auf, indem ich sie lobte, dass sie ja auch schon vor ihrer Einschulung ihren Namen schreiben konnte. Doch sie interessierte sich weniger für Buchstaben als ich, sie war mehr für Handarbeiten zu haben. Lalá kann nämlich wunderschöne Perlenketten auffädeln, inzwischen auch Freundschaftsarmbänder basteln (ich hab auch eins von ihr bekommen) und auch häkeln und so. Doch natürlich kam sie weiterhin am liebsten zu meinen Freundinnen mit.

Nun war es so, dass unsere Gruppe (zu der jetzt auch Nils gehörte) zwar weniger oft Zeit für unsere Piratenspiele fand als früher, doch wir trafen uns dazu nach wie vor, auch zum Ballspielen oder Drachensteigen. Oft gingen wir auch zum Häuschen des Kapitäns. Nach unserer großen Chile-Reise hatten Lalá und ich dem alten Käpten natürlich alles erzählt, was wir nun selber in der großen, weiten Welt gesehen hatten – und alles tatsächlich wahr und kein Seemannsgarn! Er nickte dazu, denn er kannte ja selber die halbe Welt, vielleicht sogar fast die ganze.

Doch letztens war er dann von seinem hübschen Häuschen hier auf der Insel fortgezogen. Das bedauerten wir alle sehr. Zwar freute ich mich für den alten Kapitän, dass er zu seiner Tochter (die er ja so vermisste) in die Stadt gezogen war, die sich dort auch viel besser um den alten, krummen Kapitän kümmern konnte, doch nun vermissten wir alle seine tollen Abenteuergeschichten, mit denen er uns so fabelhaft unterhalten hatte, und überhaupt seine ganze, nette Art! Bei ihm war's immer so gemütlich gewesen, wenn wir in seinem Garten auf der Hollywoodschaukel saßen und Limonade tranken!

»Besucht mich mal in Stockholm! Oder in unserem Ferienhaus in Malmö!«, hatte er zum Abschied gesagt, und ich hatte genickt und ihm ein selbst gemaltes Bild überreicht, mit einem Segelschiff drauf. Da hatte es ganz verdächtig in seinen Augwinkeln geblinkt, und er hatte gerührt gebrummt: »Und wir können ja auch mal telefonieren!«

Das taten wir dann auch, meist an den Wochenenden. Doch sein schönes Häuschen stand nun leer, und wenn wir durch den morschen Zaun krochen und durch den Garten strolchten, machte es gar keinen Spaß mehr, von den Obstbäumen Früchte zu mopsen, weil wir das ja sowieso durften, aber nun keiner mehr gutmütig dazu lachte, wenn er uns dabei entdeckte.

Doch eines Tages …

»Das Haus hat einen neuen Eigentümer!«, verkündete Papa am

Frühstückstisch. »Es ist verkauft worden. Der Kapitän hat gutes Geld dafür bekommen, das kann er nun auf seine alten Tage noch für sich und seine Familie ausgeben!«

»Schön«, meinte Mama, »doch er wird sicher sein Haus Solitüde dennoch etwas vermissen!«

Ich nickte und fand das auch. Es sah so lustig aus, mit seinem Türmchen, und auf der Terrasse war es immer so herrlich gewesen! Doch ohne seine alten Buddelschiffe, die er natürlich beim Umzug mitgenommen hatte, wirkte das Haus gar nicht mehr so vertraut, sondern auf einmal ganz fremd.

»Wem gehört es denn jetzt?«, fragte Mama. Ich spitzte die Ohren, denn ich war auch ganz neugierig, wer da nun einziehen würde. Doch egal wie nett derjenige oder die Leute wären – es würde doch lange dauern, bis man wieder so nette Freundschaft schließen würde wie wir Kinder mit dem alten Kapitän.

»Irgendein Herr Soundso«, meinte Papa achselzuckend, »alleinstehend. Er soll viel Geld haben und das Häuschen nur so als Sommerhaus für sich gekauft haben. Immerhin will er es gründlich renovieren, hab ich gehört.«

»Was? So ein reicher Schnösel aus der Stadt?«, fragte Mama. Ich kannte das Wort »Schnösel« noch gar nicht, doch der Tonfall, in dem Mama das sagte, ließ auf einen nicht sehr sympathischen Typen schließen.

Und so war es dann auch. Der neue Eigentümer war ein verkniffener Manager, doch das wussten wir Kinder noch nicht. Wir wussten noch nicht mal, wann genau er einziehen würde. Es hieß, bald würde er mit einem Möbelwagen anrücken, der mit dem Fährschiff vom Festland herüberkommen würde, und sogar ein Klavier sollte dabei sein. Da Lalá und ich Musik mochten, dachten wir, na ja, das kann ja vielleicht ganz lustig werden. Auch hätte er sich die alte Villa schon mehrmals vorab angeschaut, vermutlich um sich zu überlegen, wo genau er das Klavier und all seine anderen Sachen hinstellen wollte.

An einem schönen, sonnigen Samstag trafen wir Kinder von der Piratenbande uns mal wieder im Garten des leerstehenden

Hauses, um dort zu spielen. (Auch Lalá war natürlich dabei.) Wir sahen zwar ein teures, auf Hochglanz poliertes Auto vor dem Haus am Straßenrand stehen, dachten uns aber nichts dabei. Es standen ja manchmal auch fremde Autos herum.

Wir Kinder von der Henry-Morgan-Piratenbande hatten gerade beschlossen, dass man nie zu groß zum Piratenspielen würde (was Lalá ungeheuer erleichterte), sondern dass man's ja notfalls als Erwachsener fortsetzen könnte, indem man Schauspieler in Abenteuerfilmen würde, da ging quietschend ein Fenster oben im Türmchen auf, und ein ziemlich unsympathischer Typ guckte missbilligend auf uns herab.

»Hallo!«, sagten wir wohlerzogen und winkten zu ihm herauf.

»Was treibt ihr unbefugt auf meinem Grundstück?!«, bellte er zu uns hinunter. »Hier habt ihr nichts zu suchen!« (Es klang tatsächlich so scharf und schnappend, als ob ein Wachhund bellt).

»Wir …«, stotterten wir durcheinander, »nichts Besonderes … wir spielen doch oft hier!«

»Schon immer!«, bekräftigte ich.

»Aber nicht mehr lange!«, nörgelte er. »Damit ist jetzt Schluss!«

Betroffen schwiegen wir. Warum denn nur …?

»Habt ihr nicht das neue Schild am Eingang gesehen?«, schnappte er. »Da steht's deutlich drauf: ›Unbefugten Zutritt verboten!‹ «

Jaaaa, schon, das blitzblanke Messingschild hatten wir zwar gesehen, hatten es aber einfach für ein pompöses Namensschild gehalten, ohne das Kleingedruckte darunter zu lesen. Und außerdem – waren wir überhaupt ›Unbefugte‹? Wir fühlten uns ganz schön befugt, hier weiterhin zu spielen …!

»Also jetzt verschwindet – worauf wartet ihr noch?«, schallte seine scharfe Stimme zu uns herunter. Diesen Ton mochte ich gar nicht. Wir hatten doch nichts verbrochen. Schon seit jeher hatten wir hier spielen dürfen, und wenn der neue Eigentümer das nicht wollte, dann konnte er es uns doch auch in einem netteren Ton sagen, oder? Ratlos standen wir da mitten auf dem Rasen, zwischen den Rhododendronbüschen, Rosen und Hortensien.

»Na wird's bald?«, geiferte er. Ehe er noch womöglich so was wie »freche Rotzgören« oder sonst was in der Art sagen konnte, beschloss ich, dass wir uns wehren wollten. »Aber wir sind doch Befugte!«, behauptete ich. »Wir sind ganz schön echt befugt, hierher zu kommen!«

»Wer sagt das?«, schnarrte er böse. Mit seinem übers Fensterbrett herabhängenden Schlips sah er eher komisch aus, doch von uns lachte niemand.

»Na, wenn wir doch schon immer hier spielen durften?!«, hielt ich tapfer dagegen. »Der alte Kapitän hat's uns erlaubt! Er hat sich sogar jedes Mal richtig gefreut, wenn wir kamen...«

»Ja – aber, ich – «, japste der Mann. (Mir fiel das schöne Wort »Schnösel« wieder ein, und ich lächelte ihn ganz freundlich an, weil ich mir sonst das Grinsen nicht mehr verkneifen konnte.)

»Ich will halt nicht, dass jemand in meinen Blumenbeeten herumtrampelt!«, fing er sich wieder. »Also jetzt, raus hier, marsch, marsch!«

Ratlos sahen wir uns an. Auch Ole hatte inzwischen seinen Humor zurückgewonnen. So würden wir uns von diesem Typen nicht abservieren lassen! Wir hatten auch unseren Stolz!

»Aye aye, Sir!«, knurrte er mit bärbeißiger Piratenstimme. »Wir gehen! Alle Mann mitkommen – wir verlassen das sinkende Schiff!« Und er winkte uns mit großartiger Geste, ihm zu folgen. Wir johlten zustimmend, so als sei es das Herrlichste von der Welt, diesen Garten jetzt zu verlassen (wir würden diesem Typen gewiss nicht den Gefallen tun, traurig davon zu schleichen – den Triumph wollten wir ihm nicht gönnen!)

»Aber –«, und Ole wandte sich geheimnisvoll zu dem neuen Eigentümer um, »das dürfte dir noch leidtun! Denn nun werden wir dem Hausherrn nie verraten, wo der Schatz versteckt ist – und nur wir wissen das!«

Er nickte und stapfte mit entschlossenen Schritten voran. Klapp! – fiel die Gartenpforte hinter uns zu. »So ein Blödsinn!«, schallte es hinter uns her. »Ein Schatz – einfach lächerlich!«

Doch seitdem munkelt man auf der ganzen Insel, dass der geldgierige Bankmanager auf dem ganzen Grundstück heimlich gräbt, um den Piratenschatz zu finden. Nur für den Fall, dass doch etwas an dem Gerücht vom verscharrten Gold dran sein sollte … man konnte ja nicht wissen! Mit der Behauptung vom Schatz hatte ihm Ole einen schönen Bären aufgebunden!

Wir aber sind stolz auf unsere Piratenbande. Wir wissen genau: Wir werden für immer zusammenhalten!

* * * *

PS: Hey Leute, Papa hat mir vom Weltall erzählt, und wir haben dazu im Internet recherchiert und Dokus geschaut, vor allem, wie die Erde aus dem Weltraum aussieht: wie eine blaue Murmel oder besser: wie ein rundes Raumschiff! Das hat mich so begeistert, dass ich gleich ein Gedicht drüber geschrieben hab, mein erstes richtiges Gedicht – hier ist es! (Macht ja nix, dass es sich nicht immer perfekt reimt, Papa meint, er hätte auch mal so angefangen – Hauptsache, es macht Spaß):

Die Welt erlebt sich selbst!

Das All, in jedem Fall,
beobachtet sich selber:
Mit meinen Augen, mit deinen Augen
es staunen auch Kühe und Kälber.

Der Mond ist eine Silber-Welt
und wird von Bella angebellt;
auch Katze Molly schaut zum Mond,
ob er von Mäusen wohl bewohnt …?

Alle beobachten das All,
mit den Augen von Astronauten,
mit Sternen-Augen, mit Fernrohr-Augen,
wir Menschen Teleskope gar bauten!

Und wer halt nicht zum Schauen kommt,
der hört und schmeckt und spürt –
man ahnt: Wie groß ist doch die Welt!,
und man ist tief gerührt.

Der Weltraum, ja, man glaubt es kaum,
der schaut sich selber an –
mit Tieraugen, mit Menschenaugen,
komm, jetzt bist du dran!

Bis bald bei neuen spannenden Geschichten!

Liebe Grüße

Euer Inselmädchen Gabriela

Anhang

Hallo, hier ist noch mal Gabriela! Falls ihr mal Schweden besuchen möchtet, hier ein paar nützliche Wörter und Redewendungen (ihr könnt sie auch im Internet oder in Büchern nachlesen):

Wir stellen uns vor:
Hallo! = ***Hej!***
Willkommen = ***Välkommen***
Tschüß = ***Hej då!***
Auf Wiedersehen! = ***Adjö!***
Guten Morgen! = ***God morgon!***
Guten Tag! = ***God dag!***
Guten Abend! = ***God kväll!***
Gute Nacht! = ***God natt!***
Ja = ***Ja***
Nein = ***Nej***
Bitte, Bitteschön *(wenn man jemandem etwas gibt)* = ***Varsågod!***
Danke! = ***Tack!***
Danke sehr! **= *Tack så mycket!***
Ja danke! **= *ja tack!***
Nein danke! **= *Nej tack!***
Danke, Du auch! **= *Tack, du med!***
Entschuldigung = ***Ursäkta!***
Achtung! = ***Se upp***
Ich heiße ... = ***Jag heter*** ...
Wie heißt du? = ***Vad heter du?***
Wo wohnst du? = ***Var bor du?***
Ich wohne in ... = ***Jag bor i ...***
Woher kommst du? = ***Varifrån kommer du?***
Ich komme aus Schweden/Deutschland/Österreich/der Schweiz.
= ***Jag kommer från Sverige/Tyskland/Österrike/Schweiz.***
Ich spreche (kein/nur wenig) Schwedisch. = ***Jag talar (inte/bara lite) svenska.***

Sprichst du Deutsch/Englisch? = ***Talar du tyska/engelska?***
Ich/Wir mache/n in Schweden Urlaub. = ***Jag/Vi är på semester i Sverige.***
Wer ist das? = ***Vem är det?***
Das hier ist ... = ***Det här är ...***
Freut mich, dich zu treffen. = ***Trevligt att träffas.***
Mach's gut! = ***Ha det så bra!***
Wir sehen uns (bald). = ***Vi ses (snart).***
Lass von dir (bald) hören! = ***Hör av dig (snart)!***

Die Familie:
Mama = ***mamma*** (meine kann weltbesten Kakao kochen!)
Papa = ***pappa*** (kann Segelboote basteln!)
Schwester = ***syster*** (die kleine Leandra, echt süüüß!)
Bruder = ***bror, broder*** (hab ich leider – noch – keinen …)
Familie = ***familj*** (sehr wichtig!)
Tante = ***tant*** (Tante Selma, echt nette Frau!) Man unterscheidet auch väterlicherseits / mütterlicherseits: ***faster / moster*** (bloß nicht verwechseln mit »Monster«! ;-))
Onkel = ***farbror*** (»Vaterbruder«) / ***morbror*** (»Mutterbruder«), (Tante Selma ist zwar geschieden, aber manchmal treffen wir auch den Onkel und natürlich unsere Cousins noch)
Oma = auch hier wieder: väter-/mütterlicherseits: ***farmor / mormor***
Opa = tja, und ihr ahnt es bereits: ***farfar/ morfar*** (»Vatersvater/ Muttersvater«)
ich = ***jag***
du = ***du*** (also ganz einfach, wenn Du schon Deutsch kannst – ist ja mit Schwedisch verwandt!)
er / sie / es = ***han / hon / det*** (wie Deutsch: das, Plattdeutsch: datt!)
wir = ***vi***
ihr = ***ni***
sie = ***de***

Die Zahlen (soweit man an den Fingern abzählen kann):
1 = ***ett***
2 = ***två***
3 = ***tre***
4 = ***fyra***
5 = ***fem***
6 = ***sex*** (das ist ein ganz anständiges Wort!!)
7 = ***sju***
8 = ***åtta***
9 = ***nio***
10 = ***tio*** (das ist hier nicht auf Spanisch »Onkel«!)

Der Tag (aus dem man stets Tolles machen kann!):
Morgen = ***morgon***
Vormittag = ***förmiddag***
Mittag = ***middag***
Nachmittag = ***eftermiddag***
Abend = ***kväll***
Nacht = ***natt***
morgens = ***på morgonen***

Die Jahreszeiten (alle schön und lustig!):
Frühling = ***vår***
Sommer = ***sommar***
Herbst = ***höst***
Winter = ***vinter***
Jahr = ***år***
Monat = ***månad***
Woche = ***vecka***
Tag = ***dag***
Stunde = ***timme***
Minute = ***minut***
Sekunde = ***sekund***
Weihnachten = ***jul (god jul!*** = Frohe Weihnachten!)
Ostern = ***påsk (glad påsk!*** = Frohe Ostern!)

Er ist einen Monat lang in Schweden gewesen. = ***Han har varit i Sverige i en månad.***

Die Wochentage:
Montag = ***måndag***
Dienstag = ***tisdag***
Mittwoch = ***onsdag***
Donnerstag = ***torsdag***
Freitag = ***fredag***
Samstag = ***lördag***
Sonntag = ***söndag***

Auf Reisen:
Hauptbahnhof = ***central***
U-Bahn = ***tunnelbana***
Schiff = ***skepp***
Fähre = ***färja***
Flugzeug = ***flygplan*** (bitte CO_2-Zuschlag zahlen …!)
Flughafen = ***flygplats***
Fahrrad = ***cykel*** (wie bei Englisch *»(bi)cycle«)*
Auto = ***bil*** (von: Automobil! Ganz schön maulfaul, gelle? Aber praktisch …!)
Tankstelle = ***bensinstation, mack***, Benzin = **bensin**
Bus = ***buss***
Taxi = ***taxi*** (also wieder mal einfach dasselbe! Wir sind doch alle verwandt!)
Bahnhof = ***station***
Eisenbahn = ***järnväg***
Fahrkarte = ***biljett***
Der Zug fährt in einer Stunde / zwei Stunden ab. = ***Tåget avgår inom en timme / två timmar.***

Sich durchfragen:
Entschuldigung, wie komme ich nach ... ? = ***Ursäkta, hur kommer jag till ... ?***

nach links = ***till vänster***
nach rechts = ***till höger***
geradeaus = ***rakt fram***
umdrehen = ***vända***
Nehmen Sie die erste / zweite / dritte Querstraße rechts.
= ***Ta den första / andra / tredje tvärgatan till höger.***
zum Hotel / Restaurant ... = ***till hotell / restaurang ...***
zur nächsten Polizeiwache = ***till närmaste polisstation***
Nord, Süd, Ost, West = ***nord, syd, öst, väst***

Unterkunft:
Jugendherberge = ***vandrarhem***
Pension = ***pension*** (so wie Mama und Papa eine betreiben!)
Hotel = ***hotell***
Haben Sie heute Abend ein Zimmer frei? = ***Har ni lediga rum i kväll?***
Einzelzimmer / Doppelzimmer = ***enkelrum / dubbelrum*** (»enkelrum« ist natürlich kein Rum für die Enkel!)
Gibt es Ermäßigungen für Kinder? = ***Finns det rabatt för barn?***
Was kostet...? = ***Vad kostar...?***
Das kostet... = ***Det kostar...***
Eine 50-Öre-Münze = ***en femtioöring***
Eine Krone = ***en krona***
Wie willst du/wollen Sie bezahlen: Bar oder mit Karte?
= ***Hur vill du betala: kontant eller med kort?***

Im Restaurant:
Torte, Kuchen = ***tårta***
Was wollen wir trinken/nehmen? = ***Vad ska vi dricka/ta?***
Saft = ***juice***
Sirup = ***saft***
Kann ich ein Glas … bekommen? = ***Kan jag få ett glas …?***
Prost! = ***Skål!*** (Bei öl = Bier und so …; Achtung: im Deutschen ist »Öl« z.B. flüssiges Olivenfett!)
Tisch = ***bord***

Stuhl = ***stol***
Teller = ***tallrik***
Tasse = ***kopp*** (denkt einfach an Englisch: *cup*! Oder Spanisch: *copa*!)
Besteck = ***bestick***
Wo ist die Toilette? / die Tür? = ***Var är toaletten? /dörren?***

Essen und Trinken:
Apfel = äpple
Banane = ***banan***
Orange = ***apelsin***
Brot = ***bröd (knäckebröd*** = Knäckebrot)
Butter = ***smör***
Käse = ***ost*** (vgl. aber ***öst*** für Osten u. ***frukt*** für Obst)
Milch = ***mjölk***
Wurst = ***korv***
Schinken = ***skinka***
Eier = ägg (ähnlich wie Englisch: »egg«)
Eis (Speiseeis) = ***glass*** / Eis (für Getränke) = ***is***
Erdbeere = ***jordgubb***
Blaubeere = ***blåbär*** Kein Bär, harmlos!)
Joghur = ***yogurt***
Fisch = ***fisk (***Hering = ***sill***)
Fleisch = ***kött*** (Rindfleisch = ***nötkött*** / Schweinefleisch = ***fläskkött***)
Brathähnchen = ***grillad kyckling***
Gemüse = ***grönsaker*** (»Grünzeug«, hier gibt's Leckeres auch für Vegetarier!)
Gewürz = ***kryddor*** (Kräuter = örter)
Kaffee = ***kaffe***
Keks = ***kex***
Tee = ***te***
Mineralwasser = ***mineralvatten*** (Wasser = ***vatten***)
Limonade = ***läsk***
Wein = ***vin*** (Rotwein = ***rödvin*** / Weißwein = ***vitvin***; nur für die Großen!)

Mehl = ***mjöl*** (und: Hefe = ***jäst***, zum Backen!)
Öl = ***olja*** (also nicht »öl« – das ist auf Schwedisch »Bier«!)
Obst, Früchte = ***frukt***
Schokolade = ***choklad***
Süßigkeiten = ***godis***
Kaugummi = ***tuggummi***
lecker = ***läcker***

Sich wieder treffen:
Hast Du morgen schon etwas vor? = ***Har du redan planerat något för i morgon?***
Treffen wir uns um... = ***Skall vi träffas klockan ...?***
Kann ich dich wiedersehen / mal wieder treffen? = ***Kan jag träffa dig igen?***
Gibst Du mir Deine Adresse/Telefonnummer? = ***Kan jag få din address/ditt telefonnummer?***
Meine Telefonnummer ist... = ***Mitt nummer är ...*** *(+ siehe Zahlen!)*
Ich würde dich gerne mal wiedersehen/würde mich freuen dich irgendwann einmal wieder zu sehen. = ***Jag skulle gärna se dig igen någon gång.***
Ich freu mich auch auf ein Wiedersehen! = ***Jag ser också fram emot att träffas igen!***
Viel Glück! = ***Lycka till!***

Die kleine, schöne Insel und die große, weite Welt:
Insel = ***Ö*** (das klingt schon so rund wie 'ne kleine Insel, nicht wahr?)
Schäre (kleine Felseninsel) = ***skär***
Boot = ***båt***
Segel = ***segel*** (ganz ähnlich, gell?)
Meer = ***hav*** (es klingt wie Deutsch »Hafen«, ist aber noch viel mehr Meer!)
Wellen = ***våg*** (wie Deutsch: »Woge«)
Wasser = ***vatten*** (vielleicht verwandt mit dem deutschen Wort »Watt«, Meeresboden bei Ebbe)

Wind = ***vind***
Strand = ***strand*** (wieder was noch ähnlicheres als »vind« oder das schwedische Wort für »Boot«!)
spielen = ***spela***
lachen = ***skratta***
singen = ***sjunga***
tanzen = ***dansa***
Teddy(bär) = ***teddybjörn***
Ball = ***boll***
Buch = ***bok*** (ähnelt auch Englisch: *book*)
Mittsommer = ***midsommar***
Musik = ***musik*** (nicht schwer zu merken, oder?)
malen = ***måla***
basteln = ***göra*** (machen, anfertigen)
Hund = ***hund*** (so einer wie unsere Bella; nur ’n bissel schwedischer aussprechen: fast wie »künd« …)
Katze = ***katt*** (ähnelt auch Englisch: *cat*)
Pferd = ***häst***
Elch = ***älg*** (der kommt ja von hier!)
Gans = ***gås***
Haus, Hütte = ***stuga***
Garten = ***trädgård*** (»Baumgarten«, ***träd*** = Baum, vgl. engl.: *tree*)
Blume = ***blomma***
Baum = ***träd***
Wald = ***skog***
Schule = ***skola***
Erde = ***jord*** (die Gebiete am Boden auch ***mark***)
Sonne = ***sol*** (wie im Spanischen!)
Mond = ***måne***
Stern = ***stjärna***
Wolke = ***moln***
Regen = ***regn***
Fisch = ***fisk*** (ich weiß, den hab’ ich oben schon, aber da war’s ja was zum Essen!)

Muschel = ***mussla***
Welt = ***värld***
groß = ***stor***
klein = ***liten*** (vergleiche Englisch: *little*, Plattdeutsch: *lütt(en)*)
lustig = ***lustig*** (praktisch gleich lustig!)
bunt = ***kulört*** (sicher von Französisch: *couleur*)
Kapitän = ***kapten*** (ähnlich wie Plattdeutsch*: Käpten*)
Pirat = ***pirat*** (die waren ja international …)
Landkarte = ***karta*** ('ne Karte halt!)
Schatz = ***skatt*** (Die größten Schätze sind Freundschaft, Gesundheit und Frieden!) :-D

Übrigens: Zur Aussprache:
Å = irgendwo zwischen a und o, ein offenes o
G = am Ende eines Wortes eher wie ch, aber ganz weich …
K = Am Wortanfang eher wie »Ch«, etwa in den berühmten Köttbullar, sprich: »Chödbullar«
Sk = Am Anfang eines Wortes oft wie »Sch« (z. B. Ski) am Ende wie »sk (z. B. bei fisk)
U = oft eher wie ü: z. B. Stuga (Häuschen, Hütte), sprich: »Stüga«

Quelle (Grundlage): Wikitravel / Online-Lexika: Langenscheidt, Pons. Vielen Dank – ***Tack så mycket!*** auch an die schwedischen Freunde von der Vita Magica! :-D

***

FREUND(IN) = VÄN = WENÜY = AMIG@

PS:
Während die Themen und Orte der beiden ersten Bände der Autorin quasi als Inspiration »zugeflogen« sind, bietet sich in diesem Band nunmehr die Gelegenheit, Orte teilweise auch authentisch aus erster Hand zu schildern. So kennt die Verfasserin sowohl das dänische Jütland (also Festland-Dänemark), als natürlich auch Schleswig-Holstein (ihre eigene Heimat) sehr gut, somit also die gesamte Kimbrische Halbinsel. Dazu kommen noch zahlreiche Inseln, wie die dänischen Inseln Röm in der Nordsee sowie Alsen und die Ochseninseln in der Ostsee. Besonders aber das zauberhafte Licht an der Nordspitze Jütlands, bei Grenen und Skagen, wird ihr für immer in Erinnerung bleiben. Auch hatte sie die Gelegenheit, selbst einmal einen Weißkopf-Seeadler auf dem handschuhgeschützten Arm zu halten, in der Falknerei nahe Heidelberg.

Zum mehrfach tangierten Thema »Nobelpreis« sei noch angemerkt, dass Nobelpreisträger natürlich auch keine Übermenschen sind, sondern sich etwa in ihrem Privatleben teils auch mit menschlichen Problemen herumschlugen, doch das braucht die kleine Gabriela noch nicht zu wissen, das alles können aufgeweckte Kinder wie sie ja heutzutage in Internet-Enzyklopädien nachlesen – es langt, wenn Nobelpreisträger*innen – für ihre herausragenden Taten geehrt – dadurch überhaupt erst zu leuchtturmartigen Vorbildern werden, denen man nacheifern kann. Denn wir alle sind aufgerufen, uns für Frieden und Umweltschutz einzusetzen! So wie es Selma Lagerlöf die Wildgans Akka wünschen ließ ...

Das Zitat von Selma Lagerlöf stammt aus: »Die schönsten Geschichten von Nils Holgersson und den Wildgänsen, Lizenzausgabe München 1948/Wien o.J., S. 313:

»[Die Anführerin der Wildgänse Akka zum Däuming Nils] ›*Bedenke, ihr habt ein großes Land für euch, und deshalb könntet ihr uns recht gut ein paar Schären und einige sumpfige Seen und Moore sowie einige öde Felsen und abgelegene Wälder überlassen, wo wir armen Tiere in Frieden leben könnte. Solange ich lebe, bin ich nun beständig verfolgt und gejagt worden. Es wäre eine Wohltat, wenn sich für solche Geschöpfe, wie wir sind, auch irgendwo eine richtige Freistatt fände.‹«*

***

Weitere Veröffentlichungen von Rebecca Netzel bei TRIGA – Der Verlag

Rebecca Netzel / Susanne Schulz

Die Kochkunst der Lakota

Ein Kochbuch von Bison bis Veggie

Indigene Kochkunst von Tradition bis Moderne – gesund und bio

Wie schmecken die Rezepte der Prärie? Die Würze von Wild und Wildgemüse, Kräutern und Wurzeln? Was davon lässt sich hierzulande nachkochen? Und wie haben sich die Rezepte der Lakota und anderer Native Americans seit Ankunft der europäischen Siedler verändert? Wie kreativ sind sie mit neuen Zutaten umgegangen, ohne dabei ihre Traditionen zu vergessen? Die Lakota und andere Natives haben viele alte Rezepte bewahrt, wie das berühmte Pemmican. Eines ist garantiert: das ursprüngliche Geschmacks-Erlebnis! Ob Bison-Steak oder Bio-Weiderind, ob Veggie-Suppen oder Wildbeeren-Kompott ... Die Rezepte laden ein zum Ausprobieren und Experimentieren. Wer Rezepte und Zutaten für den hiesigen Gaumen anpassen möchte, für den finden sich hier zahlreiche Tipps für ersatzweise verwendbare Zutaten. Abgerundet und »gewürzt« wird dieses besondere Kochbuch mit einem Mini-Wörterbuch plus Blitz-Grammatik rund ums Kulinarische – auch da: häppchenweise Lakota!

306 Seiten. Pb. 20,00 Euro. ISBN 978-3-95828-345-9

Der Adlerblick zum Horizont

Roman

Am Gipfel der Sonnenpyramide

Bonus-Roman

Zwei Romane in einem Band: Der Adlerblick zum Horizont (Band 3 der Adlerschrei-Trilogie) John möchte nur eines: Raus aus dem Elend des Reservatslebens. Doch wie kann er es schaffen, seine Träume zu verwirklichen? Zu gern hätte der im Malen und Zeichnen sehr talentierte Junge ein Stipendium für ein Kunst-Studium in Europa. Kann ihm der Lakota-Häuptling Holy Eagle helfen, der selber ein begnadeter Künstler ist, oder Jochen, der Sozialarbeiter aus Deutschland? Es ist schwer, den Teufelskreis aus Armut und Chancenlosigkeit zu durchbrechen, doch John gibt nicht auf. Und fern der Heimat lernt er, auch die positiven Seiten des Indianer-Reservats zu schätzen. Am Gipfel der Sonnenpyramide Auf einer Party hat es zwischen Susanne und einem mexikanischen Studenten gefunkt. Doch was, wenn sich der moderne junge Mann mit der Zeit als äußerst traditionsbewusst entpuppt und eine ihr völlig fremde Gedankenwelt offenbart? Nicht nur die bizarren Mythen der Azteken und deren einstige, grausige Menschenopfer befremden sie, sondern sie lernt auch eine ganz andere Mentalität kennen. Zunächst ist da einfach die Faszination für ein Land voller Abenteuer, Pyramiden und Reiterausflüge. Doch ihr Freund will es wissen. Und so spitzt sich die Liebesbeziehung auf die Frage zu: Mexiko nur als paradiesische Urlaubskulisse oder als Wagnis für ein Leben inmitten von Skorpionen, Schlangen und Kakteen…? Nebenbei erfährt man beim Lesen viel Interessantes und Erstaunliches über die indigene Jugendkultur, zwischen Powwow und Rap, Mythen und Bloggern.

422 Seiten. Pb. 18,00 Euro. ISBN 978-3-95828-295-7
eBook. 7,99 Euro. ISBN 978-3-95828-296-4

Der Fahnenreiter

und andere Gedichte
mitten aus dem Leben

Mit Gastbeiträgen von Karin Ewald

Wortspiele, Sprachgestaltung – in spielerischem Umgang mit versprachlichten Gedanken erkundet die Autorin die Welt, lässt die Leser*innen teilhaben an dem Projekt, die Tiefe des Lebens lyrisch auszuloten. Mal ernst, mal heiter – Gereimtes und Ungereimtes, als kreativer Ansatz, sich einen Reim auf diese Welt zu machen. Von Anspielungen auf Goethe und Schiller bis hin zu Haikus und visueller Dichtung reicht dabei die schöpferische Bandbreite: lauter literarische Schmankerl machen Lust aufs Lesen …!

308 Seiten. Pb. 16,80 Euro. ISBN 978-3-95828-329-9
eBook. 7,99 Euro. ISBN 978-3-95828-330-5

Rebecca Netzel / Regina Stöcker

Füllhorn der Märchenwunder

Märchenhaftes 4.0

Ganzheitlich. Inspirierend. Ökologisch.

Märchen haben ihren ganz eigenen Zauber. Doch was haben Märchen uns in der heutigen Zeit zu sagen …? Auch wenn man nicht mehr an Elfen und Kobolde, Riesen oder Trolle glaubt, so bleiben diese doch als Sinnbilder lebendig und entfalten ihre kreative Wirkung, weil sie zum Nachdenken über die Welt und die dort waltenden Kräfte anregen. Auch in der Moderne können sie ihre eigenen, zeitlosen Wahrheiten entfalten und uns einen Spiegel vorhalten … denn märchenhafte Dinge wie sprechende Tiere und Zauber-Bäume sind ein fernes Echo aus schamanischer Urzeit, als die Menschen noch die Sprache der Tiere verstanden … So können Märchen und Mythen uns einen Weg zu einer neuen Harmonie mit der Natur aufzeigen. Keine rückwärtsgewandte Weltflucht also, sondern vielmehr als perspektivische Vision, bietet diese Sammlung sogar Märchen, die in eine bessere Zukunft weisen …!

294 Seiten. Pb. 18,00 Euro. ISBN 978-3-95828-319-0

Das geheime Logbuch des Kapitän Ahab

Die andere Geschichte des Jägers von Moby Dick

Roman

Das geheime Logbuch des Kapitän Ahab gewährt Einblicke in die Seelentiefen eines vom Schicksal geschlagenen Mannes, der wohl berühmtesten Romanfigur von Herman Melville. Atemberaubende Schilderungen ziehen den Leser in ihren Bann: Nicht nur neue Enthüllungen von Ismael, dem einzigen Überlebenden der Unglücksfahrt der Pequod, fesseln durch aufregende Details, sondern auch Ahab nahestehende Personen kommen zu Wort – wohl erstmals auch die im Ur-Roman nur am Rande erwähnte junge Frau Ahabs. Der Roman zeichnet behutsam auch ihr ergreifendes Schicksal.

198 Seiten. Pb. 16,80 Euro. ISBN 978-3-95828-308-4
eBook. 7,99 Euro. ISBN 978-3-95828-309-1

Die Tigerin Miruma

Roman

Dieser spannende Tier-Roman führt uns ins geheimnisvolle Land der letzten Tiger Sibiriens. Dort, am Amur im Ussuri-Gebiet, streifen sie noch umher, die größten Raubkatzen unseres Planeten. Doch diese majestätischen Tiere sind von Wilderei bedroht, für den illegalen Handel mit Tigerfellen und Knochen für den asiatischen Schwarzmarkt an Volksmedizin. Wir tauchen ein ins heimliche Leben des Tigers, erfahren von seinen aufregenden Begegnungen mit Hirsch und Elch, Wolf und Bär, ebenso von den Gefahren, die durch den Menschen auf ihn lauern, mit dessen Gewehren, Autostraßen und Kahlschlägen im Urwald. Viel Wissenswertes über Tier- und Pflanzenwelt der Region wird in dem Roman vermittelt. Neben den tierischen Protagonisten widmet die Autorin den Ureinwohnern jener Region ihren Roman, den Udehe und Nanaiern, die der Natur noch mit indigenem Respekt begegnen – eine Hoffnung für den Tiger, für den es fünf vor zwölf ist!

260 Seiten. Pb. 16,80 Euro. ISBN 978-3-95828-284-1
eBook. 7,99 Euro. ISBN 978-3-95828-287-2

Die Sternschnuppenkinder

Fröhliche Kinder- und Jugendgeschichten

Band 5: Start ins Erwachsenenleben

112 Seiten. eBook. 6,99 Euro.
ISBN 978-3-95828-257-5

Band 4: Die Sternschnuppenkinder stets voll dabei
136 Seiten. eBook. 6,99 Euro. ISBN 978-3-95828-240-7

Band 3: Die Reise nach Italien
148 Seiten. eBook. 6,99 Euro. ISBN 978-3-95828-204-9

Band 2: Im Landschulheim
120 Seiten. eBook. 6,99 Euro. ISBN 978-3-95828-169-1

Band 1: Zuwachs im Sternenhaus
134 Seiten. eBook. 6,99 Euro. ISBN 978-3-95828-118-9

Minotaurus starb in Napa Valley · Roman

302 Seiten. Pb. 16,80 Euro. ISBN 978-3-95828-218-6
eBook. 7,990 Euro. ISBN 978-3-95828-219-3

The Good Spirit of Yellowstone · Novel

English version · 174 Seiten. Pb. 12,80 Euro. ISBN 978-3-95828-107-3
Bilingual edition · 348 Seiten. Pb. 19,80 Euro. ISBN 978-3-95828-108-0

Sams unglaubliche Geschichte
Abenteuerliche Reise durch Raum und Zeit

190 Seiten. Pb. 13,80 Euro. ISBN 978-3-95828-061-8

Killer-Algen · Bodensee-Krimi
92 Seiten. Pb. 11,50 Euro. ISBN 978-3-95828-019-9
eBook. 6,990 Euro. ISBN 978-3-95828-020-5

Heidelberg heart motion · Transatlantische Romanze

108 Seiten. Pb. 11,90 Euro. ISBN 978-3-95828-006-9

Möwenkreise · Heimatroman

144 Seiten. Pb. 13,50 Euro. ISBN 978-3-89774-972-6

Franziskus – Der Bruder von Sonne und Tieren
Skizze einer Heiligen-Vita. Sachroman
188 Seiten. Pb. 14,50 Euro. ISBN 978-3-89774-960-3

Meine Freundin, die Pinie · *Eine Kindheit in Pine Ridge*
Roman über das Leben der Lakota Sioux im 21. Jahrhundert
208 Seiten. Pb. 14,90 Euro. ISBN 978-3-89774-946-7

Parzival – Das Geheimnis des Grals · Historischer Roman
244 Seiten. Pb. 14,90 Euro. ISBN 978-3-89774-879-8

Als der Drache mit dem Adler rang
Historischer Roman
450 Seiten. Pb. 16,80 Euro. ISBN 978-3-89774-844-6

Der gute Geist des Yellowstone · Roman
178 Seiten. Pb. 11,80 Euro. ISBN 978-3-89774-828-6

Unter meinen Schwingen der Wind · Roman
111 Seiten. Pb. 11,50 Euro. ISBN 978-3-89774-781-4

Tierisches! · Die Verwandlung des K. / Rettet den Urwald
96 Seiten. Pb. 11,50 Euro. ISBN 978-3-89774-765-4

Geheimnisvoller Weg nach Shambala
Mit dem Mountainbike ins Jenseits
Zwei Erzählungen
186 Seiten. Pb. 11,50 Euro. ISBN 978-3-89774-408-0

Im Geiste Hemingways · 3 Stories
148 Seiten. Pb. 11,50 Euro. ISBN 978-3-89774-348-9

Acapulco Puzzle · Roman
88 Seiten. Pb. 8,90 Euro. ISBN 978-3-89774-113-3

Kinder des Meeres
Der Entschluss der Delfine / Der alte Marlin und der Mann
132 Seiten. Pb. 8,90 Euro. ISBN 978-3-89774-328-1

Zufrieden und Blabla im Menschenland
Eine fantastische Geschichte für kleine und große Leser
92 Seiten. Pb. 11,50 Euro. ISBN 978-3-89774-288-8

TRIGA – Der Verlag
Leipziger Straße 2 · 63571 Gelnhausen-Roth · Tel.: 06051/53000 · Fax: 06051/53037
E-Mail: triga@triga-der-verlag.de · www.triga-der-verlag.de